W0347719

William Stuart Lo

Die Siedler

Australien-Saga 2

William Stuart Long

Die Siedler

Australien-Saga 2

Deutsch von
Katrine von Hutten

Weltbild

Originalverlag: Dell Publishing, New York
Originaltitel: *The Settlers*

Besuchen Sie uns im Internet:
www. weltbild.de

Das Werk einschließlich seiner Teile ist urheberrechtlich geschützt. Jede Verwertung außerhalb des Urhebergesetzes ist ohne Zustimmung des Verlages unzulässig und strafbar. Dies gilt insbesondere für Vervielfältigungen, Übersetzungen, Mikroverfilmungen und die Einspeicherung und Verarbeitung in elektronischen Systemen.

Genehmigte Lizenzausgabe 2005 für
Verlagsgruppe Weltbild GmbH, Steinerne Furt 67, 86167 Augsburg
Copyright © der Originalausgabe 1980 by Book Creations Inc.,
Canaan, NY, 12029, USA
Published by Arrangement with BOOK CREATIONS INC.,
Spencertown, NY, USA
Dieses Werk wurde vermittelt durch die
Literarische Agentur Thomas Schlück GmbH, 30827 Garbsen
7. Auflage 2006
Alle Rechte vorbehalten

Projektleitung: Julia Kotzschmar
Übersetzung: Katrine von Hutten
Umschlaggestaltung: Hauptmann und Kompanie Werbeagentur GmbH,
München
Umschlagabbildung: bürosüd°, München
Satz: Uhl + Massopust GmbH, Aalen
Druck und Bindung: Oldenbourg Taschenbuch GmbH, Hürderstraße 4,
85551 Kirchheim

Gedruckt auf chlorfrei gebleichtem Papier

ISBN 3-89897-269-0

Prolog

Kapitän Edward Edwards, der Befehlshaber einer Fregatte Seiner Majestät, das mit vierundzwanzig Kanonen bestückte Kriegsschiff *Pandora,* beendete den Eintrag in seinem Logbuch, und während er darauf wartete, daß die Tinte trocknete, las er noch einmal, was er geschrieben hatte.

Unter dem Datum – Samstag, den 28. August 1791 hatte er notiert:

Zahlreiche Inseln und Riffe passiert. Die Küste Neuenglands sieht sandig und unfruchtbar aus. Um die Mittagszeit Cap York gesichtet. Ein Boot ausgeschickt, um die Öffnung im Korallenriff zu finden, durch die man nach Mister Cooks Karte direkt in den Golf von Carpentaria fahren kann.

Nachdem die Öffnung gefunden und die Tiefe ausgelotet worden war, ordnete ich eine Kursänderung an, um die Nacht über außerhalb der Meerenge vor Anker zu gehen und mit dem ersten Licht durchzufahren und den nördlichen Teil Neuhollands zu umsegeln.

William Bligh, der ehemalige Kapitän der *Bounty,* hatte seine abenteuerliche Reise mit anderen Überlebenden der Meuterei von Tofua auf den Tongainseln bis hin nach Timor in einer kleinen Barkasse in allen Einzelheiten beschrieben und war dadurch in England in den Ruf eines Helden gelangt.

Da Kapitän Edwards die Geräusche, die vom Deck herunterdrangen, davon überzeugten, daß oben alles in Ordnung war, blätterte der Kapitän der *Pandora* in seinem peinlich genau geführten Logbuch zurück, um sein Gedächtnis aufzufrischen. Die Meuterei auf der *Bounty* hatte am

28. April 1789 stattgefunden: Bligh war am vierzehnten Juni mit achtzehn treuen Mitgliedern seiner Mannschaft gelandet und hatte am vierzehnten März des folgenden Jahres England wieder erreicht. Seine Beschreibung des Piratenaufstandes auf seinem Schiff und die daran anschließende lebensgefährliche Fahrt in der kleinen Barkasse hatten nicht nur die Admiralität, sondern das gesamte Land in Erregung versetzt – und das war der Grund dafür, dachte Edwards ärgerlich, warum er jetzt hier war.

Nachdem William Bligh den Kriegsgerichtsprozeß Ende Oktober gewonnen hatte und befördert worden war, hatte dieser darauf gedrungen, daß ein britisches Kriegsschiff ausgesandt wurde, um die Meuterer zu jagen, und der *Pandora* war dieser Auftrag erteilt worden. Edwards war am siebten November in Portsmouth mit dem Ziel Otaheite losgesegelt. Wenn er die *Bounty* oder die Mannschaft dort nicht aufstöbern würde, sollte er die Gesellschaftsinseln und die Tongainseln absuchen und alle Meuterer nach England zurückbringen, derer er habhaft werden konnte.

Er hatte vierzehn der Schurken – darunter zwei Fähnriche – in Otaheite entdeckt und sofort gefangengenommen. Sie waren am ganzen Körper tätowiert gewesen und hatten mehr Ähnlichkeit mit Eingeborenen als mit englischen Seeleuten.

Auf Meuterei stand für Seeleute der königlichen Marine die Todesstrafe. Sie wurden im Beisein sämtlicher Matrosen der Flotte am Rahnock aufgeknüpft, als abschreckendes Beispiel für jeden, der mit dem Gedanken spielte, sich gegen die eiserne Disziplin aufzulehnen, die in der Marine herrschte.

Edwards hatte im hinteren Teil des Achterdecks ein Gefängnis errichten lassen, dessen einziger Zugang die winzige Springluke auf dem Dach war. Dort waren die Gefangenen, an Armen und Beinen an dicke Holzbalken gefesselt, sicher untergebracht. Der Schiffsarzt George Hamilton war der Meinung, daß dieses kleine Gefängnis der gesündeste Platz auf dem ganzen Schiff sei.

Es wurde kein Ausbruchsversuch unternommen, aber da trotzdem diese Gefahr immer bestand, hatte der Kapitän die vierzehn Häftlinge nicht einen Augenblick von ihren Fesseln befreien lassen, während die Suche nach der *Bounty* weiterging. Wie sich bald herausstellte, war es eine erfolglose Suche. Fletcher Christian und seine Piratenmannschaft hatten die *Bounty* offenbar in einen weit entfernten, noch unentdeckten Teil des riesigen Pazifischen Ozeans verbracht, und die Gefangenen – ob sie nun die Wahrheit erzählten oder nicht – gaben an, nichts von ihrem Aufenthaltsort zu wissen.

Sie sprachen ganz offen davon, was Christian unternommen hatte, nachdem er Captain Bligh und seine Leute in einem kleinen Boot im Ozean ausgesetzt hatte. Sie berichteten von Christians erfolglosen Versuchen, zuerst auf der Insel Tubuai und dann auf Tongatapu auf den Tongainseln eine Siedlung zu gründen. Beide Versuche waren an der Feindseligkeit der Eingeborenen gescheitert. Daraufhin war Streit unter den Männern ausgebrochen, und eine Gruppe war nach Otaheite zurückgekehrt, um dort, wie sie immer wieder beteuerten, auf die Ankunft eines britischen Schiffes zu warten.

»Denn wir haben uns niemals versteckt, Sir«, sagte der junge Stewart. »Wir sind keine Meuterer. Wir sind nur deshalb an Bord der *Bounty* geblieben, weil in der Barkasse von Captain Bligh kein Platz mehr für uns war.«

Als er diese Aussage wieder las, fluchte Captain Edwards leise vor sich hin. Denn diese verdammten jungen Schurken hatten nicht einmal versucht, die *Bounty* wieder in ihre Gewalt zu bekommen. Statt dessen waren sie damit einverstanden gewesen, in Otaheite an Land gesetzt zu werden, und hatten dort fast zwei Jahre lang wie Eingeborene gelebt – sie hatten sich Frauen genommen und Kinder gezeugt.

Vom Deck her erscholl lautes Rufen. Er konnte die Worte nicht verstehen, hörte aber doch, daß es sich um etwas Außergewöhnliches handeln mußte und richtete sich auf.

Dann ertönte in die plötzliche Stille hinein ein schriller und deutlicher Ausruf. »Brecher voraus, Sir!«

Der Kapitän der *Pandora* ergriff seine Mütze und das Fernrohr und eilte an Deck. Aber er kam zu spät. Das Schiff erzitterte in seinen Planken und lief auf ein trügerisches Korallenriff auf.

Edward wußte sofort, daß das Schiff festsaß; aber es gab noch eine Chance, es freizubekommen.

»Lieutenant Saville, gehen Sie mit dem Schiffszimmermann nach unten und prüfen Sie nach, ob wir ein Leck haben!«

Lieutenant Larkin und Hayward kamen heran, beide waren hemdsärmelig und offensichtlich gerade eben erst aus ihren Hängematten gestiegen.

Während sich Larkin in seinen Uniformmantel zwängte, meinte er: »Der Wind läßt nach, Sir. Soll ich –«

Obwohl die Rahen gebraßt und die Segel getrimmt waren, bewegte sich die *Pandora* nicht von der Stelle, und plötzlich legte sie sich schräg auf die Backbordseite und mußte augenblicklich vom Oberbramsegel befreit werden, wenn sie nicht kentern sollte.

Lieutenant Saville kam angehastet und berichtete dem Kapitän, daß der Schiffszimmermann im Frachtraum einen Wasserstand von über einem Meter gemessen hatte.

»Mister Larkin, sofort die Barkasse und die Pinasse aussetzen. Wir werfen Anker und versuchen, das Schiff vom Riff wegzuwerpen. Sie übernehmen das Kommando in den beiden Booten, Mister Hayward, es ist keine Zeit zu verlieren!«

Captain Edwards schaute sich angespannt um. Es wurde zusehends dunkler. In wenigen Minuten würde die Nacht vollends hereingebrochen sein. Er hob die Flüstertüte an die Lippen und gab Lieutenant Corner den Befehl, so viele Männer wie möglich an die Pumpen abzukommandieren.

Die Marsposten schwärmten in die Takelage aus. Sie

mußten nicht wie sonst zur Eile angetrieben werden, denn ihnen war die Gefahr bewußt, in der das Schiff und damit auch ihr Leben schwebte. In diesen einsamen Gewässern gab es kaum eine Chance, Hilfe von einem vorüberfahrenden Schiff zu erhalten. Als die Stengen heruntergelassen und die Kanonen auf der Backbordseite über Bord gegangen waren, richtete sich das Schiff etwas auf, aber der von Lieutenant Saville übermittelte neue Bericht des Schiffszimmermanns war alles andere als ermutigend.

»Das Wasser ist in den letzten fünf Minuten um fast einen halben Meter gestiegen, Sir. Auf der Backbordseite ist ein großes Loch gerissen und –« Er wurde durch ein lautes, kreischendes Geräusch unterbrochen, und das Schiff erzitterte so stark, daß die Männer an Deck beinahe das Gleichgewicht verloren. »Es tut mir leid, Sir, ich –«

Der Kapitän schenkte ihm kein Gehör. Er klammerte sich fluchend an die Reling. Die Flut würde das Schiff noch weiter auf das Riff werfen. Es bestand keine Hoffnung mehr.

»Sir, die Gefangenen –«, begann Larkin.

»Was ist mit den Gefangenen, Mister Larkin?«

»Sie machen sich große Sorgen, Sir. Drei oder vier haben ihre Eisen abgestreift, und alle bitten darum, freigelassen zu werden, um mithelfen zu können. Sie wollen an den Pumpen arbeiten, Sir, wenn Sie sich dazu entschließen können, sie freizulassen.«

»Sie freilassen?« rief Captain Edwards erstaunt aus. »Nein, bei Gott nicht, das werde ich niemals tun!« Die ganze Bitterkeit üben den drohenden Verlust seines Schiffs stieg in ihm auf. Aber ohne die verdammten Schurken von der *Bounty* wäre er jetzt nicht in dieser gefährlichen Lage. Der Tod wäre nun die gerechte Strafe für diese Verbrecher ... hier oder in England, ihm war es gleichgültig, wo das Schicksal sie treffen würde. Außerdem – er versteifte sich, als ihm dieser Gedanke kam – würden sie möglicherweise ein Boot kapern und wieder fliehen, und seine eigenen Männer könnten ihr Leben nicht mehr retten, falls das Schiff untergehen würde.

Aber Lieutenant Larkin drängte: »Sir, eine Pumpe ist ausgefallen! Wir brauchen jeden Mann. Sir, die Hilfe der Gefangenen wäre jetzt von ungeheurem Nutzen.«

Der Kapitän überlegte, aber bevor er antworten konnte, kippte das Deck unter seinen Füßen weg. Der Schiffsrumpf zitterte... der Wind und die steigende Flut hatten es über das Riff geschoben. Es sank langsam in tieferes Wasser und blieb dort nach einiger Zeit schräg hängen.

Die achtundneunzig Überlebenden wurden auf die vier Rettungsboote der *Pandora* verteilt, und Captain Edwards nahm Kurs auf Timor, das mehr als tausend Meilen entfernt lag.

Der Proviant war knapp – ein paar Säcke Schiffszwieback, drei kleine Wasserbehälter und ein Weinfäßchen. Den Gefangenen kam die sechzehn Tage lange Fahrt im Boot des Kapitäns unerträglich lang vor. Peter Heywood bekam als der einzige überlebende Offizier der *Bounty* den bittersten Spott von Captain Edwards ab, der ihn nur mit »Schurkenpirat« ansprach und ihm nie die Ketten abnehmen ließ, selbst wenn er rudern mußte.

Alle waren zu Tode erschöpft und halb verhungert, als sie am Morgen des 16. Septembers – nachdem sie die Insel schon seit zwei Tagen gesichtet hatten – im Hafen von Timor einliefen. Captain Edwards ging in Begleitung seines Ersten Offiziers an Land, um dem holländischen Gouverneur seine Aufwartung zu machen, und zwei Stunden später wurde die Erlaubnis erteilt, daß die Mannschaft der *Pandora* an Land gehen durfte.

Zwei holländische Soldaten standen bei Lieutenant Larkin, als Peter Heywood auf den Landungssteg trat. Larkin ließ ihn und die anderen Gefangenen wissen: »Sie werden ins Fort gebracht und bleiben dort, bis der Kapitän Ihren Weitertransport nach Batavia organisiert hat.«

Heywood schaute sich um. Die hübschen, weiß getünchten Häuser der holländischen Siedlung wurden von dem darüber thronenden Fort bewacht.

»Sie werden nicht die einzigen britischen Gefangenen dort sein«, fuhr Larkin nicht unfreundlich fort. »Elf flüchtige Sträflinge aus der Strafkolonie in Sydney Cove in Neusüdwales sind hier vor einigen Wochen gelandet. Sie haben die weite Reise in einem kleinen Kutter unternommen, so unglaublich das auch klingen mag.« Er seufzte. »Die armen Teufel! Gouverneur Wanjon hat sie unserem Kapitän übergeben, und er hat angeordnet, daß sie mit Ihnen und den anderen Meuterern zusammengelegt werden. Ich hoffe, Sie befinden sich dann in guter Gesellschaft, Mister Heywood.«

Geflohene Sträflinge einer Strafkolonie, dachte Heywood, das ist in der Tat eine reizende Gesellschaft. Wie ihn und seine Freunde würde auch sie in England die Todesstrafe erwarten.

Der Richter, der in seinem scharlachroten Umhang und seiner weißen Perücke Würde ausstrahlte, nahm auf seinem Richterstuhl Platz und eröffnete die Verhandlung. Er blickte die fünf Gefangenen an, die unter starker Bewachung in der Anklagebank standen.

Es waren fünf – vier Männer und eine junge Frau von etwa fünfundzwanzig Jahren. Alle waren braungebrannt, aber zu Skeletten abgemagert. Auch die anderen Richter schauten sie mit großem Interesse an – denn die Zeitungen hatten ausführlich über ihre außergewöhnliche Geschichte berichtet.

Nachdem die Anklage verlesen und die Angeklagten verhört worden waren, begann der Staatsanwalt: »Es muß in Betracht gezogen werden, Mylord, daß diese Menschen einen geradezu heroischen Kampf ausgefochten haben, um ihre Freiheit wiederzuerlangen. Ihre Fahrt in einem offenen Boot dreitausend Meilen über den gefährlichen Ozean muß mit der Fahrt des allseits als Held gefeierten Captain Bligh verglichen werden. Deshalb beantragen wir nicht die Todesstrafe, wie es sonst in diesen Fällen üblich ist.«

Mary Bryant stieß einen erleichterten Seufzer aus. Es war die erste Gefühlsregung, die sie seit Betreten des Gerichtssaals zeigte, und Johnny Broome empfand starkes Mitgefühl.

Plötzlich mußte er an das Mädchen denken, das er auf die Flucht hatte mitnehmen wollen, das Mädchen, das er hatte heiraten wollen. An Jenny Taggart, die mit all ihrer Kraft in der Fremde ein paar Morgen Land bebaute und unerschütterlich an Sydneys Zukunft glaubte, was er nicht vermochte.

Auf ihre Art war Jenny genauso mutig wie Mary Bryant, und vielleicht war ihre Entscheidung die richtige gewesen, denn selbst wenn sie dem Galgen entkamen, konnten er und die anderen Flüchtlinge auf keine allzu gute Zukunft hoffen. Sie würden ins Newgate-Gefängnis geworfen, wenn sie nicht in Ketten nach Neusüdwales zurückgeschickt würden, um dort in der Verbannung ihre Strafe abbüßen zu müssen.

Broome schreckte aus seinen Träumen auf, als sich der Richter erhob und verkündete: »Angeklagte, Sie werden im Sinne der Anklage für schuldig befunden. Sie werden dazu verurteilt, Ihre ursprünglichen Strafen im Newgate-Gefängnis abzusitzen.«

Dieser Urteilsspruch kam tatsächlich einem Gnadenerlaß gleich, nichts anderem, dachte Johnny Broome erleichtert. Sie wurden nicht nach Sydney zurückgeschickt, und verglichen mit den harten Haftbedingungen, die sie während der Rückfahrt unter Captain Edwards erlitten hatten, müßte die Zeit im Newgate-Gefängnis leicht zu ertragen sein. Sie würden keinen Hunger leiden oder ausgepeitscht werden wie in Sydney, und wenn ihre Zeit um war, würden sie als freie Menschen das Gefängnis verlassen – in seinem Fall würde das in zwei Jahren soweit sein.

Die Saat geht auf

1

Major Francis Grose, Kommandant des Neusüdwales-Korps und Gouverneur der Kolonie, stand am Fenster im ersten Stock des Regierungsgebäudes und betrachtete durch sein Fernrohr einen Kutter, der sich dem Landungssteg unten im Park näherte. Er erkannte einen seiner Offiziere, Lieutenant John Macarthur, der neben dem Steuermann saß.

Gouverneur Grose seufzte. Es würde wieder einmal ein unerträglich heißer Tag werden. Die einzige Entschädigung für die Jahre in diesem primitiven und ungastlichen Land war persönlicher Profit für seine Offiziere und ihn! Jetzt, nach Gouverneur Phillips Rücktritt, war die Zeit zum Handeln gekommen.

Phillip hatte in seinem falsch verstandenen Idealismus so viele gute Gelegenheiten ungenutzt verstreichen lassen und statt dessen begnadigten Sträflingen unter die Arme gegriffen, die aus Geldmangel oder mangelnder Initiative nichts mit dieser Hilfe hatten anfangen können.

Ein Lächeln erhellte das rote, runde Gesicht des Kommandanten. Er nahm seine Perücke auf und legte sie dann wieder zur Seite – zum Teufel damit, sagte er sich, es war zu unerträglich heiß für solche Formalitäten! Die Sträflinge waren barfuß und in Lumpen gekleidet, und seine eigenen Soldaten sahen nicht viel besser aus, aber das würde er ändern.

Handelsschiffe aus Amerika, England und Indien legten in Sydney an, und das Syndikat, das er und seine Offiziere gegründet hatten, kaufte ihre ganze Ladung auf. In Sydney, wo selbst Stoff und Leder Mangelware waren, wären in den nächsten Jahren gute Geschäfte zu machen, und die Preise würden von der Nachfrage diktiert werden. Die Sträflinge konnten mit ihrer Arbeitskraft bezahlen, wenn sie kein Geld hatten, um die Waren einzuhandeln, die sie haben wollten. Und mit wenigen Ausnahmen war Alkohol das, was sie am allermeisten begehrten.

Francis Grose beobachtete, wie der Kutter am Landungssteg anlegte, und stellte dann sein Fernrohr lächelnd auf den Tisch.

Der Kapitän der *Hope* hatte dem Syndikat fast achttausend Gallonen Rum verkauft, der zu dem dreifachen Preis weiterverkauft worden war.

Gestern hatte die Signalflagge am Südkap endlich die Ankunft des ersten vom Syndikat gecharterten Schiffes angekündigt, der *Brittania.* Das Schiff war schon so lange ausgeblieben, daß man es verloren geglaubt hatte.

Ein starker Gegenwind hatte ihre Einfahrt in den Hafen verzögert, und John Macarthur war ihr in seiner Ungeduld in einem Kutter entgegengefahren, um sich über die Ladung zu informieren und Post und Zeitungen aus England an Land zu bringen.

Major Grose bemühte sich, seine eigene Ungeduld zu zügeln, und ging hinunter in sein Büro. Macarthur kam unangemeldet herein und meldete: »Captain Raven hat so lange gebraucht, weil er nicht nur nach Kapstadt, sondern auch nach Rio gesegelt ist, aber –« er legte einen Stapel Frachtbriefe auf den Schreibtisch – »er hat Mehl, Zucker, Tabak und viel Alkohol an Bord. Außerdem Rum, Porterbier und guten Brandy aus Kapstadt für unseren eigenen Gebrauch.«

»Das sind ja gute Nachrichten, John! Haben Sie die Post mitgebracht?«

Macarthur schüttelte den Kopf. »Nein, Major – Raven besteht darauf, sie Ihnen persönlich zu überbringen... Es dürfte Sie auch interessieren, daß sich an Bord drei Freie Siedler befinden.«

»Haben Sie mit ihnen gesprochen? Was für Leute sind das denn?«

»Ich habe gestern mit ihnen zu Abend gegessen, Sir«, antwortete Macarthur. »Das heißt mit zwei von ihnen – Mister Jasper Spence und seiner Tochter, die eine Zierde für unsere Gesellschaft sein wird. Mister Spence ist ein wahrer Gentleman, ein Witwer, der bis vor kurzem für die Ostindiengesellschaft gearbeitet hat. Seine Tochter ist eine sehr hübsche junge Dame von achtzehn oder neunzehn Jahren ... Ich habe die Spences zu mir auf meine Farm eingeladen, während sie warten, daß ihnen Land zugeteilt wird, Sir. Miss Spence wird meiner Elizabeth eine angenehme Unterhaltung sein.«

»Haben Sie nicht *drei* Siedler erwähnt?«

»Ja – aber der dritte ist ein einfacher Bauer. Ich glaube, er heißt Dawson. Er ist jung und alleinstehend. Er hat nicht in der Messe gegessen, deshalb habe ich ihn nicht kennengelernt. Gesellschaftlich gesehen, ist er ohne Interesse für uns.« Macarthur machte eine wegwerfende Handbewegung. »Ach ja, es ist noch ein neuer Korpsoffizier an Bord, aber es ging ihm nicht gut, und er blieb in seiner Kabine, deshalb habe ich nicht seine Bekanntschaft gemacht. Er heißt Brace – soll ein arroganter Bursche sein, auf den Captain Raven nicht gerade gut zu sprechen ist.«

»Der wohlgeborene Charles Windham Brace«, meinte Grose trocken. »Ein Sohn des Earls von Dunloy und ein Protegé von Sir Evan Nepean. Und sein Vater hat ihm ein Leutnantspatent im Korps gekauft, mein lieber John.«

Grose warf einen Blick auf die Frachtbriefe. »Sollte ich noch irgend etwas anderes wissen, bevor ich sie lese?«

Macarthur schüttelte den Kopf. »Nein, Sir, ich glaube nicht.«

»Wann erwartet Raven, daß das Schiff vor Anker liegt?«

»Nicht vor morgen, wegen des ungünstigen Südwestwinds.«

»Das ist gut so«, sagte Major Grose. »Dann habe ich noch etwas Zeit, alles vorzubereiten. Ich muß Männer vom Bautrupp abziehen, damit sie beim Löschen der Fracht helfen können, und darüber wird sich der Pfarrer nicht gerade freuen! Aber wenigstens stehen die Grundmauern der Kirche schon!«

Er seufzte und fuhr nachdenklich fort: »Ich werde unserem Syndikat vorschlagen, daß wir die *Brittania* nach Bengal schicken, John, sobald die Ladung gelöscht ist. Sie können ja einen Teil der Fracht kaufen. Und Raven kann Ihnen die Schafe mitbringen, die Ihnen noch fehlen.«

Macarthur zögerte. »Ich traue Raven nicht so ganz, wenn es um lebende Fracht geht. Und ich brauche Merinoschafe. Die gibt es nur in Kapstadt, wie Sie wissen.«

»Das weiß ich«, gab der Gouverneur zu. »Aber es gibt profitablere Fracht als Ihre Schafe.« Er deutete leicht irritiert auf die Frachtbriefe. »Die *Brittania* gehört Captain Raven, was von großem Vorteil ist. Und bis jetzt ist alles gutgegangen, vorausgesetzt, daß er die Fracht unbeschädigt an Land bringt. Ich rate Ihnen, Ihr Geld in Alkohol und anderen Handelsgütern anzulegen, John – dabei springt mehr raus als bei Zuchttieren.«

Wieder zögerte John Macarthur. »Ich würde das schon gern tun, Sir, aber Elizabeth hat nun einmal ihr Herz an unsere Farm gehängt. Wir brauchen mehr Land. Die Farm liegt wunderschön, aber zu nahe an der Stadt. Mir fehlt Platz für notwendige Vergrößerungen. Und mir stehen nur zehn Sträflinge zur Verfügung.«

Major Grose schaute ihn skeptisch an. Aber er fragte mit beherrschter Stimme: »Wieviel mehr Land brauchen Sie? Die Ihnen ursprünglich zugesprochene Anzahl Morgen wurde bereits verdoppelt.«

»Das hab ich auch verdient, Sir, durch meine gute Arbeit – das müssen Sie mir schon zugestehen«, meinte Macarthur. Er fuhr fort: »Ich habe Nepean versprochen, ihm seine Schafherde abzukaufen, wenn er nach England zurückgeht, und Raven hat mir berichtet, daß in Kapstadt eine Merinoherde zu verkaufen ist. Aber, Sir, was ich wirklich brauche, das ist Land mit Wasser, damit ich während der nächsten Dürre nicht alle meine Tiere verliere. Ich wünsche mir Land, das auf drei Seiten von Bächen umschlossen wird, Sir.«

»Ich nehme an, daß Sie schon an ein bestimmtes Stück Land denken?« fragte der Kommandant.

Der jüngere Mann nickte. »Ja, Sir. Unglücklicherweise ist es Teil des Gebietes, das Gouverneur Phillip einer Sträflingsfrau zugesprochen hat. Sie heißt Taggart, Jenny Taggart. Sie hat selbst nicht viele Tiere.« Er verzog verächtlich seinen Mund. »Sie hat eine Stute und ein Fohlen, ein paar Ziegen und Schweine. Sie baut hauptsächlich Mais an, und ihr Land grenzt an einen Bach. Sie braucht ihn nicht wirklich, aber ich brauche ihn, glauben Sie mir das.« Er nahm einen Federhalter und zeichnete mit wenigen Strichen das fragliche Gelände auf. »Wäre es nicht möglich, daß ich das Land der Jenny Taggart erhalte? Ich würde ihr dann im Tausch ein anderes Stück dafür anbieten. Sie könnte in ihrem Haus wohnen bleiben – es stünde dann an der Grenze zu meinem Besitz.«

Grose lächelte. »Sprechen Sie mit Augustus Alt darüber, John. Ich bin im Prinzip mit Ihrem Vorschlag einverstanden. Sie werden die Angelegenheit sicher persönlich mit Jenny Taggart regeln wollen?«

»Aber selbstverständlich, Major… und vielen Dank. Sie weiß schon, daß ich an ihrem Land interessiert bin – ich habe mit ihr darüber gesprochen.«

»Aber achten Sie darauf, daß diese Transaktion im legalen Rahmen bleibt«, warnte ihn der Major. John Macarthur lächelte ihn an. »Aber das ist doch selbstverständlich, Sir.«

Der Gouverneur erinnerte sich an das zweite Anliegen seines jungen Mitarbeiters, und er fuhr fort: »Und Sie können sich unter den Sträflingen so viele Arbeiter aussuchen, wie Sie wollen, vorausgesetzt, daß Sie ihnen Unterkunft und Verpflegung zukommen lassen.«

»Vielen Dank, Sir«, sagte John Macarthur. »Ich glaube, zwanzig Männer werden reichen.«

Jenny Taggart ließ sich im saftigen Gras am Bachufer nieder und leerte langsam den Korb aus, den sie bei sich hatte.

Wie ihr Kleid war auch der Korb selbst angefertigt, und als sie die mitgebrachten Nahrungsmittel auspackte, wurde ihr bewußt, daß die fünfeinhalb Jahre in Neusüdwales sie doch zumindest zum Selbstversorger gemacht hatten.

Ihr kleiner Sohn Justin spielte glücklich im Wasser und quietschte vor unschuldigem Vergnügen, und sie winkte ihm zu und ermahnte ihn noch einmal, daß er im flachen Wasser bleiben solle. Mit seinen anderthalb Jahren war er schon ein kräftiges Kind, hatte blaue Augen und goldblonde Haare, und sein nackter Körper war von der Sonne gebräunt. Er sah genauso aus, wie sein Vater in diesem Alter ausgesehen haben mußte, aber ... Jenny seufzte. Sein Vater würde ihn wohl nie sehen. Aus einem Brief wußte sie, daß ihm die Flucht nach Timor trotz großer Schwierigkeiten geglückt war. Und es war sehr unwahrscheinlich, daß Johnny Butcher jemals freiwillig nach Neusüdwales zurückkehren würde.

Sie rief Watt Sparrow zu, daß er zum Essen kommen solle, und der kleine ehemalige Taschendieb – ihr ältester Freund aus Londoner Tagen, der jetzt bei ihr auf der Farm arbeitete – ließ seinen Spaten neben dem Bewässerungsgraben, den er gerade aushob, fallen und wusch sich das Gesicht und die Hände im Bach. Dann zog er den sich sträubenden Justin aus dem Wasser und trug ihn zu dem kleinen Feuer, das Jenny inzwischen angefacht hatte.

»Der wächst ja noch über sich hinaus, der kleine Schlingel«, sagte Watt und schaute den Jungen stolz an. »Da braucht sein armer alter Opa schon all seine Kraft, um ihn überhaupt noch tragen zu können, so stark is er schon.«

Obwohl sie in Wirklichkeit nicht blutsverwandt waren, war Jenny doch froh über das gute Verhältnis zwischen Watt und Justin. Sie verdankte ihm soviel. Der kleine Mann – der in London als Taschendieb natürlich nicht an harte Arbeit gewöhnt gewesen war – half ihr doch unermüdlich und wurde allmählich zu einem guten Landarbeiter. Aber ... sie schaute ihn sorgenvoll an. Er war nicht mehr jung, und sie befürchtete zeitweilig, daß er sich zu sehr verausgabte.

Als ob er ihre Gedanken gelesen hätte, lehnte Watt seinen Kopf an die Luftwurzeln eines Gummibaums und grinste sie schief an.

»Is schon noch n bißchen Leben in dem alten Hund, liebe Jenny«, sagte er. »Mach dir wegen mir bloß keine Sorgen. Wir kommen doch gut zurecht, wir zwei, oder? Wenn der Bewässerungsgraben erst mal fertig is, wird der Weizen nur so schießen, und wir bekommen ne viel größere Ernte als letztes Jahr. Und der Mais, der is überhaupt der kräftigste hier in der ganzen Gegend – sogar besser als der von Mister Macarthur, und das will was heißen. Der Bach hier macht eben den ganzen Unterschied.« Er nahm den Becher mit heißem süßem Tee, den Jenny ihm reichte, entgegen.

Hinter den Büschen ertönte ein leiser Ruf.

»'s wird dieses Eingeborenenweib sein«, meinte Watt Sparrow unnötigerweise, »diese Berangeroo mit ihren Kindern.«

Baneelons Frau kam auf sie zu und lachte sie zur Begrüßung strahlend an. Ein Junge von etwa vier Jahren lief neben ihr her, und ein Baby hing auf ihrer Hüfte. Baneelon, Jennys erster Freund unter den Eingeborenen in dieser Gegend, hatte sich als Führer und Dolmetscher mit Gouverneur Phillip angefreundet. Er und ein junger Jäger namens Yemerra Wannie waren ihm im vorigen Dezember nach England gefolgt, um dort dem König und Mitgliedern der königlichen Familie vorgeführt zu werden.

Berangeroo litt sehr unter der langen Abwesenheit ihres Mannes. In ihrer Einsamkeit suchte sie jetzt öfters die Gesellschaft von Jenny. Sie war eine hübsche junge Frau mit graziösen Bewegungen, und sie konnte sehr gut fischen und Kanu fahren. Außerdem war sie eine liebevolle Mutter. Wie alle ihre Stammesgenossen rieb sie ihren Körper mit feuchtem Lehm ein, der getrocknet einen guten Schutz gegen Insekten und die Sonnenhitze bot. Watt Sparrow zog voller Abscheu seine Nase hoch, als die drei herankamen.

»Ich arbeite jetzt besser weiter, Jenny«, knurrte er, »und laß dich mit deiner Freundin allein. Die stinkt mir ganz einfach zu sehr.«

Jenny warf ihm einen vorwurfsvollen Blick zu, sagte aber nichts. Der kleine Justin und der ältere Junge, Dilboong, vertrugen sich nämlich gut und spielten gern zusammen – und ganz besonders gern planschten sie im Bach herum. Sie gingen auch gleich Hand in Hand davon, und Berangeroo ließ sich neben Jenny im Gras nieder und gab ihrem Säugling die üppige Brust. Nach einer Weile sagte die junge Frau: »Schiff kommt, *Weerong.*«

Weerong war der Eingeborenenname für Sydney, und als Berangeroo ihr bedeutete, daß es sich um ein großes Schiff handelte, war Jennys Interesse geweckt.

»Vielleicht Baneelon kommt zurück?« fragte die junge Frau hoffnungsvoll. Jenny schüttelte ihren Kopf, und Berangeroo blickte ganz enttäuscht drein. »Er lange Zeit weg, Jenny«, meinte sie traurig.

»So eine Schiffsreise dauert eben lang«, sagte Jenny tröstend.

»Ich geh *Weerong*«, sagte Berangeroo immer wieder. »Nicht finden Baneelon… nehme anderen *muree-mulla.*« Aber ihr Ärger verflog schnell. Nach ein paar Minuten ließ sie ihren dunklen Krauskopf hängen und wiederholte ihre Drohung nicht noch einmal, sich während der Abwesenheit ihres Mannes mit einem andern zu trösten. Statt dessen sagte sie: »Du gehen arbeiten. Ich aufpassen Kinder.«

Jenny wußte, daß sie zuverlässig war. Sie nickte ihr dankbar zu, nahm ihren Spaten und ging hinüber zu Watt Sparrow, um ihm beim Ausheben des Grabens zu helfen. Er sagte mit leicht ärgerlichem Unterton: »Er will den Bach haben, oder, dieser saubere Lieutenant Macarthur?«

»Ja«, gab Jenny zu. »Das will er. Er hat mir zum Tausch Land angeboten… und es ist gutes Land, Watt.«

»Bei einer Dürre hilft das beste Land nix«, brummte der alte Mann. »Und hier gibts fast jedes Jahr ne Dürre – aber dieser Bach hier trocknet nie ganz aus.«

»Ja, das stimmt.«

»Dann gehst du hoffentlich nich auf seinen Vorschlag ein?«

Jenny schob trotzig ihr Kinn vor. Lieutenant Macarthur war als Kommandant des Neusüdwales-Korps in Parramatta ein mächtiger Mann. Er wäre ein gefährlicher Feind, wenn sie ihn gegen sich aufbringen würde. Er hatte in der kurzen Zeit das ihm zugewiesene Land bereits verdoppelt und vier Meilen von hier entfernt eine große Farm aus Ziegelstein aufgebaut. Ihr eigenes Land war um vieles kleiner – alles in allem nur fünfzig Morgen. Er würde doch sicher nicht darauf bestehen, wenn sie ihm die Gründe dafür mitteilen würde, warum sie nicht auf seinen Vorschlag eingehen wollte?

Sie zuckte mit den Schultern. »Ich will nicht darauf eingehen«, sagte sie mit fester Stimme und schaute Watt Sparrow an. »Nein, er soll den Bach nicht haben, wenn es in meiner Macht steht.«

Der kleine Mann knurrte zufrieden. Sie arbeiteten schweigend Seite an Seite und fingen gerade an, einen neuen Graben auszuheben, als Berangeroo plötzlich einen lauten Schrei ausstieß. Sie kam mit dem Baby auf dem Arm aufgeregt auf sie zugerannt, und Justin kam Hand in Hand mit Dilboong etwas langsamer hinterher.

»*Gwee-un!*« rief Berangeroo und wies mit dem Finger in Richtung des Hauses. Dieses Wort hieß Feuer, fuhr es Jenny durch den Sinn. Das Haus war zwar hinter Bäumen versteckt, aber wenn man genau hinschaute, konnte man einen dünnen Faden grauen Rauches erkennen.

»Schnell!« rief sie Watt zu, und die beiden rannten los.

Obwohl er humpelte, kam der kleine Mann schneller voran als sie, und als er die kleine Höhe erreicht hatte, rief er atemlos zurück: »Is nich das Haus – is die Scheune!«

Jenny war ungeheuer erleichtert. Es war, weiß der Himmel, schlimm genug, daß die Scheune brannte, aber das kleine Haus – über die Jahre mit soviel Mühe ausgebaut – enthielt alles, was sie auf der Welt besaß, und dieser Verlust wäre sehr viel schlimmer gewesen. Jenny lief schneller und machte sich Sorgen um den alten Reuben White, der ihr bei der Feldarbeit zur Hand ging und in einer Hütte neben der Scheune wohnte.

Reuben war kränklich und war die letzten Tage wegen einem seiner regelmäßig auftretenden Fieberanfälle im Bett geblieben. Aber wenn Sträflinge auf der Flucht versucht hätten, das Haus oder die Scheune auszurauben, hätte Reuben trotz all seiner Schwäche den Mut gehabt, Jennys Besitz zu verteidigen.

»Wo ist Reuben?« schrie sie laut. »Reuben – wo bist du? Watt, wir müssen Reuben finden!«

Einen Augenblick später hatten sie ihn gefunden. Er lag ausgestreckt vor der abgebrannten, hölzernen Getreidescheune. Seine eigene Hütte stand noch in hellen Flammen. Schon aus zwanzig Metern Entfernung sah Jenny die Blutlache, in der er lag, und die klaffende Kopfwunde. Watt kniete neben ihm nieder und tastete nach seinem Herzschlag. Dann stand er auf und sagte entsetzt: »Tot. Mausetot. Sieht aus, als ob er mit ner Keule totgeschlagen worden is... scheinen die verdammten Eingeborenen gewesen zu sein.«

Das sorgsam in der Scheune aufbewahrte Saatgut und alle Geräte waren vernichtet. Und Reubens Hütte stürzte gerade in sich zusammen. Jenny schluchzte auf, beugte sich über den armen Reuben und bedeckte sein Gesicht mit ihrem Taschentuch.

Sie half Watt, Erde auf das niedergebrannte Feuer zu

schaufeln, um zu verhindern, daß es auf das Haus übergriff. Sie konnten nichts mehr retten. Jenny wischte sich mit ihrer rauchgeschwärzten Hand die Tränen trocken. Watt fluchte leise vor sich hin, als er die unbrauchbaren Überreste eines Pfluges entdeckte, den er selbst angefertigt hatte.

»Diese Dreckseingeborenen! Wenn sie das Saatgut und den Pflug gestohlen hätten, hätts mir nich so viel ausgemacht. Aber das Zeug einfach zu verbrennen! Und Reuben zu töten!«

»Ich glaub nicht, daß es die Eingeborenen waren«, widersprach Jenny mit großer Überzeugung.

»Glaubst es nich? Nun, wo is denn dann diese Berangeroo, von der du so viel hältst?« fragte Watt. »Is abgehauen, oder? Is grad so lang bei uns geblieben, um sicher zu sein, daß wir weit genug weg waren, während ihre Leute hier ganze Arbeit verrichteten!«

»Großer Gott, Justin!« Jenny drehte sich um, und ihr Herz setzte einen Schlag lang aus, als sie den Kleinen unsicher die kleine Böschung herunterkommen sah, nackt und barfuß... und ganz allein. Von Berangeroo, Dilboong und dem Baby war keine Spur zu sehen.

Sie eilte zu dem Kind hin und nahm es auf den Arm. »Wenns nach ihr gegangen wär, hätt er ertrinken können!« rief Watt immer noch ärgerlich hinter ihr her. »Diese verdammten Wilden sind doch alle gleich!« Er legte seinen Spaten zur Seite. »Ich geh jetzt am besten nach Parramatta und bericht von dem Feuer, oder? Das müssen die doch wissen.«

»Ja«, stimmte Jenny müde zu. Sie schaute zu Reubens reglosem Körper hinüber. Watt nahm sie am Arm und führte sie ins Haus.

»Ich begrab ihn gleich, wenn ich zurückkomm«, versprach er. »Wahrscheinlich wollen se ihn ja sehn!«

Ja, das war wohl so, dachte Jenny. Normalerweise krähte kein Hahn danach, wenn ein kränklicher, alter Sträfling starb, aber Reuben war ermordet worden ... und Mord war ein Verbrechen, ganz gleich, wer es begangen hatte.

Sie trug Justin ins Haus, nahm eine Decke von ihrem Bett, ging wieder hinaus und breitete sie über dem Leichnam aus.

Dann schaute sie ängstlich nach ihren Tieren. Aber die Schurken schienen sich nicht dafür interessiert zu haben. Und auch das war merkwürdig, dachte sie ... denn die Eingeborenen waren immer hungrig. Und wenn *sie* es gewesen waren, die den armen Reuben totgeschlagen hatten, warum waren sie dann verschwunden, ohne auch nur eine junge Ziege mitzunehmen?

Auf dem Weg zum Haus zurück rätselte sie an dieser Frage immer noch herum. Sie sah, daß auch der Garten nicht ausgeplündert war. Aber vielleicht hatte Reuben ja sein Leben hingegeben, um das zu verhindern ... Sie seufzte und streckte die Arme nach ihrem kleinen Sohn aus.

Justin strahlte sie an und drehte dann seinen Kopf zur Seite. Jenny bemerkte, daß er mit etwas gespielt hatte, was er jetzt in seiner Hand versteckte.

»Was hast du denn da?« fragte sie.

»Nix«, sagte das Kind verschämt. Jenny versagten die Nerven, und sie sagte scharf: »Egal, was es ist, Justin – gib es mir sofort.«

Aber erst nachdem sie ihm einen Klaps gegeben hatte, öffnete er seine kleine, schmutzige Hand. Etwas Rundes, Glänzendes lag darin, und Jenny starrte es einen Augenblick lang verwundert an, bevor sie es ihm abnahm. Es war ein Messingknopf, in den die Insignien des Neusüdwales-Korps eingraviert waren.

»Wo hast du den gefunden, Justin?« fragte sie.

Justin deutete auf den Boden und fing dann an zu weinen, weil ihre ungewohnte Strenge ihm angst machte.

»Ist ja schon gut, mein Liebling, ist ja schon gut«, beruhigte ihn Jenny. Sie gab ihm den Knopf zurück und versuchte den Verdacht zu unterdrücken, der in ihr aufstieg. Sie wußte, daß auch ihre stichhaltigsten Verdächtigungen zu nichts führen würden, da sie nicht genug handfeste Beweise besaß.

2

Timothy Dawson ging rastlos auf dem Deck der *Brittania* hin und her und beobachtete ungeduldig, wie sich das Schiff langsam der Landungsbrücke näherte.

Der Blick vom Schiff aus auf Sydney Cove interessierte ihn schon lange nicht mehr. Es gab ja auch kaum etwas zu sehen, außer die Reihen von hölzernen Hütten, in denen die Sträflinge untergebracht waren, ein paar größere Steinhäuser, in denen die Offiziere wohnten, Baracken für die Marineinfanteristen und ein rotbraunes Ziegelgebäude, in dem laut Captain Raven der Gouverneur residierte.

Nach der atemberaubenden Schönheit von Port Jackson, dem äußeren Hafen – einer saphirblauen ruhigen Wasserfläche, die von palmenbewachsenen Klippen und goldenen Stränden eingerahmt war –, hatte Dawson eine große Enttäuschung erlebt, als die *Brittania* in die Bucht eingebogen war, in der Sydney lag und er den ersten Blick auf seine zukünftige Heimat geworfen hatte.

Da sich die Engländer dort schon fast sechs Jahre lang aufhielten, hatte er eine größere Stadt mit besseren Straßen, beeindruckenden öffentlichen Gebäuden, schönen Gärten und schlanken Palmen erwartet, und er hatte sich vorgestellt, daß im Hafen Schiffe aller Nationen der Welt vor Anker lägen. Aber die *Brittania* war das einzige Schiff weit und breit, und die Menschen, die sich jetzt am Kai versammelten, sahen entsetzlich arm und erschöpft aus. Die meisten waren still und apathisch, und nur ein paar wüst aussehende Rowdys wirkten zu Timothy Dawsons Entsetzen schon jetzt am Vormittag betrunken.

Er seufzte und wandte sich ab. Aber sein Interesse wurde wieder geweckt, als ein Arbeitstrupp von Sträflingen heranmarschiert kam. Sie wurden von zwei Soldaten bewacht. Ein Zivilist – wahrscheinlich der Aufseher – rief ihnen mit barscher Stimme Befehle zu. Timothy war schon gewarnt worden, daß die Sträflinge den Abschaum der englischen Gefängnisse darstellten, aber trotzdem war er von dem Anblick entsetzt, der sich seinen Augen bot.

»Ach, was für arme Kreaturen! Schau mal dort, Papa... Sehen sie nicht zum Erbarmen aus?«

Timothy drehte sich herum, als er die Worte hörte. Er hatte zwar darauf gehofft, daß Henrietta Spence an Deck kommen würde, aber jetzt, da sie tatsächlich erschienen war, wußte er wie immer in ihrer Gegenwart kein Wort zu sagen. Sie war ein hübsches, dunkelhaariges und sehr zierlich gewachsenes Mädchen mit einem kleinen, blassen Gesicht, und ihre auffallend großen, braunen Augen zogen ihn unendlich an.

Sie war in Indien aufgewachsen. Timothy war hingerissen von ihr, und selbst ihre leicht gedehnte Sprechweise kam ihm anziehend vor. Der große, kräftige Farmer war innerhalb weniger Minuten ihrem Charme erlegen, als er – vor jetzt schon mehr als acht Monaten – in Gravesend an Bord der *Halcyon* gegangen war.

Am Anfang hatte Henrietta ihn sogar dazu ermuntert, um sie zu werben. Sie schien seine Gesellschaft offensichtlich zu genießen und hatte ihm lachend versichert, daß sie ihm bis zur Ankunft in Neusüdwales sein unbeholfenes Benehmen abgewöhnt haben würde, so daß er fähig wäre, in der guten Gesellschaft Sydneys spielend zu bestehen.

Aber dann war Lieutenant Brace – der Hochwohlgeborene Charles Brace – in Kapstadt an Bord gekommen, der genauso wie auch sie nach gräßlichen Stürmen im Atlantik dort gelandet war, und als der Kapitän der *Halcyon* ihre Weiterfahrt auf der *Brittania* organisiert hatte, da die Reparaturarbeiten an seinem eigenen Schiff länger als erwartet dauerten, hatte Brace sich der kleinen Gruppe angeschlossen. Timothy wußte genau, daß der junge Lieutenant diese Entscheidung ausschließlich wegen Henrietta getroffen hatte – der junge Mann hätte ebensogut auf einem Sträflingsschiff reisen können. Da er ein Offizier des Neusüdwales-Korps war, hätte ihn die Überfahrt keinen Pfennig gekostet. Aber Brace hatte es vorgezogen, für ziemlich viel Geld auf der *Brittania* zu reisen, und die bis dahin freundliche und ihm zugewandte Henrietta hatte Timothy unzweideutig zu verstehen gegeben, daß sie sich jetzt mehr für den Lieutenant interessierte. Es war eine erniedrigende und verletzende Zurückweisung für ihn gewesen.

Timothy Dawson fand sie immer noch elegant und begehrenswert, und er schaute sie mit seinen blauen Augen an und bewunderte ihr zartes Musselinkleid und den modischen, kleinen Strohhut, dessen Bänder im Wind flatterten.

Er verbeugte sich steif. Henrietta tat so, als ob sie ihn nicht gesehen hatte, aber ihr Vater Jasper Spence begrüßte ihn so freundlich wie immer. Timothy errötete. Er konnte den älteren Mann gut leiden, der ihn nie so verächtlich behandelt hatte wie seine Tochter in letzter Zeit. Spence war ein weißhaariger, energischer kleiner Mann, der sich auf das Farmerleben in der neuen Kolonie freute. Da er wenig eigene Erfahrungen besaß, hatte er oft Timothys Rat eingeholt und sich für seine Ansichten interessiert. Sie hatten sogar einmal die Möglichkeit einer beruflichen Partnerschaft erörtert, aber seit dem Erscheinen von Charles Brace war nie mehr davon die Rede gewesen.

Jasper Spence war ein nachsichtiger Vater. Henrietta wickelte ihn um ihren kleinen Finger. Er las ihr jeden Wunsch von den Augen ab, und sie nutzte die Macht aus, die sie über ihn besaß... und Timothy war ganz sicher, daß er auf ihr Betreiben hin seine Mahlzeiten nicht mehr gemeinsam mit ihnen in der Kombüse einnehmen konnte – obwohl Captain Raven ihm mitgeteilt hatte, daß Mr. Spence darum gebeten habe, in Zukunft ohne ihn zu speisen.

Raven war ein anständiger, gottesfürchtiger Mann. Diese Geschichte hatte ihm ganz und gar nicht gefallen, und er hatte das oft gezeigt, indem er den jungen Mann zu sich zum Essen eingeladen hatte und ihm viele kleine Gefälligkeiten erwies. Trotzdem fühlte sich Timothy noch immer in seinem Stolz verletzt.

»Oh, Papa – schau doch mal da!« rief Henrietta aus. »Da ist Charles, siehst du ihn?«

Ohne es zu wollen, blickte Timothy in die Richtung, in die sie deutete. Trotz seiner Indisposition war Lieutenant Brace schon am Tag zuvor in Port Jackson mit einem Ruderboot abgeholt worden.

Jetzt stand er in seiner gut geschnittenen, scharlachroten Uniform an der Landungsbrücke und war zwischen all den abgerissenen Gestalten um ihn herum gar nicht zu übersehen. Timothy Dawson musterte ihn eifersüchtig, mußte aber zugeben, daß er gut zu der modischen jungen Henrietta paßte, während er selbst... Er schaute auf seine abgetragenen Reithosen und seine schmutzigen Stiefel hinunter, und erst jetzt fiel ihm auf, daß er vergessen hatte sich zu waschen und umzuziehen, nachdem er seine Tiere im Frachtraum gefüttert hatte. Kein Wunder, daß Henrietta ihn übersehen hatte.

Er zog sich zurück, aber Captain Raven rief ihn vom Achterdeck aus zu sich.

»Ich möchte Ihnen etwas raten, mein Junge«, sagte der freundliche Kapitän. »Schauen Sie sich erst gründlich um, bevor Sie ein bestimmtes Stück Land beantragen. Die Leute werden natürlich versuchen, Ihnen das erstbeste Stück Land anzudrehen. Aber fahren Sie zuerst nach Parramatta und Toongabbe – da ist das Land am fruchtbarsten, und die meisten Offiziere haben sich dort niedergelassen. Unter anderem Mr. Macarthur – das ist vielleicht ein Schlitzohr.« Er grinste und schüttelte seinen Kopf. »Parramatta liegt etwa vierzehn Meilen von hier entfernt, und jeden zweiten Tag fährt ein kleines Schiff den Fluß hinauf und zurück. Aber ich werde Ihre Pferde so bald wie möglich an Land bringen – dann sind Sie viel schneller dort.«

Timothy Dawson dankte ihm aus ganzem Herzen für seinen freundlich gemeinten Rat.

»Mein erster Maat muß noch etwas für mich in Parramatta erledigen«, fuhr Captain Raven fort, »und je schneller er dort hinkommt, um so besser ist es. Wenn Sie ihm eines Ihrer Pferde geben, kann er Ihnen den Weg zeigen – und Ihnen auch ein Nachtquartier besorgen, wenn Sie das wünschen.« Er konnte es sich nicht verkneifen, bösartig hinzuzufügen: »Und sorgen Sie sich bloß nicht um Ihre Angebetete und Ihren Vater ... Mr. Macarthur hat versprochen, sie in sein Haus aufzunehmen. Während Ihres Aufenthaltes in Parramatta werden Sie sie sicher treffen und ...« Er unterbrach sich und rief mit lauter Stimme seiner Mannschaft einen Befehl zu. »Fester ziehen, ihr Idioten! Mit aller Kraft!«

Timothy ging nach unten und sattelte seine Pferde. Beide waren eingeritten, ein Hengst und eine Stute, die er später zu Zuchtzwecken verwenden wollte. Während der Schiffsreise hatte er sich sehr um sie gekümmert, hatte eigenhändig ihre Boxen gereinigt und sie gefüttert. Während der schweren Stürme zwischen Kapstadt und Sydney hatte er ihre Köpfe gehalten und beruhigend auf sie eingeredet. Aber beide Tiere hatten durch den langen Aufenthalt unter Deck natürlich doch gelitten, und er fragte sich besorgt, wie sie nach der monatelangen, zwangsweisen Ruhepause den vierzehn Meilen langen Ritt überstehen würden.

Pferde waren seine ganze Leidenschaft. Da er sich kaum für die Arbeit auf der heimatlichen Farm interessiert hatte, hatte ihn sein Vater, als er zehn Jahre alt war, zu einem Pferdehändler gegeben, der ausschließlich mit Vollblutpferden handelte. Aber schon nach wenigen Jahren stellte sich heraus, daß der junge Dawson zu groß und zu schwer wurde, um die edlen Pferde zu reiten, und der Händler hatte ihn zu seiner Familie zurückgebracht. Als der jüngste der drei Söhne wieder auf der väterlichen Dorset-Farm arbeitete, war seinem alten strengen Vater bald klar, daß er am besten mit den Pferden umgehen konnte, die dort gezüchtet wurden.

Aber als der Mann vor zwei Jahren gestorben war, hatten die älteren Brüder die Farm geerbt, und Timothy war mit einer kleinen Geldsumme abgefunden worden, mit dem merkwürdigen testamentarischen Rat, daß er das Geld »in einem anderen Geschäftszweig anlegen solle«. Aber es war nicht genug flüssiges Geld vorhanden gewesen, um ihm sein Erbe auszuzahlen. Die älteren Brüder hatten gar nicht daran gedacht, für ihn Vieh oder Land zu verkaufen. Also hatte er letzten Endes einfach das Geld genommen, das sie flüssig hatten. Das war viel zu wenig gewesen, um sich in England als Pferdezüchter niederzulassen, und deshalb hatte er sich nach längerem Zögern entschlossen, es als Freier Siedler in Neusüdwales zu versuchen.

»Mister Dawson, wir haben am Landesteg angelegt!«, rief ihm einer der Matrosen durch die Ladeluke zu. »Der Captain läßt Ihnen ausrichten, daß es noch 'ne halbe Stunde dauert, bevor Ihre Pferde an Land gebracht werden können, aber daß Sie ja schon mal n bißchen hin- und hergehn können.«

Timothy Dawson ließ sich das kein zweites Mal sagen. Er ging über die Laufplanke, die das Schiff mit der Küste verband, an Land. Kaum hatte er festen Boden betreten, als er sich von kreischenden, abgerissenen Frauen umringt fand. Als er versuchte, sie wegzudrücken, klammerten sie sich an seiner Jacke fest.

»Ja wirklich! Kann von Glück sagen, wer so n guten Schatz kriegt!«

»Willst ne Frau, Mister? Greif nur zu! Wir ham ne große Auswahl hier!«

Die Schamlosigkeit der Huren schockierte und verwirrte

ihn. Er trat einen Schritt zurück, aber ein Mädchen, das fast noch ein Kind war, schlang ihre Arme um seinen Hals. Sie war dünn und schmutzig, ihr knochiger Körper wurde von dem zerfetzten Kleid kaum bedeckt, und zu seinem Entsetzen stank ihr Atem stark nach Alkohol.

»Um Gottes willen, nimm die Hände weg von mir!« bat Timothy sie und wehrte sich gegen ihre Umarmungen. Es war ihm bewußt, daß Henrietta zuschaute, aber trotzdem brachte er es nicht fertig, die junge Hure abzuschütteln, weil er ihr dabei weh getan hätte. Sie lachte schrill auf.

»Ein seltener Vogel, ein *echter Gentleman!* Das wird n glückliches Mädchen, das den da einfängt!«

»Hast du denn gar kein Schamgefühl?« fragte Timothy sie vollkommen schockiert. So etwas hatte er noch nie erlebt. Sein strenger alter Vater hatte bei jeder möglichen Gelegenheit Bibelzitate von sich gegeben und seinen Söhnen nur Umgang mit sehr respektablen jungen Frauen erlaubt... und seine beiden älteren Brüder hatten Mädchen geheiratet, die einen guten Ruf genossen. Timothy bemerkte, daß Charles Brace der unangenehmen Szene zuschaute. Er mischte sich nicht ein, obwohl ein einziger Befehl von ihm die Frauen zweifellos zurückgescheucht hätte. Statt dessen ging er locker auf die Laufplanke zu und betrat das Schiff, um Henrietta und ihren Vater an Deck zu begrüßen.

Kurze Zeit später wurden Timothys Pferde an Land gebracht, und er führte sie gleich etwas beiseite. Die Frauen winkten ihm nicht unfreundlich zum Abschied zu. Der Maat, ein bärtiger Mann mittleren Alters namens Silas Porter, erwähnte die Szene an der Landungsbrücke mit keinem Wort.

»S is ne ganz schöne Strecke bis Parramatta. In was für nem Zustand sind denn die Pferde? Glauben Sie, daß wir schon losreiten können?«

»Wenn wir sie nicht zu sehr antreiben, dann klappt es bestimmt«, versicherte ihm Timothy. »Sind Sie ein guter Reiter?«

»Nich so gut«, gab der Seemann zu. Er schaute sich beide Pferde genau an. »Hab se noch nie bei Tageslicht gesehn, aber das sind wirklich gute Pferde, oder? Ham ganz schön was gekostet, nich?«

»Das stimmt. Aber« – Timothy Dawson grinste, und sein Selbstbewußtsein kehrte zurück – »diese Kolonie braucht Pferde, und ich will dafür sorgen, daß sie genug Pferde kriegt. Ich züchte zwar auch Schafe, aber auf die beiden hier setz ich meine größten Hoffnungen. Gott sei Dank haben sie die Reise überlebt! Steigen Sie auf, Silas. Wir reiten schön langsam, bis Sie sich wieder daran gewöhnt haben.«

Der Maat schwang sich unbeholfen in den Sattel und sagte: »Los gehts! Nach Backbord rüber, zu der Straße da!«

Sie legten immer wieder Pausen ein, stiegen ab und gönnten den Pferden Ruhe. Als sie in die Nähe von Parramatta kamen, wurde der Boden immer fruchtbarer, hauptsächlich Lehmboden und nicht mehr Sand, und Timothy fand, daß die bebauten Flächen vielversprechend aussahen.

Er sah das erste Känguruh in seinem Leben und war überrascht darüber, wie schnell und wie weit diese merkwürdigen Tiere springen konnten, als sie vor dem ungewohnten Anblick der Pferde flohen.

»Die werden mit Hunden gejagt«, erzählte ihm Silas Porter. »Und die Eingeborenen erlegen sie mit Speeren. Das Fleisch der jungen Tiere ist wirklich gut. Aber die schlagen Haken – ohne Hunde kommt man nich an sie heran. Mister Macarthur jagt sie mit Windhunden, und zwar mit ziemlichem Erfolg. Kann Ihnen ja s nächste Mal n paar Windhunde mitbringen!«

»Ja, das wäre gut«, meinte Timothy ohne zu zögern.

»Die kosten aber was.«

»Keine Sorge – ich will sie trotzdem haben.«

»Sie wollen wirklich hierbleiben, oder, Tim?« fragte der Maat der *Brittania*, und musterte ihn neugierig. »Sie wollen's wirklich versuchen?«

»Ja, ganz richtig, das will ich«, murmelte Timothy überzeugt.

»Ich täts nie im Leben«, meinte Porter aus ganzem Herzen.

»Ich hab keine andere Wahl, Silas. Also muß ichs ja versuchen, oder? Und ich muß auch Erfolg haben.«

»Wird aber nich ganz einfach sein«, warnte ihn der ältere Mann. »Die Freien Siedler hams hier nich grade leicht – nich viel leichter als die begnadigten Sträflinge. Nur die Offiziere des Neusüdwales-Korps stoßen sich hier gesund, ohne allzuviel Schweiß dabei zu verlieren.«

Timothy zog die Stirn kraus. Er zügelte sein Pferd. »Wir gönnen den Tieren mal wieder eine Pause.« Als sein Gefährte abgestiegen war, fragte er ihn: »Was möchten Sie mir eigentlich sagen, Silas? Die Offiziere haben doch auch Farmen, oder?«

»Die meisten ja. Aber nur, damit sie genug zum Essen haben. Das wirklich dicke Geld verdienen die alle durch Handelsgeschäfte – sie investieren in Alkohol und Tabak. Dafür wurde auch die *Brittania* gechartert. Wenn Sie Kapital haben, wären Sie gut beraten, das auch zu tun und Ihr Geld nicht für Tiere auszugeben.« Der Maat lächelte. »Alkohol übersteht die Schiffsreise einfach viel besser als Tiere – und Alkohol will jeder hier, dafür verkaufen die Leute ihre Seele, Glauben Sies mir.«

Timothy Dawson war zum zweitenmal an diesem Tag wirklich schockiert. Er erinnerte sich wieder an das junge Mädchen, das nach Rum gestunken hatte, und an die betrunkenen alten Vetteln, die ihn umringt hatten.

»Ich bin ein Farmer«, stellte er fest. »Und sonst hab ich nichts gelernt – als Land zu bebauen und Pferde zu züchten. Und deshalb bin ich auch hierhergekommen.«

Silas Porter zuckte mit den Schultern. »Machen Sie es nur so, wie Sie es für richtig halten. Aber dann verlieren Sie ganz bestimmt das hübsche junge Mädchen, das Sie so gern mögen.«

»Ich habe sie bereits verloren«, gab Timothy zurück. Er bestieg wieder sein Pferd. »Wie weit ist es noch bis – wie heißt der Ort noch mal? Parramatta?«

»Nur noch n paar Meilen.«

Die beiden Männer ritten schweigend weiter. Jeder hing seinen eigenen Gedanken nach. Bald darauf kamen sie nach Parramatta. Timothy war angenehm überrascht über das, was sich seinen Augen bot. Sie ritten durch ausgezeichnetes Weideland, das von hohen Bäumen beschattet und eingezäunt war.

Die Stadt selbst lag bogenförmig geschwungen auf einer Anhöhe.

Die Hütten der Sträflinge waren in regelmäßigen Abständen voneinander errichtet und hatten alle einen eigenen Gemüsegarten. Porter zeigte Timothy die erst kürzlich fertiggestellte Baracke des Neusüdwales-Korps, die aus Stein erbauten Lagerhäuser und Scheunen und die Residenz des Gouverneurs, die inmitten eines Weinberges oben auf einem Hügel stand.

Porter sagte: »Hier gibt es fast alles, was gebraucht wird, Darröfen, eine Töpferei – die Tonerde hier soll sehr gut sein. Dann hier rechts eine Schmiede, und gleich gegenüber das Haus des Verwalters. Das Krankenhaus wird grade vergrößert. Es liegt da drüben, sehen Sie? ... Das bisherige Krankenhaus war viel zu klein. Inzwischen leben hier mehr Menschen als in Sydney. Und genau wie die Tiere überstehen die armen Teufel die weite Reise von England her gar nicht gut.«

Timothy versuchte sich alles zu merken, was ihm sein Führer erzählte. Es war gerade kurz nach Mittag – die Sträflingsarbeiter ruhten sich aus, und kein Mensch war zu sehen. Nur zwei Wachposten marschierten vor der Kaserne auf und ab.

Die Straße führte am Garten des Gouverneurs vorbei. Silas Porter folgte Timothys Blick und sagte ungefragt: »Diese

Straße führt zum Landungskai, der etwa eine Meile entfernt von hier am Fluß liegt. Dort legt das Flußschiff, das im Volksmund *Lump* heißt, alle zwei Tage an. Das Schiff wurde vom Schiffszimmermann der *Supply* hier gebaut. Außer Passagieren kann sie zehn Tonnen Fracht aufnehmen, und sie hat ihren Dienst bisher ganz gut versehen. Aber es wäre ein gutes Geschäft, wenn jemand ein größeres und besseres Schiff anschaffen würde.«

»Warum wollen *Sie* das nicht tun?« fragte Timothy.

»Ach nein, ich doch nich. Ich bin ein Seemann... und ich komm gut mit Captain Raven und der alten *Brittania* zurecht.« Er deutete geradeaus. »Toongabbe liegt nordöstlich von hier und Prospect Hill östlich... beides ist etwa vier Meilen weit weg. Bestimmt wollen Sie sich beide Orte anschauen, bevor Sie sich entschließen, wo Sie sich niederlassen wollen, aber zuerst sagen wir Tom Macrae guten Tag. Er sagt Ihnen, wo Sie heute nacht schlafen können, und hat einen Unterstand für die Pferde. Er ist einer der Überlebenden von der *Guardian,* dem Schiff, das auf der Fahrt von Kapstadt hierher auf einen Eisberg aufgelaufen ist – und er ist ein guter Mann. Er arbeitet hier als Aufseher, und außerdem ist er sehr geschickt im Häuserbauen. Das da drüben ist sein Haus.«

Man sah es seinem Haus an, daß er etwas von seinem Handwerk verstand – es war ein geräumiger Ziegelsteinbau mit einem Schindeldach und einem großen gepflegten Garten. Er stieg vom Pferd ab, reichte Timothy die Zügel und klopfte laut an die Holztür.

»Tom... bist du zu Hause? Dein alter Freund Silas Porter will dir guten Tag sagen!«

Eine Frau öffnete die Tür. Sie hatte graue Haare, trug eine schneeweiße Schürze über ihrem dunklen Kleid und hatte ein kleines, aber unerwartet jugendliches, rotbackiges Gesicht. Sie lächelte freundlich, als sie Porter erkannte.

»Silas... ach, das freut mich aber, dich wiederzusehen!

Tom ißt gerade zum Mittag. Komm doch herein – er wird sich sehr über deinen Besuch freuen.« Sie schaute Timothy fragend an, der neben den Pferden stand, und Porter stellte ihn ihr als einen neu angekommenen Freien Siedler und den Besitzer der beiden Pferde vor.

»Wir kriegen hier nicht oft ein Pferd zu sehen, Mister Dawson«, sagte die Frau. »Und wir haben auch keine Ställe, aber… hinter dem Haus ist ein Unterstand. Soll ich Sie dorthin bringen?«

Timothy schüttelte den Kopf. Beide Tiere waren müde, und er wollte ihnen schnell die Sättel abnehmen.

»Wenn es Ihnen recht ist, möchte ich ihnen gern selbst Wasser geben und sie füttern. Sie sind bis heute auf dem Schiff gewesen.«

»Dann kommen Sie nur mit«, sagte sie einladend. »Und du, Silas, geh schon hinein.«

Silas Porter ließ sich das nicht zweimal sagen. Die Frau des Aufsehers schürzte ihre Röcke und führte Timothy zu einem Unterstand, in dem sich normalerweise eine Hühnerschar aufhielt. Während er den Pferden die Sättel abnahm und sie mit Strohbüscheln abrieb, brachte ihm Mrs. Macrae Wasser und einen Eimer voll Körner.

»Mehr als das haben wir nicht«, erklärte sie. »Es ist eine Mischung aus Mais und Hafer, aber unsere Tiere gedeihen gut damit, deshalb glaube ich, daß es Ihren schönen Pferden auch bekommen wird.«

»Vielen Dank, Madam.« Er war wirklich gerührt von ihrer großen Freundlichkeit. Thomas Macrae hatte Glück mit seiner Frau gehabt. »Wie kann ich das wiedergutmachen?«

»Hier draußen lernen wir es, einander zu helfen. Es ist ein schweres Leben, aber es wird langsam besser.«

»Langsam besser?«

Sie lächelte. »Wir befürchten nicht mehr Tag für Tag eine Hungersnot, wie am Anfang. Wir bringen Ernten ein, züchten Tiere, finden immer besseres und fruchtbareres Land... und Schiffe kommen an und versorgen uns mit dem, was wir noch nicht selbst herstellen können. In den ersten Jahren« – sie wurde ernst, und ihr Gesicht verdüsterte sich – »kamen keine Schiffe, und wir befürchteten, daß wir unserem Schicksal überlassen worden seien.«

Timothy starrte sie an und ließ den Hengst aus Versehen mehr trinken, als er beabsichtigt hatte. »Sie waren von Anfang an dabei, Mistress Macrae?«

»Ja«, gab sie zu, ohne zu zögern. »Ich kam mit der ersten Flotte hierher, die unter Gouverneur Phillips Kommando stand.«

»Dann sind Sie – das heißt ja –«, Timothy unterbrach sich selbst und lief blutrot vor Scham an.

Mrs. Macrae lächelte wieder. »Ich kam als Sträfling hierher, Sir, und war zu lebenslänglicher Verbannung verurteilt.«

»Aber Sie sind eine – eine respektable Frau«, sagte er ungläubig und unterbrach sich dann, als ihm seine eigene Ungeschicklichkeit auffiel. »Ich bitte Sie um Verzeihung, Mistress Macrae. Ich – ich hatte nicht vor –«

»Ist ja schon gut, Sir«, unterbrach die Frau seine gestammelte Entschuldigung. »Aber nicht alle Sträflinge sind schlechte Menschen oder Huren, wie Sie anzunehmen scheinen. Aber was erzähle ich Ihnen! Das werden Sie selbst in kürzester Zeit herausfinden.« Mrs. Macrae drückte ihm eine Hand auf den Arm.

»Kommen Sie ins Haus, sobald Sie Ihre Pferde gefüttert haben. Ich richte inzwischen etwas zu essen für Sie her.«

Immer noch verwirrt, ging Timothy so spät wie möglich ins Haus. Man lernt nie aus, sagte er sich, selbst wenn es sich um Sträflinge handelt. Als er schließlich all seinen Mut zusammengenommen hatte und das Haus des Aufsehers betrat, hatten Silas Porter und sein Gastgeber das Essen gerade beendet und waren im Begriff, zu gehen. Der Aufseher

Macrae war ein großer, glatzköpfiger Mann von etwa fünfzig Jahren, der Timothy mit großer Freundlichkeit begrüßte.

»Sie können bei uns übernachten, Mister Dawson, und Ihre Pferde sind ja auch schon gut untergebracht. Sie können sich ja noch n bißchen zu Fuß umschauen – die meisten Leute hier reisen auf Schusters Rappen. Sie könnens gut noch bis Toongabbe und zurück schaffen, bevor es dunkel wird. Und morgen früh können Sie sich die Gegend am Hawkesbury anschauen… Ich sag Ihnen dann, in welche Richtung Sie reiten müssen, und geb ihnen ne Flinte mit, falls Ihnen Wild über den Weg läuft.«

Er verabschiedete sich mit einem Nicken. »Annie gibt Ihnen was zu essen, und heute abend bekommen Sie beide etwas Kräftiges vorgesetzt. Frisches Schweinefleisch – gestern habe ich ein Schwein geschlachtet, Sie haben Glück. Komm, Silas – wir gehen sofort, wenn du fertig bist.«

Nachdem die beiden das Haus verlassen hatten, setzte ihm Annie Macrae Brot und selbstgemachten Ziegenkäse vor, und als er sich satt gegessen hatte, reichte sie ihm eine Flinte und zeigte ihm, in welche Richtung Toongabbe lag.

Timothy ging den Weg entlang, der in nordwestlicher Richtung aus der Ortschaft hinausführte. Er kam an Hütten von Sträflingen vorüber und sah, daß in den meisten Gärten kräftiges, gesundes Gemüse wuchs. Nur wenige Gärten waren in schlechtem Zustand, Hühner und magere Schweine trieben darin ihr Unwesen. Links des Weges sah er, wie sich eine Gruppe von Arbeitern an einem langen flachen Gebäude zu schaffen machte. Es mußte das halb vollendete neue Krankenhaus sein, von dem ihm Silas Porter berichtet hatte. Am äußersten Rande der Ortschaft wurde er auf unangenehme Weise daran erinnert, daß es sich hier um eine Sträflingssiedlung handelte. Von einem Galgen hing etwas herunter, was einmal ein Mensch gewesen sein mußte, und Timothy überlegte sich schaudernd, was dieser Mann wohl angerichtet haben mußte, daß ihm seine Richter ein christliches Begräbnis verweigert hatten. Denn es war ein Friedhof da – weiße Holzkreuze standen in regelmäßigen Abständen auf einer baumbeschatteten, eingezäunten Wiese.

Es ist ein hartes Leben, hatte Mrs. Macrae ihm gesagt. Das war es offensichtlich, denn die Fülle der Kreuze im Friedhof zeigte, wie viele Menschen in der kurzen Zeit hier schon gestorben waren – und es waren bestimmt nicht nur die Kranken und die Alten. Und... unwillkürlich warf er einen Blick zum Galgen zurück.

Als er etwa drei Meilen weit gelaufen war, wich der staubige Weg einem kleinen Bach aus, an dessen Ufern hohe Bäume wuchsen. Er erkannte an den grauweißen Stämmen und den schmalen, sich ständig bewegenden Blättern, daß es die hier ganz üblichen Eukalyptusbäume waren. Der Bach sah kühl und einladend aus. Plötzlich verspürte Timothy Durst, ging vom Weg ab und rutschte die steile Böschung zum Bach hinunter. Ein Schwarm weißer Kakadus flog laut protestierend auf, und als er sich hinkniete, um mit den Händen Wasser zu schöpfen, brach ein anderer Vogel – den er aber nicht sehen konnte – hoch oben im Baum in eine Art menschliches Gelächter aus, das ihn zuerst sehr erschreckte.

Das Wasser war rein und schmeckte gut, er trank durstig und wusch sich anschließend den Staub vom Gesicht ab. Er erhob sich erfrischt und bemerkte, daß sich das gegenüberliegende Bachufer fast in gleicher Höhe mit dem sich daran anschließenden Land befand und daß dort drei oder vier Bewässerungsgräben angelegt worden waren. Neugierig geworden, überquerte er den Bach auf zwei Baumstämmen, die wohl schon seit langer Zeit dort lagen und eine natürliche Brücke bildeten. Die Bewässerungsgräben führten in regelmäßigen Abständen durch ein frisch umgegrabenes Feld, das offensichtlich gerade erst angelegt worden war.

Es war der erste Besitz eines Siedlers, den er aus der Nähe

betrachtete, und er schaute sich interessiert um. Zu seiner Linken breiteten sich Maisfelder aus, und zu seiner Rechten sah er ein solide gebautes kleines Haus mitten in einem Gemüsegarten stehen. Ein dünner blauer Rauchfaden stieg aus dem weißen Schornstein auf. Ein paar niedrige Ställe und eine kleine Scheune schlossen sich an, aber zwischen dem Haus und den Ställen lag ein schwarzer verkohlter Holzhaufen, aus dem Timothy nicht gleich schlau wurde. Dann dämmerte ihm, daß den Siedlern, wer immer sie auch waren, vor kurzem eines ihrer Gebäude abgebrannt sein mußte. Er sann darüber nach, wie das Feuer wohl ausgebrochen sein mochte. Mrs. Macrae hatte ihm erzählt, daß die Siedler am Hawkesbury von Eingeborenen überfallen wurden, die auch Feuer legten.

Dann hatte sie hinzugefügt: »Aber die hiesigen Eingeborenen sind eigentlich sehr harmlose und freundliche Leute. Und unsere Soldaten sorgen dafür, daß das auch so bleibt. Aber dort am Fluß, wo bislang nur ein paar Siedler wohnen, machen ihnen die Eingeborenen das Leben schwer.«

Hier hatte wahrscheinlich eine niedergebrannte Kerze oder ein achtloser Pfeifenraucher den Brand verursacht. Oder … oder der Siedler hatte sich mit seiner Frau gestritten, sie hatten zuviel Alkohol getrunken und – wie schnell passierte dann solch ein Unglück! Mrs. Macrae hatte ihm zwar versichert, daß nicht alle Sträflinge Verbrecher und Huren seien … aber viele waren es wahrscheinlich dennoch.

Er seufzte und wollte weitergehen, als eine Bewegung bei den Ställen seine Aufmerksamkeit erregte. Er sah eine Frau, die ein Fohlen führte. Das junge Tier schien störrisch, aber die Frau ließ sich dadurch nicht stören. Sie sprach mit sanfter Stimme auf das Tier ein, führte es am Halfter. Als die beiden näher kamen, hatte Timothy zuerst nur Augen für das hübsche Fohlen. Dann wurde ihm klar, daß er der Frau seine Gegenwart erklären mußte, und er blickte sie wieder an. Sie war jung, fast noch ein Mädchen, schlank und gut gebaut, und die Sonne glänzte in ihrem kupferroten Haar. Wie Mrs. Macrae trug sie eine Schürze über ihrem Kleid, dessen Ärmel bis zu den Ellbogen hochgekrempelt waren. Ihre Arme waren kräftig und von der Sonne gebräunt. Das war eine Sträflingsfrau oder eine ehemalige Sträflingsfrau, aber ganz offensichtlich arbeitete sie hart und war respektabel, und um ihr Aussehen konnte sie jede Frau beneiden.

Er zog seinen Hut und stellte sich vor.

»Ich hoffe, daß Sie mir verzeihen, daß ich bei Ihnen eingedrungen bin. Ich bin ein Siedler und gerade an Bord der *Brittania* hier angekommen.«

»Und Sie schauen sich nach Land um, Sir?« fragte die junge Frau. Sie streckte ihre Hand aus. »Ich bin Jenny Taggart.«

Sie sprach ihn mit gebildeter, angenehmer Stimme und höflich gewählten Worten an. Timothy schüttelte erfreut ihre Hand und erzählte ihr, daß er den Ratschlag von Captain Raven befolgte und sich erst einmal umsah, bevor er ein Stück Land beantragte.

»Ich bin heute morgen mit dem ersten Maat der *Brittania* nach Parramatta geritten und habe das Glück, bei dem Aufseher Macrae übernachten zu können.«

»Da sind Sie wirklich in guten Händen, Sir«, meinte Jenny Taggart. Sie zögerte. »Sagten Sie, daß Sie *geritten* sind?«

Er lächelte erfreut. »Genau das sagte ich. Ich habe zwei Pferde aus Kapstadt mitgebracht – einen Hengst und eine Stute –, beide sind gut eingeritten. Ich möchte diese Tiere zu Zuchtzwecken verwenden. Das haben Sie ja auch getan. Darf ich einmal …?« Als die junge Frau nickte, unterzog Timothy das Fohlen einer fachmännischen Begutachtung. Er fand nichts daran auszusetzen, aber das Mädchen wehrte sein Lob ab.

»Ich habe das Muttertier bekommen, als es schon trächtig war, Mister Dawson. Wie diese Dinge eben hier vonstatten gehen – durch ein Tauschgeschäft. Einer der Offiziere der Marineinfanteristen hatte die Stute in Kapstadt gekauft.« Dann erzählte sie ihm Einzelheiten über die Aufzucht des Fohlens, die ihm verrieten, wie genau sie darüber Bescheid wußte.

Er rief begeistert aus: »Da haben wir ja ein gemeinsames Interesse! Oder ist es Ihr Mann, der –«

Jenny unterbrach ihn, und ihr Gesichtsausdruck wurde plötzlich ernst. »Dies ist meine Farm. Ich habe keinen Ehemann.«

»Aber Sie haben doch sicher Arbeiter? Ich meine, Sträflinge, die –« Er errötete tief, weil er den Ausdruck ihres Gesichtes nicht verstand. »Eine Frau kann doch eine Farm wie diese hier nicht allein bestellen. Alles sieht gut gepflegt aus und –« Er unterbrach sich wieder und ärgerte sich über seine Ungeschicklichkeit. »Ich bitte Sie um Verzeihung, Mistress Taggart. Aber ich stelle diese Fragen nicht aus reiner Neugier. Ich bin sehr daran interessiert, so viel wie möglich über die hiesigen Zustände zu erfahren, und mir fällt ganz einfach auf, daß sich Ihre Farm in einem sehr guten Zustand befindet.« Er deutete auf die Abwässergräben und die dunkle, vor kurzem umgegrabene Erde. »Es ist ganz deutlich, daß Sie Ihr Handwerk gut verstehen.«

»Ich bin schon von Anfang an hier«, sagte sie leise. »Seit fünfeinhalb Jahren. Ich habe – hatte – zwei Arbeiter, die mir auf der Farm helfen. Beide sind alte Männer und alte Freunde von mir. Aber« – ihre ruhige Stimme nahm jetzt einen bitteren Klang an – »einer der beiden wurde gestern erschlagen, von denselben Verbrechern, die auch seine Hütte angezündet haben. Der arme alte Mann! Wir haben ihn heute morgen begraben.«

»Wissen Sie nicht, wer es gewesen ist?«

Sie seufzte und schüttelte den Kopf. »Nein, leider nicht. Die Behörde in Parramatta gibt sich mit der Vermutung zufrieden, daß meine Farm von Eingeborenen überfallen worden ist.«

»Sie sind sich da aber nicht so sicher?« fragte er, da er gewisse Zweifel aus ihren Worten herauszuhören glaubte.

Sie schaute ihn aufmerksam an. »In dieser Gegend und auch in Sydney leben wir in bestem Einvernehmen mit den Eingeborenen. Es stimmt natürlich, daß die weiter entfernten Stämme entlegen wohnende Siedler überfallen und manchmal auch töten. Besonders viel Ärger gibt es mit einem Stammeshäuptling namens Pimelwi – der war es, der auch unseren guten Gouverneur Phillip vor ein paar Jahren verwundet hat. Bis jetzt konnte er nicht gefangen werden.«

»Sie scheinen ja eine ganze Menge darüber zu wissen.«

Jenny Taggart seufzte wieder. »Bis gestern glaubte ich das auch noch«, gestand sie. »Ich glaubte sogar, daß ich mit ihnen befreundet sei, aber jetzt bin ich da nicht mehr so sicher.« Sie wechselte unvermittelt das Thema. Das Fohlen wurde unruhig, und sie deutete auf den Bach. »Es möchte trinken. Ich bringe es meistens abends hierher, damit es sich an den Halfter gewöhnt.«

»Das ist eine gute Idee«, meinte Timothy. Er ging mit ihr zum Bach zurück. »Möchten Sie es später bei der Feldarbeit einsetzen?«

»Es bleibt mir nichts anderes übrig. Ich wollte die Mutterstute an den Pflug gewöhnen, aber jetzt –«

»Jetzt?« fragte er nach, als sie nicht weitersprach.

»Der Pflug war in der Scheune, die gestern abgebrannt ist. Er ist nicht mehr zu benutzen. Unser Saatgut ist auch verbrannt – ich kann zwar neues beantragen, aber ich muß mich mit dem zufriedengeben, was ich bekomme. Unser Saatgut war hier auf meinem Land gewachsen, und ich hatte es selbst verlesen. Aber… was erzähle ich Ihnen alles von meinen Schwierigkeiten! Ich bin sicher, daß Sie wichtigere Dinge zu tun haben.« Sie zuckte so resigniert mit den Schultern, als habe sie schon viele Enttäuschungen erlebt.

»Ich hatte eigentlich beabsichtigt, noch vor Einbruch der Dunkelheit nach Toongabbe zu gehen und zurückzukehren«, gab er zu. »Aber ich habe jetzt hier länger verweilt. Vielleicht sollte ich –«

»Dann will ich Sie nicht länger aufhalten«, sagte das Mädchen ruhig. »Das Land hier ist gut, aber hinter Prospect Hill ist es noch besser, und das allerbeste Land liegt direkt am Hawkesbury. Schauen Sie es sich so gründlich wie möglich an, bevor Sie sich entscheiden, wo Sie sich niederlassen wollen.«

»Genau das habe ich vor«, meinte er. Er dankte ihr für ihre Auskünfte und reichte ihr seine Hand. »Ich würde Ihnen gerne meine Pferde zeigen, Mistress Taggart, wenn Sie mir erlauben, wieder einmal hier vorbeizuschauen.«

»Aber natürlich, Mister Dawson. Jeder Nachbar – auch entfernte Nachbarn – sind mir willkommen. Und ich schau mir gern Ihre Pferde an. Mein Vater hat Ackergäule gezüchtet. Seine Pferde waren in Yorkshire bekannt.«

»Also, da kommen Sie her, aus Yorkshire?«

Ohne es zu bemerken, hatte Timothy ihre Hand die ganze Zeit über in der seinen gehalten. Er beugte sich verwirrt hinab, um seine Flinte aufzuheben, die er am Bachrand gegen einen hohlen Baumstumpf gelehnt hatte. Aber kurz bevor er die Waffe berührte, sah er, wie etwas auf ihn zustieß. Bevor er noch zurückzucken konnte, fühlte er einen scharfen Schmerz in seinem Handgelenk.

Er rief entsetzt: »Eine Schlange – um Gottes willen, eine Schlange hat mich gebissen ... sie war schwarz!«

Jenny Taggart reagierte blitzschnell. Sie riß sich die Schürze vom Leib und band damit seinen Arm ab.

»Ich muß Ihnen weh tun«, entschuldigte sie sich, »aber es ist notwendig.« Timothy sah, daß sie ein kleines Messer in der Hand hielt. Er biß die Zähne aufeinander. Jenny stieß die Messerspitze in die winzige Bißwunde. Es tat entsetzlich weh, und er fühlte, wie eine Art Lähmung den Arm erfaßte. Die junge Frau saugte heftig an der Wunde. Immer wieder spuckte sie das Blut aus – *sein* Blut.

Wie aus der Ferne hörte er, daß sie nach jemandem rief. Kurze Zeit später vernahm er schnelle Schritte. Dann versank alles in einem grauen Nebel. Aber er hörte, wie ein Mann sagte: »Sieht schlecht aus!«

Timothy wollte etwas sagen, brachte aber kein Wort über die Lippen. Sein Gesicht fühlte sich wie gelähmt an, und seine Zunge schien doppelt so groß zu sein wie sonst. Er hörte, wie die junge Frau sagte: »Wir müssen ihn ins Haus schaffen, Watt. Ich habe alles getan, was möglich ist.«

Halb trugen sie ihn, halb schleiften sie ihn zum Haus hinüber, das er vom Bach aus gesehen hatte. Als er endlich auf dem Bett lag, breitete Jenny eine Decke über ihn. Er rang nach Luft, und der Mann sagte: »Er kann ja kaum schnaufen, der arme Kerl! Soll ich Doktor Arndell holen?«

»Nein«, sagte Jenny mit entschiedener Stimme. »Selbst wenn du ihn findest, dauert es viel zu lange. Warte noch eine halbe Stunde, Watt. Auf alle Fälle müssen wir Mr. Macrae davon benachrichtigen, daß er hier ist, sonst wird er einen Suchtrupp ausschicken.«

Mit großer Mühe flößten sie ihm ein paar Tropfen Alkohol ein. Etwas später konnte er leichter atmen, und die Angst zu ersticken ließ nach. Die Stimmen seiner Helfer schienen immer noch weit entfernt zu sein, und Timothy sehnte sich danach, einschlafen zu können. Er hörte, wie der Mann sagte: »Na ja, er lebt noch, oder? Das is n Wunder – einmal hab ich miterlebt, wie einer von ner schwarzen Schlange gebissen worden is, und der arme Teufel war in ner halben Stunde tot. Glaubst du, er schaffts?«

»Das glaub ich schon«, antwortete Jenny. »Ich hab alles gemacht, was die Indianer in so einem Fall tun. Colbee hat einem Mann das Leben gerettet, und ich hab natürlich ganz genau zugeschaut...« Sie seufzte und bat dann: »Bitte geh nach Parramatta und gib den Macraes Bescheid. Und bleib über Nacht dort – es wird ja schon bald dunkel.«

»Ich kann dich doch nich allein lassen, Jenny«, widersprach der Mann, den sie Watt genannt hatte. »Doch nich nach dem, was Reuben passiert is!«

»Mir passiert schon nichts. Mister Dawson hatte eine Flinte bei sich. Bring sie mir, bevor du weggehst, dann kannst du beruhigt sein.«

Timothy wurde schließlich vom Schlaf übermannt. Er hörte noch, wie ein Kind wimmerte und wie Jenny mit sanfter Stimme sagte: »Sei still, Justin – sei still! Dein Opa muß nur noch mal weg – aber das ist kein Grund, um zu quengeln. Und dieser arme Mann hier ist krank.«

Trotz der Nebel, die ihn einhüllten, bemerkte Timothy, daß Jenny aufstehen wollte. In unerklärlicher Angst hielt er sie fest und flüsterte: »Nicht weggehen … Jenny. Ich …« Es kostete ihn große Mühe, diese wenigen Worte auszusprechen, und zu seiner großen Erleichterung setzte sie sich wieder neben ihn aufs Bett.

»Ist ja gut«, beruhigte sie ihn leise. »Ich bin hier – ich geh nicht weg. Schlafen Sie jetzt. Sie werden nicht sterben, Mister Dawson.«

»Gott sei … Dank«, hauchte er mit rauher Stimme, hielt ihre kleine, abgearbeitete Hand fest umschlossen und versank in Schlaf.

3

Jasper Spence war mit dem Verlauf seines Antrittsbesuchs bei dem Gouverneur von Neusüdwales sehr zufrieden. Als er, begleitet von dem Soldaten, der ihn hingeführt hatte, über die staubige Straße zurückging, dachte er, daß Major Francis Grose wirklich ein Mann nach seinem Geschmack war.

Spence hatte sein Leben im Dienst der Ostindiengesellschaft verbracht und gelernt, daß die einzige Entschädigung für den Aufenthalt in einem fremden Land mit einem gesundheitsschädlichen Klima in einträglichem materiellem Profit bestand. Es war ihm sehr bald klargeworden, daß Francis Grose auch diese Ansicht teilte und nichts lieber tat, als einem Siedler, der bereit war, sein Geld in die kommerzielle Entwicklung der Kolonie zu stecken, jede mögliche Hilfe zukommen zu lassen. Grose hatte ihm außerdem zu verstehen gegeben, daß mit Ackerbau hier in der Kolonie kein schnelles Geld zu verdienen war und daß ein Anteil der Fracht, die Captain Raven bald hier liefern würde, eine sehr viel lukrativere Investition darstellen würde.

»Wählen Sie sich nur das Land aus, das Sie möchten, Mister Spence«, hatte der Gouverneur gesagt. »Ich werde mich darum kümmern, daß eine Arbeitsgruppe von Sträflingen Ihnen ein solides Wohnhaus und die nötigen Farmgebäude errichten wird, die Sie auf Ihrem Besitz brauchen. Aber bis es soweit ist, schauen Sie sich doch bitte ein Haus hier in Sydney Cove an, das ich Ihnen in der Zwischenzeit zur Verfügung stellen kann. Diese Lösung wird Ihnen sicher sehr angenehm sein, weil sie Ihnen ermöglicht, vollkommen frei und – äh – unbeeinflußt alles zu besichtigen, was wir hier zu bieten haben.«

Erst im nachhinein fiel es Spence ein, daß er mit dem »Einfluß« nur Jon Macarthur gemeint haben konnte. Macarthur hatte ihm zwar, wie es schien, ohne Hintergedanken seine Gastfreundschaft angeboten, aber ... wenn Major Grose das aus irgendeinem Grund nicht passend fand, würde er bestimmt Rücksicht darauf nehmen. Oder die Einladung eben nur für ein paar Tage in Anspruch nehmen, wenn er in der Gegend von Parramatta das Land besichtigte.

Henrietta wäre damit ganz sicher einverstanden. Sie lebte ohnehin nicht gern über längere Zeit in fremden Haushalten, aber ihre Gründe waren nur zu durchsichtig. Das Regiment des jungen Charles Brace war in Sydney stationiert, und es war nicht gerade praktisch für ihn, jedesmal vierzehn bis fünfzehn Meilen nach Parramatta fahren zu müssen, um ihr den Hof zu machen.

Ach ja... der Gouverneur mußte es wirklich gut mit ihm meinen. Er hatte versprochen: »Ich werde dafür sorgen, daß Sie Friedensrichter werden, Mister Spence. Keine Sorge, das ist kaum mit Arbeit verbunden – meine Offiziere sind als Richter in Strafrechtsprozessen tätig, und das Zivilgericht tagt nur äußerst selten. Aber als Friedensrichter bekämen Sie ein Haus und die nötige Dienerschaft gestellt, und dagegen hätten Sie doch sicherlich nichts einzuwenden.«

Natürlich nicht, dachte Jasper Spence – vorausgesetzt natürlich, daß das Haus großzügig war und in einer guten Gegend lag. Viele der ursprünglichen Offiziershäuser verfielen schon jetzt, da ungelöschter Kalk als Baumaterial in der Kolonie nicht vorhanden gewesen war. Aber mittlerweile wurde er von der Insel Norfolk importiert, und die Häuser wurden neu gebaut oder repariert.

Sein Führer, den ihm der Gouverneur mitgegeben hatte, blieb stehen. »Das ist das Haus, Sir«, sagte er. »Das sollte ich Ihnen zeigen.«

Wie alle Häuser in der neuen Kolonie war auch dieses hier ein kleiner, flacher Bau – im Vergleich zu seinem Bungalow in Kalkutta war es wirklich eine armselige Hütte. Aber als der Mann ihm die Tür aufschloß, stellte Jasper Spence fest, daß es doch sorgfältig renoviert worden war und einen schönen Garten hatte.

»Es war Captain Hills Haus, Sir«, erklärte der Soldat. »Er fuhr auf der *Shah Hormuzcar* nach England zurück – das Klima hier ist ihm nicht bekommen.« Der Mann hob einen narbenbedeckten Arm und stieß die Tür auf. Spence sah zu seinem Entsetzen, daß dessen Handgelenk ebendie Narben aufwies, wie sie durch langes Tragen von Handschellen entstehen.

»Waren Sie«, fragte er scharf und blieb in der Tür stehen,

»ein Sträfling, bevor Sie zum Neusüdwales-Korps gingen, guter Mann?«

Der Soldat antwortete ohne zu zögern: »Jawohl, Sir. Ich bin mit dem übelsten Schiff von allen hierhergekommen, der *Neptun* – das war vor drei Jahren.«

»Aber wie –«

Der Soldat lächelte. »Sträflinge, die sich gut führen und früher beim Militär waren, können sich freiwillig beim Neusüdwales-Korps melden, Sir. Wir sind dann Berufssoldaten, aber wenn uns unsere Strafe erlassen wird, können wir sogar außerhalb der Kasernen leben, wenn wir verheiratet sind.« Er fuhr mit bitterem Unterton fort: »Ich habe in Amerika gekämpft und bin zweimal verwundet worden, aber ich bin desertiert, Sir. Die Hälfte meiner Kameraden hier im Korps sind Deserteure von anderen Regimentern – sie dienen nur, weil sie ganz genau wissen, daß sie hier am Ende der Welt vor Verfolgung sicher sind.« Er sprach nicht weiter, so als sei ihm plötzlich klargeworden, daß er seinen Zuhörer schockiert hatte, und nach einer Pause deutete er in das Innere des Hauses: »Es ist ein solide gebautes Haus, Sir. Es hat vier Zimmer und im hinteren Teil eine Küche und Wohnmöglichkeiten für die Bediensteten.«

Nachdem Jasper Spence das Haus gründlich begutachtet hatte, zog er ein Notizbuch aus der Tasche und schrieb dem Gouverneur einen kurzen Brief, daß er mit dem Haus sehr zufrieden sei.

Henrietta würde es mit den aus England mitgebrachten Vorhängen, Teppichen und den Bildern so schön ausschmükken, daß man die hier in der Kolonie geschreinerten massiven Möbel darüber vergessen würde.

Bei seiner Rückkehr auf das Schiff erwartete sie ihn ungeduldig in ihrer Kabine.

»Ich kann keinen Augenblick länger hierbleiben, Papa«, schluchzte sie unter Tränen. »Du hast ja gar keine Ahnung, was hier vor sich geht. Sträflingsfrauen sind an Bord erschienen und ...« Sie schauderte. »Sie verhalten sich – ach, es ist so verletzend! Ich wage keinen Schritt mehr aus meiner Kabine, ich ...«

»Ich versteh dich ja, meine Liebe«, beruhigte ihr Vater. Er streichelte ihr begütigend die Hand und erzählte ihr die Neuigkeit von dem Haus und wie gut er sich mit dem Gouverneur verstand. Sie unterbrach ihn mitten im Satz.

»Können wir nicht gleich jetzt in dem Haus wohnen, Papa?«

»Bis jetzt stehen nur die nötigsten Möbel darin, mein Kind. Außerdem muß es gründlich gereinigt werden, bevor wir einziehen können. Ich muß mich um Hauspersonal kümmern und –«

»Dann müssen wir ja doch bei den Macarthurs wohnen?«

»Nur für ein paar Tage, meine liebe Etta«, antwortete Jasper Spence. »Warum möchtest du eigentlich Mister Macarthurs freundlicher Einladung nicht Folge leisten?«

»Weil ich ihn nicht leiden kann«, gab Henrietta ohne zu zögern zu. »Aber« – sie zuckte mit ihren schmalen Schultern – »lieber das, als noch länger an Bord dieses Schiffes zu bleiben. Wie kommen wir denn nach Parramatta, Papa? Erwartet Mr. Macarthur, daß wir zu Fuß hingehen?«

Ihr Vater schüttelte den Kopf. »Nein, natürlich nicht – er hat gesagt, daß er uns ein Boot schickt. Ich werde Erkundigungen einziehen – vielleicht ist es schon eingetroffen, und wir können noch am Nachmittag weiterfahren. Soviel ich verstanden habe, dauert die Reise den Fluß hinauf nur vier Stunden und soll landschaftlich wunderschön sein. Wenn du dich also bis nach dem Mittagessen reisefertig machen kannst, meine Liebe –«

Henrietta tupfte ihre Augen mit einem Spitzentaschentuch trocken. »Natürlich kann ich bis dahin fertig sein. Aber wer soll das Entladen von unseren Möbeln überwachen?«

»Captain Raven kümmert sich bestimmt darum. Außerdem werde ich O'Leary bitten, mich in meiner Abwesenheit zu vertreten.«

Jasper Spence fühlte sich erleichtert, daß seine Tochter mit seinen Plänen einverstanden war, und streichelte ihr noch einmal zärtlich über die Hand. Die beiden Männer, die er für die Farmarbeit aus England mitgebracht hatte, würden das Entladen der Möbel überwachen und verhindern, daß die Sträflinge allzu achtlos damit umgingen. Der Schafhirte Seamus O'Leary war ein zuverlässiger Mann. Er war zwar weder so fleißig noch so ergeben wie die Diener in Indien, an die sich Spence seit vielen Jahren gewöhnt hatte, aber auf der langen Schiffsreise hatten sich sowohl O'Leary als auch sein Sohn Patrick als loyale, ehrliche Diener erwiesen, und seine Frau hatte sich rührend um Henrietta bemüht. Zwar war seine Tochter nicht ganz zufrieden mit ihr, da die arme Frau nicht gerade die besten Manieren hatte, aber …

»Ich glaube nicht, Papa«, wandte Henrietta ein, als hätte sie seine Gedanken gelesen, »daß ich Mrs. O'Leary nach Parramatta mitnehmen möchte. Mr. Macarthurs Frau hat bestimmt gut geschulte Mädchen, und da würde sie schlecht abschneiden. Auf jeden Fall ist es besser, wenn sie in der Zwischenzeit unser neues Haus saubermacht, glaubst du nicht?«

»Ich lasse es O'Leary wissen. Und jetzt muß ich los und mit Captain Raven sprechen. Du bleibst bis zum Mittagessen hier in der Kabine, ja?«

»Das mach ich bestimmt, ob ich möchte oder nicht, Papa«, antwortete Henrietta mißmutig. »Und ich rate dir auch, das Messedeck zu meiden, wenn du keinen Schock erleiden willst.«

Jasper Spence unterdrückte ein Lächeln. »Nun gut, meine Liebe, ich werde sehen, ob sich das machen läßt.« Dann fragte er: »Hat sich Charles Brace heute bei dir gemeldet?«

»Nein, das hat er nicht«, entgegnete seine Tochter mit eisigem Tonfall. »Er hat zuviel mit seinen Soldaten zu tun. Es heißt, daß heute morgen zwei Männer durchgepeitscht wurden, und Charles mußte dabei anwesend sein.« Sie fügte zögernd hinzu: »Gestern hatte ich den Eindruck, daß er... nun, daß es ihm nicht widerstrebt, so etwas mitanzusehen. Ach Papa, es ist alles so entsetzlich! Ich wäre so gerne wieder in Indien!«

Es gab Augenblicke, in denen Jasper Spence denselben Wunsch hegte – wenn auch aus anderen Gründen. Er seufzte auf. »Nimm es nicht zu schwer, mein Kind«, bat er. »Das hier ist eine Strafkolonie – das darfst du nie vergessen. Aber wenn wir erst einmal ein schönes Haus draußen auf dem Land bewohnen, dann wird es uns hier bestimmt besser gefallen. Das Klima ist sehr verträglich, und auch meine beruflichen Aussichten sind gut. Ich habe dir doch erzählt, daß der Gouverneur mir den Posten eines Friedensrichters angeboten hat?«

»Ja«, antwortete Henrietta ohne jede Begeisterung. »Das hast du mir erzählt, Papa. Aber trotzdem wäre ich viel lieber in Indien geblieben.«

»Indien hat die Gesundheit deiner lieben Mutter ruiniert, Etta«, meinte er bitter. »Ihr zuliebe sind wir nach England zurückgegangen, wie du sehr wohl weißt.«

»Ja, natürlich. Aber die arme Mama ist trotzdem gestorben, Gott sei ihrer Seele gnädig. Und wir hätten zurück nach Indien gehen können, Papa – wir könnten es *immer noch* tun«, bettelte Henrietta. »Dieses Schiff fährt doch nach Kalkutta weiter, und ich bin sicher, daß Captain Raven uns als Passagiere mitnehmen würde und –«

Jasper Spence unterbrach sie mit ungewohnter Schärfe. »Nein. Ich werde niemals nach Indien zurückgehen. Ich habe meine Gründe, Etta, und die mußt du respektieren.«

Dann gab er sich einen Ruck und sagte lächelnd: »Ich muß jetzt mit Captain Raven sprechen. Mrs. O'Leary kann dir Gesellschaft leisten oder dir beim Packen helfen, mein Kind, bis ich dich zum Essen abhole.«

Er gab ihr einen Kuß auf die Wange und verließ dann die Kajüte. Drei Stunden später saßen sie im Boot, das Mr. Macarthur geschickt hatte, und ließen sich in Richtung Parramatta rudern. Henrietta war wie ausgewechselt und bewunderte die fremdartige Landschaft um sie herum. Sie fuhren durch leuchtendblaues glasklares Wasser an goldenen Sandstränden entlang, denen palmenbedeckte kleine Buchten und felsige Inseln folgten, und schließlich bogen sie in die Flußmündung ein und fuhren an Hütten und Scheunen vorüber, die im nachmittäglichen Sonnenschein sehr beschaulich wirkten. Sie sahen dunkelhäutige Eingeborene aus ihren Kanus heraus mit Speeren fischen, und am Ufer liefen Ziegen und Schweineherden frei umher.

Wilde Enten flogen auf, und der Steuermann bedauerte, daß er keine Flinte bei sich hatte. Am Landesteg von Parramatta löschten gerade abgerissen wirkende Arbeiter die Fracht einer schweren Barke, und Henriettas gute Laune verflog.

»Wir bleiben doch nur ein paar Tage hier, oder, Papa?« flüsterte sie ihrem Vater zu.

»Ja, meine Liebe, selbstverständlich«, versicherte ihr Jasper Spence.

Der Steuermann half ihm beim Aussteigen. »Ich lasse Mr. Macarthur wissen, daß Sie hier sind«, sagte er und deutete auf das Wachhäuschen neben dem Landungssteg. »In der Zwischenzeit wird Ihnen der Sergeant dort Gesellschaft leisten.«

Als Henrietta über den Landungssteg ging, starrte ein junger Sträfling sie mit offenem Mund an, bis ihm der Aufseher mit der Peitsche eins über den nackten Rücken zog. Er schrie auf, Henrietta schluchzte, und ihr Vater legte leise fluchend seinen Arm um ihre Schultern und führte sie schnell ins Wachhäuschen.

»Schon gut, schon gut«, tröstete er sie, »nimm es nicht so schwer, meine Liebe. Der Mann ist schließlich ein Verbrecher.«

»Aber er ist ein *Engländer«,* protestierte Henrietta. »Wir haben in Indien nicht einmal die Eingeborenen so schlecht behandelt, Papa.«

Das ist wahr, dachte ihr Vater. Er seufzte tief auf, und die beiden gingen schweigend weiter.

Um acht Uhr morgens traten die beiden Kompanien des Neusüdwales-Korps auf dem Exerzierplatz an, um der Bestrafung von zwei Soldaten beizuwohnen.

Captain Foveaux hatte Charles Brace am Abend beim Essen erzählt, daß beide Männer sich unerlaubt von ihrem Wachposten entfernt hatten, schuldig gesprochen worden waren und heute ausgepeitscht werden sollten.

»Tatsächlich«, erklärte Foveaux, »ist die Höchststrafe nur deshalb verhängt worden, weil die beiden zugegeben haben, daß sie desertieren wollten. Sie haben Waffen und ein Boot gestohlen und ihre Flucht gründlich vorbereitet. Sie verdienen die Bestrafung in der Tat. Wenn ich der Richter gewesen wäre, hätte ich sie hängen lassen! Es ist wirklich etwas anderes, ob Sträflinge zu fliehen versuchen, oder ob das unsere Soldaten tun. Sie werden hier sehr gut behandelt und genießen viele Privilegien – also gibt es überhaupt keine Entschuldigung für diese Schurken.«

Charles Brace, der erst sechs Monate Militärdienst in England hinter sich hatte, hatte noch nie einer Bestrafung beigewohnt, und als er in militärischer Haltung vor den Soldaten in ihren scharlachroten Uniformjacken stand, hoffte er verzweifelt, daß sich sein Magen als stark genug erweisen würde und er sich nicht übergeben müßte. Die Urteilssprüche schienen ihm extrem streng zu sein. Der Trommler Roberts sollte dreihundert Peitschenhiebe erhalten, der Corporal Williamson fünfhundert, und außerdem sollte er degradiert werden. Aber als Brace gewagt hatte zu fragen, ob diese Strafe denn nicht einem Todesurteil gleichkäme, hatte sein Kompaniechef nur gelacht.

»Guter Gott, nein! Jeder Mann bekommt doch nur so viel Hiebe, wie er ertragen kann. Wenn der Arzt der Bestrafung Einhalt gebietet, wird der Sträfling losgebunden. Die Reststrafe wird erst dann vollstreckt, wenn er körperlich dazu in der Verfassung ist. Zugegebenermaßen verhängen wir härtere Strafen als zu Hause in England, aber wir leben hier ja auch in einer Strafkolonie, und die Einhaltung der Disziplin ist wichtiger als alles andere. Als Gouverneur Phillip hier das Kommando führte, wurden die Sträflinge weitaus milder bestraft als die Marineinfanteristen. Und der bewundernswerte Captain Phillip hielt auch nichts davon, Frauen auspeitschen zu lassen.«

Captain Joseph Foveaux war jünger als die meisten anderen ranggleichen Offiziere im Korps – etwa siebenundzwanzig oder achtundzwanzig Jahre alt. Er war ein mittelgroßer, gutaussehender Mann mit schmalen Lippen und leuchtenden, fast schwarzen Augen. Wie John Macarthur hatte auch er ein großes, fruchtbares Stück Land zugesprochen bekommen, und man hörte munkeln, daß er es noch erfolgreicher bebauen ließ als Macarthur selbst. Jemand – Brace wußte nicht mehr, wer es gewesen war – hatte ihm erzählt, daß Foveaux ein unehelicher Sohn des Earls von Ossory sei und daß seine Mutter eine Köchin französischen Ursprungs war, die auf dem Familiensitz des Earls angestellt gewesen war. Der Name Foveaux war natürlich französisch, aber ob die Geschichte stimmte…

Ein Sergeant und drei Trommler marschierten über den Exerzierplatz und stellten sich vor den im Dreieck aufgebauten Hellebarden auf. Der Sergeant trug einen roten Stoffsack, in dem sich die neunschwänzige Peitsche befand. Charles Brace spürte, wie sich sein Magen hob, und er nahm sich auf das äußerste zusammen.

Die Gefangenen marschierten mit nacktem Oberkörper

auf, und der Kommandeur der Feldgendarmerie verlas noch einmal das Urteil. Weder Major Grose noch der Advokat Captain Collins waren anwesend – Captain Foveaux war der ranghöchste Offizier.

Er stellte sich in der Nähe des Dreiecks auf, das durch die Hellebarden gebildet wurde, und nickte dem Sergeant zu, der sofort die Peitsche aus dem Sack nahm. Als der erste Mann an der mittleren Hellebarde festgebunden wurde, schaute sich Foveaux die Peitsche genau an und strich mit den Fingern über die sieben verknoteten Lederschnüre.

»Tun Sie Ihre Pflicht!« sagte er kurz und reichte die Peitsche einem der Trommler.

Der Mann nahm Habachtstellung ein und erhob dann die Peitsche. Die ersten Hiebe, die von Trommelschlägen begleitet wurden, hinterließen leuchtendrote Striemen auf dem nackten Rücken des Gefangenen. Anfangs ertrug er die Züchtigung, ohne einen Laut von sich zu geben, aber als die Riemen sich tiefer in sein Fleisch einschnitten, stöhnte er auf. Nach zwei Dutzend Schlägen ordnete Captain Foveaux an, daß der zweite Trommler die Peitsche übernahm und weitermachte. Brace sah, daß es ein Linkshänder war, und ihn überkam Übelkeit, als er sah, wie die Peitsche immer neue blutige Striemen in den Rücken des unglücklichen Gefangenen schlug.

»Einhundert!« rief der Sergeant. Der Arzt, ein junger Mann, den Brace vorher noch nicht gesehen hatte, untersuchte ihn routinemäßig und trat dann wieder zurück, ohne ein Wort zu sagen. Foveaux ordnete an, mit der Bestrafung fortzufahren. Die Männer, die die Peitschenhiebe ausführten, wechselten sich hin und wieder ab, und der Arzt gab mit wortlosem Nicken zu erkennen, daß er nichts gegen die Fortführung der Bestrafung einzuwenden habe.

Inzwischen war der Rücken ein einziges Stück rohes, blutendes Fleisch. Aber das Opfer war halb ohnmächtig und spürte nichts mehr. Und Foveaux erweckte den Eindruck, als ob er dieses ekelhafte Spektakel tatsächlich genösse... Brace fuhr zusammen. Er überlegte, ob er sich jemals an eine solche Brutalität gewöhnen und ihr gleichgültig oder sogar mit Vergnügen beiwohnen könne. Er schloß die Augen und zwang sich, an etwas anderes zu denken, aber er war unfähig dazu, und als er die Augen wieder öffnete, hörte er, wie der Sergeant »zweihundertfünfundsiebzig, Sir!« sagte.

Zur großen Erleichterung von Charles Brace schaltete sich jetzt der Arzt ein.

Er wandte sich an Foveaux: »Mehr kann er nicht aushalten, Sir«, und daraufhin wurde der bewußtlose Gefangene von der Hellebarde abgeschnitten und von zwei Soldaten weggetragen.

Braces Erleichterung hielt jedoch nur kurz an. Der zweite Gefangene wurde vorgeführt, und die unmenschliche Bestrafung fing von neuem an. Brace konnte nicht mehr zuschauen. Er stand in Habtachtstellung da, hielt aber jetzt seine Augen fest geschlossen und zwang sich, an Henrietta Spence zu denken. Sie war wirklich ein wunderschönes Mädchen, und das Zusammensein mit ihr hatte ihn auf der Überfahrt von Kapstadt auf angenehme Weise unterhalten. Dafür war er ihr dankbar, aber hier... er seufzte.

Würde sie hier in Neusüdwales das sein, was sein Vater eine gesellschaftsfähige junge Dame nannte? Er war hierher geschickt worden, um eine unpassende Ehe mit einer jungen Frau zu verhindern, die seinem Vater ganz und gar nicht zugesagt hatte. Sein Verhältnis mit ihr hatte zu Hause einen kleinen Skandal hervorgerufen, und sein autoritärer Vater hatte sich geweigert, seine Entschuldigung entgegenzunehmen oder auch nur seine Beteuerung anzuhören, daß so etwas nicht mehr passieren würde, obwohl er noch nicht einmal der Erbe war – er hatte zwei ältere Brüder.

»Du und George, ihr müßt reiche Mädchen heiraten«, hatte ihm der alte Earl warnend gesagt. »Bei meinem Tod bekommt Henry alles, was ich habe, und Gott weiß, daß es nicht viel ist. Ich kaufe dir ein Offizierspatent im Neusüdwales-Korps und gewähre dir eine kleine jährliche Apanage, aber was du darüber hinaus brauchst, mußt du selbst aufbringen, Charles. In zwei Jahren kannst du in ein anderes Regiment überwechseln, wenn sich das einrichten läßt. Im Falle eines Krieges dürfte das nicht schwer sein. Aber erwarte nicht von mir, daß ich dich finanziell unterstütze, wenn du ohne meine ausdrückliche Zustimmung heiratest. Deine Auserwählte muß nicht nur begütert sein, sondern sie muß auch aus einer sehr guten Familie stammen. Wenn sie das nicht ist, bist du hier bei uns auf Schloß Dunloy nicht willkommen und bleibst besser in Botany Bay.«

Charles Brace seufzte wieder auf. Henriettas Vater besaß zweifellos Geld – er hatte seine eigenen Diener aus England mitgebracht und sehr viel in Kapstadt für Zuchttiere ausgegeben. Aber... irgend etwas gefiel ihm an Mister Jasper Spence nicht. Er hatte zwar offen über seine Dienstzeit in der Ostindiengesellschaft gesprochen, aber niemals genau verlauten lassen, was er dort eigentlich getan hatte. Er hatte auch keinen Grund angegeben, warum er sich ausgerechnet in Neusüdwales niederlassen wollte – wo er doch offenkundig über keinerlei Erfahrungen in der Landwirtschaft verfügte.

Das zischende Geräusch, das die Peitsche im Niedersausen auf den Rücken des Gefangenen verursachte, brachte Brace in die Gegenwart zurück. Captain Foveaux stand noch immer unbeweglich da. Aber plötzlich schlug er dem Trommler ins Gesicht, der die Exekution gerade durchführte. Der ließ vor Schreck die Peitsche fallen, und Foveaux schrie ihn erregt an: »Verdammt noch mal, Trommler! Schlagen Sie gefälligst kräftiger, auch wenn dieser Schurke ein Freund von Ihnen ist! Haben Sie verstanden? Jetzt tun Sie weiter Ihre Pflicht!«

Charles Brace mußte würgen und zwang sich, wieder an Henrietta zu denken. Sie war wirklich bezaubernd, aber in letzter Zeit war sie etwas zu besitzergreifend geworden.

Offensichtlich erwartete sie, daß er ihr einen Heiratsantrag machte, und vielleicht hatte er sich an Bord der *Brittania* auch so sehr um sie gekümmert, daß ihre Hoffnungen berechtigt waren.

Trotzdem … Charles Brace zog seine Augenbrauen unwillig zusammen. Wenn er nicht sehr gut aufpaßte, könnte er bald in dieselbe peinliche Lage wie vor zwei Jahren mit Dolly Lightfoot geraten. Im nachhinein war ihm vollkommen klar, daß Dolly *wirklich* unmöglich gewesen war. Sie war eine talentierte und atemberaubende Schauspielerin. Er war sehr jung gewesen, und sie hatte ihn regelrecht betört. In der Rückschau war er seinem Vater wirklich dankbar, daß er diese Verbindung verhindert hatte, so sehr es ihn auch damals geschmerzt hatte.

Henrietta *könnte* in seiner Familie akzeptiert werden. Sie verfügte über sehr gute Manieren und erbte bestimmt viel Geld – erfüllte also die Bedingungen, die sein Vater gestellt hatte. »Zweihundertfünfundzwanzig, Sir!« rief der Sergeant aus.

»Binden Sie ihn los«, ordnete Foveaux nach einem kurzen Meinungsaustausch mit dem Arzt an.

Gott sei Dank war es vorbei, dachte Brace – wenigstens für heute. Der Adjutant übernahm die Parade. Er ordnete an, daß die Offiziere abtreten sollten, und Brace konnte sich endlich entspannen. Sein Gesicht und seine Hände waren schweißnaß, aber wenigstens hatte er sich nicht erbrechen müssen. Er fuhr sich mit dem Taschentuch über die Stirn und wollte gerade nach Hause zurückgehen, als jemand ihm leicht die Hand auf den Arm legte. Als er sich umdrehte, sah er Foveaux.

»Sir?« fragte er mit hölzerner Stimme.

»Ich wollte Sie fragen, ob Sie Lust hätten, mit mir zu frühstücken«, sagte sein Vorgesetzter. »Captain Raven hat mir guten Kaffee mitgebracht, und wir könnten auch ein oder zwei Gläser Brandy aus Kapstadt trinken.«

Diese unerwartete und im Augenblick auch unwillkommene Einladung überraschte Brace. Er suchte verzweifelt nach einer Ausrede, sah aber ein, daß er Foveaux schlecht eine Absage erteilen konnte, und brachte mühsam ein Lächeln zustande.

»Ich – ich danke Ihnen, Sir. Mit – größtem Vergnügen.« Der Brandy würde ihm sicher helfen, um den schlechten Geschmack in seinem Mund wegzuspülen. Foveaux schien die Auspeitschung nichts ausgemacht zu haben, denn er sprach in leichtem Tonfall über alles mögliche.

»Unsere neue Kaserne sieht nicht schlecht aus, finden Sie nicht auch?« Auf der anderen Seite des Exerzierplatzes wurde gerade das Fundament für eine zweite Kaserne errichtet. »Bis die fertig ist«, fuhr Foveaux fort, »lebt die Hälfte unserer Männer in Hütten hier irgendwo in der Nähe, und das ist ganz und gar keine gute Lösung. Sie verbrüdern sich mit den Sträflingen, saufen mit ihnen und heiraten Sträflingsfrauen, was für die Aufrechterhaltung der Disziplin nicht gerade förderlich ist. Die meisten Sträflingsfrauen sind ganz gemeine Huren, wie Sie ja wissen.« Er zuckte mit den Schultern. »Aber ich glaube, ich habe Ihnen schon gesagt, daß Gouverneur Phillip niemals jemanden auspeitschen ließ, ganz egal, was er angestellt hatte.«

»Sie sind doch bestimmt nicht damit einverstanden, daß Frauen ausgepeitscht werden!«

»Aber mein Bester ... *diese* Frauen? Die meisten von ihnen sind der Abschaum aus Londons Hurenhäusern. Wenn Sie etwas länger hier sind, haben Sie bestimmt kein Mitleid mehr mit denen, das verspreche ich Ihnen. Nun« – er blieb vor einem Steinhaus stehen, das von einem blühenden Garten umgeben war – »hier wohne ich.«

Er rief mit lauter Stimme: »Bring Kaffee und Brandy, aber ein bißchen schnell, Sherwin! Ich habe einen Gast mitgebracht.«

Brace schaute sich in der Wohnung um und beneidete seinen Kompaniechef um die Möbel und den Komfort, mit dem er sich umgeben hatte. Ein schöner einheimischer Teppich bedeckte den Boden. Der Eßtisch war aus poliertem Nußholz, die satinbezogenen Stühle waren ganz offensichtlich wertvoll, und die Chaiselongue, auf die Foveaux sich mit einem zufriedenen Seufzer niederließ, war eine echte Antiquität. Im Vergleich dazu wirkte seine eigene Wohnung, die aus zwei Zimmern bestand, geradezu armselig. Er seufzte, als er an seine staubbedeckten Möbel und an den von Unkraut überwucherten Garten dachte.

Foveaux schenkte großzügig Brandy in zwei bauchige Gläser ein und schob eines in Braces' Richtung.

»Wissen Sie«, begann er, »wir müssen zusammenhalten, Brace – und uns gegenseitig unterstützen.«

Charles Brace setzte seine Kaffeetasse ab und starrte ihn ungläubig an. »Natürlich, Sir«, antwortete er und war bemüht, sein Unbehagen nicht zu zeigen. »Ich gehöre zu Ihrer Kompanie. Selbstverständlich werde ich –«

»Nein, nein, das meine ich nicht«, unterbrach ihn Foveaux. »Im Vertrauen gesagt sind Sie und ich die einzigen Offiziere im Regiment, die eine gewisse – äh – gute Kinderstube haben. Sie haben das wahrscheinlich noch nicht bemerkt.«

»Nein, ich – das heißt – ich –« Brace trank einen Schluck Kaffee und war sich nicht sicher, ob er recht gehört hatte. »Der Gouverneur ist doch –«

Wieder wurde er unterbrochen. »Ach. Grose ist ja ganz in Ordnung. Aber die anderen ... großer Himmel!« Foveaux streckte seine Hände pathetisch aus. »Sie sind der Nachwuchs von Schneidern und Schustern, Hausierern und Trödlern. Ihr einziges Ziel, lieber Charles, ist, so viel Geld wie möglich zu verdienen – es sind alles verhinderte Kaufleute.«

Charles Brace wußte nicht, was er darauf antworten sollte, und trank einen großen Schluck von seinem Brandy.

»Warum, um alles in der Welt«, fragte er neugierig, »haben Sie sich ein Offizierspatent in diesem Korps gekauft? Ich meine, bei dem Einfluß, den Ihr Vater hat... hatten Sie Schulden?«

Es schien leichter zu sein das zu behaupten, als den wahren Grund zuzugeben, und deshalb nickte Brace wortlos mit dem Kopf.

»Das ist mir auch schon einmal passiert«, gestand sein Gastgeber. Dann schwieg er und blickte versonnen in sein Brandyglas, und Brace überlegte sich, wann er sich wohl mit Anstand verabschieden könne. Unvermutet betrat eine ungewöhnlich hübsche junge Frau das Zimmer. Sie trug ein sauberes dunkles Kleid und darüber eine schneeweiße Schürze, und sie begrüßte ihn mit einem Knicks, bevor sie Foveaux ansprach.

»Entschuldigen Sie, Sir, aber Mister Macarthurs Jäger ist hier. Er hat mit den besten Grüßen von seinem Herrn einen Känguruhschlegel gebracht.«

Foveaux lachte erfreut auf: »Das ist ja wunderbar! Frischfleisch ist uns immer willkommen!« Er wandte sich an die Frau. »Richten Sie die besten Grüße an Mister Macarthur aus, Anne, und vielen Dank. Wir essen den Schlegel gleich heute abend. Sie sind mein Gast, nicht wahr, Charles? Eine Absage ist nicht erlaubt!«

»Dann bleibt mir nichts anderes übrig, als mit großem Vergnügen zuzusagen, Sir«, antwortete Brace nach kurzem Zögern. Die Frau verließ das Zimmer. Er folgte ihr mit den Augen und fragte sich, welche Rolle sie wohl in diesem Haushalt spielte. Eine Hausangestellte, natürlich, aber vielleicht... Foveaux beantwortete, noch immer lächelnd, die Frage, die er gar nicht gestellt hatte.

»Anne ist meine Köchin und meine Haushälterin. Und wie Sie sehen, stellt sie sich sehr geschickt an. Sie ist mit Sherwin verheiratet, das ist mein Diener.« Jetzt lachte er auf. »Nicht alle weiblichen Sträflinge hier sind Huren, Charles, und wenn eine respektable junge Frau sich um Ihren Haushalt kümmert, würden Sie sich sehr viel wohler fühlen. Möchten Sie, daß ich Ihnen eine vermittle?«

»Ich – das heißt –« Charles Brace errötete. Er dachte an Henrietta. Großer Gott, was würde sie sagen, wenn er eine junge, hübsche Sträflingsfrau in seinen Haushalt aufnahm? Er trank sein Brandyglas leer. Es war schon lange her, seit er mit einer Frau ins Bett gegangen war, und es bestand nicht die geringste Chance, Henrietta dazu zu überreden, bevor er mit ihr verheiratet war.

»Ist das denn üblich?« fragte er unsicher.

»Aber mein Lieber, natürlich ist das üblich!« versicherte ihm Foveaux. »Alle Offiziere haben weibliche Hausangestellte, und die Sträflingsfrauen freuen sich über eine Anstellung bei uns. Sie müssen natürlich eine gute Auswahl treffen, aber ich werde veranlassen, daß zwei oder drei Frauen sich bei Ihnen vorstellen. Vielleicht solche, die noch nicht lange hier sind – Anne soll sich für Sie umhören.«

»Vielen Dank, Captain Foveaux.« Brace erhob sich leicht schwankend. Er dachte verwirrt, wie komisch es war, daß er nur ungern hierhergekommen war und Joseph Foveaux für einen herzlosen Sadisten gehalten hatte. Aber jetzt – ob es nun auf die Wirkung des Alkohols zurückzuführen war oder nicht – sah er seinen Vorgesetzten in einem anderen Licht. Foveaux schien ganz in Ordnung zu sein, er war sehr darum bemüht, ihm in jeder Hinsicht zu helfen, und gab ihm nützliche Ratschläge ... und wenn die anderen Offiziere tatsächlich Emporkömmlinge waren, dann würde Foveaux vielleicht der einzige Mann hier sein, mit dem er aufrichtig sprechen könnte.

Foveaux nahm ihn am Arm. »Ich bringe Sie nach Hause, Charles«, schlug er vor. »Vielleicht haben wir ein bißchen zu früh zu trinken angefangen – ich gebe zu, daß auch ich mich etwas schwindelig fühle. Aber die frische Luft wird uns guttun – los geht's!«

Brace ließ sich hinausführen, aber draußen stolperte er und wäre hingefallen, wenn Foveaux ihn nicht festgehalten hätte. Sein Begleiter lachte.

»Immer geradeaus, mein Freund! Sie wollen doch nicht vor den Soldaten aufs Gesicht fallen, oder?«

»Nein«, sagte Brace mit schwerer Zunge. Er richtete sich auf und hörte, wie eine Stimme, die er entfernt als seine eigene erkannte, aggressiv fragte: »Haben Sie jemals eine Frau auspeitschen lassen, Foveaux?« Er hatte diese Frage nicht stellen wollen, aber da sie ihm herausgerutscht war, wartete er gespannt auf die Antwort.

Joseph Foveaux zögerte keinen Augenblick und sagte lächelnd: »Aber natürlich, mein Lieber – ich habe auch welche kahlscheren lassen, was eine noch größere Strafe für sie bedeutet. Solche Strafen sind nötig, verstehen Sie das denn nicht, wenn wir die Disziplin aufrechterhalten wollen!«

Watt Sparrow ging vorsichtig die nächtliche Straße entlang. Sie war ihm vertraut, er ging wenigstens einmal pro Woche nach Parramatta, um die Lebensmittelrationen abzuholen, aber heute nacht war es ganz besonders dunkel, weil der Mond von Wolken bedeckt war.

Er versuchte, seine Phantasie in Schach zu halten. Der Mord an dem armen alten Reuben White hatte ihn doch sehr mitgenommen. Jenny hatte zwar ganz richtig gesagt, daß die hiesigen Eingeborenen nicht feindlich gesinnt waren. Aber Watt wußte, daß es gefährliche Stämme gab, die gar nicht so weit weg wohnten.

Watt schauderte fröstelnd zusammen, obwohl die Nacht mild war. Im Gegensatz zu Jenny traute er den Eingeborenen nicht über den Weg. Sie waren doch eigentlich nichts als ein Haufen nackter, unzivilisierter Wilder, und was diese Frau betraf, Berangeroo… die gefiel ihm nun ganz und gar nicht. Auf der einen Seite beklagte sie ständig die Abwesenheit ihres Mannes Baneelon, schien aber ganz vergessen zu haben, daß er sich ein paar Wochen vor seiner Abreise nach England eine zweite Frau genommen hatte, die jünger und hübscher war als sie, und Berangeroo hatte einem der anderen Eingeborenen ihre sprunghafte Zuneigung geschenkt.

Plötzlich sah Watt einen Schatten, der dunkler als die anderen Schatten am Wegrand war, und er blieb mit angehaltenem Atem stehen. Der Schatten hatte sich bewegt und menschliche Umrisse angenommen – und er hatte sich das bestimmt nicht eingebildet, dachte er, als er angestrengt in die Dunkelheit blickte. Da war irgend etwas, aber er war nicht sicher, ob es ein Mensch war. Er faßte den dicken Stock, mit dem er sich bewaffnet hatte, fester und ging vorsichtig weiter.

Als er die Anspannung nicht länger ertrug, rief er laut, ob da jemand sei. Zu seiner großen Erleichterung antwortete ein Grunzen. Es war eine Muttersau und ihre Ferkel! In der Aufregung um den neuen Siedler, den eine Schlange gebissen hatte, hatten sowohl Watt als auch Jenny vergessen, die Schweine in den Stall zurückzutreiben, und die Tiere genossen den ungewohnten nächtlichen Ausflug.

Als er in Parramatta ankam, meinten sowohl der Aufseher Macrae als auch der Maat der *Brittania,* daß der Neuankömmling außer Gefahr sei, wenn er erst die Nacht überlebt hätte.

Sie rieten ihm, gleich zurückzugehen und dem jungen Mann heiße Kompressen aufzulegen. Gegen den Rat von Jenny hin machte sich Watt sofort auf den Rückweg. In der Dunkelheit stolperte er ein paarmal über eine Baumwurzel und befürchtete im ersten Moment, daß es eine der schwarzen Schlangen sei – in diesem verdammten Land wimmelte es ja von Schlangen und großen Ameisen und blutsaugenden Insekten. Er humpelte so schnell er konnte weiter und sah schon den Lampenschein in dem kleinen Haus. Er würde zuerst die Muttersau mit den Ferkeln in den Stall sperren und dann erst Jenny nach dem Befinden des jungen Fremden befragen.

Als er den kleinen umzäunten Hof betrat, bemerkte er plötzlich den Eindringling, und dieses Mal war er ganz sicher, daß es sich um einen Menschen handelte ... auch über die Absichten konnte es keinen Zweifel geben. Das Gatter stand weit offen, das Vorhängeschloß war zerstört. Der Dieb, wer immer er auch war, war in den Hof eingedrungen. Über kurz oder lang würden die Ziegen, die Färse und Jennys Stute mit dem Fohlen dem Beispiel der Muttersau folgen und Reißaus nehmen.

Er zögerte einen Augenblick, weil ihm klar war, daß er zu alt und zu schwach war, um es mit einem Eingeborenen aufnehmen zu können. Als er eine zweite dunkle Silhouette bemerkte, drehte er sich um und lief ins Haus. Auf Jennys erschrockene Frage hin sagte er nur, daß die Eingeborenen wieder aufgetaucht seien, nahm die Flinte von Dawson und lief wieder hinaus.

Er hatte Glück – einer der Eindringlinge hob sich als dunkler Schatten deutlich von dem Stall ab, den die Schurken gerade angezündet hatten.

Watt zögerte keine Sekunde. Er zielte und schoß. Der Dieb stürzte zu Boden.

»Ach, Watt – wo bist du? Bist du in Ordnung?«

Jenny kam mit einer Laterne auf ihn zugerannt. Watt nahm sie ihr ab und ging langsam auf den Mann zu, den er angeschossen hatte.

»Diese verdammten Eingeborenen!« fluchte er. »Sie sollen gefälligst –« Er brach ab und schwieg entsetzt. Vor ihm lag kein Eingeborener, sondern ein Soldat des Neusüdwales-Korps, der sein Gesicht mit Lehm beschmiert hatte. »Es waren zwei, Jenny ... ich hab den zweiten garantiert gesehen.«

»Sie haben geklaut, Watt«, brachte Jenny heraus. Sie schaute in die züngelnden Flammen und seufzte tief auf.

»Die Tiere sind weg – die haben sie hinausgetrieben und den Stall angezündet. Sie hatten kein Recht, sie –«

»Horch mal«, sagte Watt leise. Sie hörten, wie jemand in der Dunkelheit davonrannte. »Jetzt ist er weg, der andere Schurke. Was glaubst du denn, was für 'ne Geschichte er in Parramatta erzählen wird?« Jenny schaute ihn unglücklich an. Er brauchte es ihr gar nicht zu sagen. Sie waren Sträflinge, und in jedem Fall würde dem Soldaten Glauben geschenkt werden und nicht ihnen.

»Ich muß abhauen, in den Wald«, sagte Watt. »Sonst werd ich gehängt. Das weißt du ganz genau.«

»Ich könnt ja sagen, daß *ich* ihn erschossen habe, daß ich – daß ich ihn für einen Eingeborenen gehalten hab«, meinte Jenny, aber Watt schüttelte entschieden den Kopf. »Nein. Du bist jung, du hast dein Leben noch vor dir. Das würd ich niemals zulassen, Jenny. – Wie gehts denn dem Mann mit dem Schlangenbiß – lebt er noch?«

Jenny nickte. »Ja, er lebt noch.«

»Dann bist du ja nicht allein.«

»Nein, aber – vielleicht beschuldigt dich der andere Soldat ja gar nicht. Er –«

»Das is nich sehr wahrscheinlich, und das weißt du so gut wie ich. Er wird sich doch nicht um Kopf und Kragen bringen.« Watt küßte sie auf die Wange. »Jetzt fang als erstes die Tiere ein. Mach dir um mich keine Sorgen.«

Jenny gehorchte ihm und hatte das Gefühl, daß ihr das Herz in der Brust zerspringe. Sie brauchte den Rest der Nacht dazu, um alle Tiere einzufangen.

Als sie erschöpft und übermüdet zurückkam, war Watt schon verschwunden. Der kleine Justin und der Fremde schliefen noch und ahnten nicht, was in dieser Nacht alles geschehen war.

4

Doktor Thomas Arndell stellte bedauernd fest, daß das Bein brandig war und amputiert werden mußte. Er hatte eine Amputation schon oft vorgenommen und war in diesem Gebiet seiner ärztlichen Kunst sehr geschickt und erfolgreich, aber er haßte es doch sehr, einen Menschen bestenfalls zum Krüppel zu machen oder aber seinem Leben ein verfrühtes Ende zu geben.

Im Fall des alten Ben Reilly war es vielleicht nicht ganz so wichtig, da er den größten Teil seines Lebens ohnehin schon hinter sich hatte, und wenn sein Bein nicht sofort amputiert würde, das er an einer rostigen Mistgabel verletzt hatte, dann würde er eines langsamen und qualvollen Todes sterben müssen.

Arndell war ein sehr freundlicher Mann. Er teilte seinem Patienten die folgenschwere Entscheidung so behutsam wie möglich mit und war erleichtert, als der sofort mit der Amputation einverstanden war, ihn anlächelte und nur die doppelte Ration Rum verlangte, um so wenig Schmerzen wie möglich zu spüren.

Er bestand ja nur noch aus Haut und Knochen, dachte Thomas Arndell mitleidig. Und er war siebzig Jahre alt. Trotzdem war er wegen eines kleinen Vergehens zur Straßenarbeit in Ketten verurteilt worden.

Arndell seufzte und unterdrückte seine aufgestaute Wut. Es war ihm klar, daß er nichts an den harten Urteilssprüchen des Gerichts ändern konnte. Lieutenant Macarthur führte jetzt in Parramatta und Toongabbe das Kommando und war nicht nur für seine Kompanie des Neusüdwales-Korps zuständig, sondern auch für die Regierungsfarmen und die Sträflingsarbeitsgruppen in der ganzen Gegend. Nur das Krankenhaus in Parramatta lag – als einziges – außerhalb des Machtbereiches Lieutenant Macarthurs, und Thomas Arndell war fest entschlossen, daß es so bleiben solle. Er war als junger Schiffsarzt mit Gouverneur Phillip auf der *Friendship* hier angekommen. Nachdem er sich entschlossen hatte, sich in der neugegründeten Kolonie niederzulassen, hatte er sich ein Stück Land zuteilen lassen und war stolz auf die guten Erträge seiner Farm.

»Mein Rum, Mister!« rief der alte Ben aus und setzte sich mühsam auf. Doktor Arndell beruhigte: »Trink ihn in aller Ruhe, Ben – ich muß erst noch ein paar Patienten besuchen.« Dem Pfleger flüsterte er leise zu: »In einer halben Stunde geht es los, John.«

Er verließ die Männerabteilung des Krankenhauses und ging in den Flügel, in dem die Frauen und Kinder untergebracht waren, und wünschte sich wieder einmal sehnlichst, daß das neue Krankenhaus endlich fertig wäre. Das jetzige mochte vor fünf Jahren seinen Zweck erfüllt haben, war aber längst zu klein geworden. Nach der Visite suchte er die Instrumente zusammen, die er für die Amputation brauchte.

Als er gerade Nadeln einfädelte und sie in das Revers seines Arztkittels steckte, stürmte John Macarthur unangemeldet in sein Zimmer. Die beiden Männer machten sich längst nicht mehr die Mühe, ihre gegenseitige Abneigung zu verbergen. Ohne jede Begrüßung herrschte ihn Macarthur an: »Sie werden auf der Taggartfarm gebraucht. Einer meiner Männer wurde dort von einem Sträfling erschossen. Sie kennen die Farm ja sicher, sie liegt vier Meilen von hier entfernt am Bach. Wann können Sie dort sein?«

Doktor Arndell blickte ihn kühl an. »Irgendwann am Nachmittag, wenn nichts dazwischenkommt«, antwortete er mit gespielter Gleichgültigkeit. »Ich wollte ohnehin dort vorbeischauen – ein neuer Siedler wurde von einer schwarzen Schlange gebissen. Jenny Taggart hat ihn aufgenommen. Wenn er noch lebt, muß ich ihn behandeln und –«

»In Herrgottsnamen!« unterbrach ihn Macarthur ungeduldig. »Es handelt sich um Mord, verstehen Sie denn nicht? Einer meiner Soldaten wurde von einem Sträfling umgebracht. Sie müssen die Todesursache feststellen, und dann erzählen Sie mir etwas von einem verdammten Siedler, der von einer Schlange gebissen worden ist! Beeilen Sie sich gefälligst, klar?«

»Ich leite ein Krankenhaus«, entgegnete Arndell. »Und in ein paar Minuten muß ich eine Amputation vornehmen, um ein Menschenleben zu retten. Und Sie erzählen mir etwas von einem Soldaten, der sowieso schon tot ist!«

John Macarthur konnte seine Wut kaum bezähmen, wußte aber, daß Arndell in diesem Fall recht hatte. Aber er versuchte es noch einmal. »Ich wäre Ihnen wirklich sehr verbunden, wenn Sie sich trotzdem so bald wie möglich dorthin bemühen könnten, Doktor. Ich – das heißt, es ist sehr wichtig, daß Sie den Toten dort untersuchen, wo er umgebracht wurde. Er hat –«

»Was trieb er denn dort, als er erschossen wurde?« fragte Thomas Arndell. »Denn wenn er gerade dabei war, die Farm auszurauben, dann hat er nur seine gerechte Strafe bekommen, oder? Siedler dürfen doch ihr Eigentum verteidigen.«

»Nicht mit Flinten, wenn es Sträflinge sind. Sie sollen bezeugen, daß er erschossen worden ist.«

»*Hat* ihn jemand bezichtigt, daß er gerade etwas stehlen wollte, Macarthur?«

Macarthur zuckte mit den Schultern. »Natürlich hat es Jenny Taggart behauptet. Aber das ist ja klar, oder? Der Soldat war nicht allein – er hatte einen Kameraden bei sich, der eine völlig andere Geschichte erzählt hat, als er mir den Vorfall meldete.«

»Ich bin für die Kranken und die Verletzten hier verantwortlich und habe nicht das geringste mit der Aufklärung von Verbrechen zu tun, Sir«, gab Arndell kalt zurück. »Erst kürzlich hat mir das der Gouverneur wieder bestätigt. Trotzdem werde ich Ihnen so weit wie möglich behilflich sein.«

Doktor Arndell nahm seinen Instrumentenkoffer auf und

ging. Ben Reilly lag, wie er es erwartet hatte, schon auf dem Operationstisch. Einer der beiden Arzthelfer hielt schon das Stück Leder in der Hand bereit, auf das Reilly während der Operation beißen sollte. Der Arzt sah erleichtert, daß der alte Mann schon schwer betrunken war.

»Jetzt geht's los, Ben«, sagte er und öffnete seinen Instrumentenkoffer. »Ich mache es, so schnell es nur geht.«

Ben Reilly war fast die ganze Zeit lang bewußtlos. Beim ersten Schnitt schrie er auf und versuchte sich freizukämpfen, aber nach diesem Schock wurde er ohnmächtig und lag ganz still da. Bei all dem Alkohol, den er getrunken hatte, würde er sich wahrscheinlich nicht einmal an den Schmerz am Anfang erinnern, wenn er wieder zu sich kam, dachte Arndell. Das hieß natürlich, *wenn* er überhaupt wieder zu sich kam. Er war zwar ein zäher alter Mann, aber er war unterernährt, was seine Heilungschancen nicht gerade vergrößerte.

Arndell wischte sich mit seiner blutbespritzten Hand das schweißbedeckte Gesicht ab und trat vom Tisch zurück. Er hatte sein Bestes getan, und nun hing es von Bens Lebenswillen ab und auch davon, was sein Schöpfer noch mit ihm vorhatte.

Doktor Arndell zog sich in sein kleines Zimmer zurück und schenkte sich ein Glas Porterbier ein. Er trank es langsam und mit großem Genuß und dachte noch einmal an das, was Macarthur ihm berichtet hatte. Zweifellos würde dieser Mord auf ihrem Gebiet neue Schwierigkeiten für Jenny Taggart nach sich ziehen. Und sie hatte in der Tat schon genug Schwierigkeiten gehabt – und ganz unverdiente, dachte Thomas Arndell. Anscheinend hatte sie jetzt den Soldaten bezichtigt, sie beraubt haben zu wollen. Nun, vielleicht hatte sie es getan, um den zweiten ihrer alten Arbeiter zu retten. Aber es sah ihr eigentlich nicht ähnlich. Jenny Taggart war keine Lügnerin. Da steckte sicher etwas anderes dahinter.

Er stand langsam auf. Wenn er jetzt, statt am späten Nachmittag, wenn er erwartet wurde, zur Taggart-Farm hinausginge, würde er der Wahrheit vielleicht näher kommen. Und da war ja auch noch das Pferd... Arndell lächelte verschmitzt. Als Macrae ihm von dem Schlangenbiß erzählt hatte, hatte er ihm auch gesagt, daß der junge Mann zwei Pferde bei ihm untergestellt hatte. Er hatte vorgeschlagen, daß Arndell mit einem der Pferde zur Taggartfarm hinausreiten solle, um den jungen Mann auf dem Pferd ins Krankenhaus befördern zu lassen, wenn das notwendig sein sollte.

Er freute sich darauf, endlich wieder einmal ein Pferd zu reiten. Früher in England war er ein begeisterter Reiter gewesen. Die unerwartete Gelegenheit, ein schönes Tier zu reiten, würde ihn dafür entschädigen, daß er seine Mittagspause opfern mußte.

Eine halbe Stunde später ritt er los. Auf dem Land der Taggartfarm war keine Menschenseele zu sehen, aber Jenny Taggart begrüßte ihn an der Haustür und informierte ihn mit ängstlicher Stimme davon, daß viele Freunde des erschossenen Soldaten schon ausgeschwärmt waren, um Watt Sparrow zu fangen.

»Mister Macarthur hat ihnen den Befehl gegeben, notfalls auch zu schießen, wenn sich Watt nicht freiwillig ergibt, Doktor Arndell«, fügte sie hinzu. »Dabei hat er nur versucht, unser Eigentum zu verteidigen, und außerdem war es dunkel. Er konnte nicht sehen, daß der Mann, auf den er schoß, ein Soldat war. Auch ich konnte das nicht erkennen, weil –«

»Waren Sie dabei, als der Schuß fiel?« fragte Arndell.

Sie hielt den Zügel, während er abstieg. »Ja«, antwortete sie, »ich rannte hinter Watt her, nachdem er im Haus die Flinte geholt hatte.« Kurz und mit bitter klingenden Worten erzählte sie ihm, was geschehen war, und streckte ihre Hände hilflos aus. »Aber der andere Soldat, der auch dabei war, behauptete, daß sie eine Gruppe von Eingeborenen beim Stehlen erwischt hatten und sie gerade in die Flucht schlagen wollten, als Watt auf seinen Kameraden geschossen hatte. Er behauptet, daß Watt vorhatte, ihn zu töten. Und ich weiß natürlich, daß der arme alte Mann keine Flinte benutzen durfte.«

»Warum hatte er denn eine, Jenny?« fragte der Doktor freundlich.

»Sie gehört Mister Dawson – dem Siedler, der von einer Schlange gebissen wurde. Er wird das bestimmt bestätigen, aber es reicht nicht aus, fürchte ich. Und *meine* Aussage ist auch nicht viel wert.«

Arndell verspürte tiefes Mitleid mit ihr. »Und dieser Dawson – hat er irgend etwas gesehen?«

»Er war bewußtlos«, antwortete Jenny. »Und er ist es immer noch. Das heißt, besser gesagt, er schläft die meiste Zeit. Er wacht auf, wenn ich ihn anspreche, aber er … nun, ich fürchte, daß er sich an überhaupt nichts erinnert, Doktor Arndell.«

»Aber er lebt«, stellte Arndell fest. »Dank Ihrer Hilfe.«

»Ja«, bestätigte sie. »Möchten Sie ihn sehen?«

»Es wäre vielleicht ganz gut. Wenn Sie sein Pferd irgendwo anbinden können, schaue ich einmal nach ihm.«

»Ist das seine Stute?« Jenny streichelte die Mähne des Pferdes.

»Soviel ich weiß, ja – er hat seine Tiere bei Macrae untergestellt und ist zu Fuß hierhergegangen. Falls er schon wieder kräftig genug ist, um aufzusitzen, nehme ich ihn mit ins Krankenhaus.« Der Doktor ging ins Haus. Justin schlief in seiner großen geschnitzten Wiege auf der einen Seite des offenen Kamins, und der neue Patient lag in Jennys Bett auf der anderen Seite.

Jenny trat zu ihm, als der Arzt gerade die Untersuchung beendet hatte, und er sagte lächelnd: »Nun, um Mister Dawson brauchen Sie sich keine Sorgen mehr zu machen, Jenny. Der kann übermorgen schon wieder Bäume ausreißen. Er muß nicht unbedingt ins Krankenhaus, aber ich kann ihn gerne aufnehmen, um Sie zu entlasten. Ich denke, daß Sie etwas Ruhe brauchen können.«

Sie nickte mit dem Kopf und wirkte eher bedrückt als dankbar. Doktor Arndell sagte nachdenklich: »Sie sind doch mit den Eingeborenen ganz gut befreundet, oder? Gibt es irgendeinen Grund, daß sie etwas gegen Sie haben könnten?«

»Nein«, sagte sie mit Überzeugung. »Ich wüßte wirklich nicht, warum.«

»Trotzdem scheinen sie zwei Raubüberfälle bei Ihnen unternommen zu haben.«

»Das behauptet der Soldat«, antwortete Jenny. »Und ihm wird natürlich geglaubt.«

Thomas Arndell dachte mitleidig, daß sie natürlich recht hatte.

Denn wenn Macarthur die Untersuchung leitete, würde ihre eigene Meinung zu dem Vorfall so gut wie überhaupt nicht zählen.

Der Arzt seufzte und ging in den Schuppen, in den der Tote von seinen Kameraden gebracht worden war.

Während Jenny draußen wartete, stellte Doktor Arndell mit einem Blick fest, daß der Tod durch eine Flintenkugel eingetreten war, die den Mann unglücklicherweise ins Herz getroffen und wohl sofort getötet hatte. Und er kannte ihn: Es war ein Matrose der *Royal Admiral,* der desertiert war und es vorgezogen hatte, im Neusüdwales-Korps zu dienen, als verurteilt zu werden und als Sträfling in der Kolonie arbeiten zu müssen. Arndell wußte, daß er ein schwerer Trinker war, der seinen Vorgesetzten schon sehr viel Ärger bereitet hatte, und daß er schon zweimal ausgepeitscht worden war. Und wegen eines solchen Taugenichts war die ganze Arbeit einer so anständigen Frau wie Jenny Taggart jetzt in Frage gestellt. Arndell wischte sich die Hände an einem Tuch ab und ging wieder hinaus ins Freie.

Jenny bemerkte ihn nicht gleich. Sie schaute in Richtung der Felder, und er sah, daß Tränen in ihren Augen standen. Er legte ihr eine Hand auf die Schulter und fragte leise: »Wo ist es genau passiert?«

Jenny führte ihn zu dem fast ganz niedergebrannten Stall und zeigte auf die Stelle. »Das Feuer war gerade gelegt worden. Alles, was ich sehen konnte – und auch der arme alte Watt –, war eine dunkle Silhouette. Und nach dem Mord an Reuben waren wir beide nervös. Die Tiere waren weggetrieben worden – ich glaubte, daß es ein Raubüberfall sei. Ich hatte aber keine Ahnung, daß es Soldaten waren.«

»Sie riefen Ihnen nichts zu, Jenny?«

»Nein. Sie sagten kein Wort.«

»Und es war gestern nacht ganz besonders dunkel«, fügte Arndell hinzu. »Ich war auf Känguruhjagd, deshalb weiß ich es.« Jennys Geschichte klang sehr viel glaubwürdiger als die des Soldaten ... er schaute sich um und seufzte.

»Wenn der arme alte Watt im Wald erschossen wird«, sagte Jenny leise, »*das* ist dann ein Mord, Doktor Arndell.«

Er glaubte das auch, hielt es aber für richtiger, es nicht direkt auszusprechen. Aber er bot ihr ein Achtliterfäßchen Rum an, damit sie etwas hätte, um die Männer zu bezahlen, die die niedergebrannten Gebäude wieder aufbauen sollten.

»Selbst wenn Ihr Mitarbeiter nicht erschossen, sondern nur eingesperrt wird, dauert es eine Weile, bis er wieder zurück ist. Sie brauchen aber so bald wie möglich einen neuen Stall und eine neue Scheune. Ich schicke Ihnen ein paar gute Männer vorbei, auf die Sie sich verlassen können. Bezahlen Sie sie mit dem Alkohol – dafür arbeiten sie am liebsten.«

Sie dankte ihm aus ganzem Herzen, und als er seinen Durst mit einer Tasse Tee gelöscht hatte, half sie ihm, Timothy Dawson auf das Pferd zu setzen. Arndell schwang sich hinter ihm in den Sattel und ritt im Schritt zurück nach Parramatta.

Im Krankenhaus informierte ihn der junge Doktor Laing als erstes davon, daß Ben Reilly noch am Leben war.

»Das sind ja gute Neuigkeiten, John«, sagte er zufrieden. »Ich habe außerdem das gute Gefühl, daß ich einen von Macarthurs zwielichtigen Schachzügen durchkreuzt habe, obwohl ich immer noch nicht genau weiß, wofür er mich eigentlich benutzen will.«

»Er ist ein gefährlicher Bursche«, warnte Laing. Die beiden Männer halfen Timothy Dawson aus dem Sattel, und Laing schaute sich ihn interessiert an. »Wer ist denn das? Ist das der Mann, der von einer schwarzen Schlange gebissen worden ist?«

»Ganz genau«, erwiderte Arndell.

»Sein Puls geht noch langsam und schwach, die Pupillen sind vergrößert, und sein ganzer Körper ist leicht angeschwollen, aber ... großer Gott, Tom, er lebt! Wie haben Sie das geschafft?« fragte der junge Arzt.

»Ich habe gar nichts geschafft. Tatsächlich werden wir ab sofort Schlangenbisse anders behandeln als bislang. Die Eingeborenen scheinen sich da besser auszukennen als wir.«

Arndell lächelte, als sein Kollege ihn ungläubig anstarrte. »Da wundern Sie sich wohl – helfen Sie mir zuerst, den Mann zu Bett zu bringen, und dann erzähl ich es Ihnen ganz genau.«

Nach elf Tagen wurde Watt Sparrow von einer Gruppe von Neusüdwales-Korps-Soldaten gefangengenommen, die von einer Känguruhjagd zurückkamen.

Jenny erfuhr es zufällig, als sie mit Justin auf dem Rücken nach Parramatta ging, um die wöchentliche Nahrungsmittelration abzuholen. Sie hatte in der Zwischenzeit zweimal erfolglos versucht, Watt im Busch zu finden, hatte aber von Colbee und seiner Frau – Baneelons ältesten Freunden und Verbündeten – erfahren, daß es dem Flüchtling gut erging. Er hatte bei ihnen Zuflucht gesucht und gefunden.

Aber Jenny wußte nicht, wie Watt den Offizieren in die

Hände gefallen war, und die Ladenbesitzer in Parramatta konnten ihr das auch nicht sagen.

»Vielleicht hat er nicht gut genug aufgepaßt«, sagte einer von ihnen. »Oder vielleicht hatte er ganz einfach keine Lust mehr, bei den Eingeborenen zu leben. Ich verstehe nur nicht, wie ihm ein Mordprozeß angehängt werden kann – er hat doch nur euer Eigentum verteidigt. Die Soldaten hatten kein Recht, sich nach Einbruch der Dunkelheit dort rumzutreiben.«

Nachdem sie das gehört hatte, schöpfte Jenny neue Hoffnung. Sie belud das kleine Wägelchen, das Watt ihr gebaut hatte, und wollte gerade den Laden verlassen, als der Assistent des Proviantkommissars sie in sein Büro rief.

»Ich habe einen Brief für Sie«, sagte er. »Er kam mit der *Brittania* hier an.« Jenny steckte ihn ein und vergaß ihn dann gleich wieder, weil sie sich große Sorgen um den armen alten Watt Sparrow machte. Aber als sie im Gefängnis darum bat, ihn sehen zu dürfen, schüttelte der Beamte seinen Kopf.

»Er wurde gleich heute morgen auf die *Lump* auf Anordnung von Lieutenant Macarthur nach Sydney Cove geschickt.«

Jenny bestürmte ihn mit Fragen, aber der Mann zuckte mit den Schultern. »Ich hab ihn ja kaum gesehen. Hab ihm nur Handschellen angelegt, dann wurde er gleich zum Landungssteg gebracht. Er war nich in schlechter Verfassung, Missus, aber mehr kann ich Ihnen auch nich sagen.«

Jenny fragte ihn besorgt: »Aber ihm wird doch sicher hier der Prozeß gemacht und nicht in Sydney?« Sie sagte sich, daß sie als Zeugin vernommen werden müßte. Wie immer die Anklage auch lauten mochte, so war ihr Watt doch als Arbeiter zugeteilt worden, und damit trug sie rechtmäßig die Verantwortung für ihn. Der Gefängnisbeamte konnte ihr nichts weiter sagen, und sie machte sich besorgt auf den Heimweg.

Aber Watt wußte ja, wo er zu Hause war – sobald er freigelassen wurde. Sie trug den schlafenden Justin in das kleine Haus und schloß die Tür sorgfältig hinter sich ab. Sie brachte das Saatgut und den Wagen in die neu errichtete Scheune und schloß sie mit dem Vorhängeschloß ab, das Doktor Arndell ihr geschenkt hatte.

Als sie die Tiere gefüttert und in die Ställe gesperrt hatte, war es schon dunkel. Justin war aufgewacht und weinte, als sie müde ins Haus zurückkam und daranging, das Abendessen zuzubereiten. Aber er strahlte, als er sie sah und fing gleich zu spielen an, während sie Feuer machte und einen Eintopf aufsetzte. Jenny schaute ihren Sohn liebevoll an und dachte dankbar, was für ein gutes Kind er doch war. Obwohl er keine anderen Kinder als Spielgefährten hatte, war er doch meistens fröhlich und beschäftigte sich mit sich selbst, hatte einen sehr guten Appetit und weinte nur selten.

Nachdem sie ihn zu Bett gebracht und wie jeden Abend mit ihm zusammen gebetet hatte, fiel ihr der Brief ein, den ihr der Assistent des Proviantkommissars am Nachmittag gegeben hatte. Sie setzte sich in Tom Jenkins alten Schaukelstuhl und freute sich auf das seltene Vergnügen, Neuigkeiten von daheim zu erfahren.

Es war der zweite Brief, den sie überhaupt erhalten hatte – den ersten hatte Johnny Butcher geschrieben, und sie hatte angenommen, daß auch dieser von ihm sei. Aber als sie ihn öffnete und das dünne, eng beschriebene Papier betrachtete, sah sie, daß der Brief von Andrew Hawley stammte und in Plymouth vor sechs Monaten aufgegeben worden war.

Sie schloß die Augen, und alte, schöne Erinnerungen stiegen in ihr auf. Andrew hatte sie also nicht vergessen, der Brief war der Beweis. Sie wischte sich die Tränen aus den Augen und begann beim flackernden Feuerlicht den Brief zu lesen.

Meine liebste Jenny,
nachdem keine Antwort auf zwei Briefe von mir kamen, fürchtete ich, daß Du gestorben seist. Später erfuhr ich, daß die *Sirius* und die *Guardian* auf Riffe aufgelaufen sind und dachte mir, daß Du meine Briefe deshalb gar nicht bekommen hast.
Ich schickte Dir Grüße durch einen alten Sträfling namens Sparrow, der Dich zu kennen behauptete, und zahlte ihm einen Shilling für seine Freundlichkeit. Er muß vor über zwei Jahren mit der *Mathilda* in Neusüdwales angekommen sein.
Hat er Dir meine Grüße ausgerichtet?
Vor längerer Zeit erfuhr ich, daß Sergeant Tom Jenkins und seine gute Frau tot sind. Ich kann mir nicht erklären, warum Du als Dienstbote auf seiner Farm angestellt warst, wenn der Witwer vorhatte, Dich zu heiraten. Sicher...

Die letzten Sätze waren schlecht zu lesen. Jenny stocherte im Feuer, um die Flammen anzufachen.

...daß so ein alter Mann Dich nur deshalb heiraten wollte, damit Du begnadigt wirst? Ich wünsche mir sehr, daß es so war...

Wieder waren ein paar Sätze unleserlich.

Weiter unten konnte Jenny entziffern:

Vor längerer Zeit sprach ich kurz mit den Flüchtlingen aus Sydney, und sie erzählten mir, daß das Leben dort immer noch sehr hart ist. Alle kannten Dich und sprachen sehr nett von Dir und erzählten mir von dem Garten, den Du mit großer Mühe angelegt hast. Besonders gut gefiel mir ein Mann, der das kleine Boot auf der Flucht gesteuert hat, er hieß Butcher. Er deutete mir an, daß ein wertloser Sträfling namens Munday Dich sehr schlecht behandelt habe, nachdem Du ihm das Leben gerettet hättest. Er sagte jedoch, daß er und seine Freunde vor ihrer Abfahrt dafür gesorgt hätten, daß Munday Dir keinen weiteren Schaden zufügen kann. Ich hoffe, daß das stimmt.

Da in England große Bewunderung für die Flüchtlinge herrscht, denen die Freiheit so teuer war, daß sie mehrfach dafür ihr Leben aufs Spiel gesetzt haben, wurden sie nicht zum Tode verurteilt, sondern müssen nur ihre Reststrafe im Newgate-Gefängnis absitzen.

Es wird viel von einem Krieg mit Frankreich gesprochen, deshalb kann ich noch nicht darauf hoffen, in absehbarer Zeit nach Neusüdwales versetzt zu werden. Ich diene auf der Fregatte *Nymphe* und bin vor kurzem zum Sergeant befördert worden.

Aber ich komme, sobald es mir möglich ist, zu Dir. Ich bitte Dich darum, auf mich zu warten, wie lange es auch noch dauern wird…

Wie lange es auch dauern wird, dachte Jenny, und Tränen traten wieder in ihre Augen. Es hatte schon viel zu lange gedauert und… inzwischen gab es Justin. Sie schaute zu ihm hinüber und sah, daß er ruhig in seiner Wiege auf der anderen Seite des Kamins schlief. Er war seinem Vater wie aus dem Gesicht geschnitten, aber Johnny hatte – wie hatte Andrew es noch einmal formuliert? Sie nahm den Brief wieder auf und las. Johnny hatte wenig von ihr erzählt, hatte aber ihr Verhältnis mit Ned erwähnt. Und Johnny wußte nicht, daß er einen Sohn hatte. Er saß seine Strafe im Newgate-Gefängnis ab, und Andrew zog – scheinbar gern – in den Krieg.

In dieser Nacht träumte Jenny, daß sie mit Tom und Olwyn Jenkins über das Deck der *Charlotte* ging, und sie lächelte glücklich, als sie Andrew Hawleys große Gestalt herankommen sah.

»Oh, Andrew!« rief sie überglücklich aus. »Ich bin so froh, dich endlich wiederzusehen…«

5

Vor Gericht war schon ein halbes Dutzend kleinerer Vergehen verhandelt worden, als Watt Sparrow an die Reihe kam.

Der Advokat und Richter David Collins suchte unter seinen Papieren nach der Akte des Angeklagten und schaute Captain Foveaux fragend an.

»Ich scheine diesen Mann noch nicht verhört zu haben, Sir, es liegt mir auch kein Protokoll einer Aussage von ihm vor«, begann Collins.

Foveaux wechselte einen Blick mit John Macarthur und antwortete leichthin: »Es ist ein sehr einfacher Fall, Sir, und der Gefangene scheint im Sinn der Anklage schuldig zu sein.«

Collins zuckte zusammen. »Was wird ihm vorgeworfen?«

Macarthur sagte ebenso leichthin wie Foveaux: »Er wird beschuldigt, elf Tage lang von seinem Arbeitsplatz abwesend gewesen zu sein und außerdem widerrechtlich eine Flinte besessen zu haben. Er hat zugegeben, die Flinte gestohlen und damit geschossen zu haben, als Cumings ihn aufforderte, sich zu ergeben. Cumings ist, wie Sie wissen, ein Mitglied dieses Gerichtshofes, und kann die Wahrheit meiner Anschuldigung bezeugen. Ich war auch dabei – ich sah und hörte, wie der Schuß abgefeuert wurde.«

Es war Collins klar, daß er keine Unterstützung bei den Mitgliedern des Gerichtshofes finden würde, obwohl dieser Prozeßverlauf mehr als merkwürdig war. Er ging zu der Anklagebank hinüber und musterte den Gefangenen genauer. Sparrow war ein weißhaariger kleiner Mann unbestimmten Alters. Seine gebräunte Haut zeugte davon, daß er lange Zeit im Freien gearbeitet hatte, und an seinen Händen sah man, daß es keine leichte Arbeit gewesen war.

Joseph Foveaux schaltete sich ein. »Wir können Zeit sparen, Sir«, meinte er. »Da ein Schuldgeständnis vorliegt, müssen wir uns nur über die Höhe der Strafe einig werden.«

Der Richter tat so, als habe er ihn nicht gehört. Er schaute den Gefangenen an und sagte ruhig: »Bekennen Sie sich schuldig oder unschuldig? Sie wissen, was Ihnen vorgeworfen wird?«

Sparrow wich seinem Blick aus und murmelte: »Schuldig. Ich bekenne mich schuldig, Sir.«

»Sind Sie sich völlig darüber im klaren, was Ihnen vorgeworfen wird?«

»Jawohl, Sir!«

»Und Sie möchten sich nicht verteidigen und keine eigenen Zeugen benennen?«

Der kleine Mann zögerte einen Augenblick lang und biß sich auf die Unterlippe. Als er ihn betrachtete, überlegte Collins, was für Straferleichterungen John Macarthur ihm wohl versprochen hatte, wenn er sich freiwillig im Sinn der Anklage für schuldig erklärte. Vielleicht hätte eine schwerwiegendere Anklage gegen ihn erhoben werden können... und er hatte sich für das kleinere der beiden Übel entschieden. Collins seufzte. Er spürte zwar, daß hier etwas nicht stimmte, konnte aber nichts mehr tun und ging zu seinem Platz zurück. Der Gefangene wurde abgeführt, und Foveaux befragte wie immer den jüngsten Schöffen, Fähnrich Piper, nach dem Strafmaß, das er für gerecht hielt.

»Verbannung auf die Insel Norfolk, Sir«, antwortete der junge Mann. »Der Bursche sollte meiner Meinung nach drei Jahre lang dort bleiben, Sir.«

Die anderen Schöffen schlossen sich seinem Urteil an.

»Dann stimmen wir ja alle überein«, meinte Foveaux. »Lassen Sie den Gefangenen zur Urteilsverlesung hereinführen, Mister Brewer.«

Watt Sparrow hörte mit niedergeschlagenen Augen und ohne zu protestieren das Strafmaß an, aber als er wieder abgeführt werden sollte, bat er um Erlaubnis, etwas sagen zu dürfen.

»Was gibt es denn noch?« fragte Foveaux ungeduldig. »Sie haben einen fairen Prozeß gehabt, meinen Sie nicht?«

»Das schon«, antwortete der kleine Mann. »Es is nur ... Jenny Taggart – sie kann allein unmöglich ihre fünfzig Morgen Land bebauen. Bitte sorgen Sie dafür, daß sie zwei neue Arbeiter kriegt. Das is alles, Sir.«

Joseph Foveaux zuckte gleichgültig mit den Schultern. »Das Land der Taggart liegt in Parramatta, oder? Dann wird sich Lieutenant Macarthur darum kümmern. Stimmt's, Mister Macarthur?«

»Natürlich, Captain Foveaux«, antwortete Macarthur prompt. »Leider haben wir zur Zeit wenig Arbeitskräfte. Aber ich werde tun, was ich kann.«

Sparrow schien noch etwas sagen zu wollen, aber die Wärter führten ihn ab. David Collins hatte ein schlechtes Gefühl über die Art und Weise, wie dieser Prozeß geführt worden war. Er seufzte. Für heute war die Arbeit bei Gericht beendet. Die Schöffen verließen den Saal. Der Gendarm Henry Brewer kam heran und ließ sich neben ihn schwer auf einen Stuhl fallen.

Er sah krank aus, und Collins bemerkte, wie sehr er in den wenigen Jahren hier in der Kolonie gealtert war.

Er war einer der Männer, auf die David Collins sich wirklich verlassen konnte, und der Advokat und Richter sah in ihm mehr einen Freund und Vertrauten als einen Untergebenen. Er legte ihm die Hand auf den Arm und fragte mitfühlend: »Wo fehlt's denn, Henry?«

»Das wissen Sie genausogut wie ich, nehm ich an«, antwortete der Gendarm. »Mich stört ungeheuer, daß die Gerechtigkeit hier mehr verborgen als gesucht wird. Der letzte Fall eben ist ein gutes Beispiel für das, was ich meine.«

Collins streckte hilflos seine Hände aus. »Ich weiß genau, was Sie meinen. Aber was können wir tun, wenn wir nicht die Unterstützung des Gouverneurs haben?«

»Weiß der Himmel! Aber Sie fragten mich, was mit mir los ist – nun, jetzt wissen Sie es. All die vielen Anstrengungen, die Gouverneur Phillip zum Wohle der neuen Kolonie unternommen hatte, scheinen zu nichts geführt zu haben.« Brewer fluchte leise vor sich hin. »*Wird* er zurückkommen, David? Ich bin nämlich nur hier geblieben, weil ich seine Rückkehr erhoffe.«

»Ich auch«, gab Collins zu. Er seufzte wieder und erinnerte sich des Versprechens, das er Gouverneur Phillip gegeben hatte; daß er sich mit aller Kraft für die Gerechtigkeit einsetzen werde.

»Diese Verbrecherbande! Der Teufel soll sie holen!« rief Henry Brewer hilflos aus. Er schlug mit der Faust auf den Tisch. »Die Offiziere bezahlen die Soldaten mit Rum oder anderen Handelsartikeln und machen dabei einen ungeheuren Profit... und die Soldaten verkaufen den Alkohol an die Sträflinge weiter und machen auch keinen schlechten Schnitt. Die einzigen, die sich bei diesen Geschäften nicht bereichern, sind die Siedler. Es besteht der Plan, zusätzlich zu Ravens Schiff regelmäßig auch noch andere Schiffe zu chartern, das wissen Sie bestimmt.«

»Ja, ich weiß es«, antwortete Collins, »ich weiß aber nicht, was ich dagegen unternehmen könnte.«

Brewer erhob sich steif. Die beiden Männer schauten sich an, und der Gendarm sagte entschuldigend: »Ich mache Ihnen keinerlei Vorwürfe, David, denn auch ich habe keine Ahnung, wie wir diesem Treiben ein Ende bereiten könnten... manchmal kommt es mir sogar vor, als ob es Zeitvergeudung ist, darüber auch nur nachzudenken. Wir besitzen keine Macht, das ist es.«

»Ja, was können wir denn dann überhaupt machen?« fragte Collins verzweifelt.

»Sehr wenig, fürchte ich. Ich habe schon ein paarmal daran gedacht, meinen Abschied zu nehmen.«

Genau dasselbe hatte er auch schon erwogen, dachte der Advokat... »Henry, ich glaube, es ist wichtig, daß wir doch hier ausharren. Wir stellen die einzige Opposition dar. Wir zwingen die anderen, selbst Macarthur, sich wenigstens einigermaßen im Rahmen der Gesetze zu bewegen!«

»Das stimmt«, gab Brewer zu. »Aber das ist doch trotz allem herzlich wenig, und es schmerzt mich, sehen zu müssen, wie diese Schurken langsam alles zerstören, was wir aufgebaut haben. Hinter dem Prozeß heute morgen – von diesem Watt Sparrow – steckte viel mehr, als wir alle vermuten können. Sparrow arbeitete für die kleine Jenny Taggart.«

»Ach ja, Ihr besonderer Schützling!« warf Collins ein, und lächelte gutmütig. »Sie haben sie doch immer sehr bewundert, oder? Schon seit damals, als sie zu einer Woche auf der Strafinsel verurteilt wurde!«

»Eine Frau hätte niemals dazu verurteilt werden dürfen«, brummte Brewer. Dann fügte er hinzu: »Jawohl – ich bewundere diese junge Frau. Ihr Mut und ihre Durchhaltekraft sollten für jeden Sträfling ein Beispiel sein. Sie war fast noch ein Kind, als sie hier ankam, aber sie organisierte diese Gruppe, die Gouverneur Phillip die Gartenfrauen nannte, und die waren, weiß Gott, keine Engel. Aber Jenny Taggart leitete sie zur Arbeit an, und die hervorragenden Ergebnisse kennen Sie ja.« Er mußte jetzt selbst über seine eigene Begeisterung lächeln und fügte in ruhigerem Ton hinzu: »Wenn wir mehr solche Menschen wie sie hätten und weniger solche wie John Macarthur, dann stünde diese Kolonie sehr viel besser da.«

»Das ist sicher richtig«, meinte David Collins. Er stand auf und schob die Papiere zusammen. »Wissen Sie eigentlich mehr über den Fall von diesem Sparrow, mehr, als heute morgen zur Sprache gekommen ist, Henry?«

Gendarm Brewer schüttelte bedauernd den Kopf. »Nein – aber ich bin sicher, daß Macarthur seine guten Gründe hatte, den Prozeß so schnell wie möglich über die Bühne gehen zu lassen. Ich bin allerdings sicher, daß Doktor Arndell mehr darüber weiß… ich könnte ihn ja fragen, wenn es Ihnen recht ist.«

»Das wäre mir sehr recht«, stimmte der Richter zu. »Wenn Sie aber etwas Interessantes herausfinden, erzählen Sie es mir zuerst und niemand anderem, ja?«

»Aber selbstverständlich, Sir«, entgegnete Brewer steif. Dann wurde er sehr ernst. »Wer außer Ihnen würde mir auch zuhören?«

Henrietta Spence begutachtete ihren neu möblierten Salon mit kritischen Augen und seufzte schließlich erleichtert auf.

Seit ihrer Rückkehr von der Elisabethfarm in Parramatta vor zehn Tagen hatte sie viel gearbeitet, um das Haus in Sydney Cove wohnlich zu gestalten. Mrs. O'Leary hatte ihr mit großem Eifer und unermüdlich dabei geholfen.

Obwohl das Zimmer viel zu klein war, weil es auch noch als Eßzimmer diente, wirkte es jetzt mit den Vorhängen und den Teppichen sehr gemütlich. Sydney Cove war ja schließlich nicht Kensington oder Kalkutta. Selbst Mrs. Macarthur konnte bei allem guten Geschmack bei weitem nicht in jedem Zimmer mit einer Standuhr oder einem Perserteppich aufwarten.

Henrietta war sicher, daß ihr Vater bei seiner Rückkehr sehr zufrieden damit sein würde, wie sie das Haus eingerichtet hatte. Er hatte sich entschlossen, sich in Portland etwa drei Meilen westlich von Parramatta niederzulassen, und hatte die vergangene Woche dort verbracht, um zusammen mit Seamus O'Leary und seinem Sohn die Bauarbeiten zu überwachen, die zügig vorangingen.

Gouverneur Grose war ihm sehr behilflich gewesen. Er hatte ihm sofort zwanzig Bauarbeiter und einen erfahrenen

Aufseher zugeteilt. Das Haus würde schon in ein paar Tagen fertig sein, die Schafställe und Scheunen und anderen Ställe würden bestimmt rechtzeitig fertiggestellt, bevor die Tiere aus Kapstadt einträfen. Zu Henriettas großer Erleichterung hatte er gleich zu Anfang entschieden, daß nur die O'Learys im Farmhaus wohnen würden, während er und Henrietta sich für immer in Sydney Cove niederlassen wollten.

»Dort draußen auf dem Land ist es für dich zu primitiv, meine Liebe«, hatte er gesagt. »Ganz einfach zu abgeschnitten. Das hast du doch selbst bei den Macarthurs gespürt, oder?«

Henrietta erinnerte sich daran, daß sie ihrem Vater nicht widersprochen hatte, obwohl sie den Besuch bei den Macarthurs unerwarteterweise doch sehr genossen hatte. Die Gastgeberin war wirklich sehr reizend gewesen. Sie hatte einen kleinen Sohn, Edward, und eine sechs Monate alte Tochter, und sie kümmerte sich sehr liebevoll um beide. Außerdem spielte sie gut Klavier und wußte erstaunlich viel über alle wichtigen landwirtschaftlichen Fragen. Sie war sehr unterhaltend und über alles informiert, was mit der neuen Kolonie und ihren Einwohnern zu tun hatte.

Henrietta hatte viel von ihr erfahren und gelernt – sie hatte fast zwei Wochen lang dort gewohnt, während ihr Vater sich das Land und die Siedlungen anschaute, um sich zu entscheiden, wo er sich niederlassen wollte –, und der Abschied von Elizabeth Macarthur war ihr ziemlich schwergefallen. Jetzt aber, da ihr Haus wohnlich eingerichtet war und genug Bedienstete zur Verfügung standen, um es in Ordnung zu halten, schätzte sie sich glücklich, in Sydney zu wohnen.

Denn Sydney war das Zentrum des gesellschaftlichen Lebens. Wenn ihr Vater erst einmal zurückgekehrt war, würde sie Einladungen annehmen und aussprechen können, kleine Abendgesellschaften und Picknicks veranstalten und vielleicht manchmal eines der Theaterstücke anschauen, die eine begabte Gruppe von Sträflingen aufführte. Und Charles Brace würde endlich sein unerklärliches Schweigen brechen, wenn er eine formelle Einladung zum Abendessen erhielt. Sie seufzte und hörte die Uhr schlagen. Erst zwei Uhr! Warum hatte Charles sich wohl von ihr abgewandt?

»Sie werden sehr begehrt sein«, hatte ihr Mrs. Macarthur versichert. »Ganz besonders im Regierungsgebäude. Nur ein paar unserer Offiziere sind verheiratet, und Misses Grose hat mir oft beteuert, wie sehr sie sich nach weiblicher Gesellschaft sehnt. Sie ist erst vor kurzem mit ihrer Familie nachgekommen und hat sich noch nicht recht eingelebt. Ich glaube, daß sie es bedauert, hierher übergesiedelt zu sein, obwohl sie das niemals zugeben würde. Major Grose bereut es auch manchmal. Er liebt das Militär, und wenn es wirklich einen Krieg geben sollte, wird er es außerordentlich bedauern, hier am Ende der Welt sitzen zu müssen.«

Es war schön für sie, dachte Henrietta, daß sie die Zuneigung ihrer Gastgeberin gewonnen hatte, denn sie hatten viele gemeinsame Interessen – unter anderem liebten sie beide Lyrik und Musik und hatten ihre Gespräche darüber während ihres Aufenthaltes dort sehr genossen. Außerdem mochte sie Elizabeths fünfjährigen Sohn Edward sehr gern, und ihre Geduld mit dem kleinen neugierigen Jungen hatte der Mutter gefallen.

»Sie müssen heiraten, liebe Etta«, meinte Elizabeth mehr als einmal mit Nachdruck. »Heiraten und viele süße Kinder haben! Das ist das einzige, was eine Frau unter diesen Umständen hier erfüllen kann. Sie haben doch sicher schon darüber nachgedacht, oder?«

»Ich... noch nicht ernsthaft«, hatte sie geantwortet und errötete selbst jetzt noch, wenn sie nur daran dachte. »Wissen Sie, ich lebe mit meinem Vater zusammen. Er braucht mich, er ist erst kurze Zeit verwitwet.«

»Aber meine Liebe!« hatte Elizabeth ausgerufen. »Solche Skrupel müssen Sie schnell vergessen! Ich selbst hatte große

Bedenken, meine Mutter und meine Familie zu verlassen. Aber Sie sehen doch, wie gut es uns hier geht... wir haben unsere Farm, unsere Kinder, und Mister Macarthur ist ein sehr zärtlicher Ehemann. Etta, ich kann mir wirklich nicht vorstellen, daß irgend jemand auf der Welt glücklicher sein kann als wir zwei. Da dürfen Sie sich nicht wundern, daß ich Ihnen dasselbe wünsche!«

Trotz all ihrer Freundlichkeit hatte es Henrietta nicht gewagt, Elizabeth ihre Hoffnungen Charles Brace betreffend anzuvertrauen, und jetzt war sie froh, daß sie es nicht getan hatte, denn Charles meldete sich weiterhin nicht. Sie konnte zwar bis zur Rückkehr ihres Vaters immer noch nicht offiziell Besuche empfangen, aber Mrs. O'Leary war im Haus, und es gab keinen Grund, warum Charles ihr nicht einmal am Nachmittag seine Aufwartung machen sollte. Er hätte ihr auch einen Willkommensgruß schicken und sich nach ihrer Gesundheit und ihrem Wohlbefinden erkundigen können... Aber er hatte nichts dergleichen getan, und das machte ihr Sorgen.

Denn er hatte während der Überfahrt von Kapstadt sehr um sie geworben. Er hatte sich um ihre Gesellschaft bemüht und diese anscheinend auch genossen. Sie hatten sich selbstverständlich nicht allein treffen können, aber per Zufall hatte es sich doch ein paarmal so ergeben... Frühmorgens auf Deck und ein- oder zweimal nachts unter dem Sternenhimmel, als sie vor dem Schlafengehen einmal an die frische Luft gegangen war und Charles in der Dunkelheit angetroffen hatte.

Henriettas Gesicht wurde brennend heiß, als sie sich daran erinnerte, wie er sie einmal umarmt und leidenschaftlich auf den Mund geküßt hatte. Seine Hände hatten ihre vollen Brüste gestreichelt, und sein harter, starker Körper hatte sich fordernd gegen sie gedrängt. Sie war nahe daran gewesen, sich ihm hinzugeben, war so erregt gewesen wie noch niemals in ihrem Leben, aber jetzt... Sie zitterte.

Jetzt hörte und sah sie nichts von ihm, und es schien ihm gleichgültig zu sein, daß sie nach Sydney zurückgekommen war.

Hatte er seine leidenschaftlich geflüsterten Schwüre ernst gemeint, fragte sie sich selbst, oder hatte er nur mit ihren Gefühlen gespielt, um sich die lange Reise so angenehm wie möglich zu gestalten? Oder hatte es ihm einfach Spaß gemacht, Timothy Dawson auszustechen und zu verletzen, der ihr vor ihm den Hof gemacht hatte? Sie wußte es nicht, und sie konnte niemanden fragen. Elizabeth Macarthur war freundlich und nett zu ihr gewesen, aber der Stolz hatte Henrietta daran gehindert, sich ihr zu eröffnen. Wenn Charles sie allerdings besucht hätte, wäre es ganz anders gekommen.

Es klopfte an der Tür, und Mrs. O'Leary kam herein. »Miss Etta, ein Schiff läuft in den Hafen ein, ein Schiff aus Irland! Es sind schon viele Leute am Hafen, um die *Boddinttons* willkommen zu heißen. Darf ich auch hingehen?«

Die O'Leary-Familie stammte aus Irland. Und es war immerhin möglich, wenn auch nicht sehr wahrscheinlich, daß sie jemanden auf dem Schiff kannte. Henrietta erlaubte es ihr und hatte dann plötzlich den Einfall, daß Charles Brace auch am Hafen sein könnte. Sie würde mitgehen und ihm dann wie zufällig über den Weg laufen.

Henrietta sprang auf. »Holen Sie Hüte und Umhängetücher für uns beide, Misses O'Leary«, sagte sie. »Ich komme mit!«

»Es sind aber viele Betrunkene am Hafen, Miss Etta«, warnte die Irländerin.

»Dann kommt Noah mit«, entschied Henrietta. »Sagen Sie ihm, daß er sich mit einem Stock bewaffnen soll, falls es Ärger gibt. Und machen Sie schnell – ich möchte zuschauen, wie das Schiff in den Hafen einläuft!«

Zehn Minuten später waren die Frauen in Begleitung des neuen Dieners, eines Sträflings namens Noah Wright, auf dem Weg zum Landesteg. Das Schiff war noch ziemlich weit draußen, aber Henrietta konnte eine kleine Gruppe von Frauen ausmachen, die auf dem Achterdeck stand und von einem halben Dutzend Marineinfanteristen bewacht wurde.

Die *Boddinttons* ging so weit draußen vor Anker, daß es unmöglich war, einzelne Gesichter zu erkennen, und Mrs. O'Leary schrie vor Enttäuschung laut auf.

»Seien Sie still!« fuhr Henrietta sie an. »Schreien Sie doch nicht wie ein Fischweib. Sie sind eine freie Frau, kein Sträfling, daran sollten Sie immer denken.«

Noah stellte sich zwischen ihnen und den am Landekai versammelten Sträflingsfrauen auf, die nach ein paar neugierigen Blicken den dadurch geschaffenen Abstand einhielten. Ein paar Kinder, die – vielleicht zum ersten Mal in ihrem Leben – eine elegant gekleidete Dame sahen, starrten Henrietta mit offenen Mündern an. Es tat sich nicht viel an Bord der *Boddinttons*, und Henrietta verlor bald das Interesse und wollte Noah eben bitten, sie nach Hause zurückzubegleiten, als Mrs. O'Leary aufgeregt nach rechts deutete.

»Schauen Sie, das Boot dort, Miss Etta! Darin sitzen drei Offiziere – sehen Sie es? Erkennen Sie Lieutenant Brace?«

Henriettas Herzschlag setzte beinahe aus, als sie ihn sah. Und das Boot steuerte tatsächlich auf den Transportfrachter zu.

Eine schrille Stimme rief: »Zum Teufel mit den verdammten Offizieren! Ham nix andres im Sinn, als sich die schönsten Huren zu schnappen! Und was ist mit uns?«

Henrietta war sprachlos vor Entsetzen. Dann sagte sie so ruhig wie möglich: »Lassen Sie uns nach Hause gehen, Misses O'Leary. Es ist zu schwül hier draußen.«

»Selbstverständlich, Miss Etta«, antwortete Misses O'Leary diensteifrig. Sie bot ihrer Herrin den Arm an. Zu ihrer Überraschung hängte sich Henrietta bei ihr ein.

Der Kapitän der *Boddinttons* stand auf dem Achterdeck, als die drei Neusüdwales-Korps-Offiziere auf ihn zukamen, um ihn zu begrüßen.

»Chalmars«, sagte er. »Ich bin Robert Chalmars und stehe zu Ihren Diensten, meine Herren, und ich hoffe, daß Sie mir auch bei einem Problem behilflich sein können.«

Foveaux schaute ihn überrascht an. »Was meinen Sie, Captain?«

»Ich benötige eine strenge Wache, Sir, um ein paar Meuterer vom Schiff zu entfernen.« Er war ein großer, kräftig gebauter Mann und erweckte den Eindruck, als ob er nicht leicht aus der Ruhe zu bringen sei. Aber jetzt war er ärgerlich und bat auf Foveaux' Einwurf hin, daß die Offiziere nur die Frauen an Land bringen sollten: »Hören Sie mich bitte zu Ende an, Sir.«

»Selbstverständlich, Captain«, versicherte ihm Foveaux.

Der Kapitän begann seinen Bericht: »Wir segelten am 15. Februar in York los, hatten einhundertvierundzwanzig männliche und zwanzig weibliche Sträflinge an Bord. Sie wurden menschlich behandelt, das versichere ich Ihnen, gut ernährt und ordentlich gekleidet, und zwei Ärzte kümmerten sich um ihr leibliches Wohl. Wir haben keine Kranken an Bord, Sir, und wir haben während der Überfahrt nur einen Mann verloren... einen Mann, den wir hängen mußten.«

»Hängen?« wiederholte Foveaux, und sein Gesichtsausdruck wurde plötzlich sehr ernst. »Gott im Himmel, Chalmars – wollen Sie damit sagen, daß eine Meuterei an Bord ausgebrochen war?«

»Es bestand jedenfalls der Plan, nachdem wir Rio de Janeiro verlassen hatten«, antwortete der Kapitän. »Und es war ein sehr gut durchdachter Plan! Bevor wir ihn hängen ließen, gestand der Anführer – ein ganz junger Schurke namens Conal O'Riordan –, daß sie beabsichtigt hatten, alle meine Offiziere und auch mich selbst umzubringen, und nur

Lieutenant Bell und Mister MacIver, meinen ersten Maat, zu verschonen. *Die beiden* sollten am Leben bleiben, bis sie das Schiff in einen holländischen oder spanischen Hafen navigiert hätten, und dort sollte sie dann das gleiche Schicksal ereilen wie uns.« Er schüttelte den Kopf. »Mister Bell wird alles bestätigen, was ich Ihnen erzählt habe, Captain Foveaux. Auf sein Anraten hin haben wir O'Riordan zum Tod durch den Strang verurteilt, um ein Exempel zu statuieren und die Meuterei schon im Keim zu ersticken. Aber meiner Meinung nach ist mindestens die Hälfte der Gruppe genauso schlimm wie er – und noch übler. Er war ja noch ein junger Mann, aber die anderen sind hartgesottene Verbrecher.«

Foveaux winkte Charles Brace etwas zur Seite und sagte leise zu ihm: »Ich werde den guten Kapitän schon beruhigen, Charles. Schauen Sie sich mit de Catteral inzwischen in aller Ruhe die Frauen an.«

Dieser Vorschlag war Charles Brace nur recht. Er war sehr interessiert daran, eine passende junge Frau zu finden, die ihm den Haushalt führen könnte, denn die Frauen, die Foveaux' Haushälterin vorgeschlagen hatte, hatten seinen Wünschen nicht entsprochen. Ein paar von ihnen waren ganz eindeutig Prostituierte, zwei andere plumpe Landmädchen, und eine dritte schaute nach ihrer eigenen Auskunft etwas zu tief ins Glas. Alle hatten auf die eine oder andere Weise seinen guten Geschmack verletzt, aber vielleicht war unter den Irländerinnen eine dabei, die...

Brace fiel gleich auf, daß einige gutaussehende Frauen unter den Neuankömmlingen waren. Sie waren sauber gekleidet und von ordentlichem Äußeren. Die Wachsoldaten nahmen Haltung an, als die beiden Offiziere näher kamen. Brace sprach den Sergeant an und ließ ihn seine Wünsche wissen.

»Es ist von großem Vorteil für jede Frau, wenn sie eine Stellung in einem Offiziershaushalt bekommt«, erklärte

Brace und schaute sich dabei um. »Sie werden die Frauen inzwischen ja kennen, Sergeant. Sind welche darunter, die Sie mir empfehlen können?«

Zu seinem Erstaunen antwortete der Sergeant: »Keine einzige, Sir, wirklich keine einzige.«

Brace blickte ihn ungläubig an. Dann fiel sein Blick auf ein schlankes, dunkelhaariges Mädchen in einem gestreiften Kleid, das mit hocherhobenem Kopf zur Reling hinüberging. Es war doch bestimmt keine... Er wandte sich wieder an den Sergeant: »Soll das heißen, daß *alle* Huren sind?«

»Nein, Sir, das nun auch wieder nicht...«

Charles Brace hörte ihm nicht länger zu. Er schaute das Mädchen in dem gestreiften Kleid an und bewunderte sein klassisch schönes Profil. Sein Herz schlug schneller, als es zu ihm herüberschaute und seinen Blick unerschrocken und stolz erwiderte.

»Gehen Sie zu Captain Foveaux zurück«, sagte er zu de Catteral. »Er braucht wahrscheinlich Ihre Hilfe, wenn die Meuterer an Land gebracht werden. Machen Sie schon – Sie brauchen nicht auf mich zu warten.«

Als er auf das Mädchen zuging, strahlte es eine solche würdevolle Ruhe aus, daß er im ersten Augenblick nichts zu sagen wußte. Er bemerkte, daß die Augen der jungen Frau dunkelblau waren und einen wunderbaren Kontrast zu ihrem glänzenden dunklen Haar bildeten. Und obwohl sie nicht lächelte, wirkte sie dennoch nicht feindselig. Er schluckte und bot ihr mit ungeschickten Worten eine Stellung in seinem Haushalt an.

Sie hörte ihm schweigend zu, und ihr schönes Gesicht verriet nicht, was sie dachte. Als sie schließlich antwortete, sprach sie ein sehr gewähltes Englisch in einem Tonfall, der an ihre irische Herkunft erinnerte.

»Sie bitten mich, Ihnen den Haushalt zu führen, für Sie zu kochen und zu putzen?«

»Ja, ich –«

»Und zweifellos das Hausmädchen Ihrer Frau zu sein?« fuhr sie fort.

»Nein. Das heißt –« Brace fühlte, wie er errötete –, »ich bin nicht verheiratet. Ich bin erst seit einem Monat hier, und meine Wohnung ist... nun, sie braucht dringend die ordnende Hand einer Frau.«

»Ist es hier üblich, daß unverheiratete Offiziere junge weibliche Sträflinge anstellen, die ihnen den Haushalt führen?«

Er schaute sie unglücklich an und sah keinen Anlaß dafür, warum sie ihn eigentlich so gnadenlos befragte. »Ja, es ist durchaus üblich. Es ist alles noch im Aufbau hier. Die Häuser –«

»Ich habe die Häuser schon gesehen«, unterbrach ihn das Mädchen.

Es lehnte sich gegen die Reling und wirkte sehr distanziert. »Man spricht von Zwangsarbeit. Ist es schwere Arbeit? Und ist es die Alternative dazu, einem Offizier wie Ihnen – oder vielleicht einem *verheirateten* Offizier – den Haushalt zu führen?«

Die Betonung, mit der sie das Wort »verheiratet« ausgesprochen hatte, verriet ihm, daß sie ihn durchschaut hatte. Er ärgerte sich darüber, spürte die kaum verhehlte Verachtung, mit der sie ihn musterte, und führte die Arbeiten auf, die üblicherweise von weiblichen Sträflingen verrichtet wurden.

Während es zuhörte, wurde das irische Mädchen immer wütender, und als er schwieg, sagte es beißend: »Dann werde ich auf einer Farm arbeiten. Ich hüte lieber Schweine, als einem englischen Rotrock den Haushalt zu führen!«

»Dann warte ich darauf, bis Sie Ihre Meinung ändern«, gab Brace nun ebenfalls erbost zurück. »Und das wird nicht lange dauern! Wie heißen Sie?« Die junge Frau zögerte, und er fügte drohend hinzu: »Ich kann es sehr leicht herausfinden.«

»Diese Mühe kann ich Ihnen ersparen, Lieutenant. Ich bin Francis O'Riordan und –«

Brace erinnerte sich an diesen Namen. »O'Riordan? Guter Gott, dann müssen Sie ja –«

»Ja«, entgegnete das Mädchen bitter. »Conal O'Riordan war mein Bruder. Er wurde auf diesem Schiff gehängt, Gott sei seiner Seele gnädig.«

Charles Braces' Blick ruhte auf ihr, und er fühlte, wie ihm Schamröte ins Gesicht stieg. Er verbeugte sich knapp, drehte sich auf den Absätzen um und schritt zu Foveaux und dem Kapitän zurück.

Als er gegangen war, lehnte sich Francis O'Riordan an die Reling und starrte zu dem entfernten Küstenstreifen nördlich des Hafenbeckens hinüber.

Armer Conal, dachte sie traurig, was war aus all seinen Hoffnungen und Träumen und seinem mutigen, aufrührerischen Geist geworden! Die Umstände seines Todes fielen ihr wieder ein, sosehr sie auch versuchte, nicht daran zu denken.

Plötzlich unterbrach ein Stimmengewirr ihre traurigen Erinnerungen, und sie sah, daß etwa ein Dutzend Männer – darunter John Place, ein Protestant aus Tyrone – an Deck gebracht wurde. Alle waren gefesselt. Sie sangen ein irisches Freiheitslied. Obwohl der Sergeant sie anbrüllte, Ruhe zu geben, sangen sie unbeirrt weiter, als sie in das Boot einstiegen.

Die beiden jungen Offiziere, die die Frauen besucht hatten, saßen hinten im Heck, und obwohl sie den gefesselten Männern Strafen androhten, hörten diese nicht zu singen auf.

Francis O'Riordan wischte sich die Tränen aus den Augen und winkte ihnen zum Abschied zu.

6

Am 1. Januar 1794 verlebte Justin seinen zweiten Geburtstag, und Jenny Taggart war an diesem Tag so verzweifelt wie noch nie während der ganzen Zeit ihrer Verbannung.

Ein für diese Jahreszeit ungewöhnlich stürmisches Gewitter und schwere Regenfälle hatten ihre Weizenernte zerstört. Sie hatte die Ernte noch nicht eingebracht, weil der junge Taugenichts, der ihr anstelle von Watt Sparrow zugeteilt worden war, sehr bald geflohen war. Die sturmgepeitschten Garben hatten gerade soviel Geld eingebracht, wie sie den Arbeitern bezahlen mußte, die sie geschnitten und gedroschen hatten. Die Maisernte war zwar etwas besser ausgefallen, aber… Jenny blickte am frühen Abend traurig auf den schlafenden kleinen Justin nieder und wußte genau, daß all ihre Bemühungen vergebens gewesen waren.

Sie hatte Schulden machen müssen. Aber schlimmer noch als das war, daß es ihr nicht möglich gewesen war, genug Getreide abzuliefern, um Anspruch auf die Lebensmittelrationen zu haben, die die Regierung ausgab. Es war unwahrscheinlich, daß sie einen anderen Arbeiter zugeteilt bekäme, der Rick Love ersetzen würde. Aber es würde ihr auch schwerfallen, einen zusätzlichen Esser zu ernähren.

Sie betrachtete ihre abgearbeiteten Hände mit den abgebrochenen Fingernägeln und den vielen kleinen Narben und schaute dann mitleidig wieder zu dem kleinen Justin hin. Er war ein braver Junge. Sie konnte ihn beruhigt allein lassen, während sie auf den Feldern arbeitete, er klagte selten und beschwerte sich nicht einmal, wenn er hungrig zu Bett gehen mußte. Er schenkte ihr die Liebe, die sie, wie sie glaubte, in diesem Ausmaß gar nicht verdiente. Sie fand nicht die Zeit, ihn zu unterweisen, und abends fehlte ihr sogar die Kraft, noch etwas mit ihm zu spielen.

Er vermißte Watt sehr – so wie sie selbst auch. Watt hatte sich immer Zeit für Justin genommen, hatte seine neugierigen Fragen geduldig beantwortet und ihm seine kleinen Ängste genommen. Aber der arme alte Watt sollte in vier bis fünf Tagen auf der *Francis* auf die Insel Norfolk verbannt werden.

Nach seinem Prozeß hatte sie die Erlaubnis erhalten, ihn einmal zu besuchen, und sie hatte Justin mit sich genommen. Watt war blaß und noch mehr gealtert, und der Abschied hatte ihnen allen fast das Herz gebrochen.

Justin bewegte sich unruhig im Schlaf hin und her, und Jenny küßte ihn auf die Wange. Sie flüsterte: »Schlaf, mein Kleiner. Es wird alles gut werden. Deine Mama ist bei dir, mein Schatz.«

Das Kind schlief, und Jenny zog den alten Schaukelstuhl vors Haus, setzte sich und atmete in tiefen Zügen die frische Abendluft ein.

Sie hörte, wie sich der alte Ben Reilly in seiner von Doktor Arndell neu erbauten Hütte zufrieden in den Schlaf sang. Der arme alte Bursche konnte mit seiner Krücke und dem schweren, groben Holzbein nicht mehr arbeiten, aber er war ein gutmütiger und warmherziger Nachbar, war lieb zu Justin, und schon jetzt, eine Woche nach seiner Ankunft, hatte sich herausgestellt, daß er eine große Hilfe war und nicht eine Last, wie Jenny am Anfang befürchtet hatte.

Sie hatte ihn aus Mitleid aufgenommen und auch aus Dankbarkeit Doktor Arndell gegenüber, der sie darum gebeten hatte, aber wenn sie die Farm verkaufen mußte, dann würde auch Ben wieder heimatlos sein. Lieutenant Macarthurs Angebot bestand weiterhin, ihr Stück Land am Bach mit einem weiter östlich gelegenen Landstrich, der ihm gehörte, zu tauschen... Sie zog die Stirn kraus. Es wäre zwar kein guter Tausch für sie, aber es würde ihnen wenigstens ermöglichen, weiterhin in dem Haus hier wohnen zu bleiben. Sie könnte Schweine und Ziegen züchten, auch Geflügel – Schlachtvieh verkaufte sich sehr gut. Und dann besaß sie ja noch die Stute und das Fohlen.

Sie entschloß sich dazu, Mr. Macarthurs Angebot anzunehmen und Futtermais auf dem neuen Stück Land anzubauen.

Vielleicht könnte sie durch geschicktes Verhandeln auch noch ein Fäßchen Rum von ihm bekommen, mit dem sie dann einen Teil ihrer Schulden bezahlen würde.

Aus Bens Hütte drang ein hoher, zitternder Ton. Jenny glaubte, daß er wahrscheinlich getrunken hatte, vielleicht die gesamte Wochenration auf einmal.

Jenny lauschte erstaunt dem Text des Liedes. Ben war irischer Abstammung, war aber nach eigener Aussage niemals in Irland gewesen. Jetzt sang er ein irisches Freiheitslied, wenn sie sich nicht sehr täuschte. Plötzlich wurde Jenny mißtrauisch und stand auf.

Konnte es nicht sein, daß der alte Ben ein paar der kürzlich aus Parramatta geflohenen Iren Unterschlupf gewährte? Es waren sehr verzweifelte Menschen, die während der Schiffsüberfahrt nach Neusüdwales eine Meuterei unternommen hatten und denen kein Preis zu hoch war, um in Freiheit leben zu können. Alle Siedler auf abgelegenen Farmen lebten in Angst vor Raubüberfällen, denn den Flüchtlingen blieb nichts anderes übrig, als sich auf diese Weise Nahrungsmittel zu verschaffen. Und die Iren waren berüchtigt dafür, daß sie im Notfall auch nicht vor Gewaltanwendung zurückschreckten.

Jenny ging leise zur Hütte hinüber und blieb vor der geschlossenen Tür wie angewurzelt stehen. Denn Ben hatte zu singen aufgehört und sprach jetzt, und sie konnte ein paar Worte verstehen.

»Aber natürlich, sie is ganz sicher hier. Die Besitzerin der Farm liefert se bestimmt nich aus. Aber ihr andern, ihr verdünnt euch besser, bevor ich ihrs sage. Euch will se bestimmt nich hierbehalten.«

»Wir gehn ja schon«, sagte eine zweite Stimme. »Aber wir kommen zurück und schneiden dir die Kehle durch, wenn ihr was zustößt, da kannste Gift drauf nehmen.« Jenny konnte sich gerade noch hinter einem Busch verstecken, dann hörte sie einen leisen Fluch, die Tür ging auf und Schritte entfernten sich. Jenny wartete noch eine Weile ab und betrat dann mit klopfendem Herzen die Hütte. Der alte Mann begrüßte sie und schien sehr erleichtert zu sein, daß sie gekommen war. Ein junges Mädchen lag auf dem Holzfußboden, und sie schien mehr tot als lebendig zu sein. Ihr Gesicht war leichenblaß, das Kleid zerrissen und mit dunklen Flecken übersät, die wie Blutflecken aussahen. Jenny kniete neben ihm nieder, und Ben sagte angespannt: »Ich mußte sie aufnehmen, Missus. Ich hätt ja die arme Kreatur auch schlecht zurück in den Wald schicken können, oder?«

»Natürlich nicht, Ben.« Es hatte noch genügend Zeit herauszufinden, wie das Mädchen hierhergekommen war und wer es gebracht hatte. Jetzt war es erst einmal wichtiger, daß es aus seiner Bewußtlosigkeit erwachte. Jenny bedeckte das Mädchen mit einer Decke, rollte ihr Umhängetuch zusammen und schob es ihm unter den Kopf. Es bewegte sich unruhig und murmelte etwas Unverständliches, öffnete kurz die Augen und schloß sie dann wieder.

»Ich hab nen Topf auf dem Ofen«, sagte Ben. »Und nen Tropfen Rum.« Er humpelte mit seiner Krücke durch das dunkle Zimmer und war offensichtlich nicht mehr ganz nüchtern. Aber er brachte eine Tasse heißen Tee, und als Jenny dem Mädchen vorsichtig ein paar Löffel einflößte, murmelte er: »Ich bin kein Rebell, Missus.«

»Aber du hast ein Lied der Rebellen gesungen, oder etwa nicht?« fragte ihn Jenny, ohne aufzuschauen.

»Ja, damit wollt ich Sie warnen!« sagte der alte Mann. »Wenn Sie nämlich hier reingekommen wären, als die Männer noch da warn, das hätt Ärger geben können.«

»Sie sind jetzt weg, oder?«

»Ja, kurz bevor Sie gekommen sind. Sie sagten, daß sie schon fast zwei Monate lang in den Wäldern leben, aber dann wurde diese arme junge Frau hier krank, also mußten sie n Unterschlupf für sie finden. Sie versprachen, daß se uns in Ruhe lassen und nichts klauen würden, wenn wir uns gut um das Mädchen kümmern und –«

»Und haben sie ihr Versprechen gehalten, Ben?« fragte Jenny ängstlich. Der Himmel wußte, daß es hier wenig zu stehlen gab!

Das Mädchen antwortete mit einer sanften schönen Stimme, der man die irische Herkunft nur leicht anmerkte: »Wir pflegen unsere Versprechen einzuhalten, Madam.« Aus seinem Tonfall klang Stolz, und Jenny schloß es gleich in ihr Herz.

Der Rum belebte die junge Frau, und schon eine Stunde später konnte sie an Jennys Arm in der Hütte hin und her gehen. Sie erzählte, was sie in der letzten Zeit erlebt hatte. Jenny hatte schon oft ähnliche Geschichten gehört und war kaum überrascht. Ihre alten Freunde waren einem Straßenbautrupp in Parramatta zugeteilt worden, und die freiheitsliebenden Männer aus Irland hatten sich bald gegen die harte Behandlung und die vielen Erniedrigungen durch den Aufseher gewehrt und waren schließlich geflohen.

»Und uns ist gesagt worden«, fuhr das Mädchen traurig fort, »daß jenseits der Berge – die die Blauen Berge genannt werden – Freie Siedler und freundlich gestimmte Eingeborene lebten. Und wir glaubten es. Niemand sagte uns aber, daß dieses Gebirge nicht überquert werden kann und daß die Eingeborenenstämme, die auf dem Weg dorthin leben, den Weißen sehr feindlich gesonnen sind.« Es seufzte und sah unglücklich aus. »Zwei von unseren Freunden wurden ermordet, und der Rest von uns verhungerte fast. Wir lebten von Wurzeln und Beeren und ein paar Fischen, die wir in einem Fluß fangen konnten.«

Die junge Frau erzählte wie im Traum weiter von all den

vergeblichen Versuchen, die sie unternommen hatten, um das unüberwindlich scheinende Gebirge doch überqueren zu können.

Jenny reichte ihr einen Teller voll dampfendem Haferbrei, und das Mädchen dankte ihr mit Tränen in den Augen. »Sie sind so freundlich zu mir! Ich glaube, ich bin nur krank geworden, weil ich dem Hungertod nahe war. Ich – ich bin sehr dankbar, daß Sie mich so selbstverständlich aufnehmen. Der alte Mann war auch gleich sehr nett zu uns. Der arme Kerl hat erst vor kurzem ein Bein verloren, oder? Ist er Ihr Vater?«

Jenny schüttelte den Kopf. Sie beantwortete alle Fragen des irischen Mädchens und erzählte ihr auch, daß sie einen Sohn habe.

»Und ich heiße Jenny Taggart«, fügte sie hinzu. »Wie heißen Sie?«

»Francis O'Riordan. Sagen Sie mir – sind Sie schon seit langem hier?«

»Von Anfang an. Ich kam mit der ersten Flotte an, die unter Gouverneur Phillips Kommando stand.«

»Und Sie haben es die ganze Zeit ertragen, all die Jahre lang? Haben Sie nie an Flucht gedacht?«

Jenny schüttelte wieder den Kopf, und das Mädchen starrte sie sehr erstaunt an. »Ich bin ein Freier Siedler, Miss O'Riordan. Meine Strafe wurde mir erlassen – jetzt besitze ich dieses kleine Haus und das Land hier. Es ist wirklich kein leichtes Leben, und ich habe einen guten Freund verloren, der das Land mit mir bestellt hat. Er wird noch diese Woche auf die Insel Norfolk geschickt.«

»Ist es – der Vater Ihres Kindes?« fragte Francis O'Riordan.

»Nein – er ist sein Großvater.« Das stimmte zwar nicht ganz, aber Watt hatte sich Justin gegenüber ja wirklich wie ein leiblicher Großvater verhalten. Jenny stand auf und sagte: »Sie müssen sich ausruhen. Ich mache Ihnen in meinem Haus drüben ein Bett zurecht, und Sie müssen versuchen zu schlafen. Morgen können wir weitersprechen.«

Das irische Mädchen faßte sie am Arm. »Sie liefern mich nicht an die Soldaten aus, oder? Darf ich bei Ihnen bleiben, bis ich mich ganz erholt habe?«

»Machen Sie sich keine Sorgen, Miss O'Riordan«, versprach ihr Jenny mitleidig. »Hier sind Sie in Sicherheit.«

»Gott möge es Ihnen lohnen! In ein paar Tagen holen mich meine Freunde wieder ab. Sie –«

»Um mit Ihnen wieder zurück in die Wälder zu gehen? Wollen Sie das denn wirklich?«

Francis O'Riordan blickte unglücklich drein. »Nein, das will ich weiß Gott nicht. Aber es ist noch besser als das Haus, in dem ich nach meiner Landung wohnen sollte. Ich wurde in eine überfüllte Hütte mit ständig betrunkenen Frauen gesteckt – die meisten von ihnen waren Huren –, und ich wurde keinen Augenblick lang von ihnen in Frieden gelassen. Ich – ich kann nicht dorthin zurückgehen. In den Wäldern bin ich mit meinen eigenen Leuten zusammen, die mich freundlich und gut behandeln – ich kenne die meisten seit meiner Kindheit. Es waren die Freunde von meinem Bruder.«

»*Waren?* Ist Ihr Bruder denn nicht unter ihnen?«

Das Mädchen schüttelte den Kopf und sagte bitter: »Mein Bruder wurde an Bord des Schiffes gehängt, das uns hierhergebracht hat. Ich möchte jetzt nicht darüber sprechen.«

Kurz darauf schlief das Mädchen ein und erwachte erst am Mittag des nächsten Tages, als Jenny von der Arbeit ins Haus zurückkam und wie jeden Tag ein karges Mittagsmahl bereitete. Aber während der nächsten paar Tage erholte sich Francis O'Riordan zusehends. Ihr Gesicht verlor die Blässe, sie badete sich und wusch ihre Kleider im Bach, flocht ihr dunkles Haar zu Zöpfen und war bald wieder die schöne, junge Frau von früher. Sie konnte nähen, und nachdem sie ihr eigenes zerrissenes Kleid instand gesetzt hatte, flickte sie von sich aus Jennys Kleider und auch die von dem kleinen Justin.

Der Junge war glücklich über die unerwartete Gesellschaft, da die junge Frau notgedrungenermaßen fast den ganzen Tag lang im Haus blieb, und er spielte ständig in ihrer Nähe und lauschte gespannt den Märchen, die sie ihm erzählte.

Auch für Jenny war die Zeit der Einsamkeit vorüber. Seit ihre Freundin Melia vor nun schon über zwei Jahren weggegangen war, hatte sie keine gleichaltrige Freundin mehr gehabt, mit der sie alle Probleme besprechen konnte, und sie gewöhnte sich schnell an die angenehme Gesellschaft des irischen Mädchens.

Auch die junge Frau liebte die Freiheit über alles, und nach vielen Gesprächen verstand Jenny allmählich, daß es für ein stolzes und patriotisches Volk wie die Irländer unerträglich sein mußte, ständig von den Engländern unterdrückt zu werden. Sie und ihre Freunde waren gefaßt und wegen ihrer rebellischen Umtriebe in die Verbannung geschickt worden. Aber selbst hier nahmen sie es in Kauf, von Eingeborenen ermordet zu werden oder langsam den Hungertod zu sterben, als sich ihren Unterdrückern unterzuordnen. Jennys Versuche, das Mädchen zu überreden, bei ihr und Justin in der vergleichsweisen Sicherheit ihres Hauses zu bleiben, stießen auf taube Ohren.

»Früher oder später würden mich die Soldaten doch hier aufstöbern, Jenny«, sagte sie. »Und das würde eine Menge Ärger für dich bedeuten. Du würdest angeschuldigt, einen Flüchtigen aufgenommen zu haben.«

»Geflohene Frauen sind ihnen ziemlich egal«, meinte Jenny. »Der Hunger treibt sie kurz über lang ins Lager zurück.«

»Aber ich dürfte doch ohnehin nicht hierbleiben – ich würde wieder in diese dreckige Hütte gesteckt, zu diesen entsetzlichen, keifenden Weibern«, sagte Francis empört.

»Oder ich würde gezwungen, Haushälterin bei einem Offizier zu sein. Ich habe ein solches Angebot schon vor unserer Landung erhalten, und ich habe es ausgeschlagen.«

Jenny schaute sie nachdenklich an. Sie hatte eine Idee, und sagte mit Bedacht: »Ich glaube, daß du mir zugeteilt werden kannst, Francis. Ich bin nicht ganz sicher, aber es besteht eine Möglichkeit.«

»Ich habe aber keine Erfahrungen in der Landarbeit, Jenny. Außerdem würdest du doch auf eine männliche Arbeitskraft verzichten müssen, wenn ich dir zugeteilt würde, oder?«

»Das kann sein«, gab Jenny ehrlich zu. »Aber ich glaube, daß es trotzdem einen Weg gibt – ich habe Anspruch auf zwei Arbeiter. Und ich habe im Augenblick nicht mal einen. Laß es mich versuchen, Francis... bitte vertrau mir!«

»Natürlich vertrau ich dir«, erwiderte Francis. »Aber – ich habe den anderen mein Wort gegeben. Ich kann sie nicht enttäuschen!«

»Aber du bist eine Frau! Wie viele Frauen sind bei euch?«

»Zwei«, räumte Francis ein. »Aber wir wurden getrennt, als wir nach Parramatta kamen. Und ein paar der anderen Mädchen, die ich noch von früher her kenne, arbeiten inzwischen auf Farmen.«

»Also, warum willst *du* das dann nicht tun?« fragte Jenny eindringlich.

»Ich kann dir doch nur wenig helfen! Ich bin in einer kleinen Stadt aufgewachsen, und mein Vater war dort praktizierender Arzt. Außerdem kann ich –« Francis zögerte und errötete tief – »nur ganz schwer Hilfe annehmen, selbst von dir nicht.«

»Es wäre aber doch keine Hilfe«, antwortete Jenny ärgerlich. »Ich brauche dich hier, kannst du das denn nicht verstehen?«

Francis' Widerstand schmolz dahin, und schließlich erklärte sie sich mit Jennys Plan einverstanden. Nach dem

Mittagessen machte sie sich auf den Weg nach Parramatta, um mit Lieutenant Macarthur zu verhandeln.

In der Kaserne informierte sie Fähnrich Cummings davon, daß der Kompaniechef nach Sydney gefahren war, um dort bei verschiedenen Prozessen anwesend zu sein, und daß er erst in zwei bis drei Tagen zurückerwartet würde.

»Sie können mir aber eine Nachricht für Mister Macarthur hinterlassen, wenn Sie das möchten, Miss Taggart«, fügte er hinzu. »Sie können ihm auch schreiben, wenn Sie das gelernt haben, und ich werde dafür sorgen, daß er Ihre Mitteilung erhält.«

»Ich kann schreiben, Mister Cummings«, sagte Jenny. »Es wäre sehr nett von Ihnen, wenn Sie mir Feder und Papier geben könnten.«

Der junge Offizier schaute sie überrascht an. Jenny wußte, daß er vor kurzem irgendwo in der Gegend von Parramatta Land zugeteilt bekommen hatte, und als er sah, wie flüssig sie zu schreiben vermochte, fing er an, ihr alle möglichen Fragen über die Landwirtschaft zu stellen.

Jenny beantwortete sie, während sie den Brief an John Macarthur schrieb, und als sie den Federhalter beiseite legte und den Brief zusammenfaltete, sagte er bewundernd: »Sie scheinen sich aber wirklich gut auszukennen, Miss Taggart.«

»Ich habe seit fast sechs Jahren Erfahrungen sammeln können, Sir.« Sie stand auf und verabschiedete sich, weil es an der Zeit war, nach Hause zurückzugehen.

Francis rief ihr schon von weitem entgegen, daß das Essen fertig sei, und Justin lief ihr strahlend entgegen und trug zum erstenmal in seinem Leben eine Hose. Francis hatte sie aus einer alten Jacke von Watt geschneidert, aber sie sah aus, als sei sie das Meisterstück eines Schneiders.

»Ach, Justin!« rief Jenny bewegt aus und ließ sich auf die Knie sinken. »Was für ein feiner kleiner Mann du bist!«

Sie umarmte ihn voller Wärme, aber ihre gute Stimmung

war nicht von langer Dauer, denn Francis deutete auf zwei Männer, die zu beiden Seiten des Herdes saßen – zwei hohlwangige junge Fremde in abgerissenen Kleidern.

»Meine Leute sind gekommen, um mich abzuholen, Jenny«, erklärte Francis. Ihre Stimme klang ruhig, aber ihr standen Tränen in den Augen, als sie hinzufügte: »Ich muß mit ihnen gehen. Ich habe es geschworen, verstehst du – wir alle haben es geschworen, zusammenzubleiben –, und ich kann den Schwur unmöglich brechen.«

Als die Dunkelheit hereinbrach, zog sie mit den beiden Fremden von dannen, die trotz Jennys Einladung nicht mit ihnen gegessen hatten und ihr nicht einmal erlaubt hatten, für sie einen Tee aufzubrühen. Der eine hatte einen Sack über die Schulter geworfen, und er versicherte ihr lächelnd, daß sie am Abend alle satt werden würden.

Am Nachmittag des nächsten Tages ritt Timothy Dawson auf seinem Hengst zu Jennys Farm. Nachdem er aus dem Krankenhaus entlassen worden war, hatte er einmal kurz vorbeigeschaut, um ihr noch einmal für die Hilfe zu danken, aber seitdem hatte sie ihn nicht mehr gesehen. Sie hatte gehört, daß er in der praktisch unbesiedelten Gegend zwischen Toongabbe und dem Hawkesbury ein Stück Land zugeteilt erhalten habe. Er wartete immer noch auf die Ankunft der Tiere aus Kapstadt und erzählte ihr nach der herzlichen Begrüßung: »An Bord der *Sugar Cane* sind drei weitere Stuten für mich unterwegs. Ich bin gezwungen, weiterhin die Freundlichkeit des Aufsehers Macrae in Anspruch zu nehmen, weil meine Pferde bei ihm untergebracht sind – das ist durch die Zustände am Hawkesbury leider nötig.«

»Meinen Sie die Überfälle der Eingeborenen?« fragte Jenny.

Timothy Dawson nickte mit dem Kopf. »Genau das meine ich, Mistress Taggart. Ich glaube, die dortigen Siedler haben einen großen Fehler gemacht, als sie sich für brutale Racheakte entschieden haben.«

Jenny brühte süßen Tee auf und hörte ihm interessiert zu, als er ihr berichtete, daß der Rest seiner Tiere in sechs bis sieben Wochen an Bord der *William* in der Kolonie ankommen würde.

»Und das bringt mich auf den Grund meines Besuches«, fügte er hinzu und zögerte. »Nun, es mag ja nicht stimmen, Mistress Taggart, aber ich habe gehört, daß Ihre Ernte sehr schlecht ausgefallen ist und daß Sie Schwierigkeiten mit den Ihnen zugeteilten Arbeitern hatten.«

Sie erwiderte seinen Blick. »Das ist wahr«, gab sie zu. »Und da ich nicht genügend Getreide im Regierungsladen abliefern konnte, Mister Dawson, werde ich möglicherweise von der Provisionsliste gestrichen. Das heißt, daß ich auf die wöchentliche Nahrungsmittelration verzichten müßte, ohne die man hier praktisch nicht existieren kann, und –«

»Und Sie haben zur Zeit keinen Arbeiter?« unterbrach sie ihr Besucher. Er lächelte sie unvermittelt freundlich an. »Verzeihen Sie mir meine Direktheit, aber ich habe gehört, daß Sie nichts dafür können!«

Jenny erwiderte sein Lächeln und erzählte ihn, daß Reuben White ermordet worden war, und warum Watt Sparrow im Gefängnis saß.

Timothy Dawson holte tief Luft und sagte dann: »Mir schwebt da etwas vor, wie wir uns gegenseitig helfen könnten, Mistress Taggart. Und zwar –«

»Mister Dawson«, unterbrach sie ihn. »Ich glaube nicht –«

Er hob abwehrend seine Hand und bat: »Lassen Sie mich ausreden, ich bitte Sie darum. Ich habe eine meiner Stuten sehr günstig verkaufen können. Mit dem Geld, das ich außerdem noch habe, könnte ich Ihnen ein sehr gutes Angebot für Ihr Land machen. Als Freier Siedler habe ich Anrecht auf Nahrungsmittelrationen, Saatgut, Werkzeug und zehn Arbeitskräfte. Ich würde Ihnen außerdem eine gute

Summe zahlen, wenn Sie für mich das Land bewirtschaften und meine Zuchtstuten versorgen würden … und ich selbst wäre mehr als glücklich, wenn eine so erfahrene Frau wie Sie sich um meine Belange hier kümmern würde.«

Meine Gebete sind erhört worden, dachte Jenny. Als Freier Siedler kam Timothy Dawson nicht nur in den Genuß der Vorteile, die er eben aufgezählt hatte, sondern er hatte einen Status inne, den sie niemals erreichen würde … Er sprach weiter, und sie zwang sich dazu, ihm zuzuhören. Das Haus würde ihr natürlich weiterhin gehören, versprach er. Er würde auf seinem anderen Besitz am Hawkesbury wohnen und müßte das Land dann nicht ohne Aufsicht den unzuverlässigen Sträflingen überlassen.

Jenny fiel der Brief an Lieutenant Macarthur ein. Sie biß sich auf die Lippen. Als sie ihm davon erzählte, unterbrach Timothy Dawson sie: »Mistress Taggart, ich kann veranlassen, daß dieser Brief ›verlorengeht‹, bevor Mister Macarthur ihn überhaupt in die Hände bekommt. Das heißt, falls Sie das wünschen.«

»Sie meinen also, daß Mister Cummings ihm nichts davon erzählen wird?« fragte Jenny und starrte ihn ungläubig an.

Er legte eine Hand auf ihren Arm. »Mister Cummings ist mir in der Zwischenzeit ein guter Freund geworden. Machen Sie sich darüber keinerlei Sorgen.«

Jenny fiel ein Stein vom Herzen. Sie stimmte dem Plan zu, und er stand auf.

»Sie können sich auf meine Verschwiegenheit verlassen«, versprach er ernst. »Und wenn Sie mir vertrauen, dann werde ich Sie bestimmt nicht enttäuschen. Schließlich haben Sie mir das Leben gerettet, nicht wahr? Ich werde irgendwann heiraten, aber das liegt noch in weiter Ferne und braucht uns beide jetzt nicht zu kümmern. Ich erwähne das nur« – wieder wurde sein gebräuntes Gesicht flammendrot –, »ich erwähne das nur, damit Sie sich über meine

Gründe keine falschen Vorstellungen machen, warum ich Ihnen dieses Angebot unterbreitet habe. Ich bin ein ehrlicher Farmer, Mistress Taggart, und halte überhaupt nichts von Promiskuität.« Er streckte seine Hand aus, und Jenny schlug ein und hatte ein gutes Gefühl den Handel betreffend, der damit abgeschlossen war.

7

Als er die Frau anschaute, die neben ihm in der Hängematte lag, verzog Andrew Hawley sein Gesicht. Er erkannte jetzt, daß sie älter war, als er angenommen hatte, als er sie sich unter den Frauen ausgesucht hatte, die an Bord der *Nymphe* in Falmouth Bay angekommen waren.

Andrew streichelte sie, und sie reagierte mit schläfriger Willfährigkeit und schenkte ihm das Vergnügen, für das er sie bezahlt hatte. Ihre Lippen waren trocken, ihr Atem roch noch nach dem Rum, den sie am Abend zuvor heruntergeschüttet hatte, und als er seine Begierde gestillt hatte, wandte er sich von ihr ab und schwang sich aus der Hängematte. Die Frau schlief wieder ein, ihr schien es nichts auszumachen, daß er sich von ihr entfernte; wenn sie es überhaupt bemerkte.

Andrew seufzte auf. Sein Leben – und vor allem seine Einschätzung von Frauen – hätte sehr viel anders werden können, wenn er seine Reise nach Neusüdwales hätte fortsetzen können und die kleine Jenny Taggart geheiratet hätte. Aber Gouverneur Philip hatte anders entschieden, und es hatte keinen Sinn, etwas zu bedauern, was ohnehin nicht mehr zu ändern war.

Er war ja auch nicht unglücklich. Das Leben zur See gefiel ihm gut, und er hatte bei den Marineinfanteristen Karriere gemacht – die Rangabzeichen an seiner Uniformjacke bewiesen das. Er lächelte. Sein jetziger Posten war ganz nach seinem Geschmack. Es war geradezu eine Ehre, unter einem solchen Mann wie Captain Edward Pellew zu dienen.

Von Deck her ertönten Schritte, und obwohl es noch nicht hell war, wußte Andrew, daß die tägliche Routine schon anfing. Er zog seine sorgfältig zusammengelegten weißen Uniformhosen an, stieg in die Stiefel und knöpfte seine Uniformjacke zu.

Gerade als er an Deck kam, ertönten drei Glocken.

Die Boote aus Falmouth legten längsseits an, und die Frauen verließen schweigend das Schiff. Nur ein paar von ihnen riefen Abschiedsworte und Versprechungen, aber unter dem strengen Blick des Wachoffiziers wagte die Mannschaft nicht, darauf zu antworten. Es fiel Andrew schwer, seine Gefährtin der letzten beiden Nächte zwischen den anderen Frauen zu erkennen, bis sie sich in seine Richtung umwandte und ihm zuwinkte. Sie *war* älter, als er ursprünglich geglaubt hatte, sah aber recht gut aus mit ihren roten Haaren. Jenny Taggarts kupferrote Haare fielen ihm ein, aber das war doch wohl nur ein Zufall. Aber immerhin war es doch seltsam, daß ihm das Herz verkrampfte, als er Jennys zartgeschnittenes Gesicht plötzlich vor sich sah.

Als er sich unter der frisch angeheuerten Mannschaft umschaute, fiel sein Blick auf einen hochgewachsenen Mann, den er schon irgendwo einmal gesehen hatte. Natürlich – hatte Maat Ryan ihn nicht einen Zuchthäusler genannt? Er war nicht mehr so mager wie das letztemal, als sie sich gesehen hatten, und seine Haut hatte die tropische Bräune verloren, aber jetzt war sich Andrew ganz sicher, daß der Mann zu den Sträflingen gehörte, die in einem dem Gouverneur Phillip gestohlenen Kutter von Sydney Cove nach Timor geflohen waren. Er war der Steuermann, der Jenny Taggart kannte und der ihm Grüße von ihr ausgerichtet hatte. Er hatte im Newgate-Gefängnis seine Strafe abgesessen.

Andrew lächelte ihn freundlich an. »Sie sind Butcher, nicht wahr? John Butcher?«

»Ich habe jetzt meinen richtigen Namen wieder angenommen – John Broome, zu Ihren Diensten, Sergeant. Sergeant Hawley, wenn ich mich recht erinnere.« Der hochgewachsene Mann erwiderte sein Lächeln. »Das ist vielleicht ein Zufall, unter solchen –«

Er wurde vom Ersten Offizier unterbrochen, der durch die Flüstertüte Andrew auf das Achterdeck rief.

Außer dem Kapitän konnte Andrew auch Lieutenant Amherst Morris sehr gut leiden. Er stammte aus Amerika, und da seine Familie königstreu gewesen war, hatte sie im Unabhängigkeitskrieg all ihren Besitz verloren. Morris war fünfundzwanzig Jahre alt, dunkelhaarig und eher zierlich gebaut. Er war mit Leib und Seele Offizier, und es gab wenig an Bord der *Nymphe,* worüber er nicht informiert war.

Er wandte sich mit ruhiger Stimme an Andrew: »Sergeant, bitte berichten Sie mir von diesem – äh – Zwischenfall, der sich vorhin in Ihrer Nähe abgespielt hat.«

»Zwischenfall, Sir?« fragte Andrew hölzern.

»Sie wissen doch ganz genau, was ich meine! Einer der angeheuerten Leute versuchte, auf das Boot der Frauen zu gelangen und wollte sich aus dem Staub machen, oder?«

Er wußte wirklich über alles ganz genau Bescheid, obwohl er nicht anwesend gewesen war. »Ich weiß nicht, wie der Mann heißt, Sir«, gab er zu. »Aber meiner Meinung nach wollte er fliehen. Dabei stolperte er und stürzte hin.«

»Also, von hier aus hat es anders ausgesehen«, sagte der Erste Offizier. »Ich hatte den Eindruck, daß ein anderer gerade angeheuerter Mann ihm ein Bein gestellt und ihn dadurch an der Flucht gehindert hat!«

»Wenn Sie meinen, Sir.«

»Aber Sergeant Hawley, sind Sie blind?«

»Nein, Sir.«

»Nun, vergessen wir diesen Vorfall«, entschied Lieutenant Morris. »Ich bin weit mehr an dem Mann interessiert, der Smart an der Flucht gehindert hat. Broome, John Samuel Broome … frühzeitig aus dem Newgate-Gefängnis entlassen, weil er sich freiwillig zum Kriegsdienst gemeldet hat, und der als Vollmatrose eingestuft wurde, weil er für die Ostindiengesellschaft zur See gefahren ist. Sie scheinen ihn zu kennen.«

»Ja, Sir, das stimmt«, gab Andrew zögernd zu.

»Ein Deserteur vielleicht?«

»Nein, Sir, er ist kein Deserteur.«

»Dann sagen Sie mir, was er auf dem Kerbholz hat, Sergeant.«

»Vertraulich, Sir?«

Morris zog seine schmalen Schultern hoch. »Wenn Sie meinen – aber ich möchte Ihnen sagen, daß ich keine Geheimnisse vor Captain Pellew habe. Mir scheint auch, daß das, was Sie mir erzählen, dem Mann zum Vorteil gereichen könnte. Er ist doch bestimmt mehr als ein Vollmatrose, oder? War er ein Offizier?«

Andrew dachte darüber nach, ob er offen sprechen sollte oder nicht, und entschied sich dann dafür. Es war ganz eindeutig seine Pflicht. »Broome ist sein richtiger Name – aber er ist allgemein unter dem Namen Butcher bekannt, Sir. Er gehörte zu der Gruppe von Sträflingen, die in Neusüdwales flüchteten und es bis Timor geschafft haben, Sir, in einem offenen Boot. Es waren sieben oder acht Männer, eine Frau und zwei kleine Kinder, und sie waren fast drei Monate auf See. Danach –«

»Gott im Himmel!« rief der Erste Offizier aus, und seine dunklen Augen glänzten vor Bewunderung. »Der ist das also! Ich habe den Bericht dieser unglaublichen Flucht im *Chronicle* gelesen. Und ich habe ihn als Vollmatrosen eingestuft und hatte sogar meine Zweifel, ob er diese Arbeit schaffen könnte! Aber, er gab mir mit keinem Wort zu verstehen …« Er schüttelte den Kopf darüber, daß er selbst nichts gemerkt hatte. »In Ordnung, Sergeant Hawley, ich danke Ihnen für die Auskunft.«

»Sir!« sagte Andrew, nahm Haltung an und ging davon.

Captain Pellew kam an Bord, und zehn Minuten später ertönte der Befehl zum Ablegen.

Edward Pellew war Mitte Dreißig, aber er hatte schon im amerikanischen Freiheitskrieg gekämpft. Er galt als mutig und befähigt, und es entging ihm nichts, als er in Begleitung seines Ersten Offiziers von einer Kanone zur nächsten schritt, die Mannschaft nach ihren Aufgaben befragte und beim vorgeschriebenen Drill zuschaute.

Die *Nymphe* war mit acht neuen Zweiunddreißigpfündern auf dem Achterdeck und zwei Batterien auf dem Oberdeck kampftüchtig ausgerüstet. Die Marineinfanteristen mußten wegen des Mangels an ausgebildeten Leuten zwei Kanonen auf dem Oberdeck und alle auf dem Achterdeck bedienen. Als das dreistündige Training beendet war, schwitzte Andrew, der für die Kanonen auf der Backbordseite verantwortlich war, genauso wie alle anderen.

Aber die anschließende Ruhepause war nur allzu kurz. Andrew schreckte durch die laute Stimme des Bootsmannes hoch, der den Befehl »Klar zum Gefecht« gab. Andrew kontrollierte seine Leute, bis der Lieutenant der Marineinfanteristen das Kommando übernahm. Er war ein junger Waliser, der von seinen Leuten respektlos, aber freundschaftlich »Taffy« genannt wurde, und er sagte zu Andrew: »Sind wir tatsächlich hinter einem Franzosen her, Sergeant? Ich dachte zuerst, es sei noch eine Gefechtsübung und fluchte wie ein Wahnsinniger!«

»Es ist keine Gefechtsübung, Sir«, versicherte ihm Andrew, schulterte seine Flinte und ging zu seinen Leuten auf das frisch mit Sand bestreute Deck.

Keiner hatte vorher eine Schlacht erlebt, und in den angespannten Gesichtern spiegelten sich die verschiedensten Gefühle wider, als ihr Offizier sie auf ihre Posten verteilte. Je zwei Männer bedienten eine Kanone, und die restlichen

Männer verteilten sich zwischen den zum Schutz aufgehäuften Hängematten und hielten ihre Flinten im Anschlag.

Die Verfolgung des Schiffes dauerte über eine Stunde. Dann rief einer der Lieutenants, die die feindliche Fregatte vom Fockmarsmast aus beobachteten, ganz unerwartet: »Sie refft die Segel, Sir!«

»*Refft* die Segel, Mister Ross?« fragte der Kapitän. »Sind Sie sicher?«

»Aye, Sir, ganz eindeutig. Es hat den Anschein, daß sie auf uns wartet.«

»Dann werden wir es ihr, verdammt noch mal, zeigen!« rief Captain Pellew aus. »Mister Morris, wir ändern den Kurs und heißen sie auf gute britische Art und Weise willkommen, bevor wir das Feuer eröffnen!«

Als sich die beiden Schiffe bis auf Rufweite genähert hatten, war der französische Kapitän mit der Mütze in der Hand auf dem Deck zu sehen. Er verbeugte sich und gab sich mit formvollendeter Höflichkeit als Kapitän der französischen Fregatte *Cléopâtre* zu erkennen.

»Capitaine de frégate Jean François Mullon, monsieur – à votre service!«

Es war Andrew, wie allen anderen Beobachtern auf dem Achterdeck der *Nymphe* auch, klar, daß sich ihr Kapitän köstlich amüsierte. »Also ist Ritterlichkeit in der französischen Marine noch nicht ausgestorben!« sagte er und winkte, und fügte dann mit leiser Stimme hinzu: »Treffen Sie Anstalten, das Feuer zu eröffnen, sowie ich meine Mütze senke, Mister Morris.«

Er winkte mit seiner Mütze hoch über seinem Kopf.

Dann rief er durch die Flüstertüte: »Dies ist die Fregatte *Nymphe* Seiner königlichen Majestät, und Captain Edward Pellew steht zu Ihren Diensten, Monsieur!«

»Vive la nation!« antwortete der französische Kapitän.

Danach verloren sie keine Zeit mehr damit, weitere

Komplimente auszutauschen. Captain Pellew setzte seine Mütze wieder auf und brüllte aus Leibeskräften: »Feuer, Mister Morris!«

Fünfzehn endlose Minuten lang sprachen die Kanonen, und die beiden Schiffe waren im Rauch der Explosionen kaum zu sehen. Eine der Kanonen auf der Backbordseite bekam einen Volltreffer ab und explodierte. Beide Kanoniere kamen ums Leben.

Die Schreie verwundeter Männer gingen im Kanonendonner unter, das Deck zitterte unter Andrews Füßen, als er seinen Männern zuschrie, die Kanonen wieder zu laden. Neben ihm flog der Kopf eines jungen Trommlers nach hinten weg, und die Kanonenkugel riß ein tiefes Loch in die Decksplanken.

Dann brach plötzlich ein lautes Triumphgeschrei aus. Das feindliche Schiff änderte den Kurs, und der Besanmast der Fregatte brach laut krachend ab und stürzte in die schäumende See.

»Sie nimmt Reißaus!« schrie eine rauhe Stimme. »Sie hat genug für heute! Wir haben den verdammten Franzosen gezeigt, wer hier der Stärkere ist!«

8

Das Frachtschiff *William* lief am 10. März im Hafen von Sydney ein und brachte nicht nur Timothy Dawsons Tiere aus Kapstadt, sondern hatte zu Jennys Freude und Überraschung noch einen zweiten Brief von Andrew Hawley an Bord.

Er war fast sieben Monate bis nach Sydney unterwegs gewesen und war am 20. Juli 1793 geschrieben worden, zu einer Zeit also, da Andrew unmöglich ihre Antwort auf seinen vorherigen Brief erhalten haben konnte.

Jenny las begierig:

Liebe kleine Jenny,

ich schreibe Dir aus dem Krankenhaus mit der Hoffnung, daß ich irgendwann eine Antwort von Dir erhalte. Wegen mir brauchst Du Dir keine Sorgen zu machen – ich wurde in einer Seeschlacht mit einer französischen Fregatte namens *Cleopatra* verletzt und bin schon fast wieder völlig hergestellt. Ich bin natürlich sofort vom Kriegsschauplatz zurückgezogen worden und werde demnächst auf einem anderen Schiff Dienst tun.

Wir haben einen großen Sieg errungen. Als wir am 21. Juni in Portsmouth ankamen, wurden wir mit Hochrufen empfangen, die ganze Stadt war festlich geflaggt, und eine riesige Menschenmenge hieß uns willkommen.

Stell Dir vor, wieder hat mich das Schicksal den Weg des mutigen Mannes kreuzen lassen, der mit anderen zusammen in einem offenen Boot von Sydney nach Timor geflohen ist, ich meine John Butcher. Kurz bevor die *Nymphe* aus Falthmouth auslief, wurde ich an Bord aufmerksam auf ihn und stellte mich ihm vor.

Als seine Geschichte und seine Fähigkeiten als Steuermann bekannt wurden, wurde er zum Ersten Maat befördert, und er scheint ganz zufrieden mit dieser Entwicklung zu sein.

Bevor ich ins Krankenhaus gebracht wurde, bat mich John Broome, Dich von ihm zu grüßen, und ich tue das selbstverständlich, denn er ist ein prächtiger Bursche, und es ist nur gerecht, daß er jetzt eine Chance erhalten hat, auf einem Schiff Seiner Majestät Karriere zu machen.

Bevor ich die *Nymphe* verließ, sprachen Broome und ich über die Möglichkeiten, uns als Freie Siedler in Neusüdwales niederzulassen, und Broome verspürte ähnlich große Lust dazu wie ich.

Geliebte Jenny, es ist meine liebste Hoffnung, daß ich als Freier Siedler akzeptiert werde, wenn dieser Krieg erst einmal vorüber ist. Dann kann ich endlich die Reise nach

Neusüdwales beenden, die ich vor sieben Jahren angetreten habe.

Wenn Du dann noch frei bist und nichts mehr mit dem Taugenichts Munday zu tun hast, von dem Broome mir erzählt hat, dann hege ich die Hoffnung, daß unsere Pläne, die wir an Bord der *Charlotte* gemacht haben, noch in Erfüllung gehen können.

Denn ich erinnere mich noch gut daran, wie hübsch und süß Du warst, und wie stolz ich darauf war, als Du mir die Ehe versprachst. Du sollst wissen, daß Du in meinem Herzen wohnst, mein liebes Mädchen, und ich unterzeichne wie immer als Dein Dir sehr ergebener Andrew.

Jenny war von diesem Brief sehr bewegt. Aber welchen Sinn hatte es, sich zu erlauben, von romantischer Liebe oder sogar von Ehe zu träumen? Es war so lange her, fast acht Jahre, seit sie am Arm von Andrew auf dem Deck der *Charlotte* auf und ab gegangen war und er sie unter Liebesschwüren geküßt hatte.

Sie lächelte nachdenklich, als sie sich die schweren vergangenen Jahre und ihre damit verbundene Entwicklung vor Augen führte. Dachte Andrew etwa, daß sie immer noch das unschuldige Kind war, dem er einmal einen Heiratsantrag gemacht hatte?

Er hatte Ned erwähnt, von dem ihm Johnny Butcher erzählt hatte – Johnny Broome –, und aus seinem Brief ging klar hervor, daß er Johnny mochte und sogar bewunderte. Was würde er aber sagen, wenn er Justin zum erstenmal sehen würde – wie würde er sich fühlen, wenn es ihm dämmerte, daß Johnny der Vater des Kindes war? Aber vielleicht würde das niemals geschehen, vielleicht würde er niemals als Siedler nach Sydney kommen ... jetzt hegte er vielleicht diesen Traum, genauso wie sie ihn auch gehabt hatte, als man ihr ein Stück Land zugesprochen hatte. In ihrer Vorstellung hatte sie Schafherden und wogende Weizenfelder gesehen und sich auf eine Zeit gefreut, in der nach dem ausgestandenen Hunger der Uberfluß herrschen würde.

Wäre Andrew fähig, sich mit der traurigen Realität abzufinden? Und Johnny Broome – er hatte doch alles versucht, von hier zu fliehen – war inzwischen kein Gefangener mehr, sondern verrichtete einen ehrbaren Dienst bei der britischen Kriegsmarine! Es war unsinnig, darauf zu hoffen, daß einer der beiden Männer jemals hier auftauchen würde. Jenny erhob sich, ging im Wohnzimmer auf und ab und machte sich ihre gegenwärtige Lage klar. Das Land gehörte ihr nicht mehr, obwohl sie es noch genauso wie früher bestellte. Offiziell aber war es Timothy Dawson überschrieben, und sie arbeitete für ihn. Das machte ihr keine Schwierigkeiten – sie war im Gegenteil sehr zufrieden damit. Timothy behandelte sie wie einen Partner in einem erfolgversprechenden Unternehmen. Er suchte und befolgte ihren Rat, und da er selbst die meiste Zeit auf seinem Land am Hawkesbury verbrachte, konnte sie hier ganz selbständig schalten und walten. Und jetzt gab es genügend Arbeitskräfte, die ihr dabei zur Hand gingen... als Freier Siedler hatte Timothy das Recht auf ausreichend Arbeitskräfte. Er hatte mit Jenny zusammen fünf anständige, fleißige Sträflinge für Jennys ehemaliges Land ausgesucht. Zehn weitere arbeiteten am Hawkesbury und würden mit Timothy Dawson zusammen in der Erntezeit aushelfen. Für alle standen solide gebaute Hütten bereit, die letzte war vor ein paar Wochen fertig geworden.

Sie hatte sich die Feindschaft Lieutenant Macarthurs zugezogen, obwohl er das Abkommen zwischen ihr und Timothy zu respektieren schien. Er hatte ihr zwar niemals offene Feindschaft gezeigt, aber sie wußte genau, daß John Macarthur nicht der Mann war, der eine Niederlage jemals vergessen würde.

Stimmen ertönten, und Jenny sprang auf und schaute angespannt in die mondhelle Nacht hinaus. Sie hatte jetzt zwar genügend Hilfe und Schutz – sie brauchte nur zu rufen, und die Männer würden aus den nahe gelegenen Hütten zu Hilfe eilen –, aber die alte Furcht saß ihr noch im Nacken, und die Ankunft von Fremden nach Einbruch der Dunkelheit hatte zu oft in ihrem Leben zu einer Katastrophe geführt, als daß sie sie jetzt mit Gleichmut erwarten konnte.

Diese Fremden kamen aber ganz offen heran, und als sie sie anrief, antworteten sie ohne zu zögern.

»Befürchten Sie nichts, Mistress Taggart. Wir kommen mit friedlichen Absichten.« Ein weißhaariger Mann verbeugte sich, lächelte ihr freundlich zu und erklärte: »Ich bin Jasper Spence. Ich habe mich vor einiger Zeit als Siedler in Portland niedergelassen. Darf ich eintreten? Ich muß etwas mit Ihnen besprechen.«

Zu dieser späten Stunde? dachte Jenny, aber sie nickte.

Als der Fremde den schlafenden Justin in seiner Wiege liegen sah, sagte er leise: »Ich werde Ihr Kind nicht aufwecken, Mistress Taggart.«

Jenny dankte ihm, und er fuhr fort: »Kennen Sie eine junge Frau namens Francis O'Riordan, die mit einer Gruppe von irischen Rebellen hierher in die Verbannung geschickt worden ist?«

Jenny erschrak. Die arme Francis, was konnte ihr nur zugestoßen sein, daß ein vornehmer Mann wie Mr. Spence nachts zu ihr kam, um sie darüber zu befragen?

»Ich – ja, ich kenne Sie, Sir. Steckt sie in Schwierigkeiten?«

»Ich fürchte, in sehr großen Schwierigkeiten«, antwortete Mr. Spence. »Ich glaube, daß sie und eine Handvoll ihrer Landsleute die Zwangsarbeit hier unerträglich fanden und in die Wälder geflohen sind. Dort lebten sie ein paar Monate lang von der Hand in den Mund, kamen mit einem der Eingeborenenstämme gut aus, mit einem anderen jedoch weniger gut. Kürzlich brach eine Stammesfehde aus, und plötzlich wandten sich alle gegen sie. Die irischen Männer wurden brutal ermordet, nur sie kam mit dem Leben davon.

Sie schaffte es irgendwie, sich bis auf meinen Besitz zu schleppen und wurde von meinen Männern gefunden.«

»Geht es – geht es Francis sehr schlecht?« fragte Jenny unglücklich. Jetzt war das eingetreten, was sie befürchtet hatte. Nur den Eingeborenen in direkter Nachbarschaft von Sydney konnte man tatsächlich trauen. Selbst unter Baneelons Stammesbrüdern kam es hin und wieder zu Ausbrüchen von plötzlicher Feindseligkeit, die oft mit einem Blutbad endeten. Jenny wünschte sich, daß sie noch eindringlicher versucht hätte, Francis vor den tatsächlich bestehenden Gefahren zu warnen.

»Sie hat Lungenentzündung, fürchte ich«, fuhr Jasper Spence fort. »Und nach der monatelangen unzureichenden Ernährung hat sie nur wenig Widerstandskraft. Man merkt ihr die gute Kinderstube und ihre ausgezeichnete Erziehung sofort an. Es wäre natürlich meine Pflicht, sie als einen geflohenen Sträfling sofort in Parramatta zu melden, aber ich bringe es in ihrem Fall einfach nicht übers Herz. Da aber Lieutenant Macarthur genauso wie Captain Foveaux und Lieutenant Brace mich sowohl in Sydney Cove als auch hier besuchen, ist es äußerst schwierig für mich, dem Mädchen Unterschlupf zu gewähren. Miss O'Riordan erwähnte aber Ihren Namen, und ich hege die Hoffnung, daß Sie bereit sind, die Verantwortung für die Kranke zu übernehmen.«

»Selbstverständlich bin ich dazu bereit, Sir.« Ihre Blicke trafen sich, und der Mann lächelte sie erleichtert an.

»Es ist möglich, daß sie erst in ein paar Tagen wieder so kräftig ist, daß sie die Reise zu Ihnen übersteht. Aber sie fragt nach Ihnen, und ich hoffe – das heißt, ich wäre ungeheuer dankbar, wenn Sie mit mir kommen könnten und das Mädchen auf meiner Farm gesund pflegen würden. Meine Frauen – meine Tochter und die Frau meines Schafhirten befinden sich in Sydney. Sie werden verstehen, daß es für mich schwierig ist, eine schwerkranke junge Frau zu pflegen.«

Jenny fand, daß sie dem Mann diese Bitte um Hilfe nicht abschlagen konnte. Die Frau von Tom Jardine – einem ihrer Arbeiter – könnte zwei bis drei Tage auf Justin aufpassen, und Tom war durchaus fähig, sich während ihrer Abwesenheit um alles zu kümmern – er war ein fleißiger, vertrauenswürdiger Mann.

»Ich kann es einrichten, Mister Spence«, versprach sie ihm. »Wenn Sie ein paar Minuten Geduld haben, damit ich mit meinen Leuten alles Nötige besprechen kann, dann –«

»Nehmen Sie Ihren Sohn doch mit, wenn Sie das möchten«, bot Jasper Spence ihr an.

»Nein, er ist hier sehr gut versorgt, danke, Sir.«

»Ich warte draußen auf Sie. Und ich bin Ihnen sehr dankbar, glauben Sie mir das, Mistress Taggart.«

Nachdem sie Tom und Nancy Jardine den Grund für ihre plötzliche Abreise erklärt hatte, sattelte sie ihr Pferd. Als sie Jasper Spences' bewundernden Blick sah, fühlte sie sich stolz und glücklich.

»Sie züchten Pferde, Mistress Taggart?« fragte er. »Oder gehört dieses wunderschöne Tier Mister Dawson?«

»Es gehört mir«, antwortete Jenny stolz.

Während des nächtlichen Rittes stellte ihr Jasper Spence so viele die Landwirtschaft und Tierhaltung betreffende Fragen, daß sich Jenny allmählich zu wundern begann. Aber schließlich sagte er mit unerwarteter Offenheit: »Wenn Sie jemals unzufrieden mit Ihren derzeitigen Arbeitsverhältnissen sind, Mistress Taggart, dann würde ich mich glücklich schätzen, Ihnen eine gute Anstellung bei mir anzubieten.«

»Bei *Ihnen,* Mister Spence?« Jenny schaute ihn sehr erstaunt an. »Aber warum möchten Sie ... Sie haben doch Ihre eigenen Arbeiter, oder? Sie haben doch sogar Ihre Leute aus England mitgebracht?«

Spence nickte. »Natürlich habe ich das, es sind sehr gute Männer. Aber ich bin kein Farmer, und ich besitze ein Haus in Sydney Cove, wo ich mich, wenn ich einen zuverlässigen

Verwalter finden würde, öfter aufhalten würde. Deshalb bitte ich Sie, mein Angebot nicht zu vergessen, falls Sie sich einmal verändern möchten.«

Francis O'Riordan war in der Tat sehr krank. Ihr Gesicht war hochrot vom Fieber, und sie schwitzte am ganzen Körper. Sie schaute Jenny an, ohne sie zu erkennen, wälzte sich unruhig unter dem Bettlaken hin und her und wandte ihren Kopf von der Kerze auf dem Tisch ab, als ob das Licht ihr Schmerzen bereitete.

Jenny wich die ganze Nacht und den nächsten Tag nicht von ihrer Seite und tat alles, um das Fieber zum Abklingen zu bringen. Aber es stieg immer wieder an, und Francis schlug entweder im Fieberwahn um sich oder versank in einen ohnmachtsähnlichen Schlaf.

Am Nachmittag des zweiten Tages endlich wurden Jennys Gebete erhört, und Francis fiel in einen gesunden Schlaf. Mr. Spence beglückwünschte sie: »Sie haben ein wahres Wunder vollbracht, Mistress Taggart, aber ich überlege mir, ob...« Er verschwand in der offenen Tür und hielt sich als Schutz vor Ansteckung ein stark parfümiertes Taschentuch vor das Gesicht. »Ich überlege, ob es möglich ist, das Mädchen jetzt auf Ihre Farm zu bringen. Meine Tochter hat mir nämlich geschrieben, daß sie mich in Begleitung eines Offiziers besuchen möchte, und die Anwesenheit von Francis O'Riordan würde... nun, zumindest eine Erklärung erfordern, oder?«

Jenny war entsetzt. Francis war noch weit davon entfernt, ganz wiederhergestellt zu sein. Sie war noch schwer krank, schwebte aber nicht mehr in Lebensgefahr. Eine in jedem Fall beschwerliche Reise würde ihr Befinden vielleicht wieder verschlechtern. Als sie das Jasper Spence erklären wollte, unterbrach er sie.

»Meine Tochter hat sich erst für morgen angesagt. Könnten wir das Mädchen gleich morgen früh in die Hütte des Vorarbeiters verlegen? Henrietta geht dort bestimmt nicht hinein. Und dann könnten Sie mit dem Mädchen, wenn der richtige Zeitpunkt dafür gekommen ist, möglichst unauffällig abreisen.«

Jenny verstand, daß der freundliche Mann in einer schwierigen Lage war, dankte ihm für seine Hilfsbereitschaft und stimmte seinem Vorschlag zu.

Zwanzig Stunden später war Francis so weit wiederhergestellt, daß ihr die Reise nach Parramatta zugemutet werden konnte. Weder Jasper Spence noch seine Tochter verabschiedeten sich von ihnen, und ihre Abfahrt auf dem von Ochsen gezogenen Fuhrwerk erregte auch sonst keinerlei Aufsehen, weil um die frühe Abendstunde alle Sträflinge sich in ihren Hütten aufhielten, um sich das Abendessen zuzubereiten.

Sie kamen ohne weitere Zwischenfälle zu Hause an und wurden stürmisch vom kleinen Justin empfangen.

Als Francis bequem in Jennys Bett lag, berichtete Tom: »Während Ihrer Abwesenheit waren Soldaten hier, Misses Taggart. Sie haben sich erkundigt, ob wir ein paar Flüchtlinge gesehen haben – es sollen Iren gewesen sein.«

»Iren?« wiederholte Jenny und schaute Francis an. »Was haben Sie ihnen gesagt, Tom?«

Der stattlich gebaute Mann lächelte. »Ich hab ganz einfach gesagt, daß ich nicht die kleinste Spur von einem Iren gesehen hab. Und noch was anderes. Mister Dawson läßt ausrichten, daß seine kürzlich angekommenen Tiere schon auf die Weide gehen. Auf dem Weg von Sydney Cove bis zu seiner Farm gingen ihm nur acht oder neun Mutterschafe verloren. Er wußte nicht, daß Sie weg sind und läßt ausrichten, daß er sich freuen würde, wenn Sie ihn einmal auf seiner Farm besuchen, um die Tiere selbst in Augenschein zu nehmen.«

Das waren gute Neuigkeiten, dachte Jenny erleichtert. Und der Besuch der Soldaten war vielleicht eine reine Routineangelegenheit gewesen.

Jenny erkundigte sich nach dem alten Ben Reilly. Er hatte in letzter Zeit immer mehr dem Alkohol zugesprochen, und seit Nancy Jardine hier wohnte, auch immer weniger mit Justin gespielt.

Tom zuckte mit den Schultern. »Es ist immer das gleiche, Misses Taggart. Er verläßt so gut wie nie seine Hütte, und essen tut er fast gar nichts, der arme alte Teufel.«

Sie würde versuchen, mit ihm zu sprechen. Vielleicht würde es etwas helfen, wenn sie ihm persönlich das Essen brächte und ihn jeden Tag dazu überredete, etwas zu sich zu nehmen... er hatte bisher immer auf sie gehört.

Als Jenny mittags gerade die Tür zur Hütte des alten Mannes öffnen wollte, hörte sie, wie Soldaten mit ihrem unverwechselbaren regelmäßigen Schritt herankamen. Sie schloß die Tür wieder und überlegte sich ängstlich, was dieser neuerliche Besuch wohl bedeuten konnte.

Sie wurde nicht lange im unklaren gelassen. Die Patrouille stand unter dem Kommando des jungen hochgewachsenen Lieutenant Brace, den Jenny schon mit Henrietta Spence zusammen gesehen hatte. Er fragte sie brüsk, ob sie Jenny Taggart sei.

»Ja, Sir«, antwortete Jenny.

»Ich habe allen Grund anzunehmen, daß Sie einem Flüchtling Unterschlupf gewähren«, beschuldigte er sie ohne Umschweife. »Es handelt sich um Francis Mary O'Riordan, die wegen Beteiligung an aufrührerischen Umtrieben zu sieben Jahren Verbannung verurteilt worden ist und im August letzten Jahres hier ankam.« Sein Gesichtsausdruck zeigte keinerlei Regung, als er auf Jenny hinunterblickte. »Diese Frau ist vor zwei Monaten mit einer Gruppe von anderen Iren geflohen, und seitdem fehlt jede Spur von ihr.«

Jenny war tief unglücklich. Wer konnte sie nur verraten haben? Wer wußte eigentlich, daß Francis erst vor ein paar Stunden hierhergebracht worden war? Jasper Spence war es bestimmt nicht gewesen, denn er hatte immerhin die kranke junge Frau aufgenommen und ihr tagelang auf seinem Besitz Unterschlupf gewährt. Dann … Sie preßte ihre Lippen zusammen. Es konnte eigentlich nur Seamus O'Leary gewesen sein … er war zwar Ire, aber welchen Grund könnte er – oder sein Sohn Patrick – für einen solchen Verrat gehabt haben?

»Nun«, fragte Lieutenant Brace ungeduldig, »wo haben Sie die junge Frau versteckt? Oder wollen Sie etwa behaupten, daß sie nicht hier ist?«

Jenny schüttelte den Kopf. »Ich bestreite das gar nicht, Sir. Aber das Mädchen ist krank – und fast verhungert. Ich« – ihr fiel ein, daß sie um keinen Preis Jasper Spences, Namen nennen durfte –, »ich habe sie nur deshalb aufgenommen, weil sie so krank war. Ich konnte sie in diesem Zustand nicht ausliefern. Die Eingeborenen haben ihre Freunde ermordet und –«

»Was Sie nicht sagen!« unterbrach Brace, und seine Augen leuchteten auf. Er befragte sie eingehend und sagte dann: »Sehr gut. Machen Sie das Mädchen für die Reise fertig und bringen Sie es hierher. Und zwar schnell, verstanden? Ich habe keine Zeit zu verlieren.«

»Aber sie kann das Bett nicht verlassen«, protestierte Jenny. »Könnten Sie sie nicht hierlassen, bis sie reisefähig ist? Sie –«

»Damit sie dann wieder in die Wälder abhaut?« Er lachte verächtlich. »Ich bringe sie ins Krankenhaus in Parramatta – da hätte sie sowieso hingehen sollen, wenn sie wirklich krank ist, Misses Taggart. Aber Sie haben nicht einmal Doktor Arndell von ihrem Hiersein verständigt, oder?«

»Sie ist ja erst ein paar Stunden hier, Sir«, erklärte ihm Jenny wahrheitsgemäß. »Ich –«

»Machen Sie sie fertig«, befahl Brace. »Ich habe keine Lust, hier den ganzen Tag herumzustehen.«

»Aber Sir –«

»Verdammt noch mal, Frau, tun Sie, was ich Ihnen befehle! Meine Männer können eine Tragbahre herrichten, wenn sie zu schwach ist, um mit mir auf dem Pferd zu sitzen. Was meinen Sie?«

»Ich glaube, sie ist zu schwach«, protestierte Jenny. »Sie –«

»Sie haben es gehört, Corporal«, sagte Brace und unterbrach sie schon wieder. »Machen Sie eine Tragbahre für die Gefangene zurecht.« Er deutete auf einen Haufen frisch zugeschnittener Zaunpfosten, die in der Nähe lagen. »Nehmen Sie ein paar von den Pfosten da und außerdem eine Decke aus einer der Hütten – sie kann zurückgebracht werden. Und jetzt los, Misses Taggart – holen Sie das Mädchen.«

Jenny gehorchte ihm widerstrebend. Francis wurde blaß, als ihr klar wurde, daß sie verhaftet werden sollte, aber sie wehrte sich nicht.

»Du kommst ins Krankenhaus«, beruhigte Jenny sie und hüllte sie in eine Decke. »Doktor Arndell ist ein freundlicher Mann. Er wird sich um dich kümmern. Und ich versuche, dich als Arbeitskraft zugeteilt zu bekommen, also mach dir keine Sorgen. Du –«

»Wenn ich meine Strafe abgesessen habe«, wandte Francis unglücklich ein.

Jenny stützte das kranke Mädchen, und Justin klammerte sich weinend an ihren Rock, als sie langsam das Haus verließen. Zwei Soldaten warteten schon draußen mit der improvisierten Bahre. Einer der beiden nahm den kleinen Jungen freundlich auf den Arm und brachte ihn in die Küche zurück. Der andere half Francis, sich auf die Bahre niederzulegen.

Als sie die leichte Bürde hochhoben und auf Lieutenant Brace zugingen, kam der alte Ben Reilly plötzlich in großer Wut aus seiner Hütte gerannt. Er war schwer betrunken, und bevor Lieutenant Brace ihm ausweichen konnte, schlug er auf das Pferd und den Reiter mit seiner

Krücke ein. Das erschreckte Tier bäumte sich auf, und Brace stürzte zu Boden.

Aber Ben war das anscheinend noch nicht genug. Er stieß unflätige Flüche aus und ging auf die Bahrenträger los. Sie setzten sie ab, um sich verteidigen zu können. Jenny eilte zu Francis, um sie zu schützen, und Ben prügelte auf einen der rotberockten Soldaten ein.

»Ben, hör um Gottes willen sofort auf!« rief Jenny, aber Brace übertönte ihre Stimme: »Nehmen Sie dieses alte betrunkene Schwein fest, Corporal!« Er hatte sich erhoben, und Blut floß aus einer tiefen Schürfwunde in seiner Wange. »Schießen Sie ihn nieder, wenn es nötig ist!«

Die Soldaten brauchten keine Extraeinladung. Sie schlugen den alten Ben mit ihren Flintenkolben so brutal zusammen, bis er sich nicht mehr rührte.

»Ist er tot?« fragte Brace mit mühsam beherrschter Stimme. Als der Corporal nickte, räusperte er sich und sagte zu Jenny: »Wir werden dafür sorgen, daß er beerdigt wird, Misses Taggart. Aber Sie müssen die Verantwortung für seinen – seinen Tod tragen. Er hat doch für Sie gearbeitet, oder?«

Jenny erhob langsam den Kopf und schaute ihn an. »Ja. Ja, das hat er.« Sie zitterte am ganzen Körper und fügte hinzu: »Welchen Vergehens werden Sie mich bezichtigen, Mister Brace?«

Brace starrte sie an und wußte im Augenblick nichts zu sagen. Der Corporal aber meldete sich hölzern zu Wort: »Diese Frau hat einem Flüchtling Unterschlupf gewährt. Daran kann kein Zweifel bestehen. Wir alle sind Zeugen, oder?«

»Es ist so, wie Sie sagen, Corporal«, meinte Lieutenant Brace und mußte ein Lächeln unterdrücken, als er sich an seine erste Begegnung mit Francis O'Riordan erinnerte. Jetzt hätte er eine gute Gelegenheit, ihr klarzumachen, wie töricht es von einer Sträflingsfrau war, das Angebot eines

Offiziers auszuschlagen, ihm den Haushalt zu führen. Er bestieg sein Pferd und hatte anscheinend das Versprechen vergessen, den alten Ben unter die Erde zu bringen – wenn er es jemals ernst gemeint hatte. »Marsch! Wir haben genug Zeit hier verloren.«

Die Soldaten nahmen die Tragbahre auf und marschierten hinter dem Offizier her, der sich noch einmal umdrehte.

»Keine Drückebergerei, Mister Sparrow! Legen Sie sich gefälligst mehr ins Zeug!« rief der Aufseher.

Ein Peitschenhieb klatschte auf Watt Sparrows nackten, schweißnassen Rücken. Er und sechs andere Sträflinge waren wie Zugtiere eingespannt und zogen mit aller Kraft an einem um eine hohe Pinie geschlungenen Seil. Schließlich fiel der Baum krachend um, und die Männer warfen sich atemlos und völlig erschöpft auf den Boden, um sich etwas auszuruhen, bis der nächste Baum an die Reihe kam.

Aber für Watt Sparrow dauerte die Arbeitspause nur sehr kurz. Der Aufseher fuhr ihn an: »Auf die Beine, Sparrow! Schlagen Sie die Äste ab – und Sie auch, Mills. Bißchen dalli, ihr faulen Hunde!«

»Sie haben doch genug getan, Brady«, protestierte einer der anderen Männer. »Laß sie doch in Ruh!«

Als Antwort zog der Aufseher dem Mann eins mit der Peitsche über. Silas Brady war zwar selbst ein unangenehmer, lauter Sträfling, der nach Norfolk verbannt worden war, weil er in Sydney die Frau brutal zusammengeschlagen hatte, mit der er zusammenlebte. Aber hier auf der Insel Norfolk war das ein vergleichsweise geringes Vergehen, und er war zum Aufseher gemacht worden.

Die meisten Aufseher hier waren rücksichtslos und bestechlich, und der Gouverneur der Insel, Captain Phillip King, schien nichts dagegen zu haben. Solange die anfallenden Arbeiten geleistet wurden, war er ganz zufrieden und kümmerte sich nicht um die Lebensbedingungen der Zwangsarbeiter.

Trotz des angenehmen Klimas war die Insel deshalb ein alles andere als glücklicher Ort, und Watt empfand jetzt, ein halbes Jahr nach seiner Ankunft, so starkes Heimweh nach der kleinen Farm in Parramatta, wie er es noch nie in seinem Leben erlebt hatte. Er wischte sich den Schweiß von der Stirn und griff nach der Axt. Er würde die zweieinhalb Jahre Zwangsarbeit, die ihm noch bevorstanden, nicht überleben, wenn er weiterhin unter dem gnadenlosen Silas Brady arbeiten mußte. Und wenn er sich gegen ihn auflehnen würde, bekäme er hundert Peitschenhiebe, die hier willkürlich für kleinste Vergehen als Strafe ausgesprochen wurden …

»Los, los, ihr faulen Hunde!« Bradys verhaßte Stimme unterbrach Watts Gedanken. »Weiter geht's! Feste gezogen! Du auch, Sparrow … geh ganz vorn hin, du mieser kleiner Schurke! Soll ich dir Beine machen?«

Der kleine Mann beeilte sich, dem Befehl nachzukommen, und nahm das Ende des dicken Taus hoch. Hinter ihm stand ein kräftig gebauter junger Sträfling namens Ned Ashford. Er flüsterte ihm zu: »Streng dich nicht zu sehr an, Watt – das erledige ich schon, verstehste? Und paß auf, daß du nicht unter den Baum kommst, wenn er fällt!«

Watt versuchte, den guten Rat des jungen Mannes zu beherzigen, aber der Baum fiel schneller als erwartet, und obwohl Ned ihn blitzschnell wegriß und er deshalb nicht von dem dicken Stamm erschlagen wurde, wurde er doch unter den Ästen begraben. Zwei Männer trugen den bewußtlosen kleinen Mann so vorsichtig wie möglich ins Krankenhaus. Der diensthabende Arzt Doktor D'Arcy Wentworth versorgte die Schürfwunden und beruhigte die beiden Männer: »Machen Sie sich keine Sorgen – es ist noch mal gutgegangen. In einer Woche wird alles vorbei sein.«

Seinem Vorgesetzten, Doktor William Balmain, gegenüber war Wentworth jedoch weniger zuversichtlich. »Ich wäre Ihnen sehr verbunden, wenn Sie sich den armen Teufel einmal selbst anschauen würden. Die Verletzungen sind wirklich nicht so schlimm, aber der Mann ist schon Mitte oder Ende Sechzig und nichts als Haut und Knochen. Männer seines Alters sollten meiner Ansicht nach nicht mehr so hart arbeiten müssen.«

»Da kann ich Ihnen nur aus ganzem Herzen zustimmen«, pflichtete Balmain bei. »Aber was können wir schon machen? Die Sträflinge kommen hier an, aber wir sehen sie erst, wenn sie verletzt oder krank sind. Ich werde Captain King vorschlagen, daß alle Sträflinge über fünfzig erst einmal von uns untersucht werden, bevor sie zu einer Arbeit eingeteilt werden. Aber« – er schaute auf seine Uhr – »ich kann Ihren Patienten jetzt kurz untersuchen – wie heißt er noch mal?«

»Sparrow«, sagte D'Arcy Wentworth. »Er wurde in Sydney wegen illegalen Waffenbesitzes zu drei Jahren verurteilt. Er hat anscheinend auf einen Offizier geschossen, der ihn verhaften wollte.«

»Gerechtigkeit«, warf Dr. Balmain lakonisch ein, »ist jetzt scheinbar vom Neusüdwales-Korps gepachtet. Ich empfinde es als ein Glück, daß wir den alten armen Mann jetzt unter unseren Schutz nehmen können ... ich schlage vor, daß wir ihn so lange wie möglich im Krankenhaus behalten. Danach können Sie ihn doch sicher auf Ihrer Farm anstellen, oder?«

Wentworth blickte ihn überrascht an, und William Balmain lachte. Er gestand: »Ich mag nun mal jeden, der den Mut hat, sich gegen die Willkür der Korps-Offiziere zu wehren. Aber ich vertraue darauf, Doktor D'Arcy, daß Sie das keiner Menschenseele weitersagen!«

Doktor Wentworth lachte ebenfalls. »Selbstverständlich nicht, Sir«, antwortete er.

Obwohl er nicht wußte, warum er so gut behandelt wurde, waren für Watt Sparrow die nächsten drei Wochen eine sehr glückliche Zeit. Er kam schnell wieder zu Kräften, fand seine gute Laune wieder und freute sich, als ihn Doktor Balmain zu einem Theaterstück einlud, das von einer Gruppe von Sträflingen aufgeführt wurde.

Das Schulhaus war schon überfüllt, als sich Watt und ein paar andere Patienten zu den für sie reservierten Plätzen durchkämpften. Obwohl der Gouverneur und einige hohe Offiziere in der ersten Reihe saßen, war die Atmosphäre sehr angespannt. In der Mitte des großen Raumes hatte sich eine Gruppe von Neusüdwales-Korps-Soldaten versammelt, die jeden anrempelten und zu maßregeln versuchten, der an ihnen vorbeigehen wollte. Während der langen Pause verhielten sich die Soldaten so aggressiv, daß bald lauthals Streitereien im Gang waren.

Unter den Freien Siedlern, die an ihrer abendlichen Kleidung und an ihren glattrasierten Gesichtern zu erkennen waren, befanden sich auch ein paar ehemalige Marineinfanteristen. Auf die hatten es die Soldaten ganz besonders abgesehen.

Watt fragte seinen Nachbarn, ob er den Grund für die Streitigkeiten kenne. Der Mann zuckte mit den Schultern. »Wissen ist zuviel gesagt, mein Freund. Aber es wird gemunkelt, daß sich einer der Soldaten – ein Mann namens Bannister – ein bißchen zu sehr an die Frau eines Siedlers herangemacht hat und daß ihr Mann ihm gedroht hat, den Gouverneur davon zu unterrichten.«

»Das ist doch auch richtig so, oder?« fragte Watt.

»Die Soldaten sind da anderer Meinung«, meinte der Mann. »Wie lange bist du schon hier? Aber egal, wie lange, du hast bestimmt schon mitgekriegt, daß die Soldaten hier immer im Recht sind. Aber« – er deutete auf die Bühne – »der Vorhang geht hoch. Hoffentlich beruhigen sie sich jetzt, damit wir den letzten Akt mitkriegen.«

Aber das Handgemenge ging weiter und störte so sehr, daß Gouverneur King nicht anders konnte, als den Saal durch Gendarmen räumen zu lassen.

Draußen fuhr er die Soldaten an: »Sie sind eine Schande für das Korps und vor allen Dingen für den König, dem zu dienen Sie vorgeben!« Dann wandte er sich an den diensthabenden Offizier und fügte mit lauter Stimme hinzu: »Und dasselbe gilt auch für Sie, Captain Townson, wenn Sie es nicht sofort schaffen, Ihre Männer zur Ordnung zu rufen und sie zurück in die Kaserne bringen!«

Ein paar der Rotröcke machten Anstalten zu gehorchen. Watt beobachtete, wie eine Gruppe von Siedlern auf einen von ihnen zuging und ihn ganz bewußt von den anderen trennte.

»Also, Bannister«, sagte der eine Siedler mit rauher Stimme, »jetzt ist es soweit. Ich werde dich so verprügeln, daß du dein Lebtag nicht mehr dran denkst, den Frauen anderer Männer schöne Augen zu machen!«

Der Soldat bekam es mit der Angst zu tun und pflanzte das Bajonett auf seine Flinte. »Wenn du einen Schritt näher kommst, dann bring ich dich um, Morgan! Ist diese Schlampe, die du deine Frau nennst, es denn wert, daß du für sie stirbst? Der Himmel ist mein Zeuge dafür, daß sie mich verführt hat! Sie ...« Er zog sich schwer atmend von den Siedlern zurück und kam neben Watt zu stehen, der an der Mauer des Schulhauses stand. Er rief seinen Kameraden zu, ihm zu Hilfe zu kommen.

Ein paar Soldaten kamen angelaufen, aber Captain King gebot ihnen Einhalt. Er schrie: »Townson, nehmen Sie diesen Mann sofort unter Arrest!«

Da verlor Bannister seine mühsam aufrechterhaltene Selbstkontrolle. »Sie können mich nicht einsperren lassen!« schrie er. »Zuerst muß ich *dem da* noch mein Bajonett in die Eier stoßen!«

Wild entschlossen lief er auf den Mann, den er Morgan nannte, zu. Watt Sparrow erkannte die Gefährlichkeit der Situation. Blitzschnell stellte er dem wütenden Mann ein Bein, und Bannister fiel der Länge nach hin. Gleich darauf half Watt dem Soldaten auf die Beine und stellte sich zwischen ihn und die Siedler.

»Haut ab, Jungens«, warnte er sie. »Sonst werdet ihr

auch noch verhaftet. Ihr wollt doch keine Schwierigkeiten haben, oder?«

Alle tauchten so schnell wie möglich in der Menge unter, und als Captain Townson mit seinen Männern bei ihnen ankam, bückte sich Watt, hob das auf den Boden gefallene Bajonett auf und reichte es ihm mit einem schiefen Lächeln. Er trat zur Seite, da Bannister ganz offensichtlich verhaftet werden sollte, und sagte: »Is nix passiert, Sir.«

»Ach, wirklich nicht!« rief Townson wütend aus. »Führen Sie ihn ab, Sergeant Caine. Bei Gott, der Gouverneur hat recht – es ist eine Schande, daß solche Kerle eine Uniform tragen dürfen!«

Zu seinem großen Erstaunen sah Watt plötzlich, daß der Gouverneur auf ihn zukam.

»Gut gemacht, mein Freund«, lobte Captain King und lächelte ihn freundlich an, als er sah, wie schwächlich der alte Mann wirkte. »Sagen Sie mir, wie Sie heißen, und warum Sie hier sind.« Watt errötete, und King legte ihm die Hand auf den Arm. »Ich werde mich um Ihren Fall kümmern, Sparrow. Kommen Sie morgen mittag in mein Büro.«

Watt schöpfte neue Hoffnung.

Am nächsten Tag ging das Gerücht um, daß die Soldaten des Neusüdwales-Korps den Gehorsam verweigern würden, wenn der Gouverneur Bannister nicht freilassen würde, und sowohl im Krankenhaus als auch im Gefängnis wurde darüber spekuliert, was der Gouverneur wohl unternehmen würde.

Phillip King handelte schnell und entschieden. Er stellte aus ehemaligen Seeleuten und Marineinfanteristen eine Milizeinheit zusammen und befahl, daß sie zusammen mit den Gendarmen und seinen Offizieren das gesamte Neusüdwales-Korps entwaffnen und die Anführer unter Arrest nehmen sollten. Sein Befehl wurde ohne größere Zwischenfälle ausgeführt. Als zwei Tage später die *Francis* im Hafenbecken von Sydney Bay vor Anker ging, wurden zehn Korps

Soldaten unter Bewachung auf das Schiff gebracht, um in Sydney vor das Kriegsgericht gestellt zu werden.

Watt Sparrow wurde seine Strafe erlassen. Er sollte auf dem Schiff nach Sydney zurückfahren dürfen. Er weinte vor Dankbarkeit, als er auf dem überfüllten Deck des Schiffes stand und die felsige, dicht bewaldete Küste der Insel Norfolk langsam im Pazifik verschwinden sah.

Er fuhr zwar nicht nach Hause, aber er kehrte zu Jenny Taggart und seinem adoptierten Enkel zurück, die ihm am nächsten stehenden Menschen, die er nie mehr zu sehen geglaubt hatte.

9

Henrietta Spence stellte mit großem Eifer eine Gästeliste für das erste große Essen in ihrem Haus zusammen und sagte zu ihrem Vater: »Die Macarthurs geben selbst ein Weihnachtsessen, also brauchen wir sie nicht einzuladen!«

Jasper Spence freute sich darüber, wie ernst seine Tochter in letzter Zeit ihre hausfraulichen Pflichten nahm und erkundigte sich nach den Essensvorbereitungen. Sie zählte ihm mit verzeihlichem Stolz die Folge der Gänge auf. »Aber ich brauche Misses O'Leary mindestens eine Woche vor dem Dinner, um alles Nötige zu backen, Papa. Bitte veranlasse, daß sie rechtzeitig hergeschickt wird!«

»Seamus und seine Söhne werden darüber nicht sehr erbaut sein, Etta. Die Frau war im ganzen erst zwei Monate mit ihnen zusammen... Du hast sie viel länger hier beansprucht, als sie oder ich uns das vorgestellt haben. Könntest du nicht ohne sie zurechtkommen?«

Henrietta schüttelte ganz entschieden den Kopf. »Nein. Außer du erwartest von mir, daß *ich* mich an den Herd stelle, um die Pasteten und Kuchen zu backen.«

»Aber davon ist doch keine Rede, meine Liebe«, besänftigte sie Jasper Spence. »Ich dachte nur, du warst so zufrieden mit dem neuen Mädchen, das Charles Brace für dich gefunden hat. Wie heißt es noch mal... Francis, oder?«

Er war darauf bedacht, in einem ganz normalen Ton zu sprechen. Es war nicht gerade eine angenehme Überraschung gewesen, als er Francis O'Riordan vor ein paar Wochen in seinem Haus in Sydney Cove vorgefunden hatte. Henrietta entgegnete: »Ich bin sehr zufrieden mit ihr, Papa. Sie ist gut erzogen, hat gute Manieren und kann sehr gut nähen. Ich kann mich gut mit ihr unterhalten und bin froh, daß Charles sie mir vermittelt hat. Aber sie ist keine Köchin und –«

»Aber, *warum* hat er dieses Mädchen vermittelt, meine Liebe?« fragte Jasper Spence neugierig. Braces' Gründe waren ihm vollkommen unverständlich. Das Mädchen war eine Schönheit, und Spence wußte ganz genau, daß die meisten Korpsoffiziere eine so liebreizende junge Frau nur zu gern in ihrem eigenen Haushalt anstellen würden. Henrietta lief unter dem forschenden Blick ihres Vaters rot an. Dann gab sie sich einen Ruck und sagte plötzlich: »Papa, ich möchte Charles heiraten. Ich –«

»Hat er dir einen Heiratsantrag gemacht, Etta? Mir hat er nichts davon anvertraut, und er muß doch wissen, daß ich –« Jasper Spence brach ab, als er den leidenschaftlichen Glanz in den Augen seiner Tochter bemerkte. So hatte ihre Mutter ihn manchmal angeschaut, und zwar immer dann, wenn sie mehr von ihm gewollt hatte, als er ihr zu geben vermochte. Er holte tief Luft und spürte wieder einen altvertrauten Schmerz, als er seine Hilflosigkeit eingestehen mußte. »Etta, meine Liebe, bestimmt weißt du doch –«

Henrietta unterbrach ihn mit merkwürdig schriller Stimme: »Nein, er hat mir keinen Heiratsantrag gemacht. Aber wenn ich ihm Francis O'Riordan überlassen hätte, dann würde er mich niemals zur Frau wollen, niemals.« Sie blickte ihn mit tränenfeuchten Augen an und gestand: »Charles hat mir Francis gar nicht vermittelt... ich habe das alles arrangiert, und sie war froh darüber. Glaube mir, Papa, sie war geradezu dankbar, mein Mädchen werden zu dürfen! Und sie hat mir geschildert, was er von ihr erwartet hätte, wenn sie...«

»Francis hat dir *das wirklich offenbart?*«

Sie nickte weinend. »Er wollte sie unzweideutig als seine – seine Geliebte, aber ich habe sie ihm weggenommen. Er war ziemlich ärgerlich – mehr mit ihr, glaube ich, als mit mir.«

»Und du willst ihn trotzdem heiraten?« fragte ihr Vater.

»Ja, natürlich. Er ist ein Mann, und Männer sind keine Heiligen, oder? Das ist doch ganz normal...«

Er blickte seine unglückliche Tochter an und sagte mit voller Überzeugung: »Es wäre bestimmt besser für dich, wenn du den jungen Dawson heiraten würdest, Etta. Oder einen Mann wie ihn. Er kann wirklich arbeiten, und davor habe ich Respekt. Die Korpsoffiziere dagegen sind überhaupt nicht am Aufbau der Kolonie interessiert, sie wollen sie nur für den eigenen Profit plündern!«

Henrietta hörte auf zu weinen. »Er ist ungeschlacht, Papa, er riecht immer so, als ob er gerade aus dem Stall käme. Ich weiß, was ich will... und das ist auf jeden Fall nicht Timothy Dawson. Ich schau mal nach, ob das Essen fertig ist; wenn du mich bitte entschuldigst.« In der Tür drehte sie sich noch einmal um und sagte: »Außerdem hat sich Mister Dawson ja ein Sträflingsmädchen gesucht, oder? Heißt es nicht Jenny Taggart?«

Ihr Vater unternahm keinen Versuch, die Anschuldigung zurückzuweisen. Am nächsten Tag fuhr er nach Portland zurück und freute sich darüber, daß in seiner Abwesenheit die Ernte eingebracht worden war, und es war keine schlechte Ernte. Seamus O'Leary deutete stolz auf die prall gefüllten Säcke in der Scheune, die an den Regierungsladen verkauft werden sollten.

Als Jasper Spence ihm sagte, daß Henrietta die Hilfe seiner Frau über Weihnachten brauchen würde, war er nicht gerade erfreut, aber seine Laune besserte sich, als sein Dienstherr ihm eine finanzielle Anerkennung für seine guten Dienste versprach und ihm erlaubte, zum Fest ein Schaf und ein Schwein für die Arbeiter zu schlachten.

»Ihre Frau kann alles im Schiff mitbringen, was wir an Frischfleisch brauchen, meinen Sie nicht?«

»Selbstverständlich. Ich hab noch eine andere Frage...« O'Leary blickte befangen auf seine staubigen Lederstiefel hinunter. »Ich – ich hab etwas Geld auf die Seite gelegt, und mit dem Bonus von Ihnen, Sir, würd ich mir gern n paar Tiere kaufen, Ziegen, Schweine und Hühner. Ich kann das Viehzeug ganz billig kriegen. Is ne echte Gelegenheit, Sir, und ich wär froh, wenn ich se hier halten dürfte.«

»Aber selbstverständlich, O'Leary«, billigte Spence. »Kaufen Sie nur, was Sie möchten, und lassen Sie sich von den Arbeitern in Ihrer Freizeit Ställe bauen... Natürlich erst nach Weihnachten. Und vergessen Sie nicht, Ihre Frau zu meiner Tochter zu schicken.« Er zog seine Taschenuhr heraus, schaute darauf und sagte: »Ich möchte in einer guten halben Stunde zu Mittag essen.«

Als er zum Haus zurückkam, war am Zaun ein schöner, brauner Hengst festgebunden, der Timothy Dawson gehörte. Mrs. O'Leary öffnete ihm die Tür und erklärte, daß sie den Besucher ins Wohnzimmer gebeten hätte.

»War das richtig so, Sir?« fragte sie angespannt. »Der Herr sagte, daß er etwas Geschäftliches mit Ihnen besprechen müsse und –«

Jasper Spence nickte. »Bringen Sie uns etwas zu trinken. Eine Flasche von dem Brandy aus Kapstadt wäre jetzt gerade recht.«

Spence zog andere Schuhe an und zögerte, als er die elegante graue Samtjacke sah, die Mrs. O'Leary für ihn zurechtgelegt hatte. Aber es war zu heiß, und er entschloß sich, den Besucher in Hemdsärmeln zu begrüßen. Als er das Wohnzimmer betrat, erkannte er Dawson kaum wieder. Er war jetzt wie ein richtiger Herr gekleidet und erinnerte in keiner Weise mehr an den ungeschlachten jungen Farmer, der er noch vor kurzem gewesen war.

Er stand auf, und nachdem sich die beiden Männer die Hände geschüttelt hatten, fragte Dawson freundlich, ob sein Gastgeber etwas dagegen habe, wenn auch er seine Jacke auszöge.

Jasper Spence erkundigte sich höflich, wie es am Hawkesbury ginge.

»Ganz gut, Sir«, antwortete Dawson. »Die Pferdezucht läuft sogar sehr gut, und auch über die Schafherde kann ich mich nicht beklagen. Aber das nah am Fluß gelegene Land ist oft überschwemmt. Jenny Taggart hat in Parramatta eine noch bessere Ernte erzielt als ich.«

»Haben Sie immer noch Schwierigkeiten mit Eingeborenen?« fragte Spence neugierig.

»Natürlich, Sir, und wir haben immer wieder darum gebeten, daß Soldaten bei uns in der Nähe stationiert werden, um den kämpferischen Bediagal-Stamm in Schach zu halten, aber bis jetzt ist noch nichts geschehen. Mister Macarthur behauptet, daß er keinen Mann entbehren kann. Er hat einen Corporal mit sechs Soldaten nach Toongabbe geschickt, aber das ist viel zu weit von uns weg, um uns auch nur im geringsten zu helfen.«

»Können Sie sich nicht selbst verteidigen?«

»Fast zu gut, Sir.« Dawson zuckte mit den Schultern. »Die Siedler üben Selbstjustiz. Jeder Eingeborene, ob er nun etwas auf dem Kerbholz hat oder nicht, wird getötet – und zwar oft auf brutale Weise –, und die Eingeborenen rächen sich natürlich, indem sie Raubüberfälle auf unsere Farmen unternehmen.«

»Warum verkaufen Sie Ihr Land nicht?« fragte Spence, »und lassen sich in der Nähe von Parramatta nieder?«

»Weil das Land am Hawkesbury sehr gut ist – ich glaube, es ist das beste, das die Kolonie überhaupt hat.«

Timothy zögerte und schaute seinen Gastgeber etwas unsicher an. »Ich denke an die Zukunft, Mister Spence.«

»Das tun wir doch alle, mein lieber Junge!« versicherte ihm der Gastgeber. Bald würde er den wahren Grund für Dawsons überraschenden Besuch erfahren, weil er sicher nicht über fünfunddreißig Meilen geritten war, um sich mit ihm über die Ernte oder die Eingeborenenüberfälle zu unterhalten. Er lächelte ihm ermunternd zu, füllte die Gläser nach und setzte sich wieder.

»Ich brauche mehr Land«, verriet Dawson. »Wenigstens noch fünfzig Morgen, obwohl hundert noch viel besser wären.«

»Und wo ist das Problem?« fragte ihn Spence geradeheraus und gab dann lächelnd selbst die Antwort: »Mangel an Bargeld? Oder teilt Ihnen die Behörde kein Land mehr zu?«

Dawson erwiderte sein Lächeln und gestand: »Beides stimmt, Sir. Ich müßte das Land kaufen – ich bekomme keines mehr zugeteilt –, und ich habe nicht genug Geld. Aber ich stehe nur so schlecht da, weil die Korpsoffiziere ein Monopol auf den Alkoholhandel besitzen ... ich brauche Ihnen doch nicht zu sagen, daß die sicherste Währung hier der Rum ist. Unsere Leute nehmen am liebsten Rum für ihre Arbeit. Wenn wir die Ernte verkaufen, bekommen wir Rum dafür, und nur Major Grose und ein paar ausgewählte Offiziere können Rum kaufen, wenn er auf den Schiffen hier ankommt. Die Kapitäne verkaufen ihnen vier Liter für fünf Shilling, und sie verkaufen ihn für den vierfachen Preis weiter, sie ...«

»Mir sind die kommerziellen Gepflogenheiten der Offiziere bekannt, mein Junge«, sagte Spence freundlich.

»Verzeihung, Sir ... aber wir – das heißt die Freien Siedler, Mister Spence – erzielen so gut wie keinen Profit durch den Anbau von Getreide oder die Aufzucht von Tieren –, und das wird auch immer so weitergehen, wenn sich nicht einiges ändert. Die Offiziere kontrollieren alle Preise, und Major Grose kauft offiziell bei uns für die Regierung ein, so daß wir uns nicht beschweren können.«

»Mister Grose verläßt demnächst die Kolonie auf der *Daedalus,* Tim.«

»Deswegen ändert sich auch noch nichts, Sir. Ein anderer wird seinen Platz einnehmen – ich habe gehört, daß es Captain Paterson sein wird. Dadurch ändert sich noch lange nichts.«

Das könnte tatsächlich so kommen, dachte Jasper Spence, obwohl Macarthur jetzt der führende Kopf im Handelssyndikat war. Und er selbst hatte dank Grose auch einen Anteil daran. Es gab sicher schlechtere Wege, den daraus entstehenden Profit wieder zu investieren, als Dawson damit auf die Beine zu helfen, dessen Fähigkeit hart zu arbeiten er sehr bewunderte. Der Junge wußte wirklich, was er wollte und ... großer Gott, er wäre ihm als zukünftiger Schwiegersohn sehr viel lieber als Charles Brace!

Spence beugte sich vor und berührte vorsichtig die Hand des jungen Mannes. »Ist der Grund für Ihren Besuch der, daß Sie mich um ein Darlehen bitten wollen, mein Lieber?« fragte er ruhig.

Dawson errötete und nickte dann mit dem Kopf. »Ja, Sie können ja geradezu Gedanken lesen, Sir. Aber ich –«

»Sie wollten es nicht so offen eingestehen, oder?«

»Ja, Sir, so könnte man es sagen. Aber ich habe Papiere bei mir ...« Er legte sie auf den Tisch zwischen sich und Spence und deutete mit dem Finger auf die verschiedenen, sauber aufgezeichneten Posten. »Mir gehört der ehemalige Besitz der Jenny Taggart, aber ich habe mit ihr einen ganz besonderen Vertrag abgeschlossen. Ich habe ihr mein Wort gegeben, daß sie ihr Land jederzeit zurückkaufen kann, wenn sie das Geld zusammen hat. Sie –«

»Sie sind doch nicht mit dem Mädchen liiert, oder?«

fragte Spence und dachte daran, was seine Tochter ihm erzählt hatte.

Dawsons Antwort überzeugte ihn von dem Gegenteil. »Sie hat mir das Leben gerettet, Mister Spence. Das ist die – die Grundlage für unsere Freundschaft. Ich – Ihre Tochter, Henrietta, Sir, wie soll ich sagen, ich –« Er geriet ins Stottern. »An Bord des Schiffes erbat ich Ihre Erlaubnis, ihr den Hof machen zu dürfen und –«

»Und ich habe Ihnen diese Erlaubnis erteilt, oder?« meinte Jasper Spence.

»Ja, Sir. Aber –«

»Darf ich davon ausgehen, daß Ihre Gefühle für meine Tochter noch dieselben sind, Tim?«

»Ganz bestimmt, Sir, jawohl. Und sie werden es auch immer bleiben. Ich bin kein Mann, der heute so und morgen so fühlt. Ich hoffe sehr, daß Henrietta eines Tages –« Timothy Dawson vermochte nicht weiterzusprechen. Er schluckte und schaute seinen Gastgeber hilfesuchend an. »Mir ist bewußt, daß sie ihre Zuneigung einem anderen geschenkt hat, Mister Spence. Aber ich kann warten, ich – ich *werde* warten, in der Hoffnung, daß noch nicht alles entschieden ist.«

Jasper Spence räusperte sich, lächelte den jungen Mann dann freundlich an und versprach: »Ich gebe Ihnen das Geld, das Sie brauchen, Tim. Ich möchte mit Ihnen eine Partnerschaft gründen. Bis wir ein Dokument aufgesetzt haben, sollte ein Händedruck genügen, meinen Sie nicht auch?«

Er streckte seine Hand aus, und Timothy Dawson schüttelte sie mit großer Dankbarkeit. »Ich habe niemals zu hoffen gewagt, daß Sie – das heißt, daß ich –« Er wußte nicht weiter.

»Wir trinken auf die Zukunft, mein lieber Junge«, verkündete Spence. Er füllte die Gläser und stieß mit dem jungen Mann an. »Auf unsere Partnerschaft! Auf daß sie in jeder Hinsicht gedeihen möge!«

Die Brigg *Experiment* ging am Weihnachtsabend in Sydney Cove vor Anker, und es sprach sich in Windeseile herum, daß sie in Kalkutta Spirituosen und Handelsgüter geladen hatte.

Der neue Gouverneur Captain Paterson erteilte dem Kapitän McLellan die Erlaubnis, am Landungssteg einen Laden zu eröffnen. Henriettas Diener Noah kam aufgeregt mit dieser Neuigkeit nach Hause.

»Es ist nicht zu glauben, was es dort alles gibt, Mistress«, plapperte der dicke Mann aufgeregt. »Feine Schuhe und Hüte für Damen, indische Seide, Schmuck, Kupferarbeiten und fein gearbeitete Holztische. Außer in London hab ich so was mein Lebtag noch nicht gesehen. Sie sollten selbst hingehen, bevor alles ausverkauft ist.«

Henrietta verspürte große Lust dazu, aber die Vorbereitungen für ihre Abendgesellschaft nahmen sie ganz in Anspruch… Mrs. O'Leary führte zwar das Regiment in der Küche, aber sie mußte sich trotzdem um alles kümmern. Sie wandte sich fragend an Francis O'Riordan. »Noah sagt, daß die *Experiment* schöne Seidenstoffe mitgebracht hat. Sie sind doch eine ausgezeichnete Schneiderin, Francis. Gehen Sie doch einmal hin, und wenn die Preise nicht zu hoch sind, lassen Sie Stoffe für sechs Kleider zurücklegen, bis ich Zeit habe, sie mir selbst anzuschauen. Dasselbe machen Sie mit Schuhen und Hüten… Sie kennen ja meinen Geschmack. Und«, fügte sie großzügig hinzu, »suchen Sie sich auch ein Weihnachtsgeschenk von mir aus!«

Als sie in dem dunklen Laden stand, sah Francis auf einen Blick, daß Noah nicht übertrieben hatte. Es war zwar viel billiger Plunder darunter, aber weiter hinten in den Regalen lagen Seiden-, Satin- und Musselinballen in herrlichen Farben und hervorragender Qualität. Die Stoffe waren aber so teuer und empfindlich, daß die hiesigen Käufer sie letzten Endes wohl doch nicht kaufen würden. Sie dachte daran, was Henrietta ihr aufgetragen hatte, wählte

Kleiderstoffe aus und schaute sich dann die Hüte und die Schuhe an.

Danach ging sie wieder zu den Regalen mit den Stoffen zurück, um sie noch ein zweites Mal durchzuschauen. Ein kleiner, dunkelhäutiger fremdländischer Mann kam lächelnd heran, verbeugte sich mehrfach vor ihr und verkündete: »Das hier sind die besten Seiden, die wir haben. Und der Stoff für ein Kleid kostet eigentlich zwei Pfund. Aber« – er flüsterte verschwörerisch – »Ihnen gebe ich den Stoff für den halben Preis, wenn Sie mir versprechen, dem Kapitän nichts davon zu sagen! Also, nur ein Pfund, Madam, das ist eine günstige Gelegenheit, und Sie würden wunderbar darin aussehen.«

Francis wurde verlegen. »Ich – ich will nichts für mich selbst kaufen, ich – soll es für mein Herrin zurücklegen lassen. Sie –«

Der Matrose starrte sie überrascht an. »Ihre *Herrin?* Das heißt, Sie sind eine... verdammt noch mal, Sie sind ein *Sträfling?*«

Sie nickte mit dem Kopf und errötete tief, gewann dann aber langsam ihre Fassung wieder und sagte mit Würde: »Ja, ich bin ein Sträfling.« Sie nannte ihm Henriettas Namen, wählte noch zwei Stoffe für Kleider aus und wollte gerade gehen, als sie im Befehlston aufgefordert wurde, stehenzubleiben.

Dann hörte sie, wie dieselbe Stimme sagte: »Schneiden Sie fünf Meter davon ab – von der blauen Seide da. Ja, von diesem Ballen... und hier ist das Geld.«

Francis erkannte die verhaßte Stimme von Lieutenant Brace und fuhr zusammen. Seit er sie auf Jenny Taggarts Farm verhaftet hatte, fürchtete sie ihn, und obwohl sie Henrietta nicht sonderlich schätzte, war sie doch froh, daß sie durch diese Anstellung nicht bei ihm arbeiten mußte, was Brace ja seit ihrer ersten Begegnung auf dem Schiff vorgehabt hatte... Sie zitterte und trat ein paar Schritte von ihm und dem grinsenden Verkäufer zurück. Obwohl sie bei ihrem Vater in Irland ein behütetes Leben geführt hatte, hatte sie seit ihrer Kindheit die Rotröcke fürchten und hassen gelernt.

»Nicht so schnell, Francis O'Riordan«, sagte Lieutenant Brace. »Ich möchte Ihnen ein Geschenk machen.« Er warf ihr die zusammengefaltete Seide zu und legte den Kopf prüfend zur Seite, um sich zu überzeugen, ob die Farbe des Stoffes zu ihrer Hautfarbe paßte. »Wunderbar – dieser Stoff ist ja wie für Sie gewebt! Bitte nehmen Sie das Geschenk an, und seien Sie meiner Zuneigung versichert.«

Sie entgegnete ruhig: »Verzeihen Sie mir, Sir, aber ich kann dieses Geschenk nicht annehmen. Ich bin ein Sträfling, und Sträflinge tragen keine Seidenkleider. Meine Herrin hätte gewiß etwas dagegen.«

»Wenn Sie in *meinem* Haushalt arbeiten würden, wäre es mir ein Vergnügen, Sie jeden Tag so gekleidet zu sehen!« schmeichelte Brace. »Kommen Sie doch zu mir, Francis, ich bitte Sie!«

Francis schüttelte den Kopf. Sie wollte ihm den Stoff zurückgeben, aber er nahm ihn nicht an.

»Ob Sie nun bei mir arbeiten werden oder nicht, der Stoff gehört Ihnen – es ist ein Geschenk von mir. Können Sie ihn nicht vor neidischen Augen verstecken? Hier –«, er nahm ihr den Korb ab und warf den Stoff hinein. »Diese gar zu strenge Herrin, die Wert darauf legt, daß Sie wie eine Dienerin gekleidet sind – verdammt noch mal, jetzt wird sie den Stoff ja wohl nicht entdecken, oder?«

Francis sah ein, daß es keinen Sinn hatte, sich mit ihm darüber zu streiten, und sagte deshalb: »Ich – ich danke Ihnen.« Sie machte einen Knicks und ging rasch zum Ausgang des Warenhauses.

»Warum die Eile, mein Mädchen?« fragte eine rauhe Stimme. »Wohl was gestohlen, oder? Mal sehen, was es ist!«

Zwei Hände packten sie von hinten, und Francis blickte

in ein grobknochiges, unrasiertes Gesicht. Der Mann – ein begnadigter Sträfling – wurde von einer hageren, dunkeläugigen Frau begleitet, die jetzt mit schriller Stimme seine Anschuldigungen wiederholte.

»Laß uns in den Korb da schauen, du kleines Luder«, zischte sie ihr zu. »Oder willste, daß wir gleich die Wache rufen!«

Francis starrte sie ungläubig an. »Ich – ich habe nichts gestohlen«, protestierte sie. Sie öffnete den Korb, aber die Frau riß ihn ihr aus der Hand, und sie zog triumphierend den Seidenstoff heraus.

»Das haste doch nicht ehrlich erworben!« stieß die Frau höhnisch aus. Mit lauter Stimme forderte sie die Umherstehenden auf, den Vorfall zu bezeugen, und hielt die Seide als Beweismittel hoch über ihren Kopf.

Francis, die noch von der Begegnung mit Charles Brace ganz verstört war, geriet in Panik. Sie ließ die Seide fallen, rannte los und hörte zu ihrem Entsetzen die Rufe: »Haltet den Dieb!«

Zwei Soldaten, die außer Dienst waren und am Landungssteg herumlungerten, sprangen auf, als sie vorbeirannte, und hielten sie fest.

»Nur ruhig Blut, mein Mädchen! Wir können doch keine Diebin fliehen lassen, findste nich auch?«

Als Francis, sich wehrend, hervorstieß, daß sie nichts gestohlen habe, sah sie zu ihrer großen Erleichterung Lieutenant Brace auf sie zukommen.

»Mister Brace, bitte, helfen Sie mir!« rief sie ihm beschwörend zu und sagte erleichtert zu den Soldaten: »Lieutenant Brace wird Ihnen alles erklären. Er weiß, daß ich nichts gestohlen habe. Er hat mir die Seide geschenkt.«

Brace hielt den umstrittenen Stoff im Arm. Er schaute sie nur kurz an, als ob er sie nicht kennen würde, und gab den Soldaten unbegreiflicherweise den Befehl, sie abzuführen.

»Das Gericht tagt gerade«, sagte er. »Führen Sie diese

Frau dorthin. Ich werde mit dem Richter sprechen, daß ihr sofort der Prozeß gemacht wird.«

Er ging voran, und als sie folgte, bekam sie große Angst. Wollte er etwa behaupten, er habe ihr die Seide nicht geschenkt? Die Frau mit der schrillen Stimme hatte sich doch nur zufällig eingemischt, Charles Brace konnte das unmöglich vorhergesehen haben, aber... Tränen stiegen ihr in die Augen. Es war klar, daß er die Angelegenheit irgendwie zu seinem Vorteil ausnutzen wollte.

»Sieht gar nicht so schlecht für dich aus, mein Mädchen«, sagte der Wärter nicht unfreundlich zu ihr. »Die Richter beeilen sich, und die Strafen fallen gering aus, weil ja schließlich Weihnachten ist, du hast Glück im Unglück, sag ich dir!«

Aber als sie nach einer knappen Stunde in den Gerichtssaal geführt wurde und die strengen Blicke der Offiziere sah, glaubte Francis, einen Alptraum zu erleben. Sie hatte erwartet, des Diebstahls bezichtigt zu werden, aber es wurde nur Anklage gegen sie erhoben, daß sie sich eigenmächtig von ihrer Arbeitsstätte entfernt habe.

Lieutenant Brace ergriff das Wort. »Sir«, und er wandte sich direkt an den Richter, »mit Ihrer Erlaubnis werde ich Ihnen Informationen zu diesem Fall geben und Ihnen dadurch Zeit sparen helfen.«

Verzweifelt hörte Francis seinen Ausführungen zu. Sie kamen der Wahrheit so nahe, daß sie ihm kaum das Gegenteil beweisen konnte. Außerdem stand sein Wort gegen ihres, und er war ein angesehener Offizier und sie ein Sträfling...

Sie sei ihm als Haushälterin zugesprochen worden, gleich nachdem sie nach monatelanger Flucht verhaftet worden war, führte Brace aus. Dann habe sie aber ohne Erlaubnis ein Arbeitsverhältnis im Haushalt von Mr. Spence angetreten.

»Mister Spence zahlt seinen Leuten einen sehr guten Lohn – sehr viel mehr, als irgendein Korpsoffizier sich das leisten könnte –, und zweifellos war das der Grund für das Mädchen, den Arbeitsplatz zu wechseln. Ich unternahm nichts, weil Mister Spence und seine Tochter zu meinen Freunden zählen, aber jetzt zweifle ich daran, daß das Mädchen in Mister Spences' Haushalt streng genug behandelt wird. Ein Vorfall verstärkte diese Zweifel noch, Sir.«

»Was war denn los, Sir?« fragte der Richter. Er schaute auf seine Taschenuhr und meinte ungeduldig: »Aber bitte, fassen Sie sich kurz, Mister Brace.«

Er habe für eine Dame Seide als Weihnachtsgeschenk gekauft. »Ich vertraute Francis O'Riordan diesen Stoff an«, fuhr Charles Brace fort, »und trug ihr auf, ihn ihrer Herrin mit meinen besten Wünschen zu überbringen. Statt dessen versuchte das Mädchen offenbar, sich mit dem Stoff davonzumachen und wurde nur durch das Eingreifen von zwei Personen – einem Ehepaar namens Ashton – daran gehindert, die dafür sorgten, daß sie verhaftet wurde.«

»Entschuldigen Sie, Sir ...«, sagte der Richter, »warum ist diese junge Frau eigentlich nicht wegen versuchten Diebstahls angeklagt?«

Brace seufzte. »Sir, ich wollte dieser armen jungen Frau, die aus einer sehr guten Familie stammt und aus politischen Gründen in die Verbannung geschickt worden war, unnötige Schwierigkeiten ersparen. Ich bitte das Gericht aus den dargelegten Gründen um ein mildes Urteil.«

Der Richter ergriff das Wort: »Gut. Der Fall liegt klar. Wir brauchen uns für die Urteilsfindung nicht zurückzuziehen, denke ich. Francis O'Riordan ist schuldig im Sinne der Anklage und wird sofort an ihre ursprüngliche Arbeitsstätte zurückkehren. Darüber hinaus wird sie zu einem Dutzend Peitschenhieben verurteilt, aber da Mister Brace in ihrem Namen um Gnade gebeten hat, wird diese Strafe auf Bewährung ausgesetzt. Mister Brace, Sie tragen ab sofort die Verantwortung für die junge Frau. Damit ist der Fall abgeschlossen.«

Charles Brace schloß Francis O'Riordan in einem Zimmer ein und ließ sie erst in der Weihnachtsnacht wieder heraus. Er war gerade von dem ausgezeichneten Abendessen bei Henrietta Spence zurückgekommen und hatte dort viel Wein und Brandy getrunken. Er führte die junge Frau in sein Schlafzimmer. Die blaue Seide lag auf seinem Bett, und er deutete lächelnd darauf.

»Sehen Sie, ich habe sie Henrietta Spence nicht geschenkt. Die Seide ist für Sie, Francis.« Sein Atem roch nach Brandy, aber zu ihrer Überraschung küßte er sie zart und nicht fordernd, wie sie es eigentlich von ihm erwartet hatte. »Verstehst du denn nicht – ich begehre dich, seit ich dich zum ersten Mal gesehen habe«, flüsterte er. »Ich mußte mir nur erst Mut antrinken... und jetzt bin ich betrunken, verdammt noch mal! Aber ich... ich würde viel lieber keine Gewalt anwenden müssen!«

Sie schaute ihn unglücklich an und sagte: »Wenn es in meiner Macht stünde, dann würden Sie Ihren Willen niemals bekommen!«

»Wenn das so ist, dann muß ich dir eben Gewalt antun«, keuchte Brace mit harter Stimme. Er umarmte sie mit eisernem Griff und küßte sie wieder auf den Mund. Gegen ihren Willen spürte Francis, daß sie sich sehr von diesem Mann angezogen fühlte. Sie versuchte sich aus seiner Umarmung zu befreien, aber er war stärker als sie. »Ich bin doch nicht der erste, oder?« fragte er.

»Doch. Ich habe mich noch niemandem hingegeben, Mister Brace. Und ich werde mich auch Ihnen nicht hingeben.«

»Dann muß ich dich entweder mit Gewalt nehmen oder ganz auf dich verzichten?« fragte er mit rauher Stimme. Er warf sie auf das Bett und riß ihr das Kleid vom Leibe. »Nun, wenn es sein muß, du irische Hexe! Ich hab dir gesagt, daß ich betrunken bin, oder?«

Er nahm sie brutal und ohne jede Zärtlichkeit, und als Francis hinterher zitternd und weinend neben ihm lag, schlief er sofort ein und hielt sie immer noch in seinen Armen gefangen.

Sie fühlte sich bis ins Innerste erniedrigt, und die Tatsache, daß er jetzt so tief schlief, verletzte sie noch mehr ... Sie zitterte in der stickigen Dunkelheit. Sie war weder eine Verbrecherin noch eine Hure, und ihr einziges Vergehen hatte darin bestanden, daß sie ihr Heimatland über alles geliebt hatte. Als sie Charles Braces' dunkle Gestalt neben sich sah, wünschte sie aus ganzem Herzen, eine Waffe zu besitzen, um damit seinem und auch ihrem Leben ein Ende bereiten zu können.

Terra Australis …

1

Das also ist *Terra Australis,* was, Johnny?« rief Fähnrich Matthew Flinders spottend aus. Er deutete auf die abweisenden Klippen an der Küste. »Was für ein Gefühl hast du denn jetzt, wo du zurückkommst?«

»Verdammt noch mal, ich weiß es selbst nicht, Matt.« Johnny Broome, der stellvertretende Kapitän auf der *Reliance,* einem Kriegsschiff Seiner Majestät, brachte nur mühsam ein Lächeln zustande. Das Südkap mit der gehißten Fahne war schon in Sicht, und er erinnerte sich an das letzte Mal, als er diese steilen Felsen am Eingang von Port Jackson gesehen hatte.

Damals, vor fünf Jahren, hatte er das Südkap im Mittagsglast verschwinden sehen, als er mit den anderen in Gouverneur Phillips gestohlenem Kutter geflohen war, und er war überglücklich gewesen, weil er gehofft hatte, diesen unseligen Ort nie wieder betreten zu müssen.

»Ich habe ein Gefühl von Verantwortung«, sagte Flinders plötzlich sehr ernst, »weil ich dich schließlich dazu überredet habe, zurückzukehren.«

Johnny Broome zuckte mit den Schultern. »Das brauchst du nicht. Ich habe mich letzten Endes doch freiwillig dazu entschlossen – du hast mich ja schließlich nicht gegen meinen Willen dazu überredet, Matt.«

Flinders war trotz seiner Jugend schon zehn Jahre lang zur See gefahren. Johnny Broome hatte schon viel von ihm gelernt, obwohl Flinders' Bewunderung für Johnnys Flucht im offenen Boot nach Timor den Grundstein für ihre Freundschaft gelegt hatte.

Johnny Broome kehrte jetzt freiwillig an den ihm verhaßten Ort zurück, unter seinem eigenen Namen. Er hatte in der Zwischenzeit dem König ergeben gedient und war zum stellvertretenden Kapitän befördert worden. Aber die Erinnerung an die Jahre, die er als verurteilter Sträfling Johnny Butcher in Neusüdwales zugebracht hatte, konnte er trotz allem nicht vergessen. Er hatte in Ketten Zwangsarbeit verrichtet, war mehrfach fast zu Tode gepeitscht worden – großer Gott, die Narben würden ihn bis an das Ende seines Lebens zeichnen.

Matthew Flinders legte ihm mitfühlend eine Hand auf den Arm, als ob er seine Gedanken erraten hätte.

»Es gibt so viel über dieses Land zu lernen, Johnny – so viele Landstriche müssen noch erforscht werden! Wir werden Forschungsreisen zusammen unternehmen, wie wir es uns vorgenommen haben. Erinnerst du dich noch daran, als mir zum erstenmal die Idee dazu gekommen ist?«

Es war während einer Seeschlacht gegen die Franzosen gewesen, und jetzt standen sie davor, das Versprechen, das sie sich gegenseitig in der Hitze des Gefechts gegeben hatten, einzulösen. Der Dritte in ihrem Bunde war der junge Arzt George Bass, ein alter Freund von Matt Flinders. Sie waren jetzt auf der *Reliance* in die Strafkolonie gekommen, die Johnny als Flüchtling verlassen hatte.

Aber er hatte nicht nur schlechte Erinnerungen an die Zeit. Er hatte schließlich Jenny Taggart kennengelernt, aber... es schmerzte ihn, an Jenny zu denken. Sie hatte sich in den vergangenen Jahren bestimmt verändert, so wie er auch.

Johnny schaute sich um und bemerkte, wie Captain John Hunter, der neue Gouverneur von Neusüdwales, das Achterdeck überquerte und sich zum Kapitän der *Reliance,* Henry Waterhouse, gesellte. Es fiel Johnny auf, daß John Hunter in den letzten Jahren sehr gealtert war. Er hatte sich nie mehr so richtig vom Schiffbruch der *Sirius* erholt, außerdem hatten ihn die ersten Hungerjahre auf der Insel Norfolk nachhaltig gezeichnet.

Außerdem war er schon achtundfünfzig Jahre alt, also kein junger Mann mehr, aber er sah viel älter aus – seine einstmals aufrechte Gestalt war gebeugt, in das von Wind und Wetter gegerbte Gesicht hatten sich tiefe Falten eingegraben. Hunter trug keine Perücke, und sein dünnes, stahlgraues Haar, das hinten zu einem Zopf geflochten war, verstärkte noch den Eindruck, daß er den Höhepunkt seines Lebens bereits überschritten hatte.

Johnny sann nicht zum erstenmal darüber nach, ob der neue Gouverneur stark genug wäre, all die Schwierigkeiten zu bewältigen, die ihn in der Kolonie erwarteten. Die Offiziere des Neusüdwales-Korps hatten sich durch Handelsgeschäfte unrechtmäßig bereichert und würden gewiß nicht freiwillig auf ihre Macht verzichten.

Johnny fielen die beiden Briefe ein, die er im Lauf der Jahre von Jenny Taggart erhalten hatte, die ihn über die in der Kolonie herrschenden Zustände informiert hatten. Johnny seufzte. In den Briefen hatte fast nichts davon gestanden, wie es Jenny persönlich ging. Und er fürchtete sich irgendwie davor, die Wahrheit herauszufinden.

Flinders schien die Gedanken des Freundes wieder zu erraten, und er sagte: »Es muß doch ein paar Menschen hier geben, auf die du dich freust, oder? Oder warst du die ganze Zeit über hier unglücklich?«

»Ganz und gar nicht, Matt«, gab Johnny zu, »aber meistens. Ich habe alle meine Kraft darauf verwendet, Fluchtpläne zu schmieden und am Leben zu bleiben.«

»Gab es keine Frau?« fragte sein Freund neugierig.

»Hungernde Männer denken kaum an Frauen, mein Junge. Wie kommst du darauf?«

Der Fähnrich lächelte. »Nun, ich glaube nicht, daß ich der einzige Grund bin, daß du jetzt wieder hier bist. Und außerdem hast du Briefe bekommen. George und ich glauben, daß ein Mädchen auf dich in Sydney wartet.«

Johnny zuckte mit den Schultern. »Sie war tatsächlich fast

noch ein Mädchen, als ich von hier geflohen bin, aber jetzt wird sie eine junge Frau sein ... verheiratet und mit zwei oder drei Kindern. Den letzten Brief habe ich vor über einem Jahr erhalten.«

»Aber hätte sie dir nicht mitgeteilt, wenn sie geheiratet hätte?« fragte Matt Flinders. Er hatte eine romantische Ader und war noch ziemlich naiv, und er sah ganz enttäuscht aus, als Johnny den Kopf schüttelte. »Wolltest du sie nicht heiraten, Johnny?«

Nur zu gerne, dachte Johnny, hätte er Jenny zu seiner Frau machen wollen, aber sie hatte sich geweigert, mit ihm zu fliehen. Und es hatte einen Mann in ihrem Leben gegeben, diesen nichtsnutzigen Ned Munday. Johnny schüttelte den Kopf. »Nein«, log er. »Ich wollte sie nicht heiraten. Und ich glaube nicht, daß sie auf mich gewartet hat. Es ist immerhin schon mehr als vier Jahre her.«

Matt seufzte mitfühlend. Ein schriller Pfiff riß die beiden Männer aus ihren Gedanken. »Mein Wachdienst fängt in zwanzig Minuten an, verdammt, und ich habe noch nichts gegessen! Kommst du mit, Johnny?« fragte Matt.

»Nein.« Er konnte jetzt unmöglich unter Deck gehen, er mußte hier oben bleiben, um den ersten Blick auf den Hafen werfen zu können. Gouverneur Hunter hatte Port Jackson bestimmt nicht zu unrecht den schönsten natürlichen Hafen der Welt genannt.

Und er blieb nicht lange allein an Deck. Der dunkelgesichtige Baneelon tauchte aus der Ladeluke auf, und hinter ihm stieg sein Stammesbruder Yemmerra Wannie an Deck. Die beiden Eingeborenen hatten Gouverneur Phillip auf der *Atlantic* im Dezember 1792 nach England begleitet und waren in der guten Gesellschaft Londons als faszinierende Exoten herumgereicht worden.

Als er sah, mit welcher Begeisterung die beiden Männer die Heimat begrüßten, überlegte Johnny, wie lange es wohl dauern würde, bis sie die europäische Kleidung abstreifen und ihr früheres primitives Leben wiederaufnehmen würden.

Plötzlich trieben ihn böse Ahnungen unter Deck. Zum Teufel, für ihn war es im Gegensatz zu Baneelon und Yemmerra Wannie keine Heimkehr. Warum war er bloß zurückgekehrt? Welcher schicksalhafte Ruf hatte ihn zwölftausend Meilen in ein Land zurückgebracht, das er aus ganzem Herzen gehaßt hatte?

Ob die Anziehungskraft wohl doch von Jenny Taggart ausging?

Am frühen Nachmittag zügelte Timothy Dawson vor dem Haus sein Pferd, und Watt Sparrow nahm ihm die Zügel ab und deutete auf den Pferdestall.

»Jenny ist da drin. Die Stute hat heute morgen gefohlt – Sie wollens sicher anschaun, oder soll ich Ihnen zuerst was zu trinken bringen?«

Dawson brauchte keine Erfrischung. »Nein danke, ich habe auf dem Herweg die Macraes in Parramatta besucht – Annie hat mir einen guten Tee aufgebrüht. Aber, wenn Sie mein Pferd versorgen, Watt, dann schau ich mir das Fohlen an. Das wievielte ist es in diesem Jahr?«

»Jetzt is ein rundes Dutzend voll«, sagte Watt stolz.

Er schaute dem jüngeren Mann nach, als er zum Pferdestall ging, und lächelte glücklich. Seit seiner Rückkehr von der Insel Norfolk fiel es ihm immer wieder auf, wie gut Jenny und Dawson zusammenarbeiteten.

Tim Dawson war der Typ Mann, den er mochte und sogar bewunderte – er stand mit beiden Füßen auf der Erde und war vor allem ein unermüdlicher Arbeiter, dessen Anstrengungen schon jetzt von großem Erfolg gekrönt waren. Er besaß sowohl am Hawkesbury als auch hier einen einträglichen Landbesitz. Ihm gehörten am meisten Pferde in der Kolonie, und seine Schafherden brachten einen guten Profit ein.

Und – Watt lachte glücklich, als er den kleinen Justin freudestrahlend auf den Besucher zulaufen sah – und sein Verhältnis zu Jenny und ihrem kleinen Sohn war sehr gut.

Erst vor ein paar Abenden hatte Watt all seinen Mut zusammengenommen und versucht, Jenny davon zu überzeugen, wie gut es für alle wäre, eine noch engere Beziehung zu Dawson einzugehen.

»Tim Dawson wäre ein sehr guter Ehemann, mein Mädchen«, hatte er ernsthaft gesagt, aber ihre Antwort hatte ihn überrascht und enttäuscht.

»Das wäre er ganz bestimmt, und zwar für die Tochter von Jasper Spence... und sie will er auch heiraten. Sie ist eine Lady, und das ist genau das, was er möchte, Watt. Ich bin ein Sträfling, vergiß das nicht, und Justin ist ein uneheliches Kind. Tim Dawson hat nicht so hart gearbeitet, um sich mit uns zu verbinden, das kannst du mir glauben.«

Und er hatte ihr wohl oder übel recht geben müssen, obwohl er auch jetzt wieder sah, wie gut sie sich verstanden und das Zusammensein genossen. Sie schienen geradezu füreinander geschaffen zu sein. Seiner Meinung nach gab es in Neusüdwales kein besser aussehendes Mädchen als Jenny, von ihrem guten Charakter ganz zu schweigen. Henrietta Spence konnte Jenny Taggart trotz ihrer feinen Kleidung und ihrer vornehmen Manieren nicht im entferntesten das Wasser reichen, und Tim Dawson mußte ein Narr sein, wenn er das nicht eines Tages einsehen würde.

Im Pferdestall erklärte Tim, warum er so unerwartet hergekommen war.

»Ich habe in Parramatta gehört, daß das Schiff mit dem neuen Gouverneur gerade gesichtet worden ist, Jenny. Es herrschen ungünstige Windverhältnisse, aber spätestens heute abend wird es in Port Jackson vor Anker gehen. Ich möchte nach Sydney reiten und ihn willkommen heißen, und ich würde mich freuen, wenn du und Justin mich begleiten würdet.«

Justin schaute seine Mutter flehentlich an. Aber Jenny schüttelte den Kopf.

»Ich habe keine Zeit, und außerdem kann meine eigene Stute jeden Augenblick ihr Fohlen werfen, und da muß ich ganz einfach hierbleiben. Sie ist schon alt, und schon das letztemal war es nicht ganz einfach für sie.«

»Du machst dir zu viele Sorgen«, sagte Tim. »Und außerdem finde ich es endlich an der Zeit, daß du aufhörst, zwischen deinen und meinen Tieren zu entscheiden – verdammt noch mal, es sind *unsere!* Ich hätte das alles niemals ohne dich geschafft, das weißt du ganz genau. Kann sich Tom Jardine nicht um deine Stute kümmern?«

Jenny seufzte und schüttelte wieder den Kopf.

»Ich möchte lieber hierbleiben, Tim. Sie –«

Justin unterbrach sie schluchzend. Es war so selten, daß der kleine Junge nach Sydney kam, und es fiel ihm sehr schwer, seine Enttäuschung zu verbergen.

»Bitte, Mama... ach bitte, Onkel Tim! Ich möchte so gerne mitkommen, ich will die Schiffe sehen. *Warum* kannst du denn nicht kommen?«

Tim Dawson spürte den festen Händedruck des kleinen Jungen und sagte: »Ich nehm ihn mit, wenn er sich etwas wäscht, Jenny. Wie wär's damit, Kleiner? Schaffst du es, in fünf Minuten sauber und anständig gekleidet hier aufzukreuzen?«

»Aber natürlich!« rief Justin. Er schaute seine Mutter fragend an. »Darf ich mit Onkel Tim nach Sydney reiten, Mama? Ich bin auch ganz lieb, ich versprech's dir, und ich will die Schiffe so gern sehen! Bitte, Mama.«

Jenny nickte lächelnd mit dem Kopf. »Wenn er dir nicht lästig fällt«, sagte sie zu Tim. »Dann glaub ich...«

»Ich bin froh, wenn er mitkommt. Los, kleiner Justin. Du brauchst Schuhe und eine Jacke. Du willst doch nicht, daß dich der neue Gouverneur für eine Vogelscheuche hält, oder?« Als der Junge losrannte, dachte Tim, wie väterlich seine Worte geklungen hatten, und lächelte glücklich. In letzter Zeit hatte er sich sehr für Justin interessiert, hatte Anteil an seiner Entwicklung und seiner Erziehung genommen und ihm Jagen und Reiten beigebracht.

Seine Gefühle für Justins Mutter waren komplizierter, und obwohl er sich dafür schämte, war es ihm nicht ganz gleichgültig, daß sie ein Sträfling war... diese Tatsache stand zwischen ihnen, und beide waren sich dessen bewußt... Tim seufzte. Aber es war nicht nur das. Auch Henrietta Spence stand zwischen ihnen. Ohne sie hätte er sich sicher für Jenny entschieden. Jenny war eine wunderbare junge Frau, die ihn stark anzog, aber sie hatte ihre Attraktivität ihm gegenüber niemals ausgespielt, eher im Gegenteil. Sie hatte bei aller Freundschaft immer darauf geachtet, daß eine gewisse Distanz zwischen ihnen bestehenblieb...

Justin kam aufgeregt heran, gewaschen und sauber gekleidet, und Tim hob ihn vor sich aufs Pferd. Der Ritt nach Sydney verlief unter dem munteren Geplauder des kleinen Jungen angenehm kurzweilig, und sie hörten schon von weitem die Kanonenschüsse, die die *Supply* und die *Reliance* im Hafen begrüßten.

Eine Kompanie des Neusüdwales-Korps stand in ihren scharlachroten Jacken am Kai, eine Musikkapelle spielte, und als sich Captain Hunter in einem Boot dem Ufer näherte, standen die Soldaten stramm, und die Kapelle fing zu spielen an.

Hochrufe erschollen, als der Gouverneur an Land ging. Captain Paterson ging mit einer Gruppe Offiziere auf ihn zu und hieß ihn willkommen.

»Ist er das, ist das der Gouverneur, Onkel Tim?« fragte Justin leicht enttäuscht mit seiner hohen, durchdringenden Stimme. Als Dawson nickte, fügte er eifrig hinzu: »Das sind schöne Schiffe, oder? Und siehst du die Kanonen... Schau da, an Deck! Warum brauchen sie Kanonen, Onkel Tim?«

»Warum? Weil wir uns im Krieg mit Frankreich befinden«, antwortete Tim zerstreut. Er hob den Jungen aus dem Sattel. »Geh nur und schau dir alles aus der Nähe an – ich habe ein paar Erledigungen zu machen und bin in etwa einer Stunde zurück. Stell aber nichts an und bleib hier am Landungssteg, versprichst du mir das?«

»Selbstverständlich, Sir«, versprach Justin ernsthaft.

»Also, bis in einer Stunde – denk daran.« Tim führte sein Pferd vorsichtig durch die dichter werdende Menschenmenge. Er hatte Henrietta Spence in Begleitung ihres Vaters und eines Offiziers in Uniform entdeckt. Der Offizier sah jünger und kleiner als Lieutenant Brace aus, aber er wollte sehen, wer es war, bevor er sich um Justin und seine Übernachtung kümmerte.

Es war merkwürdig, dachte er, daß er, obwohl er sich im klaren darüber war, daß er erst dann heiraten wollte, wenn er seiner Frau ein sorgenfreies Leben bieten könnte, er doch jedesmal eifersüchtig war, wenn er Henrietta in Begleitung von Charles Brace sah.

Justin blickte ihm nach, als er sich entfernte, und fühlte sich ungewohnt verwirrt und frei zugleich. Normalerweise mußte er in Sydney immer bei den Erwachsenen bleiben, an der Hand oder wenigstens in Sichtweite, aber jetzt hatte ihm Onkel Tim ganz unvermutet eine Stunde frei gegeben. Eine ganze Stunde, in der er tun konnte, was er wollte... Justin schaute sich um und wußte nicht, was er sich zuerst näher anschauen sollte.

Plötzlich wurde er bei seinem Namen gerufen. Die Stimme mit dem leichten irischen Akzent kam ihm bekannt vor, aber wer war diese Frau? Der kleine Junge schaute ihr höflich, aber ziemlich verwirrt in das Gesicht. Sie war dünn, so dünn, wie er sich halb verhungerte Menschen vorstellte, und sie trug das Haar weder lang noch zu Zöpfen geflochten wie seine Mutter, sondern sehr kurz geschnitten. Vielleicht war es sogar geschoren worden und wuchs jetzt gerade wieder nach.

Justin trat einen Schritt zurück und starrte die armselige Frau mit weit geöffneten Augen an. Dann fiel ihm endlich ein, wer sie war, und er warf sich in ihre Arme.

»Franny... oh, Franny, *du* bist es!«

»Ja, Justin«, sagte sie und hielt ihn in ihren Armen, preßte ihre Wange gegen seine, so daß er die Tränen spürte, die ihr aus den Augen rannen. »Du hast mich nicht gleich erkannt, oder?«

»Nicht gleich«, gab er beschämt zu. »Weil – wegen deinen Haaren. Aber ich bin froh, dich wiederzusehen, wirklich! Ich hab dich so sehr vermißt, und Mama auch. Ich –« Er unterbrach sich und biß sich auf die Unterlippe, als ihm ein unangenehmer Gedanke kam. »Aber du kommst doch zurück, oder?«

Francis dachte bitter, wenn sie zurückkäme, würde sie weiter gedemütigt und brutal gestraft... Ihre Hand zitterte, als sie sich damit über ihren geschorenen Kopf strich. War sie nicht auf dem Weg zu Jennys Haus gefangengenommen worden und hatte dann die zwölf Peitschenhiebe bekommen, die das Gericht auf Bewährung ausgesetzt hatte? Sie war zwar nicht gezwungen worden, weiter für Lieutenant Brace zu arbeiten, und er hatte auch nicht auf ihrer Rückkehr bestanden – die sechs Monate, die sie in seinem Haushalt ertragen hatte, hatten ihn anscheinend davon überzeugt, daß selbst die Anwendung roher Gewalt diese freiheitsliebende Frau nicht brechen konnte.

»Ist deine Mama auch hier, Justin?« fragte sie und versuchte, das Zittern in ihrer Stimme zu unterdrücken. Der kleine Junge schüttelte den Kopf. »Aber bestimmt bist du doch nicht alleine hier, oder?«

»Ach nein«, versicherte er ihr. »Ich bin mit Onkel Tim hier- Onkel Tim Dawson«, fügte er hinzu, als Francis ihm durch ihren verständnislosen Blick zu verstehen gab, daß sie nicht wußte, um wen es sich handelte. »Das ist der da drüben mit dem großen Pferd! Er hat was zu besprechen.«

Als Francis in die Richtung schaute, in die Justin deutete, sah sie die Spences und den Fähnrich de Catteral. Charles Brace hatte sie in der Ehrenparade gesehen, er war mit seiner Kompanie zurück zur Kaserne marschiert und würde später bei Henrietta Spence und ihrem Vater zum Abendessen erscheinen, und Francis und Noah würden wie üblich das Essen auftragen – Charles Brace war seit einiger Zeit fast jeden Abend dort zu Gast.

Seit ihrer Entlassung aus dem Frauengefängnis arbeitete sie ganz offiziell für Henrietta Spence.

Aber Henrietta behandelte sie ganz anders als früher. Zwischen ihnen fanden keine vertraulichen Gespräche mehr statt. Francis half Henrietta zwar noch beim An- und Auskleiden, mußte aber jetzt oft in der Küche arbeiten, wo sie von der zänkischen Nachfolgerin von Mrs. O'Leary, einer häßlichen alten Sträflingsfrau, herumkommandiert wurde... sie schaute den kleinen Justin an und wünschte aus ganzem Herzen, daß sie seiner Einladung hätte folgen können. Hier in der Verbannung hatte sie sich nur in Jenny Taggarts Gesellschaft glücklich gefühlt, und die Zeit in deren Haus war allzu schnell vergangen. Sie –

Justin sagte aufgeregt: »Ach, schau mal da, Franny – die Frauen da! Die kämpfen, oder?«

Francis nahm ihn instinktiv bei der Hand. Am einen Ende des Landungsstegs hatte sich eine Gruppe von betrunkenen Frauen versammelt, um gerade gelandeten Seeleuten ihre Dienste anzutragen, aber jetzt stritten sie, beschimpften einander mit schriller Stimme und gingen handgreiflich aufeinander los. Die Matrosen hatten einen Kreis um sie gebildet und lachten gutmütig. Die beiden Wachposten, die auf dem Landungssteg für Ordnung sorgen sollten, schritten nicht ein. Sie lehnten sich auf ihre Flinten und lachten genauso wie alle anderen Männer.

Als Francis Justin gerade wegführen wollte, kamen zwei Offiziere heran, ein hochgewachsener gutaussehender Mann mit blondem Haar und ein junger Fähnrich. Sie schickten die Matrosen zurück zu den Booten, und der größere Offizier schrie die Wachposten an, ihre Pflicht zu tun. Die Männer gehorchten ihm und machten dem peinlichen Treiben schnell ein Ende. Sie brüllten die Frauen an und scheuchten sie auseinander.

»Da ist ein Hündchen!« rief Justin ganz entsetzt aus. »Ein armes kleines Hündchen, und es ist verletzt, Franny!«

Bevor Francis ihn zurückhalten konnte, hatte er sich von ihr losgerissen und rannte mitten in die Gruppe keifender Frauen hinein.

Er wurde bei seinem Versuch, das Hündchen zu retten, herumgestoßen und bekam ein paar schmerzhafte Schläge ab. Er wäre wie das unglückliche Tier zu Boden getrampelt worden, wenn sich nicht der hochgewachsene Offizier wieder eingeschaltet hätte. Ohne zu zögern, hob er sowohl den Jungen als auch den Hund hoch und brachte sie zu Francis.

»Nichts Ernsthaftes passiert, glaube ich«, begann er. »Auf jeden Fall Ihrem Jungen nicht. Bei dem kleinen Hund bin ich mir allerdings nicht so sicher.«

Er setzte Justin ab und ging ein paar Schritte beiseite, bevor er den kleinen Hund auf den Boden stellte. Die arme Kreatur zitterte entsetzlich, ein Blutschwall drang aus seiner Schnauze, er zuckte noch einmal zusammen und lag dann ganz still da. Der Offizier winkte einen in der Nähe stehenden Matrosen heran. Auf sein Geheiß hin hob der Mann den toten kleinen Hund auf und trug ihn fort. Justins Retter ging mit dem Fähnrich zu Francis zurück, die den kleinen Jungen tröstete:

»Jetzt hast du aber genug geweint, mein Kleiner«, sagte der hochgewachsene Offizier. »Das Hündchen hat ausgelitten, und das ist auch besser so – du willst doch nicht, daß es noch länger leiden müßte, oder?«

»Nein, Sir«, sagte Justin. Er schluchzte noch einmal auf. »Aber ich –«

»Du wolltest ihm helfen und warst sehr mutig. Deine Mutter kann stolz auf dich sein.« Er kniete sich neben den kleinen Jungen und säuberte seine Jacke vom Staub. »Wie heißt du denn?«

»Ich heiße Justin, Sir.«

»Und du hast dir nicht weh getan, oder?« fragte der Fremde.

»Nein, überhaupt nicht!« sagte Justin.

Francis war von dem gutaussehenden und hilfsbereiten Offizier sehr angetan. »Ich heiße Francis O'Riordan, Sir«, machte sie sich bekannt. »Darf ich erfahren, wem ich – wem wir unseren Dank für die Hilfe aussprechen dürfen? Sie sind von der *Reliance,* oder?«

»Jawohl, das stimmt. Das hier ist Fähnrich Matthew Flinders, und ich bin der Kapitänsmaat Johnny Broome.« Der Offizier zog seinen Hut, verbeugte sich galant und fügte hinzu: »Wir sind stolz darauf, Ihre Bekanntschaft gemacht zu haben, Mistress O'Riordan.«

Justin zupfte an ihrem Ärmel und flüsterte ihr immer wieder zu, daß er jetzt hinüber zu seinem Onkel gehen müsse. Francis bedauerte es, mußte sich aber von den freundlichen Offizieren verabschieden.

Als sie mit dem Jungen verschwunden war, lachte Matt Flinders gutmütig auf.

»Na, du bist ja ein Frauenheld!« rief er fröhlich aus. »Kein Wunder, daß du nach Sydney zurückkehren wolltest!«

»Was willst du denn damit sagen?« fragte Johnny sehr überrascht.

»Nun, dieser Junge – das konnte ich beim besten Willen nicht übersehen. Der sieht dir ja schreiend ähnlich, Johnny, ich meine es ganz ernst. Ja, der könnte wirklich dein Sohn sein!«

»Nun, das ist er aber nicht«, wehrte Johnny ab. »Ich habe seine Mutter noch nie im Leben gesehen, und du hast doch sicher gehört, daß sie mich nach meinem Namen gefragt hat. Also...«

Er mußte plötzlich an Jenny Taggart denken. Das war doch ein Ding der Unmöglichkeit, oder wenigstens höchst unwahrscheinlich... Er atmete erleichtert auf, als er sah, wie der kleine Junge von einem Mann aufs Pferd gehoben wurde. Das mußte sein Vater sein, und die beiden ritten jetzt zusammen nach Hause.

Flinders fragte noch einmal: »Bist du wirklich ganz sicher, daß du diese Francis O'Riordan noch nie vorher gesehen hast, Johnny?«

»Ganz sicher«, meinte Johnny bestimmt. Er lächelte und fuhr fort: »Aber das heißt noch lange nicht, daß ich sie nicht wiedersehen möchte, oder? Oder ein paar von meinen früheren Freunden, wenn sie noch am Leben sind...«

Aber schon am nächsten Tag mußte er von diesen Plänen lassen. Der Kapitän der *Supply* lag mit hohem Fieber im Bett, und Johnny wurde beauftragt, das Kommando des Schiffes auf der Fahrt nach Norfolk zu übernehmen.

Er war zwar traurig, daß er seine Suche nach Jenny Taggart aufschieben mußte, aber er ließ sich nichts anmerken. Er packte seinen Seesack und wurde zur *Supply* gerudert.

2

Am 11. September 1795 leistete Captain John Hunter den Amtseid als Gouverneur von Neusüdwales. Die meisten Einwohner von Sydney – Sträflinge wie Freie – hatten sich versammelt, um der Zeremonie beizuwohnen.

In einer kurzen, aber beeindruckenden Rede gewährte er anläßlich seines Amtsantritts allen Gefangenen Amnestie und betonte die Wichtigkeit einsatzfreudiger Arbeitsmoral.

Nach der feierlichen Zeremonie lud der neue Gouverneur den Richter Captain Collins zu einem Arbeitsessen unter vier Augen ins Regierungsgebäude ein. Die beiden Männer waren seit vielen Jahren eng miteinander befreundet.

John Hunter wußte, daß er von Collins einen detaillierten und zutreffenden Bericht über die Zustände in der Kolonie erhalten würde. Collins klärte ihn über alles auf. Der Gouverneur hörte ihm schweigend zu und stellte hin und wieder eine Zwischenfrage. Collins berichtete seinem Freund mit Verbitterung von den kommerziellen Aktivitäten der Neusüdwales-Korpsoffiziere, von den Schiffen, die sie charterten, ungerechtfertigt großen Ländereien, die sie sich aneigneten, und von den Sträflingsarbeitern, die ihnen als unentgeltliche Arbeitskräfte zur Verfügung standen.

Nach einer Pause sagte John Hunter: »Ich bin Ihnen für diese Aufklärung sehr dankbar. Ich denke, ich werde mir als erstes alle Siedlungen genauer anschauen und eine Liste aufstellen, welche Maßnahmen ich für vordringlich halte.«

Collins fragte ihn interessiert: »Sie haben ein paar junge Forscher mitgebracht, Sir?«

Hunters Gesichtsausdruck entspannte sich. »Es sind drei... obwohl ich einen gerade mit der *Supply* nach Norfolk schicken mußte. Er ist ein alter Bekannter sowohl von Ihnen als auch von mir... ich halte es für das beste, daß seine frühere – äh – Verbindung mit dieser Kolonie nicht allgemein bekannt wird. Er trägt jetzt seinen ursprünglichen Namen, Broome, und ist inzwischen zum Kapitänsmaat aufgestiegen – zu Recht, da er in der Königlichen Marine gedient hat und seine Strafe abgebüßt hat. Aber« – er lächelte – »ich bin doch sicher, daß Sie sich an John Butcher erinnern. Er war einer der Männer, die in Gouverneur Phillips Kutter geflohen sind.«

Collins starrte ihn überrascht an. »Großer Gott, Sir! Ich erinnere mich sehr gut an Butcher – er versuchte immer wieder zu fliehen und er –, ja natürlich, er hat den Kutter von hier bis Timor gesteuert! Nun, das ist vielleicht eine Überraschung! Jetzt kommt er hierher zurück... und auch noch als Kapitänsmaat. Er –« Ein Diener kam mit Kaffee und Brandy herein, und er brach ab.

Er schenkte Brandy ein und reichte dem Gouverneur ein Glas. »Es ist wohl unnötig zu sagen, daß es sowohl in Sydney als auch Parramatta einen so ausgezeichneten Brandy nicht zu kaufen gibt, weder für die Freien Siedler noch für die Sträflinge oder die Soldaten. Sie müssen sich mit schlechtem Rum zufriedengeben.« Er nannte ein paar Einkaufs- und Verkaufspreise und sah, wie der Gouverneur die Lippen zusammenpreßte.

»Kein Wunder, daß die Offiziere ein Vermögen daran verdienen!«

»Das ist, weiß Gott, kein Wunder. Sir. Haben Sie … ich zögere, Sie zu fragen, aber hat Ihnen die Regierung das Recht eingeräumt, diesen Praktiken ein Ende zu bereiten?«

»Aber selbstverständlich, David.« Hunter trank einen Schluck Brandy. »Ich bin beauftragt, den zivilen Magistrat wieder einzuführen und die zwielichtigen Geschäftspraktiken der Neusüdwales-Korpsoffiziere zu unterbinden. Unsere heimatliche Regierung ist sehr wohl davon informiert.«

Der Diener betrat wieder das Zimmer und fragte nach ihren Wünschen. Nachdem er die Tür hinter sich geschlossen hatte, sagte Collins: »Da gibt es noch eine Sache, die Sie ganz bestimmt interessieren wird, Sir.«

»Gute Neuigkeiten?«

»Ich denke doch. Erinnern Sie sich noch daran, Sir, daß Gouverneur Phillip bei unserer Ankunft hier Vieh aus Kapstadt an Bord hatte, als Grundstock für eine regierungseigene Herde?«

Hunter nickte. »Ich erinnere mich sehr gut daran. Es waren etwa ein halbes Dutzend Tiere, oder? Und ein Sträfling paßte so gut auf die Tiere auf, daß sie alle ausbrachen und flohen!«

»Ganz genauso war es«, bestätigte Collins. Er lächelte. »Wir haben guten Grund anzunehmen, daß sie gefunden worden sind, etwa vierzig Meilen südwestlich von Prospect Hill. Zwei Jäger haben vor kurzem berichtet, daß sie dort eine große Herde entdeckt haben – wenigstens sechzig Tiere. Und da die Eingeborenen unseres Wissens nach kein Vieh besitzen, müssen das die Nachkommen von Gouverneur Phillips Tieren sein. Wenn Sie die Sache für wichtig genug halten, würde ich mich glücklich schätzen, eine Expedition zu leiten, um die Tiere einzufangen und zurückzubringen.«

»Und ich würde Sie sehr gern dabei begleiten«, erwiderte der Gouverneur, »sobald ich die vordringlichsten Angelegenheiten hier erledigt habe.« Es wäre ein guter Auftakt für seine Amtszeit, wenn diese Geschichte sich als wahr herausstellen würde. Hunter erkundigte sich genau bei David Collins nach dem Gebiet, wo sich die Herde aufhalten sollte.

»Das Land dort soll sehr gut bewässert sein. Abgesehen vom Fluß, soll es ein paar große Inlandseen dort geben, in denen Enten und schwarze Schwäne leben, das ganze Gebiet scheint sich ausgezeichnet für die Landwirtschaft zu eignen.«

Captain Hunter nickte zustimmend. »Sehr gut! So bald wie möglich werden wir gemeinsam dieses Gebiet erforschen. Ich habe nämlich keinerlei Absichten« – er lächelte den alten Freund zufrieden an – »meine Zeit ausschließlich am Schreibtisch zu verbringen! Ich habe gehört, daß noch niemand einen Weg über die Blauen Berge gefunden hat.«

Collins schüttelte den Kopf. »Ja, Sir, das stimmt…« Er berichtete Einzelheiten über mißglückte Expeditionen.

»Wir müssen es aber weiter versuchen, David«, beschwor der Gouverneur. »Zu Land und zur See – es gibt noch so viel, was es in diesem herrlichen Land zu entdecken gilt.« Sein Gesichtsausdruck verfinsterte sich, und er fuhr fort: »Die geldgierigen Neusüdwales-Korpsoffiziere sollen nicht alle unsere Hoffnungen zerstören. Wenn ich ehrlich bin, sehe ich sie schon in der Hölle braten, eingeschlossen diesem – wie heißt er noch mal? – Macarthur. Und ich werde im bevorstehenden Gespräch mit Major Paterson kein Blatt vor den Mund nehmen. In der Zwischenzeit soll uns Hacking über den Standort der Herde berichten, falls ich hier in den nächsten Tagen noch nicht abkömmlich bin. Er ist ein guter Mann, dieser Hacking, und neigt nicht zu Übertreibungen. Kümmern Sie sich darum?«

»Aber selbstverständlich, Sir. Und die Wiedereinführung des zivilen Magistrats –«

Hunter stand auf und bat: »Stellen Sie bitte eine Liste von geeigneten Personen für mich auf, und ich werde die notwendigen Papiere so bald wie möglich unterzeichnen. Während meiner Rundreise durch die Siedlungen will ich niemanden darüber im unklaren lassen, wer ab sofort das Sagen hier hat. Nun – dagegen haben Sie ja wohl nichts einzuwenden, oder?«

»Ich … natürlich nicht, Sir. Aber … ich bitte Sie nur, unterschätzen Sie John Macarthur nicht!«

In Parramatta hatte sich auf der Straße vor der kürzlich erbauten Kirche eine Menschenmenge versammelt. Es war Sonntagvormittag, und Pfarrer Richard Johnson hielt in der Kirche eine Messe ab.

Es waren nicht viele Kirchgänger anwesend. Über die Hälfte der Menschen hatte es vorgezogen, draußen zu bleiben – und grobes Gelächter und Streitereien drangen in das Gotteshaus. Seit Colonel Grose die Dauer des Gottesdienstes auf eine Dreiviertelstunde beschränkt und den Besuch für freiwillig erklärt hatte, nahmen sehr viel weniger Menschen daran teil, was der Pfarrer außerordentlich bedauerte.

Zu den regelmäßigen Kirchgängern zählten Captain Macarthur und seine Frau, und heute war auch der Kommandant des Neusüdwales-Korps mit seiner Familie anwesend. Aber die angetrunkenen Sträflinge und die keifenden Sträflingsfrauen waren nicht daran gehindert worden, sich auf dem Kirchplatz zu versammeln, und als er das Gotteshaus betreten hatte, waren ihm von allen Seiten Obszönitäten und Beschimpfungen zugerufen worden.

Und beim Verlassen der Kirche müßte er wieder Spießrutenlaufen, es sei denn, er richtete es so ein, daß er mit den Patersons und den Macarthurs hinausging. Der Pöbel nahm sich zusammen, wenn Offiziere in Sicht waren, und wenn Johnson sich über das Betragen der Leute beschwerte – was er häufig tat –, bestand Macarthur immer darauf, daß er selbst nichts gesehen hätte, was sein Einschreiten notwendig machen würde. Bis vor ein paar Wochen hatte er mit eiserner Hand darauf geachtet, daß die Gesetze in Parramatta befolgt wurden, aber der neue Gouverneur hatte Mr. Atkins an seiner Stelle eingesetzt, und seitdem hatte sich vieles zum Bösen gewendet, und daran konnte man einmal mehr sehen, daß nur strenge militärische Zucht imstande war, die Ordnung hier aufrechtzuerhalten.

Richard Johnson seufzte tief. Nachdem die Gläubigen ein Gebet beendet hatten und sich schweigend setzten, konnte das vom Kirchplatz hereinschallende Gegröle beim besten Willen nicht überhört werden.

Nachdem Richard Johnson den Segen erteilt hatte, verließen die Gläubigen so schnell die Kirche, daß er sich verletzt fühlte.

Draußen wartete die kürzlich importierte Kutsche auf Macarthur, und die Menschenmenge schaute schweigend zu, wie Captain Macarthur den Frauen und Kindern beim Einsteigen half. Major Paterson ritt zu Pferd hinter der Kutsche her – zurück auf die Elizabeths-Farm.

Er sagte: »Wir sehen uns ja, John, wenn Sie mit Doktor Wentworth im Krankenhaus gesprochen haben!«

»Selbstverständlich, mein Freund«, antwortete John Macarthur und lächelte ihn an. Das Lächeln verging ihm aber, als die Kutsche und der Reiter verschwunden waren und die Menge wieder lauthals zu grölen anfing. »Vertreiben Sie die

Leute, bevor Sie in die Kaserne zurückkehren«, bat er Fähnrich de Catteral.

»Sir«, meinte de Catteral, »Ihr Befehl wird sofort ausgeführt!« Macarthur ging zu Fuß zum Krankenhaus. Auf dem Weg ging ihm die Möglichkeit durch den Kopf, daß Gouverneur Hunter – der ein sehr freundschaftliches Verhältnis mit dem ersten Gouverneur Phillip unterhalten hatte – den Versuch unternehmen könnte, die profitablen Handelspraktiken des Syndikats zu unterbinden. Er mußte sich so gut wie möglich darauf vorbereiten. Wie er das bewerkstelligen sollte, das war ihm allerdings noch nicht so recht klar. Das war auch der Grund, warum er heute William Paterson eingeladen hatte. Nach einem guten Essen wollte er mit Paterson erörtern, wie sich das Syndikat vor möglichen Einschränkungen schützen könnte.

Aber Paterson hatte wie der Pfarrer Johnson ein stark ausgeprägtes Gefühl für Recht und Unrecht, und er war darüber hinaus ein enger Freund von King, der auch auf Phillips Seite gestanden hatte. Es war zu schade, daß Francis Grose nach England zurückgekehrt war. Mit ihm waren die Verhandlungen viel leichter gewesen als mit Paterson.

Vor dem Krankenhauseingang blieb Macarthur stehen. Er zog die Stirn in tiefe Falten. Paterson hatte nicht einmal protestiert, als der neue Gouverneur den zivilen Magistrat eingeführt hatte!

»Guten Morgen, Captain Macarthur.« Doktor Wentworth erschien in einem blutbefleckten Kittel, den er gerade auszog. »Kann ich Ihnen irgendwie behilflich sein?« Er zögerte, als er Macarthurs sorgenvolles Gesicht sah. »Möchten Sie vielleicht ein Glas Wein? Ich gehe sowieso gerade in mein Zimmer, um ein Glas zu trinken, wenn Sie mich begleiten wollen, würde ich mich sehr geehrt fühlen. In diese Richtung bitte –«

»Ich weiß doch, wo Ihr Zimmer liegt, Doktor«, sagte John Macarthur kurz. »Wenn Sie, wie ich annehme, Doktor Arndells Zimmer übernommen haben, dann weiß ich ganz genau, wo es liegt.«

Seit seiner Rückkehr von der Insel Norfolk hatte der junge Wentworth mit allen Mitteln versucht, sich bei den Korps-Offizieren einzuschmeicheln. Obwohl der Arzt, den Gouverneur Hunter aus England mitgebracht hatte – Doktor Leads –, eines Tages das Krankenhaus von Parramatta leiten würde, war es bis jetzt noch nicht soweit, da Leads' gesundheitlicher Zustand das nicht zuließ. Es war natürlich möglich, daß der Gouverneur Wentworth wieder auf die Insel Norfolk zurückschicken würde, aber zur Zeit hatte der junge Assistensarzt eine Position inne, die für Macarthur höchst nützlich sein konnte.

John Macarthur ließ sich Zeit, bevor er mit seinem Anliegen herausrückte. Er berichtete dem jungen Arzt gespielt desinteressiert von verschiedenen Schwierigkeiten, die in der hiesigen Landwirtschaft auftraten. Wentworth war einer der erfolgreichsten Viehzüchter auf der Insel Norfolk gewesen, das wußte er. Er hatte seine Farm zu einem guten Preis von Siedlern gekauft, die nach England zurückgekehrt waren, und hatte sie beim Verlassen der Insel mit großem Profit wieder verkauft. Er würde sich ganz bestimmt auch hier um Land bemühen, sobald abzusehen war, daß er hier bleiben würde, und er würde Tiere kaufen wollen ... und an diesem Punkt wollte Macarthur ansetzen.

Er brachte behutsam das Gespräch auf die Merinoschafherde, die er aus Kapstadt einführen wollte, und kam dann auf sein Lieblingsthema zu sprechen, nämlich die Notwendigkeit, die Herde auf keinen Fall mit anderen Schafen zu kreuzen. Schließlich sagte er lächelnd: »Ich werde hoffentlich in nicht allzulanger Zeit in der Lage sein, Ihnen ein paar von diesen Schafen anbieten zu können, falls Sie daran interessiert sind.«

Als er sah, wie die Augen des jungen Arztes aufleuchteten, wußte er, daß er den Fisch an der Angel hatte. Er wechselte unauffällig das Thema und fragte Wentworth, ob er gehört habe, daß der neue Gouverneur damit unzufrieden sei, daß Sträflinge auf Farmen von Korps-Offizieren arbeiteten.

»Ja, ich habe in dieser Richtung tatsächlich etwas gehört, Sir«, gab der Arzt zu. »Und vor allen Dingen, daß der Gouverneur sich Sorgen macht, daß kaum noch Arbeitskräfte für die notwendigen öffentlichen Arbeiten zur Verfügung stehen.«

Macarthur räusperte sich und sagte: »Ich beschäftige zwischen dreißig und vierzig Arbeiter – vierzig zur Erntezeit –, und ich brauche jeden einzelnen, glauben Sie mir das. Sie stellen für die Regierung keinerlei Belastung dar, da sie bei mir Kost und Logis bekommen.«

D'Arcy Wentworth schaute ihn erstaunt an.

»Ich hatte keine Ahnung, daß Ihre Farm eine solche Größenordnung hat. Dagegen scheinen meine Anstrengungen auf der Insel Norfolk ja ein reines Kinderspiel gewesen zu sein, Sir. Ich –« Als er Macarthurs prüfenden Blick auf sich ruhen fühlte, brach Wentworth ab und errötete. Es wurde ihm plötzlich bewußt, daß mehr von ihm erwartet wurde als zuzuhören und überrascht zu sein. »Ich sehe aber noch nicht ganz, wie ich Ihnen behilflich sein kann, Captain Macarthur. Aber, wenn das möglich ist, möchte ich Ihnen versichern, daß Sie selbstverständlich mit mir rechnen können.«

John Macarthur beantwortete diese Frage nicht direkt. Statt dessen stellte er selbst eine: »Sie haben doch im Krankenhaus eine Anzahl rekonvaleszenter Sträflinge, oder?«

»Ja, natürlich. Eine ganze Reihe sogar. Aber –«

»Wie viele sind es genau?« fragte Macarthur.

Der Arzt zog die Stirn kraus. »Zwischen fünfzig und sechzig, nehme ich an.« Nach einer Pause gab Wentworth seinen Versuch auf, Macarthur absichtlich mißzuverstehen und fügte hinzu: »Sie bleiben so lange im Krankenhaus, wie der Arzt es aus medizinischen Gründen für notwendig hält.

Manche verrichten leichte Arbeiten im Krankenhauskomplex, und andere gehen auch außerhalb arbeiten.«

»Und dafür werden sie bezahlt?«

D'Arcy Wentworth lächelte. »Üblicherweise bekommen sie etwas Alkohol für ihre Arbeit, Sir, das ist ihnen das liebste. Unser Krankenhaus verfügt nur über ein bescheidenes Alkoholkontingent, und deshalb bekommen nur die Schwerkranken etwas davon.«

»Wie ich die Situation einschätze, scheint es mir, als ob wir uns arrangieren könnten, finden Sie nicht auch?« sagte Macarthur. Er nahm jetzt kein Blatt mehr vor den Mund, und als er merkte, daß Wentworth noch etwas zögerte, gestand er mit entwaffnender Offenheit: »Sie wären im übrigen nicht der erste, der in dieser Angelegenheit mit mir zusammenarbeitet, mein junger Freund.«

»Wollen Sie damit sagen, daß Doktor Arndell das auch gemacht hat?« fragte der Arzt beinahe erleichtert. »Ich habe nie davon gehört – das heißt, auf der Insel Norfolk hatten wir keinerlei Arbeitermangel, deshalb –«

John Macarthur stand auf und unterbrach ihn. Er umging geschickt eine klare Antwort auf die Frage des Arztes und hütete sich auch auszusprechen, wie oft und verbittert er sich mit Arndell gestritten hatte.

Dann streckte er seine Hand aus. Er lud den Arzt und seine Frau herzlich zu sich auf die Farm ein, und Macarthur war mit dem Ausgang des Gesprächs sehr zufrieden.

Als er gerade sein Pferd bestiegen hatte und davonreiten wollte, kam Fähnrich de Catteral auf ihn zugeeilt.

»Das hier wurde gerade für Sie in der Kaserne abgegeben, Sir«, sagte der junge Offizier mit unbeherrschter Wut. Er reichte Macarthur einen Zettel hoch. »Von einem *Gendarm*, Sir! Er brachte einen Corporal der Wachmannschaft – er heißt Britton – mit und bezichtigte ihn des Diebstahls. Im Brief stehen die genaueren Einzelheiten, deshalb dachte ich, daß es das beste sei, wenn Sie ihn gleich bekommen.«

Der Brief stammte von Richard Atkins, dem neu eingesetzten Aufseher über die öffentlichen Arbeiten in Parramatta. Er erhob vernichtende Anschuldigungen gegen den Corporal. Laut Atkins war der Mann auf frischer Tat beim Stehlen von Gemüse im Garten des Gouverneurs in Rose Hill ertappt worden.

Weiß vor Zorn ballte John Macarthur das dünne Stück Papier zusammen und warf es zu Boden. Dieser verdammte Atkins hatte ihm gerade noch gefehlt ... er schwang sich zum Moralrichter auf und machte sogar vor Angehörigen des Militärs nicht halt!

3

Timothy Dawson hatte ungewöhnlich schlechte Laune, als er vor Jenny Taggarts kleinem Haus sein Pferd zügelte. Es war Ende Juni, das Wetter war angenehm kühl, aber seine Wut war während des sechzehn Meilen weiten Rittes von Sydney hierher immer hitziger geworden.

Watt Sparrow saß im Haus beim Mittagessen und betrachtete durch das Fenster sehr erstaunt Timothys wutverzerrtes Gesicht. Bevor er hinausging, um ihm das Pferd abzunehmen, riet der alte Mann Jenny mit leiser Stimme: »Tim Dawson ist heute mit Vorsicht zu genießen, mein Mädchen ... gieß ihm am besten gleich ein Glas Rum ein und sei still, bis du weißt, was er hat.«

Jenny hielt sich an diesen guten Rat. Sie wußte, daß Watt Timothy Dawson gut leiden konnte und ihn fast nie kritisierte. Es war ganz im Gegenteil sie, die hin und wieder seine Unzufriedenheit zu spüren bekam, daß sie »ihre Karten nicht richtig ausgespielt hatte«, wie Watt sich ausdrückte. Seiner Meinung nach war es ihre Schuld, daß sie immer noch nicht verheiratet und Timothys Frau war. Sie seufzte und stand auf, und als Timothy den Raum betrat, stand schon ein kleiner Tonkrug voll Rum auf dem Tisch.

»Möchtest du was trinken?« fragte sie leise, nachdem er sie nur sehr kurz begrüßt hatte. »Du siehst ganz so aus, als ob du einen Schluck brauchen könntest.«

»Das stimmt bei Gott!« Er goß sich Rum ein und leerte das Glas, als ob es Wasser wäre. »Ja, bei Gott, ich kann es brauchen, Jenny! Wenn ich diese elende Kolonie nur mit dem nächsten Schiff verlassen könnte, glaub mir, ich würde es tun. Unglücklicherweise kann ich mir das aber nicht leisten.«

Alles, was er sagte, klang genauso wütend, wie er aussah, und Jenny setzte sich hin und wartete schweigend darauf, daß er sich ihr eröffnen würde.

Schließlich brach es aus ihm heraus: »Der neue Gouverneur ist schon seit letztem September hier – über neun Monate also! Er versprach, den zivilen Magistrat wieder einzurichten und die zwielichtigen Handelsgeschäfte dieser Schurken von Korps-Offizieren einzudämmen, und er versprach auch, den Siedlern etwas mehr Gerechtigkeit zukommen zu lassen. Und was, so frag ich dich, hat er denn erreicht? Überhaupt nichts!«

Unklugerweise verteidigte Jenny den Gouverneur, indem sie Timothy daran erinnerte, daß die Prozesse doch schon seit Monaten von zivilen Richtern durchgeführt wurden. »Und«, fügte sie hinzu, »der Gouverneur hat alle Siedlungen persönlich in Augenschein genommen. Er –«

»Ja, wenn er nicht gerade hinter einer verwilderten Rinderherde her ist oder sich wochenlang auf sogenannten ›Entdeckungsreisen‹ aufhält«, gab Timothy genauso wütend zurück. Er starrte in das Glas, das er sich zum dritten Mal nachgeschenkt hatte. »Na ja, er ist eben ein Marineoffizier, und vielleicht liegt ihm das mehr im Blut. Vielleicht erweisen sich ein paar seiner Entdeckungen ja auch irgendwann einmal als wertvoll für unsere Kolonie, aber ... aber was nützt uns das jetzt, wo weiterhin aller Profit in den Taschen der Korps-Offiziere verschwindet? Und wo der Gouverneur trotz all seiner Versprechungen Männern wie Macarthur aktiv unter die Arme greift!«

»Ich weiß es auch nicht«, gab Jenny kleinlaut zu. Sie fühlte, daß er den wahren Grund seiner Wut noch nicht offenbart hatte, stopfte schweigend eine Pfeife und legte sie vor ihn auf den Tisch.

»Du willst mich wohl besänftigen, was Jenny?« fragte er ohne zu lächeln. »Nun, das wird dir schwerlich gelingen. Ich habe gute Gründe für meinen Ärger und die anderen Siedler ganz genauso, die sich wie ich halbtot geschuftet haben, ohne irgendein Resultat zu sehen!«

Timothy stieß wütend die Luft aus und fragte: In diesem Monat sind drei Schiffe angekommen, Jenny – die *Brittania* und die *Ganges* mit Sträflingen aus Irland und die *Reliance* aus Kapstadt. Die *Supply* ist Wochen früher, im Mai, hier vor Anker gegangen und brachte Rinder aus Kapstadt... aber wer hat letzten Endes davon profitiert, sag mir das einmal!«

Jenny schaute ihn erstaunt an. »Aber wenn der Gouverneur dahintersteht, dann wird es doch der Allgemeinheit zugute kommen... die Tiere sind doch sicher längst in den Regierungsfarmen, oder? Ich –«

»Ach, das denkst du wohl!« unterbrach Timothy sie und schlug mit der Pfeife hart auf den Tisch. »Einzig Captain Macarthur hat davon profitiert! Er hat jetzt sechzig erstklassige Merinoschafe! In den Büchern steht allerdings natürlich, daß er nur zwanzig bekommen hat, aber der Rest ist unter den Namen von befreundeten Korps-Offizieren aufgelistet, Foveaux, Brace, Cummings. Das hab ich herausgefunden, als ich mich selbst um ein paar Schafe bemüht habe.«

»Und du hast keine erhalten?« fragte Jenny ungläubig. Er schüttelte den Kopf. »Und die Regierung... sicher sind doch die meisten Tiere längst in Regierungsfarmen untergebracht, oder?«

»Die Rinder, ja – sechsundzwanzig Kühe und drei Bullen. Die Schafe, die auf der *Supply* hier ankamen, waren allerdings in so schlechtem Zustand, daß sie notgeschlachtet werden mußten. Das geht so unter der Hand vor sich, und niemand kriegt es richtig mit. Und Captain Ravens *Brittania* wird weiterhin von den Korpsoffizieren gechartert und fährt zwischen Bengal und hier hin und her. Wunderst du dich jetzt noch, daß ich wütend bin, Jenny?«

»Nein. Nein, überhaupt nicht«, sagte Jenny kleinlaut. Aber sie fühlte, daß das nicht alles sein konnte. Nach einer Pause fuhr Timothy fort: »Und da ist noch etwas. Gestern abend hab ich Mister Jasper Spence auf dem Kai getroffen, und er sagte mir, daß seine Tochter Lieutenant Brace heiraten wird.«

Das war es also, dachte Jenny traurig, als sie vergeblich nach Worten des Trostes suchte, das war der wahre Grund für Timothys schlechte Stimmung, und es war typisch für ihn, daß er es nicht gleich zugegeben hatte.

»Das tut mir sehr leid, Tim«, sagte sie schließlich aufrichtig. »Leid für dich. Ich weiß, welche Gefühle du für Henrietta gehegt hast, daß du hofftest –«

Er unterbrach sie hart. »Ich habe meine Hoffnungen begraben. Unglücklicherweise habe ich mir aber Geld von Mister Spence geliehen, und wie die Dinge jetzt stehen, muß es ich es ihm so schnell wie möglich zurückzahlen.«

»Besteht er denn darauf?«

»Nein, er ist ein guter Freund von mir – er würde niemals darauf bestehen«, antwortete Timothy. »Aber ich will meine Schulden schnellstens zurückzahlen. Ich will ein paar meiner Pferde verkaufen, um das nötige Geld zur Verfügung zu haben. Jenny« – er beugte sich über den geschrubbten hölzernen Tisch und ergriff ihre Hand –, »bitte reite mit mir zum Fluß und hilf mir bei der Entscheidung, auf welche Tiere ich am besten verzichten kann ... zum Teufel noch mal, ich sehe mich nämlich außerstande, mich zu entscheiden! Kommst du mit?«

»Ja, natürlich. Aber –« Jenny stand auf und deutete auf die Überreste vom Mittagessen. »Du ißt doch etwas, bevor wir losreiten, oder? Es ist auch frisches Brot und Käse da, wenn du das lieber hast, und –«

»Ich habe keinen Hunger«, versicherte er ihr. »Ich sattle dir ein Pferd, während du dich von Justin verabschiedest. Der junge Jackie Scrope kocht jetzt bei mir auf der Farm – er kann uns etwas zubereiten, bevor wir wieder zurückreiten.«

Während des Rittes war er sehr schweigsam, offensichtlich plagten ihn unerfreuliche Gedanken. Auch Jenny schwieg. Es hatte seit langer Zeit nicht mehr geregnet, und der Staub, den die Pferde aufwirbelten, machte das Atmen schwer.

Als sie in die Nähe von Timothys Farm kamen, roch es nach Rauch. Jenny bemerkte es zuerst, als die Gebäude noch hinter Bäumen versteckt waren. Sie teilte Timothy ihre Befürchtung mit, und beide galoppierten los. Er zügelte sein Pferd erst, als sie die Biegung des Flusses erreichten, und deutete fluchend auf ein halbes Dutzend Kanus, die von Eingeborenen in großer Eile zum gegenüberliegenden Ufer hinübergepaddelt wurden. Alle waren mit Speeren bewaffnet.

»Diese Schweine! Sie haben mir die Scheune angezündet! Zum Glück war sie leer – ich hab meinen Mais schon letzten Monat in Sydney verkauft. Und auch vier Männer hingeschickt und bin damit der neuen Anordnung des Gouverneurs nachgekommen.« Er fluchte wieder und lenkte sein Pferd in Richtung auf das brennende Gebäude.

»Wie viele Leute hast du denn hier gehabt?« fragte Jenny angespannt. Dann hielt sie den Atem an, als sie einen menschlichen Körper neben der Scheune liegen sah. »Wie viele Leute *sollten* hier sein, Timothy?«

»Drei Männer und der junge Jackie. Aber diese Wilden können doch nicht –« Timothy unterbrach sich und wurde schneeweiß im Gesicht, als er den liegenden Mann entdeckte. »O mein Gott! Es ist Jackie... Hoffentlich lebt er noch!«

Aber Jackie war tot. Ein Speer steckte in der Brust, und Timothys Flinte lag geladen, aber nicht abgefeuert neben ihm. Jenny ließ sich neben ihm auf die Knie sinken, wiegte ihn in ihren Armen und sprach ihn verzweifelt bei seinem Namen an, bis Timothy sie hochzog und leise sagte: »Laß ihn, Jenny – wir können nichts mehr für ihn tun.«

Sie bestiegen ihre Pferde und machten sich auf Timothys Drängen hin auf die Suche nach den anderen Männern. Zwei hatte das gleiche traurige Schicksal ereilt wie den jungen Jackie. Der dritte – David Leake, der Vorarbeiter – fehlte. Seine Frau, ein junges Sträflingsmädchen, die erst seit kurzem auf der Farm lebte, kroch aus der Hütte heraus, in der sie sich versteckt hatte, und kam schluchzend auf sie zu. Sie war hochschwanger und stand unter Schock, so daß sie von ihr nichts über den Hergang des Überfalls erfahren konnten.

Sie hatten offenbar gerade zu Mittag gegessen, als die Eingeborenen auf der Farm aufgetaucht waren, und obwohl Jackie Scrope ins Haus gelaufen war, um die Flinte zu holen, hatte er nichts mehr ausrichten können.

»Zuerst glaubte ich, daß sie uns gar nichts Böses tun wollten«, flüsterte die entsetzte junge Frau. Sie klammerte sich an Jenny und zitterte am ganzen Leib. »Sie wollten etwas zu essen haben – Mais – und Davie sagte ihnen, daß wir nichts mehr haben. Dann... dann müssen sie Jackie mit der Flinte gesehen haben, Mister Dawson. Er feuerte sie zwar nicht ab und drohte ihnen auch nicht damit, sondern stand einfach da. Aber sechs oder sieben der Eingeborenen rannten hinüber zu ihm, und bevor wir irgend etwas tun konnten, um ihm zu – zu helfen, hatte er schon den Speer in der Brust. Davie sagte mir, daß sie ihn getötet hätten, und er... befahl mir, mich zu verstecken. Da hab ich dann nichts mehr sehen können. Aber ich hörte … ich hörte die Schreie, die schrecklichen Schreie, und ich … ich konnte mich vor Angst nicht rühren. Und jetzt endlich hab ich Sie gehört, und –«

»Wo ist Davie?« fragte Timothy und beherrschte seine Stimme nur mit größter Mühe. »Um Gottes willen, Molly – weißt du es nicht?«

»Ich … ich weiß es wirklich nicht.« Die junge Frau weinte lautlos, bedeckte ihr Gesicht mit der Schürze und lag außer sich vor Schmerz in Jennys Armen. »Er ist wahrscheinlich tot! … wie Jackie, der arme kleine Junge! Was wird aus uns, Mister Dawson? Was wird, wenn sie zurückkommen – Gott sei uns gnädig, was wird, wenn sie zurückkommen? Sie töten uns doch alle!«

»Versuche sie zu beruhigen, Jenny.« Timothy nahm die Flinte und stieg wieder aufs Pferd. »Ich suche inzwischen nach Davie. Er –« In diesem Augenblick kam Davie keuchend auf sie zugelaufen. Als sich seine Frau in seine Arme warf und außer sich schluchzte, umarmte er sie zärtlich, bat sie, sich doch zu beruhigen und deutete mit dem Kopf in die Richtung, aus der er gekommen war.

»Diese Teufel haben den Busch in Brand gesteckt, Mister Dawson«, keuchte er, »bevor sie sich in ihren Kanus davongemacht hatten, diese Mordbande! Und der Wind hat sich gedreht – deshalb breitet sich das Feuer in unsere Richtung aus. Sei ruhig, meine Molly, um Gottes willen … ich muß doch Mister Dawson alles erzählen. Haben Sie schon gesehen, was die angerichtet haben, Sir? Haben Sie Jack und –«

»Ja, ich habe es gesehen«, sagte Timothy traurig.

Davie Leake sprach keuchend weiter: »Die jungen Pferde weiden am Waldrand … die werden vom Feuer abgeschnitten. Ich versuchte zu ihnen hinzukommen, aber … die warfen Speere nach mir, deshalb lief ich zurück, weil ich glaubte, es wäre am besten, wenn ich Hilfe holte. Dieser schwarze

Teufel, der Pimelwi genannt wird, war dabei. Er hat auch den Wald angezündet.«

Timothy starrte ihn einen Augenblick lang verzweifelt an. Dann riß er sich zusammen und ordnete an: »Du hast ganz recht – geh nach Toongabbe und hol Hilfe, Davie. Sattle eins der Arbeitspferde und laß die anderen raus. Schnell, Mann! Ich tu derweil hier, was ich kann. Und nimm deine Frau mit… laß sie nicht hier allein. Und du gehst auch besser mit ihnen, Jenny. Du –«

»Nein«, sagte Jenny entschieden. »Nur zwei Leute können es schaffen, die Pferde aus der umzäunten Weide herauszutreiben.«

Sie saß schon auf ihrer Stute und trieb sie an, und Timothy konnte sie nicht zurückhalten. Sie erinnerte sich daran, daß Timothys beste Tiere dort weideten. Er war stolz auf den neu errichteten Zaun, der nicht aus geflochtenen Weiden, sondern aus massiven Holzpfählen bestand. Dieser Zaun würde jetzt zu einer Todesfalle für die jungen Pferde werden, wenn das Gatter nicht geöffnet würde.

Die erschöpfte Stute stolperte, und Jenny wagte nicht, das Tier weiter zur Eile anzutreiben. Leichter Wind kam auf, und das Feuer breitete sich, wie David Leake gesagt hatte, in Richtung auf die Farmgebäude aus.

Timothy ritt vor ihr her und hustete in dem beißenden Rauch. Er winkte ihr, daß sie stehenbleiben solle, daß er alleine die Pferde retten wolle, aber sie hörte nicht auf ihn. Die Stute war erschöpft und scheute mehrmals, als sie in die Nähe des prasselnden und stiebenden Waldbrandes kamen. Flammen und Rauchwolken schlugen ihnen entgegen. Jenny hörte den durchdringenden, menschenähnlichen Schrei eines Känguruhs, das die Flucht nicht mehr rechtzeitig geschafft hatte.

In den dicken Rauchschwaden konnte Jenny Timothy nicht mehr sehen, war aber so aufgeregt, daß sie keine Angst verspürte. Die Pferde waren das einzige, was zählte, das einzige, woran sie denken durfte, und plötzlich stand ihr vor Augen, wie ihr Vater vor vielen Jahren seine Arbeitspferde aus der brennenden Scheune befreit hatte. Wenn Timothys Pferde jetzt verlorengingen, hätte er fünf Jahre umsonst so hart gearbeitet und könnte Jasper Spence seine Schulden nicht zurückzahlen.

Das Haus, die Scheunen und die Zäune könnten wieder aufgebaut werden, falls sie den Flammen zum Opfer fallen sollten – die jungen Pferde waren nicht zu ersetzen und… Jennys Stute stieg vor Angst wiehernd in die Luft, und Jenny stürzte auf den Boden. Als sie sich aufrappelte, verspürte sie einen stechenden Schmerz in ihrem rechten Fuß. Der Stute würde nichts geschehen – sie würde vom Feuer weggaloppieren, aber… sie konnte vor Schmerzen kaum mehr auftreten. Sie hatte sich ihren Knöchel stark verstaucht, wenn er nicht gar gebrochen war. Aber jetzt tauchte durch die Rauchschwaden der Zaun auf… und plötzlich sah sie Timothy. Er war gerade dabei, das Gatter zu öffnen.

Jenny schluchzte auf. Sie konnte die Pferde hören, die wahnsinnig vor Angst hin und her galoppierten und verzweifelt wieherten, aber sie konnte sie nicht sehen.

Timothy war wieder verschwunden. Jenny humpelte auf das Gatter zu. Kurze Zeit später hörte sie, wie donnernde Hufe auf sie zukamen. Timothy hatte es anscheinend geschafft, die Pferde in die richtige Richtung zu scheuchen. Kaum war Jenny zur Seite gehumpelt, kamen auch schon die ersten Pferde herangaloppiert. Sie glaubte den schwarzen Hengst Sinbad zu erkennen, aber Tim saß nicht auf seinem Pferd. Wenn er abgeworfen worden war, dann… großer Gott! Die Stimme versagte ihr fast, aber sie rief mit aller Kraft: »Tim… wo bist du? Tim – Tim, bist du verletzt?«

Da krachte ein Flintenschuß. Sie beruhigte sich etwas. Kurz danach erschien Timothys große Figur als dunkle Silhouette gegen den dahinterliegenden brennenden Wald. Er schleppte sich schwankend wie ein Betrunkener zu ihr hin.

Er hustete und sagte mit rauher Stimme: »Lucifer – mein junger Hengst – hat versucht, über den Zaun zu springen. Er brach sich beide Vorderbeine, und ich ... ich mußte ihn erschießen, Jenny. Aber alle anderen ... alle anderen sind gerettet, oder?«

»Ja, ganz bestimmt.« Jenny schaute ihm ins rauchgeschwärzte Gesicht, und ihr Herz krampfte sich vor Mitleid zusammen. »Tim, Sinbad war dabei. Ich glaube es wenigstens.«

Er nickte. »Ich ließ ihn frei, als ich zu Lucifer hinging. Er wird die jungen Pferde in Sicherheit bringen, und sie sind leichter einzufangen, wenn er dabei ist. Jenny, es ist höchste Zeit, daß wir hier wegkommen ... wir können ja beide auf deiner Stute reiten, und dann –«

»Meine Stute ist auch weg«, sagte ihm Jenny unglücklich »Sie ist ausgerissen. Ich ... es tut mir so leid. Sie war verrückt vor Angst, ich konnte sie nicht mehr halten.«

»Dann müssen wir eben zu Fuß weiter. Komm, mein Mädchen, zum Fluß hin. Dort werden wir in Sicherheit sein.« Er nahm ihre Hand, aber schon als Jenny ein paar Schritte gehumpelt war, hob er sie hoch. »Zum Teufel! Warum hast du mir nicht gesagt, daß du Schmerzen hast?«

Sie war still und legte ihren Kopf an seine Schulter. Timothy murmelte irgend etwas, was sie nicht verstand, und stapfte weiter. Auch er war völlig erschöpft und stolperte oft über Wurzeln, aber er gab nicht auf ... Jenny fühlte sich sicher in seinen Armen und schloß die Augen. Plötzlich fühlte sie einen Tropfen auf ihrer Wange. Mehrere folgten, und bald war ihr ganzes Gesicht naß.

»Oh, Tim!« rief sie aus. »Tim, es *regnet.*«

»Es regnet?« Timothy blieb stehen und schaute ungläubig in den Himmel auf. Dann setzte er sie ab, stützte sie und sagte: »Du hast recht ... dem Himmel sei gedankt! Wenn es weiterregnet, wird der Waldbrand gelöscht! Wir sind gerettet, Jenny ... Gottlob, wir sind gerettet!«

Bald regnete es in Strömen. »Schnell, Mädchen, wir müssen uns unterstellen!« rief Timothy.

Er hob sie wieder auf und ging so schnell, wie er vermochte auf eine Scheune zu, die in der Nähe stand. Er hatte den Schlüssel nicht bei sich und trat die Tür mit seinen Stiefeln ein. »Weißt du, diese plötzlichen Regenstürme sind typisch für unsere Gegend hier. Regen, Donner, dann Hagel ... Hagelkörner, die so groß wie Taubeneier sind. Diese Unwetter gehen schnell vorüber, aber, mein Gott, es ist besser, wenn man sich unterstellen kann. Hinein mit dir! Wir sind gerade rechtzeitig angekommen.«

Und wirklich, der Regen ließ nach, und als Jenny in die dunkle Hütte hineinhumpelte, setzte ein ohrenbetäubendes Getrommel auf das Dach ein, das sich immer mehr verstärkte.

Für ein paar Sekunden erhellte ein Blitz das Innere der Scheune, und Jenny erkannte, daß Hafer hier gelagert war.

»Aber das fütterst du doch nicht an deine Pferde, oder?«

»Nein.« Timothy lächelte amüsiert. »Die bekommen Gras und Mais. Das hier« – er hob eine Handvoll Haferkörner auf und lächelte – »das hier ist meine Antwort auf Macarthur und die anderen Schurken von Korps-Offizieren. Aber wenn ich es dir sage, dann mußt du deine Zunge hüten, meine Liebe, denn sonst bekommen wir beide ganz gewaltige Schwierigkeiten.«

Jenny gab gar nicht vor, als ob sie nicht wisse, um was es sich handelte. »Du betreibst eine Schnapsbrennerei?«

»Ja. Mein alter Freund Silas Porter hat sie mir gebaut, und Davie Leake hat früher in einer Brennerei gearbeitet. Unser Alkohol ist von sehr guter Qualität und kostet nur ein Viertel von dem, was das verdammte Rum-Korps dafür verlangt. Meine Arbeiter sind sehr zufrieden damit, und ich kann jederzeit zusätzliche Leute einstellen. Mein Gott, Jenny, man muß an diesem korrupten Ort hier schon etwas wagen, wenn man etwas erreichen will, verstehst du?«

»Natürlich versteh ich das«, meinte Jenny. »Aber trotzdem, Tim –«

»Vergiß, daß ich dir jemals ein Wort darüber gesagt habe. Jetzt leg dich hin und laß mich sehen, was ich für deinen Fuß tun kann. Es ist ja nicht mehr viel von meinem Hemd übrig, aber zu einem Verband reicht es gerade noch. Wo tut es weh… hier, oder?«

Er wickelte das in Streifen gerissene Hemd zart um ihr angeschwollenes Gelenk und zog dann lächelnd eine kleine Flasche aus seiner Tasche. »Trink ein paar Schluck, das hilft gegen die Schmerzen. Komm schon, das ist nicht unser selbstgebrannter Schnaps, ich versprech es dir. Es ist bester Brandy aus Kapstadt, und wenn irgend jemand ihn verdient, dann bist du es. Du warst ganz wunderbar, Jenny, und ich bin dir ungeheuer dankbar, glaub mir das.«

Jenny trank ein paar kräftige Schlucke. Bald ließen die Schmerzen nach und auch die Erregung über das bestandene Abenteuer. Draußen donnerte es, und der Hagel trommelte weiter auf das schindelgedeckte Dach. Aber hier drinnen war es trocken und warm, und nach kurzer Zeit fühlte sie sich wohl und vergaß alle Sorgen.

Timothy lag ausgestreckt neben ihr. Er hatte die Augen geschlossen und streichelte zart über ihr angeschwollenes Gelenk. In all den Jahren, seit sie ihn kannte, hatte er nie versucht, sie zu bedrängen. Ihr Verhältnis war von gegenseitigem Vertrauen bestimmt und durchaus auch von der Tatsache, daß er inzwischen ihr Land besaß und offiziell ihr Arbeitgeber war.

Timothy setzte sich plötzlich halb auf, schaute ihr in die Augen und sagte: »Jenny, warum habe ich dich nicht schon vor Jahren gefragt, ob du mich heiraten möchtest? Ich muß ja blind gewesen sein! Blind oder verhext. Du bist eine wunderbare Frau, die beste, die ich jemals kennengelernt habe und außerdem die mutigste. Vorhin bist du vor dem Feuer nicht geflohen. Jede andere Frau hätte das gemacht.« Er nahm ihre Hände, schaute sie an, und es versetzte ihm einen Stich, wie abgearbeitet sie waren. Dann rückte er näher und drängte seinen muskulösen Körper an ihren. Als sie seinen heißen Atem an ihrer Wange spürte, schlug ihr Herz schneller, obwohl sie das eigentlich gar nicht wollte. Es war schon lange her, daß ein Mann sie begehrt hatte, aber sie nahm sich zusammen und rückte etwas von ihm ab.

»Warum habe ich eigentlich nicht gesehen, was für eine großartige Frau du bist?« flüsterte Timothy. »All die Jahre lang!«

Die Überraschung in seiner Stimme verletzte sie, und sie spürte, wie Stolz in ihr hochstieg. »Wegen Mistress Spence«, sagte sie anklagend. »Du warst schon immer in sie verliebt, oder? Und du warst auch ein Freund ihres Vaters. Du hast an niemanden sonst denken können.«

»Ja«, gab er widerwillig zu. »Aber sie heiratet jetzt diesen Brace – ich hab es dir ja schon erzählt, sie hat sich entschieden, Jenny. Jetzt bin ich endlich frei, um mich auch zu entscheiden, oder?«

»Ich glaube schon, aber ich ... ach, laß mich bitte in Ruhe, Tim! Du wirst das bedauern – bitte vergiß nicht die Standesunterschiede, die es ja leider tatsächlich gibt.«

In ihrer Stimme klang ein flehender Ton mit, und sie fürchtete sich plötzlich. »Ich bin eine Sträflingsfrau, und du weißt, was das hier bedeutet.«

»Natürlich weiß ich das ... und es ist mir vollkommen gleichgültig. Denkst du etwa, daß es mir etwas ausmacht?« Er umarmte sie, und seine Lippen suchten die ihren.

Dann räusperte er sich und sagte: »Ich bin ein Mann, und ich gebe zu, daß ich hin und wieder, wenn sich gerade die Gelegenheit ergab, mit ein paar Huren in Sydney geschlafen habe. Aber ich habe fünf Jahre verstreichen lassen ... fünf Jahre, in denen ich mich wie ein mondsüchtiger, liebeskranker Idiot aufgeführt habe, von etwas geträumt habe, was ich letzten Endes doch nicht bekommen konnte. Nun, das ist jetzt vorbei – ich will einen neuen Anfang machen. Ich möchte eine Frau und eine Familie haben – ich möchte Söhne wie Justin, die das erben, was ich hier aufgebaut habe. Ich möchte *dich,* Jenny... dich und deinen kleinen Jungen. Wenn du mich heiratest, dann schwör ich dir, daß du es nie bereuen wirst.«

Seine Lippen fanden die ihrigen, seine Hände streichelten zärtlich ihre Brüste und wanderten schmeichelnd und besitzergreifend über ihren ganzen Körper, dann streifte er langsam ihr zerrissenes Kleid ab.

Jenny wehrte sich nicht länger, sondern schloß die Augen und gab sich dem Ansturm seiner Leidenschaft hin.

Irgendwann später, als sie beide müde und zufrieden nebeneinander lagen, flüsterte er ihr ins Ohr: »Wir sind ein ideales Paar, mein schönes Mädchen. Und der Teufel soll alle holen, die das Gegenteil behaupten!«

Zu diesen Leuten würde ganz bestimmt Henrietta gehören, Henrietta und ihr neuer Ehemann, und sehr wahrscheinlich auch ihr Vater.

»Wieviel«, frage sie angespannt, »wieviel schuldest du denn Mister Spence, Tim?«

Timothy fluchte leise vor sich hin. »Mußt du mich denn ausgerechnet *jetzt* daran erinnern?« Er legte einen Arm um sie und zog ihren Kopf an seine Schulter. »Schlaf, Liebste. Verschiebe die Sorgen auf später, wenn wir uns beide etwas ausgeruht haben.«

»Ich kann mich aber besser ausruhen, wenn ich es weiß«, sagte Jenny.

»Du sprichst schon wie eine verheiratete Frau«, brummte er zärtlich.

»Ich könnte doch mein Land von dir zurückkaufen, Tim«, bot sie an, und als sie spürte, daß ihm dieser gutgemeinte Vorschlag überhaupt nicht gefiel, fuhr sie schnell fort: »Für Justin, damit er –«

»Wenn ich dich heirate, dann gehört Justin genauso zu

mir wie du auch«, bekräftigte Timothy. »Traust du mir denn nicht zu, daß ich für euch beide sorgen kann?«

»Ach Tim, natürlich trau ich dir das zu!« rief Jenny leise aus. »Du hast mir noch nie einen Grund zu Mißtrauen gegeben.«

Und das hatte er wirklich nicht, sagte sie sich im stillen. Er war ein zuverlässiger Freund gewesen und Justin stets mit Liebe begegnet. Würde sich das denn ändern, wenn sie seine Frau wäre? Er war bestimmt nicht der Mann, der sich plötzlich ganz anders verhalten würde... und Justin wurde ja auch größer. Er würde einen Vater brauchen, und sein eigener Vater würde sicher nicht mehr zurückkehren, nach so vielen Jahren. Sie dachte an Johnny Butcher, dann erinnerte sie sich an ihren ersten Freund, Andrew Hawley, und sie seufzte.

Das Unwetter war vorübergezogen, und obwohl ganz entfernt noch Donnergrollen zu hören war, würde bald alles ruhig sein... Sie lächelte, nahm Tims Hand und fühlte wieder, wie wunderbar er sie vorhin geliebt hatte.

Seine kurze Verstimmung verflog. Er beugte sich über sie, küßte sie, und als sie spürte, daß er dasselbe wollte wie sie, gab sie sich ihm wieder leidenschaftlich hin...

Im Morgengrauen kam Hilfe. Die Toten wurden begraben, und Timothy zog mit einem halben Dutzend Siedlern aus Toongabbe los, um seine Pferde wieder einzufangen. Ein Trupp Soldaten unter dem Kommando von Lieutenant Brace überquerte den Fluß. Ihr Befehl lautete, den Stammeshäuptling Pimelwi zu fangen und ihn zurück nach Parramatta zu bringen.

Sie kamen vierundzwanzig Stunden später zurück, und Robert Webb, einer der Soldaten, den Jenny noch von der *Sirius* her kannte, erzählte ihr, was geschehen war.

»Es war ein blutiges Massaker«, sagte er. »Ich bin wirklich auch dagegen, daß die Eingeborenen klauen und töten und unsere Farmen anzünden, das weiß der Himmel ... aber Brace gab ihnen auch nicht die geringste Chance. Sie warfen zwar ein paar Speere auf uns, aber Speere sind schließlich nichts gegen Gewehrkugeln und werden das auch niemals sein! Brace ließ seine Rotröcke einfach in Deckung gehen und befahl dann, das Feuer auf die Eingeborenen zu eröffnen!«

»Aber sicher hat er doch vorher mit ihnen gesprochen, Rob?« fragte Jenny entsetzt vor Abscheu. »Die Männer, die Tims Leute angriffen und ermordeten, waren zwar vom anderen Flußufer und Davie sagte, daß er Pimelwi gesehen hat. Aber das bedeutet doch noch lange nicht, daß die Eingeborenen, auf die Mister Brace feuern ließ, zu Pimelwis Stamm gehörten!«

»Aber Pimelwi war dabei, und er wurde inzwischen unter starker Bewachung nach Parramatta geschickt. Das ist ein Sieg für das Rum-Korps, Jenny!«

Jetzt, da der Häuptling gefangen und viele von ihnen getötet oder verwundet waren, würden die Eingeborenen auf Rache sinnen, und der entsetzliche Kreislauf von Blut und Tod würde weitergehen.

Jenny fühlte sich plötzlich unsagbar traurig, und Tränen rannen ihr aus den Augen, als sie hinüber zu den drei frischen Gräbern blickte, in denen Jackie, Scrope und seine Freunde lagen.

Welch ein Erbe würden Justin und die Söhne antreten, die sie mit Tim bekommen würde?

4

Nun?« rief der Chirurg George Bass aus, als er mit nacktem Oberkörper in der warmen Nachmittagssonne stand und erwartungsvoll das halbfertige Boot betrachtete, an dem er arbeitete. »Es ist besser als die *Tom Thumb*, oder, Matt?«

Matthew Flinders lächelte zustimmend. »Ja, das ist es allemal!« stimmte er begeistert zu. »Und das muß es auch sein.«

Die *Tom Thumb* hatte sich für die geplanten Forschungsreisen als zu klein erwiesen, und George Bass hatte sich sofort darangemacht, ein neues, geeigneteres Schiff zu bauen. Kurz nach seiner Ankunft hatte er Gouverneur Hunter, Captain Waterhouse und den Richter Collins auf ihrer ersten gemeinsamen Expedition begleitet, um die wilde Rinderherde im unbewohnten Gebiet jenseits des Nepean-Flusses aufzuspüren.

Dann hatte er mit Henry Hacking und dem treuen Billy Martin einen der Berge östlich des Flusses erstiegen, den sie zu Ehren des Gouverneurs Mount Hunter nannten. Es war ein schwieriger Aufstieg gewesen, und vom Gipfel aus hatte sich ihnen eine deprimierende Aussicht geboten, da das Land, so weit das Auge reichte, bewaldet war und das unzugängliche Bergland sich unendlich auszudehnen schien.

Trotzdem waren die drei Männer weiter vorgedrungen. Erst als ihnen nach vierzehn Tagen der Proviant knapp wurde, hatten sie sich enttäuscht auf den Rückweg gemacht und mußten sich eingestehen, daß auch sie keinen Weg über die Blauen Berge gefunden hatten.

»Ich fürchte, daß es wirklich unmöglich ist, sie von hier aus zu überqueren«, sagte Bass jetzt niedergeschlagen zu Matthew Flinders. »Wenn wir herausfinden wollen, wie das dahinterliegende Land aussieht, müssen wir die Küste entlangsegeln und es auf dem Seeweg versuchen ... und Gott weiß, wie weit wir segeln müssen! Die Berge können sich viele Meilen erstrecken, oder vielleicht ist das ganze Landesinnere gebirgig. Oder eine Wüste«, fügte er hinzu, »und eben nicht das fruchtbare Land, auf das der Gouverneur gehofft hat.«

»Was glaubst du denn, wie es ist?« fragte Flinders.

»Ich weiß es ganz einfach nicht«, gab der hochgewachsene junge Chirurg zu. »Die Gegend, in der wir die Rinderherden gefunden haben, ist ausgezeichnetes Weideland, gut bewässert – deshalb hat das Vieh sich ja auch so vermehrt! Aber wenn man etwas weitergeht, verändert sich die Landschaft leider sehr schnell – ein Hügel folgt auf den anderen, Schluchten und Einschnitte liegen dazwischen. Ohne Kompaß, Matt, kann man sich dort leicht verirren. Die Natur dort scheint sich wie im Kreise zu drehen, Bäume folgen auf Felsen, Wasserfälle auf Klippen, und ein Gipfel folgt auf den anderen. Wenn man einem Bachlauf folgt, verschwindet er plötzlich und taucht nicht mehr auf. Und niemand kann einem sagen, wo es langgeht – ich habe nur einen einzigen Eingeborenen in zwei Wochen getroffen, und der sah selbst so aus, als ob er jemanden brauchte, der ihm den Weg weisen könnte!«

Nach einer Pause meinte Flinders: »Du bist wirklich ein guter Schiffsbauer, nicht nur ein guter Chirurg!«

»Nur weil es lebensnotwendig ist, Matt.« George Bass lächelte und zog die Schultern hoch. »Ja, unser Schiff nimmt langsam Formen an. Ich wette, daß es noch vor Ende des Jahres fertig wird.«

»Hurra!« rief Matt Flinders. »Dann wird es ja vor dem Schiff fertig, das unter Johnnys Leitung auf der Insel Norfolk gebaut wird!« Matt war gerade von dort zurückgekommen, und er beschrieb das Schiff, das dort gerade gebaut wurde. »Die Pinien, die dort wachsen, eignen sich vorzüglich für Masten. Und Johnny Broome leistet sehr gute Arbeit.«

»Daran zweifle ich keinen Augenblick«, meinte Bass. »Wir könnten ihn hier wirklich sehr gut brauchen. Matt, erinnerst du dich daran, daß er davon erzählte, wie er auf dem Weg nach Timor Kohle in einer Bucht entdeckt hat, in der die Flüchtlinge vor einem Sturm Unterschlupf suchten?«

Flinders nickte mit dem Kopf. »Nördlich von hier, oder?

In der Nähe von Port Stephens. Es war zum ersten Mal, daß sie an Land gingen, sagte Johnny.«

»Nun, Jack Shortland hat die Bucht *und* die Kohle wiedergefunden«, erzählte Bass. »Auf Wunsch des Gouverneurs ging ich im August auf Kohlensuche, weil einer der Überlebenden der *Sydney Cove* – der Ladungsaufseher Clarke – berichtete, daß er an einer Küste ein Feuer gemacht hätte mit Kohlen, die dort offen dalagen. Clarke ließ zwei seiner Begleiter dort zurück, den Maat und den Schiffszimmermann, die keine Kraft mehr zum Weitergehen hatten. Ein paar Tage später wurde er irgendwo am Strand von einem Fischerboot entdeckt und aufgenommen. Ich bot mich an, nach den zurückgebliebenen Männern zu suchen und Clarkes Bericht über den Kohlefund zu überprüfen. Er kam mit, um mir den Weg zu zeigen. Nach all dem, was er erlitten hatte, war er immer noch bereit dazu! Jedenfalls, wir fanden die Bucht ... und die Leichen des Maats und des Schiffszimmermanns. Die Kohle war auch da, und zwar in großer Menge. Der Gouverneur war begeistert, das brauch ich dir ja nicht zu erzählen. Er hat vor, dort eine Siedlung zu gründen, um die Sträflinge nach Kohle graben zu lassen. Die Bucht heißt jetzt schon offiziell Coal Harbor.« Der Chirurg streckte sich, schwieg eine Zeitlang und fragte dann: »Erzähl mal, hast du auf der Insel Norfolk unseren Freund Johnny öfters gesehen?«

»Nicht so oft, wie ich eigentlich gehofft hatte«, antwortete Flinders bedauernd. »Johnny sagte zwar unmißverständlich, daß er gern so bald wie möglich hierher zurückkommen möchte, aber ich glaube nicht, daß Major Paterson ihn gehen läßt. Paterson liebt die Insel sehr, und obwohl die letzte Ernte dort schlecht ausgefallen ist, gedeiht das Vieh sehr gut. Glaub es mir oder nicht, George, aber ich habe während meines Aufenthaltes dort ein dutzendmal frisches Schweinefleisch vorgesetzt bekommen!«

»Du glücklicher Teufel, du!« sagte George Bass. »Der Höhepunkt meiner kulinarischen Freuden war ein Känguruh an der Tafel des Gouverneurs und ein Hammelbraten bei Foveaux. Und dieser schwarze Spitzbube namens Baneelon bat – und bekam – dreimal um eine Portion Känguruh, und die übrigen Gäste schwiegen höflich dazu!«

Flinders kicherte. »Also ist er nicht wieder zu seinen Leuten zurückgekehrt?«

»Baneelon? O ja, doch, sowohl er als auch Yemmerra Wannie hauen von Zeit zu Zeit ab, um sich mit ihren eigenen Leuten zu treffen. Einer der jungen Krieger stahl Baneelons Frau, während er in London war, und in einer Auseinandersetzung, die vor kurzem stattfand, nahm er die junge ›Dame‹ wieder mit – natürlich nicht ganz gegen ihren Willen – und ließ Baneelon bös zusammengeschlagen zurück. Ich fürchte, diese Leute sind niemals wirklich zu zivilisieren, Matt. Die Stämme, die im Wald leben, sind noch schlimmer. Sie rauben die Siedler aus und töten sie, besonders die am Hawkesbury, und betätigen sich immer wieder als Brandstifter...« Er erzählte Einzelheiten und fügte dann zynisch hinzu: »Übrigens verläßt Baneelon das Regierungsgebäude nackt, wenn er Lust dazu hat, beauftragt dann jemanden damit, ihm seine Kleider zu bringen, und kommt nach Londoner Art hochmodisch gekleidet wieder zurück, in der einen Hand einen Speer, in der anderen seinen Schild, und betrinkt sich glücklich und gutgelaunt mit dem Brandy des Gouverneurs! Die einzige Weiße, die er wirklich zu mögen scheint, ist eine begnadigte Sträflingsfrau, die er Jen-nee nennt, die er vor Jahren auf der Strafinsel kennengelernt hat.«

Keiner der beiden Männer hatte bemerkt, daß die Sonne schon unterging. Bass streckte und reckte seine Glieder und sagte: »Komm doch mit zu mir, ich habe ein paar Landkarten vom Kapitän der *Assistance,* und er hat mir erlaubt, sie zu kopieren. Das kannst du doch so gut – ich wäre froh, wenn du das während meiner Abwesenheit erledigen kannst und –«

»Abwesenheit?« Flinders schaute ihn überrascht an. »Wohin geht's denn dieses Mal?«

»Wir wollen nachschauen, was mit der wilden Rinderherde los ist – wir haben gehört, daß die Eingeborenen angefangen haben, einzelne Tiere zu töten. Dagegen können wir zwar nicht viel tun, aber der Gouverneur möchte nun einmal wissen, was an diesem Gerücht dran ist.«

George Bass blieb vor seinem Haus stehen und schaute seinen Freund an. »Matt, wir haben doch vorhin von Johnny Broome gesprochen. Erinnerst du dich daran, daß du ihn mit einem kleinen Jungen gehänselt hast, der ihm aus dem Gesicht geschnitten zu sein scheint?«

»Der Junge, der den kleinen Hund zu retten versuchte? Ja, natürlich. Wir haben seine Mutter auch kennengelernt – ein irisches Mädchen mit geschorenem Kopf.« Flinders lachte kurz auf. »Aber Johnny hat wohl doch nichts damit zu tun. Es war ganz eindeutig, daß er das Mädchen noch nie im Leben gesehen hatte. Trotzdem war die Ähnlichkeit des kleinen Jungen mit Johnny geradezu frappierend.«

»Ja«, stimmte Bass zu. »Das hab ich auch bemerkt.«

»Ach, dann kennst du den Jungen, von dem ich spreche – du hast ihn gesehen?«

Der Chirurg nickte. Er rief nach seinem Diener und fügte nachdenklich hinzu: »Er besucht die neue Schule. Er sagte mir, daß er Justin Taggart heißt, und ich sehe ihn ziemlich oft. Für sein Alter macht er sich erstaunlich nützlich und hilft mir beim Bootbau... mehr als irgendeines der anderen Kinder. Und –« Der Diener kam und öffnete die Tür. Bass führte seinen Gast in sein Wohnzimmer, bat ihn, es sich doch bequem zu machen, und bot ihm seine Tabakdose an. Flinders stopfte sich eine Pfeife, und als sie ein paar Schluck Wein getrunken hatten, sagte er: »George, würdest du mir eine Frage beantworten, bevor du mir die Karten zeigst?«

»Aber natürlich, mein Lieber. Nur zu.«

»Dieser Junge – der Johnny Broome so ähnlich sieht –, du sagtest, daß er Taggart heißt, oder?«

George Bass blickte von dem Kartenstapel auf, den er gerade sortierte. »Ja, das hat er mir gesagt.«

»Nun«, meinte Flinders nachdenklich, »das irische Mädchen hieß O – irgendwas ... O'Rourke, O'Reilly, O'Riordan, ich erinnere mich nicht mehr ganz genau daran, aber es war ganz eindeutig ein irischer Name. Sie hielt den Jungen an der Hand, und deshalb nahm ich einfach an, daß sie seine Mutter sei. Aber das scheint nicht der Fall zu sein – vielleicht gibt es eine Frau namens Taggart, die seine wirkliche Mutter ist – eine Frau, die einmal mit Johnny zusammen war. Das ist doch möglich, oder?«

»Natürlich ist das möglich!« gab Bass zu. Er zog an seiner Pfeife. »Aber Johnny ist vielleicht gar nicht damit einverstanden, daß wir uns um diese delikate Angelegenheit kümmern, Matt. Er hätte es doch selbst schon tun können, wenn er es gewollt hätte.«

»Er hätte nicht die Zeit dazu«, sagte Flinders. »Captain Waterhouse schickte ihn sofort nach unserer Ankunft auf die *Supply*, die gleich nach Norfolk segelte, weißt du das nicht mehr?«

»Doch, jetzt erinnere ich mich daran. Aber« – Bass senkte den Blick wieder auf den Kartenstapel – »ich finde doch, daß wir uns da nicht einmischen sollten. Wir –«

Johnny gestand mehr oder weniger ein, daß es hier eine Frau gegeben hat, mit der er befreundet war«, fuhr Flinders aufgeregt hoch. »Aber er sagte auch, daß sie jetzt wahrscheinlich verheiratet ist und Kinder hat. Das könnten wir doch herausfinden, oder? Wenn dieser Junge namens Justin Taggart wirklich sein Sohn ist, würde er das doch sicher wissen wollen? Ich bin sicher, daß er es wissen will!«

»Du bist ein hoffnungsloser Romantiker, Matt«, sagte der Chirurg.

Der Diener kündigte einen Besucher an. Lieutenant Shortland kam herein und verbeugte sich knapp. Er war ein großer Mann, und er wirkte sehr aufgeregt. Aber er schwieg, bis der Diener den Raum verlassen hatte. Dann lehnte er das Glas Wein ab, das Bass ihm anbot, und faßte sich an die Stirn. »Nein nein, dazu hab ich keine Zeit. Ich bin auf dem Weg zum Gouverneur und habe Neuigkeiten, die ... großer Gott, George, Neuigkeiten, die einfach nicht wahr sein können!«

Bass sprang auf, und Flinders folgte seinem Beispiel. Beide warteten gespannt darauf, daß Shortland sich etwas beruhigen würde. Der Mann sprudelte mit gehetzter Stimme hervor: »Ich war vorhin am Hafen. Es war gerade ein Schiff eingelaufen. Die *Deptford.* Der Kapitän, Mister Barber, nahm mich gleich mit zu sich in seine Kabine und war sehr darauf bedacht, daß niemand unser Gespräch belauschen konnte. Ich glaubte, es hätte etwas mit der nicht ganz legalen Ladung zu tun, aber er sagte etwas ... ich kann immer noch nicht glauben, was er mir erzählt hat!«

George Bass schenkte Wein in ein Glas ein und reichte es dem Besucher. Shortland trank es jetzt in einem Zug aus wie jemand, der nicht ganz weiß, was er tut. Dann fuhr er fort: »Barber sagte mir, daß die Königliche Marine gemeutert hat. Die Matrosen haben die rote Flagge an Bord der Königlichen Flotte gehißt und sich geweigert, auszulaufen – *und es ist Krieg!* Stellen Sie sich einmal vor, was das für uns bedeutet, jetzt, da es um Leben und Tod geht! Ich ... großer Gott, es ist kaum zu glauben! Aber ich ...« Er lief auf die Tür zu. »Ich muß es sofort dem Gouverneur melden.«

»Wir kommen mit«, entschied Bass, und die drei Männer verließen eilig das Haus.

5

Häuptling Pimelwi war nicht mehr am Leben, und der Bediagal-Stamm betrauerte seinen Tod und konnte es kaum fassen. Die Stammesangehörigen hatten immer darauf vertraut, daß weder Speere noch die Feuerwaffen der Weißen ihm etwas anhaben könnten. Er war mehrfach in Kämpfen so schwer verwundet worden, daß jeder andere an den Verletzungen gestorben wäre, aber er war immer wieder genesen.

Selbst Baneelon – der den Weißen inzwischen so viel Vertrauen entgegenbrachte, daß er den Gouverneur seinen Vater nannte – hatte an die Unsterblichkeit Pimelwis geglaubt, aber... Pimelwi war tot. Er war zwar nicht durch die Hände der Rotröcke gestorben, die oft genug versucht hatten, ihn zu töten, und dann absurderweise seine Verletzungen im Krankenhaus behandelt und ihn wiederhergestellt hatten. Den tödlichen Schuß auf ihn hatte ein geflohener Sträfling abgefeuert, und wenige Stunden später war Pimelwi tot.

Nach der zeremoniellen Feuerbestattung schlug die Trauer der Bediagal in haßerfüllte Wut um. Die Krieger des Stammes strichen ihre Gesichter und Körper mit rotem Lehm ein, ergriffen ihre Schilde und Speere. Die Ermordung des Häuptlings mußte gerächt werden, und die Stammesehre forderte, daß der Blutzoll, wenn nicht vom Mörder selbst, so doch von denen gezahlt werden mußte, die ihn gekannt hatten. Die Tatsache, daß der Mörder ein Schwarzer namens Caesar war, fiel nicht weiter ins Gewicht... die Weißen hatten ihn hierhergebracht, also zählte er zu ihrer Gemeinschaft. Als die Krieger das andere Flußufer erreichten, versteckten sie ihre Kanus unter überhängenden Büschen.

Schon nach Stunden töteten sie ihre ersten Opfer. Die Bediagal ermordeten einen Siedler und seine Frau und steckten ihre Farm in Brand. Sie füllten ihre mitgebrachten Säcke mit Maiskolben und zündeten dann auch den an das Maisfeld grenzenden Buschwald an und machten sich auf die Suche nach weiteren Opfern.

In Toongabbe beobachtete Charles Brace besorgt die aufsteigenden Rauchwolken, fluchte und rief nach seinen Männern. Er ordnete an, daß der diensthabende Coporal mit einem Dutzend Männer im Boot flußaufwärts fahren sollte, während er mit zwei berittenen Soldaten in wildem Galopp zu den Siedlungen am Hawkesbury Fluß hinüberritt, in der Hoffnung, die Eingeborenen von ihren Kanus abschneiden zu können.

Die Erfolgschancen waren sehr gering, und er wußte tief in seinem Inneren, daß er der Wilden nicht auf der besiedelten Seite des Flusses habhaft werden könnte, wenn ihm die Siedler nicht zur Seite stehen würden. Charles Brace setzte auf Timothy Dawson seine größte Hoffnung, obwohl er ihn nicht leiden konnte. Dawson war vor fünf oder sechs Monaten von den Eingeborenen überfallen worden, und seitdem verließen weder seine Arbeiter noch er unbewaffnet das Haus.

Brace erschrak, als plötzlich ein Sträfling auf ihn zugerannt kam. Sein Gesicht war schneeweiß, und er konnte kaum sprechen vor Angst.

»Diese verdammten schwarzen Teufel ziehen wieder mordend und brandschatzend durchs Land! Sie –«

Brace unterbrach ihn ungeduldig. »Wie weit sind sie schon vorgedrungen? Hast du sie gesehen?«

»Nein, Sir«, gab der Sträfling keuchend zurück. »Aber sie kommen in diese Richtung, oder? Man sieht ja den Rauch und –«

»Wo sind sie jetzt, Mann?«

Der Mann deutete vage in eine Richtung. »Ich schätze, daß Mister Dawsons Farm brennt – oder jedenfalls eine Farm in der Nähe. Und Mister Dawson ist –«

Charles Brace zögerte nicht länger. Er gab seinem Pferd die Sporen und galoppierte davon.

Hatte dieser Hasenfuß von einem Mann ihm etwa damit zu verstehen geben wollen, daß Dawson nicht auf seiner Farm war? Sowenig er Dawson leiden konnte, er zählte auf seine Hilfe beim Kampf gegen die Eingeborenen – er und seine Soldaten wären in der Minderzahl, wenn Dawson und seine Männer nicht mitkämpften... er fluchte leise. Zum Teufel, das konnte ja etwas werden! Seit die Frau, die Dawsons Farm in Parramatta leitete, eine ehemalige Sträflingsfrau namens Taggart, mit hohem Fieber im Krankenhaus lag, pendelte Dawson zwischen seinen beiden Farmen hin und her, und es war durchaus möglich, daß er sich zur Zeit in Parramatta befand und nicht hier, wo er doch so dringend gebraucht wurde...

Brace zügelte sein Pferd und suchte die Umgebung mit dem Fernglas ab. Hier war das Land außergewöhnlich fruchtbar, das sah man auf den ersten Blick. Aber was für einen Sinn hatte das Rum-Syndikat, wenn man nicht über genügend Kapital verfügte, um sich Vorteile davon zu verschaffen? Foveaux und Macarthur verdienten sich eine goldene Nase, wie die meisten anderen Offiziere auch, während für ihn selbst nur verdammt wenig dabei heraussprang. Vielleicht mußte er einmal mit Henrietta darüber sprechen...

Ja, das würde er tun – ihr seine Situation genau darlegen und sie dann bitten, mit ihrem Vater zu sprechen. Sie war zwar darauf aus, ihn zu heiraten, aber zum Glück hatte ihr Vater den Hochzeitstag noch nicht festgesetzt, und...

»Sir, schauen Sie da – da rechts, Sir!« rief einer der Soldaten aus. »Da sind die schwarzen Teufel! Laufen auf den Fluß zu, glaub ich!«

Der Mann hatte recht. Halb verborgen von den Büschen, lief eine Gruppe von Eingeborenen auf den Fluß zu. Es war schwierig, sie zu zählen, aber er sah, daß ein paar von ihnen Säcke mit gestohlenem Mais trugen, und ein paar andere hatten europäische Hüte auf dem Kopf und trugen Jacken, die ebenfalls gestohlen waren. Durch die ungewohnte Kleidung kamen sie nicht sonderlich schnell voran. Alle hatten sich mit rotem Lehm eingeschmiert und trugen Waffen. Es mußten zwischen vierzig und fünfzig Männer sein. Brace und seine beiden Soldaten konnten vielleicht ein halbes Dutzend erledigen, wenn sie aus dem Hinterhalt auf sie schossen, aber dann … er hielt den Atem an. Danach hätten sie keine Chance mehr – dieser Überzahl waren sie keinesfalls gewachsen, es sei denn, der Corporal würde schnell zu ihnen stoßen … aber vielleicht ließen sich diese Idioten ja Zeit. Es war auch so heiß, daß er ihnen das eigentlich nicht übelnehmen konnte.

Einer der Soldaten sagte, als ob er seine Gedanken lesen könnte: »Wir können diese Schurken nicht aufhalten, Sir, wir sind nur zu dritt. Ich schätze, daß es an die hundert Mann sind!«

Das war sicher übertrieben, aber ihre Unterlegenheit war offensichtlich. »Wir reiten quer durch den Busch zu Mister Dawsons Farm«, entschied Brace. »Und holen Verstärkung.«

»Er hat nur noch vier Männer, Sir«, wandte der zweite Soldat ein.

»Reiten Sie zurück zum Fluß, Ruffler«, befahl Brace. »Und sagen Sie Corporal Partridge, daß er in Stellung gehen und auf die schwarzen Teufel schießen soll, sobald sie in ihren Kanus über den Fluß paddeln wollen.«

Ruffler gehorchte, und sein Kamerad fragte ängstlich: »Und wir, Sir? Wollen wir nicht besser in Deckung gehen, da es hier doch anscheinend von eingeborenen Kriegern nur so wimmelt?«

»Wir beobachten sie weiter, Larra«, antwortete Brace. »Von der Baumgruppe da drüben aus.« Die Männer trabten los, aber bevor sie die Bäume erreicht hatten, fiel ein einzelner Schuß, dem ein Aufschrei folgte. Brace zügelte sein Pferd und lauschte, aber nichts war mehr zu hören. Der Schuß und der Schrei schien von den Bäumen hergekommen zu sein, auf die sie zuritten. Brace winkte dem Soldaten zu, eine andere Richtung einzuschlagen. Sie trennten sich, und Larra ritt langsam in die Richtung, die sein Offizier ihm befohlen hatte. Brace selbst ritt in einem schnellen Trab auf mehrere kleine Erdhügel zu, die sich hinter den Bäumen erhoben.

Selbst von diesem Punkt aus konnte er nichts Auffälliges entdecken. Nachdem er mit seinem Fernglas das Gelände abgesucht hatte, steckte er es wieder weg, entsicherte seine Pistole, nahm sie in die rechte Hand und ritt in das Wäldchen hinein. Die Bäume standen nicht so dicht, wie es von weitem den Anschein gehabt hatte, zwischen ihnen lagen einzelne Felsbrocken, und ein kleiner Bach schlängelte sich zum Fluß hinunter – er war um diese Jahreszeit bis auf ein dünnes Rinnsal ausgetrocknet. Er entsprang ganz offensichtlich einem Spalt in den Felsen links über ihm.

Brace ritt weiter, schaute sich vorsichtig um und sah einen Mann reglos auf dem Boden liegen. Es war ein Weißer – einer von Dawsons Feldarbeitern. Er mußte nicht von seinem Pferd absteigen, um feststellen zu können, daß der unglückliche Mann tot war, denn ein Eingeborenenspeer steckte tief in seinem Rücken, und das Gras um ihn herum war blutgetränkt. Eine Flinte lag neben ihm, und etwa zwanzig Schritte weiter fand Brace die Leiche des lehmbeschmierten Eingeborenen, den der Mann erschossen hatte.

Plötzlich hörte Brace ein merkwürdiges, unbekanntes Geräusch. Es zischte und blubberte leise, als ob Wasser kochte … er lauschte angestrengt. Es kam aus dem Spalt, aus dem der kleine Wasserfall entsprang … es kam ganz eindeutig von dort. Er sprang vom Pferd, band die Zügel am Ast eines Baumes fest und begann den Felsen hochzuklettern. Er wollte unbedingt wissen, was es mit dem merkwürdigen Geräusch auf sich hatte.

Auf halbem Weg erreichte er eine kleine Höhle. Als er hineinging, kannte sein Erstaunen keine Grenzen. Wie er es schon vermutet hatte, war drinnen eine illegale Schnapsbrennerei aufgebaut. In einem Glaszylinder kochte eine trübe Flüssigkeit, und eine Dampfwolke stieg auf, obwohl das Feuer unter dem Glaszylinder schon fast niedergebrannt war.

Charles Brace empfand Genugtuung. Das also war der

Grund für Timothy Dawsons Wohlstand, deshalb konnte er sich es leisten, immer neue Pferde zu importieren! Ob Henriettas Vater von diesen Aktivitäten etwas ahnte?

Seine Hände zitterten vor Erregung. Er wußte, daß Dawson schwer bestraft werden würde, wenn er ihn anzeigen würde. Selbstverständlich würde die kostspielige Apparatur konfisziert werden, und außerdem bekäme er eine gesalzene Geldstrafe. Wenn er die nicht zahlen könnte, würden ihm ein Teil seines Landes oder wertvolle Zuchttiere genommen werden. Auch sein Ansehen in der Kolonie wäre dahin, daran gab es gar keinen Zweifel. Jasper Spence würde ihn nicht mehr empfangen. Großer Gott, diese zufällige Entdeckung würde Dawson ruinieren, wenn er ihn anzeigte. *Wenn*... aber um Gottes willen, da gab es doch gar kein ›Wenn‹, er mußte seine Pflicht tun.

Er ging zum Ausgang der Höhle zurück und blieb dort vollkommen entsetzt stehen. Er hatte nichts gehört, aber jetzt sah er etwa ein Dutzend Eingeborene am Fuß des Felsens stehen, den er, alle Vorsicht außer acht lassend, Minuten vorher hochgeklettert war. Sie warteten in aller Ruhe auf ihr Opfer.

Er zog seine Pistole und sprang in die Höhle zurück. Er hörte Flintenschüsse vom Fluß herüberdröhnen. Corporal Partridges Männer waren endlich als Unterstützung eingetroffen, aber die Eingeborenen unterhalb des Felsens schienen davon überhaupt nicht beeindruckt zu sein. Ein älterer graubärtiger Mann trat einen Schritt vor und zielte. Sein Speer traf Brace direkt in die Brust.

Timothy Dawson ging hinter den Bäumen in Deckung und eröffnete das Feuer. Er schoß zweimal, dann kam Larra angaloppiert, warf sich neben ihn auf den Boden und schoß ebenfalls.

Erschreckt durch den unerwarteten Angriff, zogen sich die Eingeborenen fluchtartig in das Waldesinnere zurück. Larra machte nicht einmal den Versuch, sie zu verfolgen.

Er sagte ohne jedes Gefühl in der Stimme: »Sie haben ihn erledigt, oder? Sie haben Mister Brace erledigt.«

»Ich fürchte, ja«, antwortete Timothy, »aber es kann sein, daß er nur verwundet ist. Wir müssen nachschauen.«

Als er zu der Höhle hochkletterte, quälte ihn sein Gewissen. Er hatte den ersten Schuß und den Schmerzensschrei des armen Rick Larkin gehört und war hierhergaloppiert, während Brace noch etwas weiter entfernt gewesen war und das Gebiet mit seinem Fernrohr abgesucht hatte. Dann hatte er sich hier in der Nähe versteckt, um seine Brennerei im Auge zu behalten, und hatte beobachtet, wie Brace herangekommen und sie entdeckt hatte. Es war ihm vollkommen klar, was diese Entdeckung für ihn bedeutet hätte.

Er hatte aus seinem Versteck heraus die Ankunft der Eingeborenen bemerkt und hätte Brace warnen können. Beim Abfeuern eines einziges Schusses wären sie vielleicht geflohen.

Aber er hatte nichts unternommen. Großer Gott, er hatte nicht nur nichts getan, hatte praktisch die Eingeborenen dazu benutzt, sein Problem für ihn zu lösen.

Timothy wischte sich den Schweiß aus dem Gesicht. Charles Brace war tot. Wie er so dalag, wirkte sein Gesicht sehr jugendlich, aber seine Augen schauten ihn anklagend an, fast als ... großer Gott, als ob er alles wüßte. Als er Larra Bescheid sagte, zögerte der Soldat und meinte dann: »Ob Sies glauben oder nich, das is Gerechtigkeit. Daß die schwarzen Teufel Mister Brace getötet haben. Er war ja gnadenlos hinter denen her. Er hat auch ihren Häuptling angeschossen – der Pimelwi genannt wird. Der hätte dran sterben müssen, tats aber nich.«

»Aber inzwischen ist er tot«, sagte Timothy. »Die Krieger sind ausgezogen, um ihn zu rächen.«

Plötzlich wurde es Timothy in einer Art Schock klar, daß damit auch die jahrelange Rivalität um Henrietta vorbei war. Charles Brace würde nicht von Pfarrer Johnson in der

Kirche in Sydney mit Henrietta getraut werden. Er würde in einem schlichten Holzsarg im neuen Friedhof beerdigt werden, und das Neusüdwales-Korps würde eine Salve über seinem Grab abfeuern.

Aber könnte er Charles Brace nach dem heutigen Vorfall jemals vergessen? Würde Henrietta den Mann vergessen können, den sie hatte heiraten wollen?

Timothy drehte sich um, als er das Hufgeklapper von Pferden hörte. Larra kam mit dem Fuchs von Charles Brace und seinem eigenen Pferd heran.

»Wenn Sie mit anfassen, Mister Dawson, dann können wir ihn quer über den Sattel legen«, schlug der Mann vor. »Corporal Partridge und seine Soldaten rudern gerade zu unserem Flußufer herüber. Ich schätze, daß alles vorbei ist.«

Erst jetzt bemerkte Timothy, daß keine Schüsse mehr fielen. Die Männer legten die beiden Toten quer über Braces Pferd und banden sie mit Lederriemen fest. Dann machten sie sich auf den Weg zum Fluß hinunter.

Sie trafen Partridge am Ufer, dessen Gesicht vom Rauch geschwärzt war und der sie triumphierend angrinste.

»Wir haben's den schwarzen Teufeln gezeigt, Mister Dawson«, rief er aus. »Wir ham wohl den meisten von ihnen das Lebenslicht ausgeblasen!«

Und die Eingeborenen, dachte Timothy mit gemischten Gefühlen, hatten Charles Brace getötet... er seufzte und deutete auf den Toten.

Gouverneur Hunter saß an seinem Schreibtisch, hielt einen Federhalter in der Hand und starrte auf das weiße Papier vor sich, auf dem nur zwei Worte standen, *Ihrer Gnaden.* Inzwischen war eine halbe Stunde vergangen, und er hatte sich immer wieder überlegt, wie er den Brief aufsetzen sollte.

Er sagte sich, daß es immer am besten sei, die Wahrheit auszusprechen, mit wem man es auch zu tun hatte, und ganz besonders, wenn es sich um eine Autorität handelte.

John Hunter seufzte tief, zog ein Taschentuch aus seiner Hose und wischte sich über die Stirn. Großer Gott, war es heiß! Er legte den Federhalter hin, hob ein rauhes Blatt Papier hoch und las es noch einmal. Es war nicht das einzige Pamphlet, das ihn öffentlich der Lächerlichkeit preisgab und in großer Zahl in Sydney und Parramatta verteilt worden war, aber es war bei weitem das gefährlichste.

Er wußte nur allzu gut, aus welcher Ecke diese Art Pamphlete stammten, und er wußte natürlich auch, warum sie soviel Erfolg hatten. Seine Versuche, die Macht des Korps-Syndikats zu brechen, schienen endlich Erfolg zu haben, und deshalb wurde sein Rücktritt gefordert. Wenn die Verfasser der Pamphlete ihren Willen bekämen, würden die Siedler und die begnadigten Sträflinge – die er beschützen und denen er helfen wollte – sich auf die Seite der Offiziere schlagen, und der Duke von Portland würde ihm nahelegen, seinen Rücktritt als Gouverneur einzureichen.

Es klopfte. »Entschuldigen Sie die Störung, Exzellenz«, sagte der neuernannte Richter Richard Dore in respektvollem Ton.

»Nun, was gibt's?« fragte der Gouverneur knapp. Durch die extreme Sparsamkeit der Regierung hatte Dore – so wie Collins vor ihm auch – nicht nur das Amt des Richters, sondern auch das des Staatssekretärs inne. Trotzdem achtete Hunter sehr darauf, daß der jüngere Mann keinen Blick auf seinen eben fertiggestellten Brief werfen konnte. Richard Dore würde, da war er ganz sicher, Macarthur sofort warnen – die beiden zogen am selben Strick.

»Nun?« fragte der ungeduldig. »Was haben Sie auf dem Herzen, Mister Dore?«

»Ein Schiff ist gerade in der Bucht vor Anker gegangen, Sir. Ich dachte, das würde Sie interessieren.«

Dore klang verletzt. Der Gouverneur wußte schon, daß ein Schiff in Sicht war, seit vor fünf oder sechs Stunden auf dem Südkap die Fahne gehißt worden war, und Captain

Townson – der seit William Patersons Abfahrt nach England den Posten des Gouverneurs auf der Insel Norfolk bekleidete – hatte ihm schon lange vorher brieflich mitgeteilt, daß die auf der Insel gebaute Schaluppe ihre Jungfernfahrt nach Sydney unternehmen würde. Hunter brummte nur und konzentrierte sich zum Leidwesen des Staatssekretärs ausschließlich darauf, seinen Brief zu versiegeln.

Aber trotzdem fuhr Dore respektvoll fort: »Das Schiff ist sehr klein, äh, und obwohl ich nur wenig davon verstehe, scheint mir doch, daß es eine schwere Überfahrt gehabt hat.«

»Ja?« Der Gouverneur war immer noch über seinen Brief gebeugt und blickte nicht einmal auf. Er ging auch nicht zum Fenster hinüber, um das neu angekommene Schiff in Augenschein zu nehmen. »Woraus schließen Sie das?«

»Nun, Sir, die Pumpen arbeiten, deshalb nehme ich an, daß das Schiff undicht ist oder so etwas.«

»Das ist keine gute Nachricht«, meinte Hunter. »Aber wenigstens ist es hier angekommen.« Er schob den versiegelten Brief in eine Schublade seines Schreibtisches. »Dies soll mit dem nächsten Schiff hier abgehen. Sorgen Sie bitte dafür, ja?«

»Aber selbstverständlich, Sir.« Dore hatte jetzt keinen Grund mehr, länger anwesend zu sein und zog sich zurück. Als er die Tür hinter sich geschlossen hatte, stand der Gouverneur auf und ging ins obere Stockwerk. Von seinem Schlafzimmerfenster aus unterzog er das soeben angekommene Schiff einer genauen, kritischen Prüfung. William Paterson war begeistert von der neuen Schaluppe gewesen, da er genau wußte, daß die Kolonie dringend ein paar kleine, leicht zu steuernde Schiffe brauchen konnte, um Frachtgüter und Passagiere zwischen Sydney und der Insel Norfolk befördern zu können. Der Gouverneur sagte sich, daß Paterson der beste der Korps-Offiziere war – in vieler Hinsicht – und daß er alles versucht hatte, die Interessen der Kolonie zu seinen eigenen zu machen, und den Gouverneur in all seinen Entscheidungen unterstützt hatte.

Die Jungfernfahrt hatte die Schaluppe offensichtlich schwer mitgenommen – das hatte Dore ganz richtig eingeschätzt. Das war bedauerlich, denn Hunter hatte vorgehabt, Matt Flinders das Kommando zu übergeben und ihn mit seinem Freund Bass loszuschicken, damit die beiden Männer sich Klarheit darüber verschaffen könnten, ob Tasmanien, wie sie vermuteten, tatsächlich eine Insel sei oder eine Landbrücke zu Australien besäße ...

Er wollte den Männern das bestmögliche Schiff zur Verfügung stellen, aber es kam tatsächlich nur die in Norfolk gebaute Schaluppe in Frage. Die *Francis* konnte er nicht entbehren. Die *Reliance* wurde gerade gründlich überholt und sollte dann nach Kapstadt fahren, um dringend benötigte Waren zu holen, und ... er sah den Kommandanten der *Reliance*, Henry Waterhouse, auf das Regierungsgebäude zukommen. Er winkte ihm, setzte seinen Hut auf und ging ihm entgegen.

Nachdem der Gouverneur und sein ältester Marineoffizier sich begrüßt hatten, gingen sie zusammen zum Landungssteg. Als sie dort ankamen, betrachteten sie ein paar Minuten lang schweigend das Schiff.

»Ich war schon an Bord, Sir, kurz nachdem ich von der Ankunft der Schaluppe erfahren habe«, meinte Waterhouse. »Broome – Sie erinnern sich doch ganz bestimmt an ihn, Sir –«

»Broome?« wiederholte Gouverneur Hunter interessiert. »Wie könnte ich diesen Mann jemals vergessen? Führt *er* das Kommando?«

Waterhouse nickte. »Ja, Sir. Und er hat den Bau der Schaluppe auch von Anfang an überwacht. Er hat mir gesagt, daß er mit der Abdichtung des Schiffes nicht zufrieden gewesen ist, aber daß Captain Townson die Abfahrt um keinen Tag verschieben wollte. Er meinte, daß nötige Reparaturen hier vorgenommen werden könnten. Und das muß auch sein, Sir, sonst ist das Schiff für Bass und Flinders nutzlos.«

»Wie lange hat die Überfahrt gedauert?« fragte Hunter. »Hat Ihnen Broome das gesagt?«

Waterhouse lächelte. »Es ist sehr schnell gegangen, Sir«, antwortete er. »Die Windverhältnisse waren günstig, und es hat nur zwölfeinhalb Tage gedauert. Broome ist wirklich ein sehr guter Seemann, Sir, und ein erstklassiger Navigator. Er hatte nur einen Quadranten bei sich, den er selbst auf der Insel hergestellt hat, und er mußte seine Leute die ganze Überfahrt lang an den Pumpen arbeiten lassen. Das Schiff ist sehr schlecht abgedichtet – das muß hier gemacht werden.«

»Aber selbstverständlich«, meinte Hunter. Er schaute Waterhouse nachdenklich an und sagte: »Nun etwas anderes. Sie wissen ja, daß wir große Schwierigkeiten mit Macarthur und seinen Leuten haben, Henry!« Er erzählte seinem alten Freund, was er dem Duke von Portland geschrieben hatte, und fügte grimmig hinzu: »Wenn Seine Gnaden belieben, mir nicht zu glauben, werde ich darum bitten, daß Phillip King mich ablöst, und nach Hause fahren – das ist meine feste Absicht – dann werde ich den Fall Seiner Majestät persönlich darlegen. Admiral Phillip wird meine Aussagen bestätigen. Dann werden sie endlich aufhorchen müssen. Und das scheint mir der einzige Weg zu sein, wie ich die Kolonie vor diesen geldgierigen Halunken schützen kann, die es wagen, sich Offiziere Seiner Majestät zu nennen!«

John Hunter atmete schwer und fuhr fort: »Henry, ist Ihnen eigentlich klar, daß der Duke von Portland mir in einem Brief Macarthurs vehemente Anschuldigungen zugeschickt hat und mich offiziell darum bat, dazu Stellung zu beziehen – verdammt noch mal, mich gegen die Anschuldigungen zu *verteidigen!* So weit ist es schon. Und ich habe es getan – mein Brief ist sehr ausführlich geworden. Aber wird Portland mir Glauben schenken?«

»Das muß er, Sir. Sie sind der Gouverneur.« – Hunter schüttelte den Kopf.

»Da bin ich mir nicht so sicher. Zum Beispiel hat Macarthur mir die Schuld an dem Brand der Kirche in Sydney gegeben. Dabei war ich zu der Zeit in Parramatta, und Macarthurs Männer trieben sich auf dem Kirchplatz herum, spielten Karten, tranken und bändelten mit den Frauen an. Sie hätten den Brand rechtzeitig löschen können, aber Macarthur gab ihnen offensichtlich nicht den Befehl dazu, wie ich aus zuverlässiger Quelle erfahren habe. Und wie soll der Duke von Portland auf die Entfernung hin entscheiden können, was nun stimmt und was nicht?«

Henry Waterhouse schüttelte nachdenklich den Kopf. Auch er war nicht in Sydney gewesen, als die Kirche und einige Zeit später das neue Gefängnis in Brand gesteckt wurden. Das Gefängnis war nicht vollkommen ausgebrannt, aber von der Kirche war nichts als eine rußgeschwärzte Ruine übriggeblieben, und der Gottesdienst fand wieder im Freien statt.

»Ein Boot wird ins Wasser gelassen«, sagte Hunter. »Ich nehme an, daß Mister Broome an Land kommt und uns begrüßen wird. Wenn die Schaluppe in einen guten Zustand versetzt wird, stelle ich sie Flinders zur Verfügung, und er kann sich auf die Suche nach der vermuteten Bass-Straße machen.« Er lächelte und fügte hinzu: »Flinders kann auch gleich ganz durchsegeln und Tasmanien umsegeln!«

Henry Waterhouse fragte: »Und was haben Sie mit Broome vor, Sir? Ich nehme an, daß ihn Matt Flinders sehr gerne mitnehmen würde, und –«

Zu seiner Überraschung schüttelte der Gouverneur den Kopf. »Ich habe andere Pläne, Henry. Ich finde, er kann unserer Sache auf der *Reliance* von größerem Nutzen sein. Sie können ihn doch gebrauchen, oder?«

»Aber selbstverständlich, Sir«, stimmte der Kapitän der *Reliance* zu, »wenn Sie das wünschen.«

Das kleine Ruderboot legte am Landungssteg an, und der Kapitänsmaat Broome kam kurz darauf mit dem Hut in der Hand auf die beiden Männer zu.

»Zu Ihren Diensten, Sir«, sagte er. »Aber leider ist die *Norfolk* undicht und muß gründlich kalfatert werden, bevor sie Ihnen von Nutzen sein kann.«

Gouverneur Hunter schaute ihn nachdenklich an. Schließlich sagte er: »Ich freue mich darauf, das Schiff einer genauen Inspektion zu unterziehen, Mister Broome.«

»Sir«, fügte Johnny Broome in herausforderndem Ton hinzu: »Das Schiff ist sehr viel besser als der Kutter von Gouverneur Phillip!«

»Und Sie hatten ja genügend Zeit, die Vor- und Nachteile dieses Kutters eingehend zu studieren?« fragte Hunter lächelnd.

Und er lächelte noch immer, als er in das kleine Ruderboot stieg, das ihn zur *Norfolk* hinüberbringen sollte.

6

Die einzige Möglichkeit für unser Überleben sehe ich darin, Tim«, erklärte Jasper Spence mit Überzeugung und schaute den jüngeren Mann forschend an, »daß sich die Freien Siedler in dieser Kolonie zusammenschließen und faire Preise für unsere Erzeugnisse *fordern.* Wenn wir das nicht sehr bald tun, werden uns Macarthur und sein verbrecherisches Rum-Korps *ruinieren!*«

Timothy Dawson schaute ihn leicht verwirrt an. Es war ihm bewußt, daß sein Gastgeber lange Zeit einen Fuß in beiden Lagern gehabt hatte. Plötzlich jedoch hatte er eine heftige Auseinandersetzung mit Macarthur wegen einer unbrauchbaren Schiffsladung gehabt, und die Männer hatten einen Prozeß gegeneinander geführt. Henriettas Vater hatte den Prozeß verloren und sich daraufhin mehr oder weniger unvermittelt mit Richard Atkins und den beiden Ärzten Balmain und Arndell befreundet, die zu den erklärten Feinden Macarthurs gehörten.

Timothy wartete ab und nippte nachdenklich an seinem zweiten Glas Brandy. Seit dem Tod von Charles Brace hatte er jeglichen persönlichen Kontakt mit der Familie Spence vermieden. Er hatte Henrietta einen sehr förmlichen Beileidsbrief geschrieben und sonst nichts weiter unternommen. Und er hatte nie viel Zeit für soziale Kontakte gehabt – die arme Jenny lag seit Wochen mit hohem Fieber im Krankenhaus, und er hatte auf beiden Farmen schwer gearbeitet.

Gouverneur Hunter sprach den Farmern, in der guten Absicht, die öffentlichen Gebäude in Sydney fertigzustellen und die Gefängnisse in Parramatta und Toongabbe zu vergrößern, sehr viel weniger Sträflingsarbeiter zu als seine Vorgänger Gouverneur Phillip oder Colonel Grose. Und... Timothy trank sein Glas aus und seufzte. Obwohl er die Pläne des Gouverneurs respektierte und verstand, bedeutete die Kürzung an Arbeitskräften doch eine erhebliche Belastung für die Farmer... Jasper Spence sagte gerade: »Es ist Ihnen doch klar, Tim, daß Macarthur alles versucht, um den Gouverneur zum Rücktritt zu bewegen. Wenn er dieses Ziel erreicht, dann können wir am besten gleich packen und gehen!«

Timothy zuckte mit den Schultern. »Der Gouverneur repräsentiert Seine Majestät in dieser Kolonie, Sir, und Macarthur ist nur – verdammt noch mal – ein einfacher Captain in einem ganz und gar nicht ehrenwerten Korps! Wie kann er darauf hoffen, Erfolg zu haben?«

»Er besitzt Geld und sehr viel Land. Er übt auch einen großen – und ich möchte fast sagen – teuflischen Einfluß auf seine Mitoffiziere aus. Der arme Hunter hat keine Macht und vor allen Dingen keine Soldaten, die hinter ihm stehen. Wenn es zu einem Machtkampf kommt, hätte er überhaupt keine Chance.«

Timothy nickte. »Ich habe gehört, daß die Siedler und ein

paar begnadigte Sträflinge eine Bürgermiliz gründen wollen«, begann er, aber Spence unterbrach ihn ungehalten.

»Ja«, sagte er scharf. »Um die irischen Rebellen in den Griff zu kriegen – *nicht,* um die Macht des verdammten Rum-Korps zu brechen! Wenn Hunter wirklich gehen muß, dann tun die, was sie nur wollen!«

»Er würde doch nicht gehen, bevor ein neuer Gouverneur berufen worden ist, oder?«

»Die britische Regierung ist ausschließlich von dem Krieg in Anspruch genommen. Sie wissen, wie lange es dauert, bis der neue Gouverneur hier ankäme, und in der Zwischenzeit würde der dienstälteste Offizier des Neusüdwales-Korps die Gouverneursaufgaben erfüllen.« Jasper Spence vollführte eine verzweifelte Handbewegung. »Es wird behauptet, daß Captain King zurückkommt, aber niemand hat eine Ahnung, wann er wirklich hier ankommt, und Colonel Paterson ist immer noch in England. Also bleibt nur Foveaux übrig, und ich brauche Ihnen nicht zu sagen, daß er fest in Macarthurs Lager steht.«

Timothy wartete ab, weil ihm bewußt war, daß Jasper Spence ihn nicht nur deshalb eingeladen hatte, um sich mit ihm über die verbrecherischen Praktiken des Rum-Korps zu unterhalten. Aber es dauerte eine geraume Zeit, bis sein Gastgeber tatsächlich zur Sache kam, nachdem er ihre Gläser wieder aufgefüllt hatte.

»Tim«, sagte er ernsthaft, »es gibt nur eine Art, mit Macarthur umzugehen – abgesehen natürlich von der Tatsache, daß wir den Gouverneur uneingeschränkt unterstützen wollen –, man muß Macarthur meiner Meinung nach mit seinen eigenen Waffen schlagen.«

»Was meinen Sie genau damit, Sir?«

Spence lächelte. Er beantwortete die Frage mit einer anderen. »Wie hat denn dieser Kerl soviel Einfluß gewonnen, verdammt noch mal, wie hat er die Macht erhalten, die er heute genießt? Doch einfach dadurch, daß er mehr Land und mehr Tiere besitzt als irgendein anderer Farmer in dieser Kolonie und indem er die Handelsgeschäfte seiner Mitoffiziere ganz genau kontrolliert.«

Das stimmte sicher, dachte Timothy, aber er schwieg und hörte weiter zu, wie sein Gastgeber noch einmal in aller Deutlichkeit aussprach, was sie schon beide wußten, nämlich, daß die meisten Siedler nicht mehr Land als zweihundert Morgen besaßen.

»Wir müssen uns dringend zusammenschließen«, fuhr Jasper Spence fort. »Jeder Landbesitzer handelt bislang die Preise einzeln mit dem Proviantkommissar aus, und dasselbe läuft ab, wenn er irgend etwas, Alkohol, selbst Kleidung und Leder für Schuhe von den Korps-Offizieren kaufen möchte! Wenn er Arbeiter bezahlen muß, muß er ihnen Rum aushändigen, und Macarthur und seine Verbündeten kontrollieren praktisch alle Handelsgüter, die die Kolonie erreichen – der Gouverneur tut zwar alles, was in seiner Macht steht, aber das ist doch herzlich wenig. Er kann legal praktisch nichts unternehmen, weil die Frachtgüter rechtmäßig bezahlt sind und alle Frachtpapiere stimmen – er hat keine legale Handhabe, um die Fracht zu beschlagnahmen, und selbst wenn er es könnte, hätte er nicht genügend Geld zur Verfügung, um den Offizieren ihre Handelswaren abzukaufen.«

»Aber er kann doch unsere Erzeugnisse kaufen, Sir«, warf Timothy ein. »Und das hat er auch schon getan. Er –«

Wieder unterbrach ihn Spence. Er sagte ärgerlich: »Der arme Hunter hat da einen schweren Fehler begangen. Er kaufte den Siedlern so viel Korn ab wie nur möglich – viel mehr, als der Proviantkommissar verantworten konnte. Es konnte nicht ordnungsgemäß gelagert werden, und jetzt ist die Hälfte davon schon verdorben. Unsere Regierung in England wird nicht sehr begeistert sein, wenn sie für diese unnötigen Kosten aufkommen soll. Haben Sie die letzten Schmähschriften zu Gesicht bekommen?«

»Ein paar davon, ja, aber –«, versuchte Timothy sein Glück erneut.

»Sie sind zwar absolut lächerlich und übertrieben, aber es steckt leider doch eine gewisse Wahrheit in den Anschuldigungen. Wir können sicher sein, daß sie eines Tages in den englischen Briefkästen landen werden.«

Jasper Spence seufzte verbittert auf und griff dann wieder zur Brandyflasche. Sie war leer. Er stand auf und rief mit leiser Stimme: »Francis... kannst du uns noch eine Flasche Brandy bringen, meine Liebe?« Seine Stimme klang überraschend freundlich, und als eine schlanke, hübsche junge Frau kurz darauf mit der neuen Flasche erschien, bedankte sich Spence nahezu überschwenglich bei ihr. Als sie den Raum wieder verlassen hatte und er die Flasche öffnete, sagte er: »Dieses Mädchen, Francis O'Riordan, ist anders als die meisten Frauen hier. Die junge Frau stammt aus Irland, Tim. Ihr Vater war Arzt und ihr Bruder Rechtsanwalt, aber die Geschwister engagierten sich unglücklicherweise im irischen Freiheitskampf und wurden deshalb in die Verbannung geschickt.«

Jasper Spence nahm wieder Platz. »Tim, mein lieber Junge«, rief er plötzlich aus, »ich habe vor, wieder eine Partnerschaft mit dir einzugehen, wenn du das auch möchtest.« Er war in das vertrauliche Du verfallen.

Timothy starrte ihn überrascht an und errötete. Als Henrietta sich offiziell mit Charles Brace verlobt hatte, hatte er Spence sofort das Geld zurückgegeben, das der ältere Mann ihm geliehen hatte, und hatte die Partnerschaft mit ihm aufgelöst. Mit Bitterkeit erinnerte er sich, was diese Rückzahlung ihn gekostet hatte. Sein Gastgeber sprach weiter, strich die Vorteile heraus, die durch den Zusammenschluß ihrer Ländereien entstehen würden, nannte die genaue Summe, die er zur Verfügung hätte, um Tiere zu importieren und noch mehr Land zu kaufen.

»Ich bin kein Farmer, Tim, aber Sie sind der beste, den ich

kenne. Wenn wir unseren Landbesitz zusammenlegten, hätten wir genausoviel wie Macarthur, und wenn ich Ihnen die gesamte Verwaltung überlasse, könnte ich mich Aufgaben widmen, von denen ich mehr verstehe, denn ich bin eigentlich ein Kaufmann. Ich habe immer noch einen gewissen Einfluß und wertvolle Kontakte in Kalkutta. Ich würde persönlich dorthin fahren, Waren einkaufen und Schiffe chartern und –«

»Sozusagen als Konkurrenzunternehmen zum Rum-Korps?«

»Warum nicht, wenn ich die offizielle Genehmigung dazu erhalte. Und der Gouverneur hätte bestimmt nichts dagegen.«

Wahrscheinlich nicht, dachte Timothy, wenn auch nur, um die Vormachtstellung des Korps zu brechen. Das also hatte Spence gemeint, als er vorgeschlagen hatte, Macarthur mit seinen eigenen Waffen zu schlagen. Er hörte weiter zu und merkte plötzlich, daß er zuviel Brandy getrunken hatte. Seinem Gastgeber sah man das ungewohnte Trinken am Nachmittag auch schon an. Sein schmales Gesicht war rot angelaufen, und er sprach etwas schleppend.

»Na – türlich!« sagte er, »na – türlich ist das vorgeschlagene Geschäft zwischen uns ... nur möglich ... wenn – wenn wir miteinander verwandt wären, Tim. Das heißt, wenn Sie mein Schwiegersohn wären, mein lieber Junge, und unsere – äh – Partnerschaft eine Art Familienbetrieb würde, wenn ... wenn Sie mich recht verstehen.«

Jetzt war es heraus, dachte Timothy – der wahre Grund, warum Jasper Spence ihn zu sich gebeten hatte. Plötzlich eröffneten sich Timothy ungeahnte Möglichkeiten ... und er konnte sie mit beiden Händen ergreifen, wenn er Henrietta heiratete! Und hatte er Henrietta nicht schon immer heiraten wollen? Er atmete schwer und spürte, wie der Alkohol seinen Kopf vernebelte, als Spence plötzlich mit durchdringender Stimme fragte: »Sie haben doch in der Zwischenzeit nicht Ihre Meinung geändert, oder? Sie begehren meine Tochter doch immer noch als Frau?«

»Ihre Tochter hat mich in keiner Weise ermutigt, Sir«, stammelte Timothy. Er trank sein Glas aus. »Das heißt, sie –«

»Die Situation hat sich jetzt radikal verändert«, antwortete der ältere Mann. »Der arme junge Brace ist tot, wie Sie wissen.«

Das wußte er so gut wie kein zweiter, sagte sich Timothy, und fühlte wieder sein schlechtes Gewissen. Er hatte Henriettas Bräutigam getötet, als ob er ihm einen Kopfschuß versetzt hätte... er hatte Braces Tod herannahen sehen und hatte keinen Finger gehoben, um ihn zu retten. Er fühlte, wie ihm die verräterische Röte ins Gesicht stieg, als Spence voller Überzeugung bekräftigte: »Ich kann Ihnen versichern, lieber Tim, daß Henrietta jetzt nichts mehr gegen Ihren Antrag einzuwenden hat, und sie weiß sehr gut, daß diese Heirat meine uneingeschränkte Zustimmung finden würde. Ich habe ihr Glück im Auge – das ist doch nur zu verständlich für einen Vater, oder?« Er füllte ihre Gläser nach und lächelte. »Meinen Sie nicht?«

»Ja, natürlich, Sir.« Obwohl er immer noch zögerte, spürte Timothy, wie sein Herz beim Gedanken an eine Ehe mit Henrietta Spence schneller schlug. Das unerreichbare Mädchen würde ihm gehören – das wunderschöne Mädchen, das ihn so lange abgewiesen hatte, würde seine Frau sein, er würde sie besitzen, und ihr Stolz wäre endlich gebrochen. Auch sozial würde diese Ehe einen Aufstieg bedeuten. Die bessere Gesellschaft von Sydney käme nicht mehr darum herum, ihn einzuladen. Er würde am Tisch des Gouverneurs zu Abend essen, John Macarthur und seine Frau regelmäßig treffen, während er in aller Ruhe daran arbeiten könnte, ihn mit seinen eigenen Waffen zu schlagen.

Das waren herrliche Aussichten, aber Jenny Taggart fiel ihm ein, Jenny, der er sein Wort gegeben hatte und der er so vieles verdankte. Es war sein Wunsch gewesen, sie zu heiraten, und er hätte es auch schon längst getan, wenn sie nicht viele Wochen im Krankenhaus gelegen hätte.

Seit ihrer Rückkehr aus dem Krankenhaus hatte er erst einmal mit ihr geschlafen und...

Er seufzte. Jenny Taggart würde ihm bestimmt nichts in den Weg stellen, wenn er ihr alles erklärte. Hatte sie nicht selbst Zweifel an einer Heirat geäußert – hatte sie ihn nicht gewarnt, daß er es bedauern würde, wenn er sie zur Frau nehmen würde? So, wie sie nun einmal war, würde sie ihn nicht zwingen, sein Versprechen zu halten und... er würde für sie sorgen, für sie und für den kleinen Justin. Er würde ihr die Farm in Parramatta schenken, die ihr ursprünglich gehört hatte, und alle Tiere dazu.

»Nun?« fragte Jasper Spence leicht ungeduldig. »Wollen Sie sich meiner Tochter erklären?«

Timothy zögerte nicht länger. »Mit Ihrer Erlaubnis, Sir, würde ich das sehr gerne tun. Sie – Mistress Henrietta ist in Sydney, oder?«

Henriettas Vater nickte mit seinem weißhaarigen Kopf.

»Sie hält sich lieber dort auf, und O'Learys Frau kümmert sich dort um sie. Deshalb habe ich Francis O'Riordan hier aufgenommen, um mir den Haushalt zu führen. Ein Mann braucht eine Frau, und da meine eigene Frau leider gestorben ist, habe ich... nun, der große Verlust wird mir immer bewußter, das brauche ich Ihnen nicht zu sagen, Tim.«

»Das glaube ich Ihnen gern, Sir«, sagte Timothy und spürte wieder den forschenden Blick des älteren Mannes auf sich ruhen. Jasper Spence schenkte Brandy nach und hob mit großem Ernst sein Glas. »Auf unsere zukünftige Partnerschaft, mein lieber Junge – und hoffen wir, daß alles so gut läuft, wie wir es uns vorstellen!«

»Darauf stoße ich gerne mit Ihnen an, Sir.« Dann fügte Timothy hinzu: »Wenn es Ihnen richtig erscheint, werde ich Mistress Henrietta nächste Woche einen Besuch abstatten.« Jetzt hatte sich alles entschieden, er konnte nicht mehr zurück. Aber er schuldete es Jenny Taggart, daß er sie von der neuen Entwicklung informierte, bevor er Henrietta einen Heiratsantrag machte und... jetzt war der richtige Zeitpunkt dafür da, den endgültigen Bruch zwischen ihnen herbeizuführen. Jetzt, wo der gute Brandy seines zukünftigen Schwiegervaters seine Gewissensbisse noch herabmilderte, würde er Jenny besuchen und ihr gleich die volle Wahrheit sagen, auf die sie ein Anrecht hatte.

Er stand auf und verabschiedete sich leicht schwankend.

Am späten Nachmittag zügelte Timothy vor Jennys Haus sein Pferd. Jenny kam heraus, sie sah erschöpft und bleich aus. »Ich hatte dich nicht erwartet, Tim«, sagte sie. »Aber komm herein, Tom kann dir das Pferd abnehmen und –«

Timothy schüttelte den Kopf. Er stieg ab und sagte unvermittelt: »Ich bin hergekommen, um dich zu bitten, mir meine Freiheit zurückzugeben, mein Mädchen. Ich werde natürlich für euch sorgen, für dich und für Justin. Ich schenke dir hiermit die Farm zurück, die dir ursprünglich gehört hat, und sämtliche Tiere auch.«

Sie starrte ihn fassungslos an und brachte schließlich mit ausdrucksloser Stimme hervor: »Das ist... das ist sehr lieb von dir.«

»Das hast du auch verdient, mein Mädchen«, antwortete er leicht beschämt.

Jenny richtete sich auf, bemühte sich, ihre verwirrten Gefühle zu beherrschen, und sagte: »Du – heißt das, daß du Henrietta Spence heiraten wirst?«

Timothy nickte. »Du hast sie doch immer geliebt, oder?« fügte Jenny ohne Bitterkeit hinzu. »Du wolltest Henrietta doch schon immer heiraten – und nicht mich!«

»Ich mag dich sehr gern, Jenny«, antwortete er ungeschickt. »Und ich schulde dir soviel, ich –«

Sie unterbrach ihn. »Dann brauchen wir darüber kein Wort mehr zu verlieren. Natürlich bist du frei, Tim – ich würde niemals versuchen, dich gegen deinen Willen zu halten. Eine Verbindung zwischen Henrietta Spence und eine

Partnerschaft mit ihrem Vater... so eine Gelegenheit mußt du mit beiden Händen ergreifen! Wenn du mich heiraten würdest, bekämst du nur eine Sträflingsfrau... das hab' ich dir gleich gesagt, als du mich um meine Hand gebeten hast, oder?«

»Jawohl«, räumte er ein, »jawohl, das hast du gesagt, aber –«

»Es ist die Wahrheit«, meinte Jenny ernst. »Ich wünsche dir alles Gute, Tim, wirklich, ich wünsche dir aus ganzem Herzen alles Gute!«

»Das glaube ich dir«, entgegnete Timothy. Er nahm ihre Hand, führte sie an seine Lippen und zog dann aus seiner Satteltasche die Besitzurkunden von Jennys Farm. Er reichte sie ihr und sagte: »Ich danke dir, mein Mädchen, und Gott schütze dich. Ich...« Seine Stimme versagte, und er wandte sich ab, um sein bewegtes Gesicht vor ihr zu verbergen. Er sprang in den Sattel und ritt im Galopp davon, ohne sich noch einmal umzuschauen.

Jenny saß in dem alten Schaukelstuhl, den Tom Jenkins gebaut hatte, und sah die Sonne nicht, die in einem wunderbar golden strahlenden Abendhimmel unterging.

Auf ihrem Schoß lagen die Urkunden, die Tim ihr gegeben hatte, aber auch die sah sie nicht. Sie fühlte nur, wie froh sie darüber war, daß Watt Sparrow und Justin in Sydney waren und keiner der beiden ihre Erniedrigung miterleben konnte. Sie müßte es Watt erzählen, das war klar, und der alte Mann würde sich sehr darüber aufregen. Er hatte sich so auf ihre bevorstehende Verheiratung mit Tim Dawson gefreut und hatte seit ihrer Rückkehr aus dem Krankenhaus kaum über etwas anderes gesprochen... Jenny seufzte tief.

Aber sie könne froh sein, überhaupt noch am Leben zu sein, hatten die Ärzte ihr mitgeteilt, und sie wußte, daß sie recht hatten – sie war nur sehr knapp mit dem Leben davongekommen. Aber als sie vor Schwäche kaum mehr den Finger hatte heben können, hatte sie dennoch ums Überleben gekämpft – für Justin, und ironischerweise auch für Tim, im Glauben daran, daß er sie brauchen würde. Nun, Justin brauchte sie immer noch, aber Tim ... Tim brauchte sie nicht länger. Tränen stiegen ihr in die Augen.

Es waren Tränen der Schwäche, des Selbstmitleids ... sie weinte einem verlorenen Traum nach. Jenny setzte sich auf, ließ die Besitzurkunden auf den Boden fallen und ballte die Fäuste. Es gab immer noch einen anderen Traum, sagte sie sich, den Traum, den Gouverneur Phillip bei seiner Antrittsrede so gut formuliert hatte – seine Vision einer guten, lebenswerten Zukunft in der neuen Kolonie, an die sie seither nie aufgehört hatte zu glauben.

Außerdem gab es noch Justin. Jenny trocknete sich die Tränen und spürte, wie stolz sie auf ihren Sohn war. Justin wuchs zu einem schönen Kind heran. Seine Erziehung – die durch die Zerstörung der Kirche in Sydney unterbrochen worden war – wurde in der Schule abgehalten und zeigte gute Erfolge. Watt hatte ihn heute morgen nach Sydney zurückgebracht, wo er ab morgen früh weiter im neugebauten Schulgebäude unterrichtet würde.

Und die Zukunft ... Jenny lächelte. Seit sie ihrem Sohn von seinem Vater erzählt hatte, wollte er ein Seemann werden. Mit seinen sieben Jahren schlug er sich schon mit Navigationsproblemen herum und nutzte jede Gelegenheit, etwas über Sextanten und Kompasse zu erfahren.

Nun, wenn der Wissensdurst des Jungen nicht vorzeitig nachließ, dann würde alles gutgehen, dachte Jenny.

Der Morgen des 7. Novembers zog hell und klar herauf. Eine südöstliche Brise wehte. Matthew Flinders ging unter Deck, um noch zwei extra Wasserbehälter zu verstauen, die er auf seiner geplanten Fahrt sicher gut gebrauchen könnte, und entdeckte ganz zufällig einen blinden Passagier. Er zog ihn an der Jacke aus seinem Versteck. Es war ein kleiner Junge, der ihn mit schamrotem Gesicht anschaute.

»Bitte, Sir – *bitte,* Mister Flinders, ich möchte mit Ihnen fahren. Ich werde mich auch sehr nützlich machen – Doktor Bass wird Ihnen bestätigen, daß ich schon sehr viel von Booten verstehe, Sir. Er hat mir alles beigebracht. Bitte, Sir, nehmen Sie mich mit. Ich –«

Flinders unterbrach ihn. »Du bist Justin, nicht wahr – Justin Taggart?« fragte er ihn ernst. Der Junge nickte. »Müßtest du nicht eigentlich in der Schule sein?« fragte der Kapitän der *Norfolk*. Wieder nickte der Junge mit seinem blonden Schopf. Er versuchte nicht einmal, sich eine Entschuldigung auszudenken. Flinders erinnerte sich an seine eigene Kindheit und fragte sehr freundlich: »Wie alt bist du, Justin?«

»Ich bin ... das heißt, ich werde sehr bald zehn, Sir«, antwortete Justin. Um seine Lüge zu vertuschen, fügte er eilig hinzu: »Sie nehmen doch Jungens ab zehn Jahren auf, oder, Sir? Sie bilden sie aus und –«

»Ja, manchmal schon – *wenn* sie zehn Jahre alt sind und die Eltern nichts dagegen haben. Allerdings nicht, wenn sie Schule schwänzen und ihr wahres Alter verschweigen. Wie alt bist du, Justin?«

»Fast sieben«, gab Justin kleinlaut zu.

»Und sind deine Eltern damit einverstanden, mein Junge?«

»Nein, Sir. Mein Vater ist nicht hier – er dient in der Königlichen Marine. Und meine Mutter ... nun, sie ...«

»Es tut mir leid, mein Junge«, sagte Flinders mit ehrlichem Bedauern. »Aber du bist zu jung – ich kann dich nicht mitnehmen. Aber wenn du etwas älter bist und dich weiterhin für die Seefahrt interessierst, dann versprech ich dir, daß du mit mir fahren kannst. Aber diesmal geht es beim besten Willen nicht.«

Justin stellte seine Entscheidung nicht in Frage. Er wurde

in Kürze an Land gerudert, und kurz darauf lichtete die *Norfolk* ihren Anker.

7

Henrietta Spences Hochzeit mit Timothy Dawson fand am Neujahrstag des Jahres 1799 statt. Es war so gar nicht die feierliche Zeremonie, von der sie geträumt hatte. Ihr Bräutigam trug, obwohl er sehr elegant gekleidet war, Zivilkleidung, und keine militärische Ehrengarde empfing das neu getraute Paar beim Verlassen der Kirche mit gekreuzten Schwertern.

Selbst die Kirche war eine Enttäuschung. Die Grundmauern für einen großen Steinbau waren erst vor kurzem gelegt worden, und die Wände waren erst einen knappen Meter hochgezogen. Deshalb fanden die Gottesdienste zur Zeit in einer ehemaligen Scheune statt, und trotz eines Blumenmeers war nicht zu verkennen, wo man sich eigentlich befand. Außerdem hatte die stickige, feuchte Luft den frischen Blüten schwer zugesetzt, und die roten Rosen in Henriettas Brautstrauß ließen schon die Köpfe hängen, noch bevor Henrietta die Kirche betreten hatte.

Die Gästeliste aber machte ihr große Freude. Der Gouverneur hatte die handgeschriebene Einladung angenommen, ebenso der neuernannte Kommandant des Neusüdwales-Korps, Colonel Paterson, der mit Captain Abbott und ihren Frauen im November in die Kolonie zurückgekehrt war. Die anderen Korps-Offiziere waren natürlich eingeladen worden, und die Macarthurs hatten versprochen, mit ihrer großen Familie aus Parramatta anzureisen – der Streit Captain Macarthurs mit Henriettas Vater war vorübergehend vergessen.

Da heute nicht nur ihr Hochzeitstag, sondern auch der letzte Tag des Jahrhunderts war, herrschte unbeschwerte

Feststimmung, und selbst wenn die Umgebung nicht ganz ihren hochgestochenen Anforderungen entsprach, bestand die Hochzeitsgesellschaft doch aus dem Besten, was Sydney zu bieten hatte... und es würde wohl lange Zeit dauern, bis eine vornehmere Gesellschaft hier wieder zusammenkäme.

Henrietta genoß es, daß sie bildschön aussah – die geflüsterten Bewunderungen der vor der Kirche versammelten Menschen hatten sie darin nur bestätigt. Es war zwar nur der übliche Pöbel, der immer irgendwo auf den Straßen anzutreffen war – schlecht gekleidete Sträflingsfrauen, arbeitslose, begnadigte Männer, Soldaten, die gerade dienstfrei hatten... und nur wenige von ihnen waren nüchtern. Henrietta verzog voller Abscheu ihr schönes Gesicht. Es war traurig, aber wahr, daß selbst tagsüber die meisten Menschen in Sydney laut, betrunken und gehässig waren. Nachts war es noch sehr viel schlimmer, aber da hielten sie sich in den übelsten Stadtvierteln auf, wo in jedem zweiten Haus Alkohol verkauft und käufliche Liebe angeboten wurde.

Trotzdem hatten ihr die schmeichelhaften Kommentare gutgetan. Sie blickte stolz ihrem gutaussehenden Mann entgegen, der lächelnd auf sie zutrat. Er trug einen grauen Cutaway, war groß und stark, ein wirklicher Mann... ein *Ehemann,* dessen sie sich wirklich nicht zu schämen brauchte. Während ihrer Brautzeit hatten sich seine Manieren schon gebessert. Er hatte zwar nicht so viel Charme wie der arme Charles Brace und bei weitem nicht eine gleichgute Kinderstube genossen, aber er besaß andere Qualitäten, die in einer Kolonie wie dieser hier vielleicht noch viel wertvoller waren. Ihr Vater mochte ihn sehr gern, und er war ja wirklich in den wenigen Jahren zu einem der größten und erfolgreichsten Landbesitzer der Kolonie aufgestiegen... Henrietta schaute noch einmal ihren Bräutigam an, und ihr Herz schlug schneller.

Timothy hatte in den letzten Wochen mit zärtlicher Liebe um sie geworben. Seine Aufmerksamkeiten hatten ihr geschmeichelt, weit mehr, als die korrekten und manchmal geradezu verkrampften Versuche, die Charles Brace in dieser Hinsicht unternommen hatte. Aber Charles, das wußte sie, hatte andere Frauen gehabt. Francis O'Riordan hatte ihr das erzählt oder es zumindest doch unmißverständlich angedeutet. Sie konnte dieser undankbaren Person natürlich nicht alles glauben, was sie erzählte, und man durfte nicht vergessen, daß die freiheitsliebende Irländerin Charles Brace richtiggehend gehaßt hatte, warum auch immer.

Als die Hochzeitsgesellschaft nach der Trauung die Kirche verließ, bemerkte Henrietta gleich, daß irgend etwas unter den Zuschauern vorging. Ein Wachmann hielt einen um sich schlagenden, blonden Jungen mit einer Hand fest, und mit der anderen hatte er ein Pferd am Zügel ergriffen, das viel zu groß für einen so kleinen Jungen war. Ein Mann schrie ihn an, den Buben doch loszulassen, aber der Wachmann hörte nicht darauf.

»Du reitest jetzt sofort dahin zurück, wo du hergekommen bist!« ordnete er an. »Oder du bekommst eine Anzeige wegen Ruhestörung. Weißt du denn nicht, daß in der Kirche eine Hochzeit stattfindet?« Als er das Brautpaar herankommen sah, fügte er entschuldigend hinzu: »Es tut mir leid! Aber dieser Lausbub hier sagt, daß er unbedingt Mister Dawson sprechen muß, und –«

Der Junge unterbrach ihn. Sowie er Timothy erkannte, rief er mit hoher Stimme: »Onkel Tim – Mama hat mich hergeschickt! Bitte, Onkel Tim, du mußt mich anhören!«

Timothy fragte: »Was ist denn los, mein kleiner Justin? Ist etwas passiert?«

»Der Fluß, Onkel Tim!« stieß Justin atemlos hervor. »Es war ein Regensturm, und der Fluß ist über die Ufer getreten. Er ist – in weniger als zwei Stunden sechs Meter gestiegen! Mama ist mit Opa Watt und Tom Jardine hingeritten, um die Tiere zu retten, aber sie sagte mir, daß ich dir Bescheid geben soll – obwohl es heute dein Hochzeitstag ist.«

Henrietta sah, daß im Nordwesten sich dunkle Wolken am Himmel auftürmten, und sie wußte sowohl von ihrem Vater als auch von Timothy, daß am Hawkesbury plötzliche schwere Gewitter auftraten. Aber sicherlich würde Timothy doch heute nicht... sie wartete mit angehaltenem Atem ab, was ihr Mann tun würde. Und seine Antwort ärgerte sie mehr, als daß sie davon überrascht war.

»Ich komm sofort mit, mein Junge«, versprach er. »Bring das Pferd her.« Er drehte sich zu Henrietta um und lächelte sie unsicher an, weil er nicht wußte, wie er es ihr begreiflich machen sollte. Sie kam ihm zuvor und flüsterte: »Timothy, heute ist unser Hochzeitstag... und wir haben gleich einen Empfang! Der Gouverneur ist anwesend – und die Patersons – und die Macarthurs – all unsere Gäste. Du *kannst* nicht wegreiten!«

»Es tut mir leid, meine Liebe«, antwortete Timothy mit ungewohnt hartem Tonfall. »Ich muß hin – es handelt sich um unsere Existenz. Versuch es zu verstehen. Jenny Taggart hätte nicht nach mir schicken lassen, wenn meine Anwesenheit dort nicht notwendig wäre, das versichere ich dir.« Dann fuhr er in sanfterem Ton fort: »Du... ich bitte dich darum, in meiner Abwesenheit für unsere Gäste zu sorgen. Erkläre ihnen, was passiert ist, und... meine Liebste, ich werde so schnell wie möglich zurückkommen.«

Er küßte sie auf die Wange, umarmte sie einen flüchtigen Augenblick lang, zog dann seine elegante graue Jacke aus und reichte sie ihr. Ihr Vater und Doktor Arndell hatten volles Verständnis für seine Entscheidung. Henrietta nahm sich zusammen und blickte ihrem frisch angetrauten Ehemann nach, als er mit Justin Taggart vor sich im Sattel eilig davonritt.

Er schaute sich nicht um und war bald in der Menge verschwunden.

Henriettas Vater trat neben sie und nahm ihren Arm. Der Gouverneur und Colonel Paterson beglückwünschten sie und äußerten zugleich ihr Bedauern über den unglücklichen Zwischenfall.

»Der Empfang findet aber trotzdem statt, Captain Hunter«, sagte Henrietta so gefaßt wie möglich. »Ich hoffe, Sir, daß Sie uns trotz der Abwesenheit meines Mannes die Ehre Ihrer Anwesenheit schenken.«

»Aber selbstverständlich, Misses – ah – Mistress Dawson«, antwortete Hunter galant, »ich werde selbstverständlich gerne kommen.«

Alles in allem war der Empfang ein großer Erfolg. Henrietta sah bezaubernd aus und wirkte trotz der Abwesenheit ihres frischangetrauten Ehemannes heiter und gelassen. Dadurch gewann sie sich die Sympathie aller Gäste. Gouverneur Hunter ließ das Brautpaar hochleben, und die Hochzeitsgesellschaft trank auf die Zukunft der Neuvermählten. Henrietta dankte dem Redner mit wohlgesetzten Worten und sah sehr glücklich aus.

Aber innerlich fühlte sie sich verletzt und bedauerte den Tod von Charles Brace mehr als jemals zuvor. *Er* hätte sie nicht an ihrem Hochzeitstag alleingelassen, dachte sie bitter. Charles, Gott sei seiner Seele gnädig, war ein wirklicher Gentleman gewesen, was man von Timothy beim besten Willen nicht behaupten konnte. Aber als sie sich an die liebevolle Werbung ihres Mannes erinnerte, fühlte sie sich schon wieder besser.

»Ich liebe dich, Henrietta«, hatte Timothy versichert, »mit meinem ganzen Herzen... ich liebe dich vor allen anderen Menschen dieser Erde. Wenn du mich heiratest, machst du mich zum glücklichsten Menschen, den es überhaupt gibt!« Henrietta weinte sich in den Schlaf und betete darum, daß ihr Mann bald und gesund zurückkäme. Aber ihr Gebet wurde erst nach drei Tagen erhört, als Timothy unrasiert und zu Tode erschöpft nach Hause kam. Vom Schlafmangel waren seine Augen gerötet. Die meisten seiner Tiere hatten gerettet werden können, aber die Hälfte des geernteten Getreides war weggeschwemmt worden, und ein halbes Dutzend Schafe war ertrunken.

Henrietta konnte ihm trotz der traurigen Erinnerungen an ihre allein verbrachte Hochzeitsnacht keine Vorwürfe machen, aber trotzdem blieb, obwohl sie versuchte, die Ereignisse zu vergessen, Bitterkeit in ihr zurück.

Sie liebten sich leidenschaftslos, und es machte ihr keine Freude. Als er schließlich schlief und sein kräftiger Körper neben ihr im Ehebett lag, das ihren Eltern gehört hatte, weinte sie ihren verlorenen Träumen nach und betrauerte wieder den jungen Offizier, den sie geheiratet hätte, wenn er nicht tragisch ums Leben gekommen wäre. Charles hätte sich feinfühliger erwiesen, sagte sie sich unglücklich. Ganz gleich, wie erschöpft er nach Hause gekommen wäre, er wäre niemals ungewaschen zu ihr ins Bett gekommen, was Timothy doch tatsächlich getan hatte. Und er hätte auch ganz sicher nicht geschnarcht, wie ein – wie ein Tier.

»Ihr sollt euch lieben, bis der Tod euch scheidet«, hatte der Kaplan gesagt, als sie vor dem Altar gekniet hatten. Henrietta nahm sich vor, daß sie es wirklich versuchen würde. Der Mann, der neben ihr schnarchte, war ihr Ehemann... sie hielt den Atem an. Ihr *Ehemann,* dem sie versprochen hatte, ihn zu lieben, zu ehren und ihm zu gehorchen... Sie hob sich auf einen Ellenbogen und berührte mit ihren Lippen seinen halbgeöffneten Mund.

Sie hatte ihn damit nicht wecken wollen, aber er bewegte sich, und sie sah im Mondlicht, das durch das Fenster hereinfiel, daß er lächelte. Er nahm ihre Hand und murmelte erschöpft: »Ach, liebe Jenny, es ist gut, bei dir zu sein... aber laß mich noch etwas schlafen! Ich bin vollkommen erledigt, ich –«

Henrietta drehte sich verletzt zur Seite und weinte bitterlich, als sie die Bedeutung seiner Worte endlich voll zu begreifen glaubte.

Das war es also gewesen, deshalb hatte Timothy sie an

ihrem Hochzeitstag verlassen! Die Geschichte von dem über die Ufer gestiegenen Fluß war nur eine Ausflucht gewesen, Jenny Taggart hatte einfach nach seiner Gegenwart verlangt, und er hatte ihr gehorcht, ohne auch nur einen Augenblick zu zögern … und es schien auch ganz so, als ob er die Gewohnheit hatte, mit ihr ins Bett zu gehen.

Sie kannte Jenny Taggart nicht, hatte sie noch nicht einmal gesehen, haßte sie aber in diesem Augenblick wie sonst niemanden auf der Welt, und als Timothy durch ihr Schluchzen erwachte und sie in seine Arme nahm, sträubte sie sich, schrie hysterisch und trommelte mit ihren Fäusten gegen seine Brust.

Schließlich verlor er die Geduld und nahm sie mit einer Leidenschaft, die sein vorheriges Verhalten vergessen machte.

Ihr Körper reagierte wie im Rausch, und sie fand endlich die Erfüllung, die sie so sehr ersehnt hatte. Dann drängte sich Henrietta an ihn, barg ihr tränennasses Gesicht an seiner nackten Brust, und Timothy flüsterte ihr zärtliche Worte ins Ohr.

»Du bist meine Frau, und ich liebe dich, Henrietta«, flüsterte er. »Keine andere Frau – nur du, meine Liebste –, jetzt und auf ewig. Vom ersten Augenblick, als ich dich zum erstenmal sah, begehrte ich dich zur Frau, das schwöre ich.«

Sie versuchte ihm zu glauben, den Namen zu vergessen, den er im Halbschlaf gemurmelt hatte, aber es gelang ihr nicht ganz, und schließlich sank auch sie in Timothys Armen in tiefen Schlaf.

Am Morgen des 12. Januar wurde die Flagge auf dem Südkap gehißt, und bald wußte jedermann in Sydney, daß sie die Rückkehr der Schaluppe *Norfolk* angekündigt hatte.

Eine große Menschenmenge hatte sich versammelt, um der Hinrichtung eines Mannes und der Auspeitschung von zwei irischen Rebellen beizuwohnen. Die Begnadigung in letzter Minute am Fuße des Schafotts brachte die Zuschauer um das Spektakel, und da Auspeitschungen etwas ganz Alltägliches waren, zerstreuten sich die meisten, um die Ankunft von Lieutenant Flinders und seiner Mannschaft abzuwarten.

Justin Taggart war noch in der Schule, als er von der Ankunft der Schaluppe erfuhr, aber trotz seiner Bitten erlaubte ihm der Lehrer nicht, den Unterricht frühzeitig zu verlassen. Als er nach der Schule atemlos an der Kaimauer ankam, war kein Ruderboot mehr da, mit dem er zum Ankerplatz des Schiffes hätte hinausfahren können.

Er war untröstlich und ging zur Schiffswerft hinüber, wo er den Bootsbauer Tom Moore bei der Arbeit antraf.

Moore war ein freundlicher Mann, der alle Männer gern hatte, die ihm in der Werft zur Hand gingen, und der den kleinen Justin ganz besonders gern mochte, der sich geschickter als die meisten anderen anstellte.

»Nun, mein junger Freund, willst du mir etwas helfen?« Er wischte sich den Schweiß von der Stirn und schaute auf seine große Taschenuhr. »Was ist denn das – die Schule kann doch erst in zwei oder drei Stunden aus sein! Was machst du denn schon hier – schwänzt du mal wieder, oder?«

Justin nickte verschämt mit dem Kopf. »Wir hätten eigentlich Sport – aber danach gehe ich wieder hin.« Dann lächelte er und sagte: »Die *Norfolk* ist gesichtet worden, Mister Moore.«

»Ich habe davon gehört. Wird noch ne Weile dauern, bei diesem Südostwind, meinst du nicht, mein Junge?«

»Das Lotsenboot ist schon vor mehr als zwei Stunden losgefahren«, erzählte Justin. »Ich hätte mitfahren dürfen, aber Mister Finch gab mir nicht frei. Ich wäre so gerne mit auf die *Norfolk* hinausgefahren. Wissen Sie, Mister Flinders hat gesagt, daß er mich auf seine nächste Reise mitnimmt, und ich –«

»Da hast du ja wirklich Pech gehabt!« meinte Moore mitfühlend. »Aber wenn du jetzt sowieso schon schwänzt, könntest du auch mir ein paar Stunden zur Hand gehen, oder? Hol mir das Holz da drüben!«

Justin gehorchte ihm gern.

»Wenn ich groß bin, will ich Seemann werden, Sir«, sagte der kleine Junge mit voller Überzeugung.

»Das ist aber ein hartes Leben – und ich muß es ja schließlich wissen, denn ich habe fünfzehn Jahre lang in der Königlichen Marine gedient.«

Dann arbeiteten die beiden schweigend, wobei Justin sich sehr geschickt anstellte. Moore hatte ihm schon seit langem eine Freude machen wollen und meinte: »Ich habe eine gute Idee. Wenn du mir noch eine Stunde helfen magst, dann bin ich hier fertig, und dann rudere ich dich zu der *Norfolk* hinaus. Wie findest du das?«

Justin sprang vor Freude in die Luft. »Oh, prima, Mister Moore. Vielen Dank, Sir.«

Als sie im Boot saßen, erklärte Justin stolz: »Mein Vater ist Seemann, deshalb möchte ich auch einer werden. Mama hat mir alles über ihn erzählt. Er –« die *Norfolk* kam in diesem Augenblick in Sicht, und er rief ganz aufgeregt. »Da ist sie, Mister Moore – da ist die *Norfolk!«*

Moore schaute über die Schulter. »Ja, das ist sie tatsächlich. Und ich möchte wetten, daß die Pumpen gehen, genauso wie damals, als sie von Norfolk herüberkam. Sie ist kein sonderlich seetüchtiges Schiff, Justin.«

»Aber warum denn, Mister Moore?« fragte Justin. Er beschattete die Augen mit der Hand und schaute angestrengt zum Schiff hinüber. »Es sieht doch wunderbar aus – wie eine Möwe, die auf dem Wasser schaukelt.«

»Gegen die Form ist auch nichts einzuwenden, mein Junge«, gab der Schiffbauer zurück. »Sie ist nur aus dem falschen Holz gebaut.« Sie gingen zum Boot und fuhren los. Moore erklärte dem Jungen technische Details und vergaß darüber ganz, daß er noch viel zu klein war, um solche Einzelheiten wirklich verstehen zu können. Dann fügte er hinzu: »Es ist überhaupt ein Wunder, daß der junge Mister Flinders es bis hierher geschafft hat – ich habe, ehrlich gesagt, nicht daran geglaubt. Und wenn er und Doktor Bass die Trasse gefunden haben, die sie zwischen Australien und Tasmanien vermutet haben, dann ist das noch ein größeres Wunder!«

Als sie näher an die Schaluppe herankamen, hörte Justin tatsächlich das Geräusch der Pumpen. Von Deck erkannte Matthew Flinders den blonden Jungen, und er lachte vergnügt.

»Dein Sohn kommt an Bord, Johnny«, sagte er. »Und unser Freund Tom Moore, der uns prophezeit hat, daß das Schiff es nicht bis zur Bass-Straße schaffen würde!«

Johnny Broomes Gesicht wurde trotz der Sonnenbräune blaß, als er Justin an Deck hob. Matt Flinders hatte ihm die Geschichte erzählt, daß der Junge vor drei Monaten versucht hatte, sich als blinder Passagier auf der *Norfolk* einzuschmuggeln; und sowohl er als auch George Bass hatten sich auf Johnnys Kosten über die große Ähnlichkeit zwischen ihm und dem Jungen lustig gemacht. Aber als er ihn auf dem Arm hielt, mußte er sich eingestehen, daß seine Freunde recht hatten. Der Junge sah ihm *wirklich* sehr ähnlich.

Er überließ es Flinders und Bass, Tom Moore die erfolgreiche Geschichte ihrer Tasmanienumsegelung zu erzählen, und trug den Jungen hinüber auf die Leeseite des Schiffes.

»Ich kann allein gehen, Sir«, protestierte Justin und versuchte, sich aus Johnnys Umarmung zu befreien. »Ich bin doch kein Kind mehr.«

»Das weiß ich, mein Junge«, versicherte ihm Johnny, »aber ich möchte mit dir allein sprechen.« Er suchte nach Worten und stellte dann einfach die wichtigste Frage: »Du heißt Justin – Justin Taggart?«

»Ja, Sir.« Der Junge schaute ihn mit seinen blauen Augen überrascht an. »Sir – haben Sie die Straße gefunden? Haben Sie Tasmanien umsegelt?«

»Ja, das haben wir, Justin… und ich werde dir natürlich alles erzählen. Aber zuerst – heißt deine Mutter mit Vornamen Jenny?«

Noch überraschter nickte Justin mit dem Kopf. Johnny stellte ihm eine Frage nach der anderen, und der Junge beschrieb ihm die Farm in Parramatta und erzählte, daß seine Mutter das Land mit Hilfe seines Großvaters und einem Sträfling namens Jardine bearbeitete. Da er nichts von einem Ehemann Jennys erwähnte, fragte Johnny: »Und wo ist dein Vater, mein Junge? Weißt du etwas von ihm?«

»Aber natürlich, Sir«, antwortete Justin. »Mein Vater dient in der Königlichen Marine.« Mit großem Stolz fügte er hinzu: »Und er ist ein mutiger Mann, Sir, und auch ein guter Mann, obwohl er unter denselben Umständen wie meine Mutter hierhergekommen ist. Mein Vater hat etwas getan, was sonst niemand geschafft hat – er ist geflohen und in einem offenen Boot bis nach Timor gesegelt, das viel kleiner war als diese Schaluppe, Sir.«

Tränen stiegen Johnny in die Augen, als er hörte, wie der Junge ihm Einzelheiten aus dem Leben seines Vaters berichtete, die ihm Jenny erzählt haben mußte. Er konnte nicht länger daran zweifeln, daß dieser Junge sein Sohn war. Jenny hatte ihn dem Kleinen gegenüber zum Ideal erhoben, und über kurz oder lang würde dem Jungen auffallen, daß er in Wirklichkeit ganz anders war. Er war kein Held, und die Flucht nach Timor in dem gestohlenen Kutter war in Wirklichkeit nichts weiter als ein verzweifelter Versuch zu überleben gewesen, den jeder andere auch gewagt hätte! Er und seine Freunde hatten einfach immer weitergemacht, weil sie keine andere Wahl gehabt hatten. Das Risiko, auf hoher See zu sterben, war nicht größer als das Risiko, gehängt zu werden, wenn sie sich dazu entschieden hätten, in die Kolonie zurückzukehren, und alle hatten sich für die erste Möglichkeit entschlossen.

»Wir sind fast schon im Hafen, Sir!«, rief Justin aus und

holte Johnnys Gedanken damit in die Gegenwart zurück. »Und schauen Sie mal, wie viele Menschen dort warten! Der Gouverneur ist auch da und die Kinder aus der Schule… ich glaube, sie werden grün vor Neid, wenn sie mich hier mit Ihnen stehen sehen!«

Hätten sie Grund, seinen Sohn zu beneiden, überlegte sich Johnny, oder hätten sie nicht vielmehr Mitleid mit ihm, wenn sie die Wahrheit wüßten? Hochrufe ertönten, als das Schiff mit immer noch arbeitenden Pumpen den Anker warf.

In diesem Augenblick fiel Johnny die Entscheidung plötzlich ganz leicht. Er legte dem kleinen Jungen seine Hand auf die Schulter und bat mit sanfter Stimme: »Ich wäre sehr froh, wenn ich dich morgen vormittag zu deiner Mutter begleiten dürfte, Justin?«

»Aber natürlich, Mister Broome, natürlich können Sie das«, antwortete Justin überrascht. »Ich – ich bin sicher, daß sie sich über Ihren Besuch geehrt fühlen wird, Sir.«

Jenny war gerade auf dem Weg zum Pferdestall, als sie hörte, wie Justin sie mit seiner hohen Stimme rief. Sie war überrascht, daß er hier war, weil er eigentlich um diese Zeit Schulunterricht hatte. Ihr Herz setzte einen Schlag aus und fing dann wie rasend an zu hämmern, als sie bemerkte, wer sich ihrem Haus näherte. Er hat sich nicht verändert, dachte sie, obwohl er in der gutgeschnittenen Uniform noch besser aussah als früher in seinen abgerissenen Sträflingslumpen. Und er lächelte.

»Johnny!« rief sie aus, und war so froh ihn wiederzusehen, daß die dazwischenliegenden harten Jahre keine Rolle mehr zu spielen schienen. Aber das war eine Illusion, das wußte sie genau. Sie war kein junges Mädchen mehr, sondern eine von einem schweren Leben gezeichnete Frau, denn die Krankheit war nicht spurlos an ihr vorübergegangen, aber… vor ihr stand Johnny Butcher, der Vater ihres Sohnes, der sie vor vielen Jahren geliebt hatte und sie heiraten wollte. Sie schürzte ihren Rock und rannte auf ihn zu. »Oh, Johnny, ich bin so froh, dich endlich wiederzusehen!«

»Und ich erst, Jenny!« Er nahm ihre beiden Hände und küßte sie, und Justin schaute vollkommen verwirrt drein.

»Ihr kennt euch ja!« rief Justin aus, als er die Sprache wiedergefunden hatte. »Mama, du *kennst* ihn ja! Aber Mister Broome hat mir kein Wort davon gesagt, und ich dachte…« Er unterbrach sich, als ihm ganz langsam etwas dämmerte. »Mama, ist er – Mama, ist er… ist er *mein Vater?*«

Jenny schaute Johnny fragend an, und als sie das Einverständnis in seinen Augen las und ihn lächeln sah, antwortete sie nach kurzem Zögern: »Ja, Justin, das ist dein Vater.«

Einen Augenblick lang herrschte Schweigen, und die beiden warteten auf die Reaktion des kleinen Jungen, aber dann ging Justin auf Johnny zu und streckte ihm die Hand entgegen. Er sagte ernsthaft: »Ich bin sehr froh, daß Sie zurückgekommen sind, Sir. Sie…« Er beendete diesen angefangenen Satz nicht, sondern rief aufgeregt und triumphierend aus: »Das muß ich Opa Watt erzählen: der wird sich vielleicht freuen… und dann den Jungen in der Schule. Dann dürfen sie mich nie mehr ›Niemandskind‹ nennen, oder?«

Er rannte los, um den alten Watt zu suchen, und Johnny fragte, wobei er den Blick zu Boden gesenkt hielt: »Dann hast du also nicht geheiratet, mein Mädchen?«

»Nein«, antwortete Jenny und merkte, wie ihr die Röte ins Gesicht stieg. »Nein, ich habe nicht geheiratet.«

»Ich auch nicht.« Er wagte immer noch nicht, sie anzusehen. »Und was ist aus Munday geworden, Jenny?«

»Er ist tot«, entgegnete Jenny mit ausdrucksloser Stimme. »Die Soldaten haben ihn in der Nacht von Justins Geburt erschossen – sie behaupteten, daß er fliehen wollte. Aber er wollte nicht fliehen – der arme Kerl war auf dem Weg, um die Hebamme für mich zu holen.«

»Es war kein großer Verlust für dich, oder?«, fragte Johnny.

»Nein«, gab sie zu. »Kein wirklicher Verlust. Aber er hat mir sehr leid getan, Johnny.«

»Du hast schon immer ein weiches Herz gehabt«, sagte Johnny zärtlich. Er schaute sich um und meinte nach einer Weile: »Du hast dein Wort gehalten. Du hast dir hier wirklich ein schönes Zuhause aufgebaut. Gehört das Land dir, Jenny?«

»Ja.« Sie fühlte sich noch immer unsicher, weil sie den Grund für seine Rückkehr nicht kannte. Sie würde ihm erzählen müssen, wie sie das Land erworben hatte, sie würde ihm von Tim Dawson berichten müssen, aber... sie hatten ja Zeit genug. Und Tim war jetzt mit Henrietta verheiratet. Er... Johnny nahm ihre Hand.

Johnny ergriff wieder das Wort: »Es ist schon lange her, seit ich dich darum bat, mich zu heiraten, meine Jenny – und du hast mich damals abgewiesen. Würdest du mich wieder zurückweisen, wenn ich dich heute darum bitten würde?« Er lächelte sie mit diesem optimistischen Lächeln an, das sie nie vergessen hatte. »Wir haben einen Sohn zusammen, auf den wir beide stolz sein können und... zum Teufel noch mal, ich möchte ihm meinen Namen geben! Meinen *eigenen Namen* – Broome, nicht den, der auf der Sträflingsliste steht. Was meinst du dazu, Jenny, willst du einen Seemann heiraten, der dich all die Jahre lang nicht vergessen konnte?«

»Ich habe mich verändert, Johnny«, flüsterte Jenny.

»Nein«, widersprach Johnny. »Das glaube ich nicht. Aus allem, was mir Justin auf dem Weg hierher erzählt hat, bist du die gleiche geblieben. Ein paar Jahre älter, das schon... aber das bin ich ja auch, oder?«

Er umarmte sie zärtlich, und Jenny wußte, daß sie ihm nur *eine* Antwort geben konnte.

»Ich bin froh, daß du zurückgekommen bist«, hauchte sie. »So froh, und... ich wäre stolz darauf, mit dir verheiratet zu sein, Johnny. Wirklich stolz!«

Die Zeit der Diebe …

1

Gereimte Schmähschriften, die John Hunters Zorn während der letzten Jahre seiner Gouverneurszeit so oft erregt hatten, kamen wieder in Mode, waren aber jetzt bösartiger als je zuvor und ganz persönlich gegen ihn gerichtet, dachte Philip King… obwohl der Grund für die Schmähschriften sich nicht geändert hatte.

Wie sein Vorgänger und Freund, hatte er mit aller Kraft versucht, die Handelsgeschäfte der Korps-Offiziere einzudämmen, und die Offiziere hatten so wie unter Hunter reagiert – mit geschlossener Front und unverhüllter Feindseligkeit. Und sie setzten diese Schmähschriften in Umlauf, die ihn öffentlich der Lächerlichkeit preisgaben.

Da sie gedruckt waren und in der Kolonie nur eine einzige Druckerpresse existierte, die sich im Besitz der Regierung befand, war es ganz offensichtlich, daß es irgendwelche geheimen Abkommen geben mußte, von deren Existenz niemand etwas Genaues wußte.

Phillip King seufzte tief. Schon vor Jahren hatte Hunter ihm unmißverständlich zu verstehen gegeben, daß John Macarthur als Drahtzieher hinter allen möglichen negativen Entwicklungen stecke, daß er sich aber immer im Hintergrund hielte – ›niemals in der Schußlinie‹ stand – wie Hunter es ausgedrückt hatte –, so daß es so gut wie unmöglich war, ihm irgend etwas nachzuweisen. Macarthur wußte die Gesetze für seine eigenen Vorteile zu nutzen, und seine Weste war immer sauber – eine Taktik, die sich für ihn in all den Jahren als sehr vorteilhaft erwiesen hatte.

»Er ist ein gefährlicher Schurke«, hatte bereits Arthur Phillip gesagt, als King den ersten Gouverneur in der Strafkolonie in England besucht hatte. »Und John Hunter wird

Ihre volle Unterstützung sehr nötig brauchen, wenn Sie zurück sind, Phillip.« King erinnerte sich, daß er noch viele andere gute Ratschläge erhalten hatte, aber keiner der beiden Männer hatte voraussehen können, daß er – King, nicht Hunter – eines Tages zum Gouverneur der Kolonie ernannt werden würde und dadurch der stärkste Widersacher von Macarthur.

Phillip King seufzte wieder. Er war im April 1800 nach Sydney zurückgekehrt.

Er hatte den armen Hunter am Rande der Verzweiflung angetroffen, die sowohl durch mangelnde Hilfe der heimatlichen Regierung als auch durch den Widerstand der Korps-Offiziere hervorgerufen worden war.

»Macarthur widersetzt sich mir bei jeder Gelegenheit, Phillip«, hatte ihm Hunter gestanden. »Seine ausgeklügelten Intrigen stellen eine Gefahr für jeden Gouverneur dar, und wenn ihm nicht das Handwerk gelegt wird, wird er eines Tages dieser Kolonie den größten Schaden zufügen … das ist meine größte Angst.«

Hunter hatte resigniert und aufgegeben. Er war im September auf der *Buffalo* nach England abgereist, und mit ihm fuhren Pfarrer Richard Johnson und seine Familie in die alte Heimat zurück.

Phillip King stand auf und humpelte zum Fenster hinüber. Seine Gicht machte ihm schwer zu schaffen, und manchmal hatte er so starke Schmerzen, daß er leicht aus der Haut fuhr. Seine freundliche, herzensgute Frau tat alles, um ihm das Leben zu erleichtern. Ohne ihre ständigen, unauffälligen Liebesdienste wäre er seinem schweren Amt kaum gewachsen gewesen.

Früher oder später würde Macarthur einen Fehler machen, das wußte er genau – niemand war unfehlbar –, und wenn es soweit war, dann würde er das tun, was Hunter ihm geraten hatte, und den Schurken nach England zurückschicken. In der Zwischenzeit … es klopfte leise an die Tür, und seine Frau kam mit einem Tablett herein, das sie auf seinem Schreibtisch absetzte. Sie bot ihm lächelnd ein Glas Porterbier und ein paar Kekse an, die sie für ihn gebacken hatte.

»Vielen Dank, Liebste. Ohne dich würde ich das alles nicht ertragen.« Der Gouverneur setzte sich wieder hin. Seine Frau vermißte ihre Kinder, das wußte er – den kleinen Phillip und die kleine Annamaria, die sie in England zurückgelassen hatten, um ihnen eine gute Erziehung angedeihen zu lassen. Zuverlässige Freunde kümmerten sich liebevoll um die beiden Kinder, aber trotzdem... King legte seiner Frau liebevoll die Hand auf den Arm. Sie hatten noch zwei adoptierte Söhne, Norfolk und Sydney, und zwei kleine Kinder, die drei Jahre alte Elizabeth und die winzige, zarte Mary. Und ihr gesellschaftliches Leben war nicht gerade einfach wegen des angespannten Verhältnisses ihres Mannes mit den meisten Korps-Offizieren.

»Es ist eine Schande«, sagte Anna King und erriet intuitiv seine Gedanken, »wie diese – diese Herren mit dir umspringen.« Sie warf einen Blick auf die Schmähschrift und fuhr fort: »Wieder neue Flugblätter, Phillip?«

»Ja«, gab er zu.

»Kannst du das nicht unterbinden? Kann man nicht herauskriegen, wer dafür verantwortlich ist?«

»Ich kann natürlich Captain Kemp und Lieutenant Bayley vor Gericht stellen«, antwortete der Gouverneur, »und vielleicht auch Lieutenant Hobby. Aber das wird mir herzlich wenig nützen, weil die Richter zum größten Teil ebenfalls Korps-Offiziere sind.« Er zwang sich zu einem Lächeln. »Diese Kekse sind wirklich ausgezeichnet, meine Liebe.«

Anna King horchte auf. Dann sagte sie entschuldigend: »Ich glaube, die kleine Mary schreit, mein Lieber«, und verließ das Zimmer. Er schenkte sich noch ein Glas Porterbier ein und aß noch ein paar der kleinen Kekse. Es war zu schade, daß der junge Flinders und George Bass nach England zurückgegangen waren – und zwar nicht nur, weil sie loyal auf Hunters und auf seiner Seite gestanden hatten. Ihre Entdeckungsreisen waren sehr wertvoll gewesen. Ihre Umsegelung von Tasmanien hatte dazu geführt, daß jetzt eine neue Siedlung dort geplant war. Eine Siedlung, die allmählich die Funktion der Insel Norfolk übernehmen könnte. Es war schwierig, auf Norfolk zu landen, die Insel war außerdem sehr klein und eigentlich zu weit entfernt.

Es würde ihm nicht gefallen, die Insel verlassen zu müssen – er war der Gründer der Siedlung dort und der erste Gouverneur gewesen, aber... immer weitere Sträflingsschiffe kamen an, und es mußte einen Ort geben, wo die Schwierigen und Unbotmäßigen unter den Verbannten sicher untergebracht wären. Die Insel Norfolk war klein, und man konnte nicht noch mehr Sträflinge ernähren. King trank sein Glas aus und schob den Teller mit den restlichen Keksen zur Seite. Er fluchte leise, als ihm die Gicht im Fuß wieder Schmerzen bereitete.

Er humpelte zum Fenster und schaute hinüber ins Hafenbecken. Auf der *Porpoise* waren die Segel zum Trocknen ausgebreitet. Die *Francis* lag nach einer stürmischen Überfahrt von Norfolk hierher schräg im Wasser, aber die *Norfolk* war in recht gutem Zustand zurückgekommen, obwohl sie den Sturm auch zu überstehen hatte. Ihr derzeitiger Kommandant, Flinders Freund Broome, hatte offensichtlich sehr gute Arbeit geleistet... oder er hatte großes Glück gehabt. Und wenigstens er blieb in der Kolonie – er hatte das Taggart-Mädchen geheiratet, eine der ›Gartenfrauen‹, die Arthur Phillip so über alles geschätzt hatte. Sie bewirtschaftete eine Farm in der Nähe von Parramatta, aber trotz seiner Eheschließung fuhr Broome hin und wieder weiter zur See, wenn er gebraucht wurde... und gute Seeleute wurden immer gebraucht.

Es klopfte an der Tür, und er schreckte aus seinen Gedanken auf.

»Herein, herein!«, rief der Gouverneur und humpelte zu seinem Schreibtisch zurück.

»Mister Atkins, Eure Exzellenz«, kündigte sein Sekretär William Chapman an. Er stellte ungefragt eine Flasche Madeira und zwei Gläser auf den Tisch und zog sich wieder zurück.

Richard Atkins kam hereingestürmt, sein schmales Gesicht war rot vor Wut, und seine Hände zitterten. Das Korps hatte sich gegen seine Weiterbeschäftigung ausgesprochen, aber Atkins war durch die Rückendeckung von Gouverneur King trotzdem im Amt des obersten Richters geblieben. Er bot dem Besucher einen Stuhl an, goß ihm ein Glas Madeira ein und schob es ihm über den Tisch zu. Atkins trank durstig ein paar Schluck und rief dann aus: »Sie haben wieder einmal den Sieg davongetragen, Sir!«

King starrte ihn mit versteinertem Gesichtsausdruck an. »Heißt das, daß John Marshall wegen der unsinnigen Anschuldigung verurteilt worden ist?«

»Eben das muß ich Ihnen sagen, Sir«, antwortete Atkins. »Unter den Richtern waren nur Mister Grant und ich auf der anderen Seite. Die fünf Korps-Offiziere sprachen ihn schuldig.«

»Großer Gott!« rief der Gouverneur aus. John Marshall, ein Marineoffizier, hatte vor längerer Zeit einen Streit mit Macarthur gehabt und fühlte sich von den Anschuldigungen in seiner Ehre so verletzt, daß er ihn zu einem Duell herausgefordert hatte. Es war aber nicht dazu gekommen, weil der Sekundant Macarthurs den Sekundanten Marshalls nicht akzeptiert hatte – es war ein junger Kaufmann namens Jeffnys –, mit der Begründung, daß er niedrigerer Herkunft als er sei, was den Duellregeln widersprach. Trotz Marshalls Versicherung, daß er jeden Sekundanten akzeptieren würde, den die beiden Korps-Offiziere benennen würden, fanden sich weder Abbott noch Macarthur zur vereinbarten Zeit an dem besprochenen Platz ein, an dem das Duell stattfinden sollte. Rasend vor Wut über diese Feigheit, hatte John Marshall Faustrecht geübt und Abbott verprügelt und dabei auch Drohungen gegen Macarthur ausgestoßen.

Und Macarthur hatte nichts Eiligeres zu tun gewußt, als den Mann wegen versuchten Mordes anzuklagen und ihn vor Gericht zu stellen.

»Mister Marshall«, fuhr Atkins fort, »nannte die fünf Korps-Offiziere befangen – einen Umstand, den ich selbstverständlich voll unterstützte –, aber sein gerechtfertigter Einwand wurde nicht berücksichtigt.« Der Gouverneur füllte sein Glas nach. Es war immer dasselbe. Wenn die Korps-Offiziere geschlossene Front machten, was sie üblicherweise taten, um John Macarthur zu unterstützen, dann war es unmöglich, daß ein gerechter Prozeß stattfand.

»Bitte fahren Sie doch fort, Sir«, sagte King. Er fühlte, wie er wütend wurde, war aber bemüht, sich zu beherrschen. Atkins räusperte sich und fuhr fort: »Ich habe noch niemals eine solche Mischung aus Bosheit und Übertreibung gehört – selbst von Macarthur nicht.« Nachdem er dem Gouverneur ein paar Zeilen aus dem Gerichtsprotokoll verlesen hatte, unterbrach ihn King: »Genug! Ich kann es nicht mehr hören – eine so üble Heuchelei! Wollen Sie damit sagen, daß Colonel Paterson erlaubt hat, daß sich Macarthur vor Gericht so ausdrückte?«

»Jawohl, Sir.«

»Großer Gott im Himmel! Und was antwortete Marshall – wenn er überhaupt antworten durfte?«

»Er verlieh seiner Befremdung über die geradezu an den Haaren herbeigezogenen Vorwürfe Ausdruck.«

»Wurde vor Gericht aktenkundig, daß sich Macarthur um das Duell gedrückt hat?« fragte King.

»Ja, Mister Marshall konnte es beweisen.«

»Und trotzdem wurde er verurteilt?«

»Wegen seines tätlichen Angriffs auf Captain Abbott, Sir.« Atkins schluckte. »Er bekam ein Jahr Gefängnis und eine Strafe von fünfzig Pfund, Sir.«

Unfähig, sich länger zu beherrschen, sprang Phillip King auf und humpelte fluchend zum Fenster und wieder zurück. »Ich werde das Urteil aussetzen«, sagte er wütend. »Aber dann wird immer ein Schandfleck auf Marshall bleiben. Mister Atkins, ich wünsche, daß der Fall neu verhandelt wird!«

»Mit welcher Begründung, Sir?« fragte der Richter zweifelnd. »Der Gerichtshof kann nur dann einberufen werden, wenn neues Beweismaterial vorliegt, und –«

»Aber, zum Teufel, dieses ganze Gerichtsverfahren war doch nichts als ein Hohn auf die Justiz! Macarthur hätte niemals solche unhaltbaren Anschuldigungen erheben dürfen!«

»Er sagte mir – allerdings privat –, daß er das auf Ihren persönlichen Rat hin getan hat, Sir«, wandte Atkins ein.

»Also versucht er mich auch noch in seine dreckigen Praktiken hineinzuziehen, was? Nun, das wird ihm nicht gelingen!« Er beugte sich über den Schreibtisch und läutete mit der kleinen Messingglocke, um seinen Sekretär zu rufen.

Als Chapman hereinkam, sagte er: »Ich wünsche Colonel Paterson in einer dringenden Angelegenheit zu sehen. Bitte lassen Sie ihn das wissen.«

»Wünscht Ihre Exzellenz ihn sofort zu sehen?« fragte Chapman.

Der Gouverneur überlegte einen Augenblick. William Paterson war ein Freund, ein loyaler und vertrauenswürdiger Freund, und seit den gemeinsamen Tagen auf der Insel Norfolk waren ihre beiden Frauen enge Freundinnen. »Nein, nicht sofort. Bitten Sie ihn und Mistress Paterson zum Abendessen zu uns ... und unterrichten Sie meine Frau davon.«

»Selbstverständlich, Sir.« Chapman verbeugte sich und verließ den Raum, und nachdem Richter Atkins nachdenklich sein Glas geleert hatte, erhob auch er sich, um sich zu verabschieden.

»Sorgen Sie bitte dafür, daß das Gericht morgen früh erneut einberufen wird. Ich möchte, daß die Angelegenheit so bald wie möglich geregelt wird.«

»Ich werde mich bemühen, Sir«, versprach Atkins, aber seine Stimme klang nicht gerade überzeugt. Er hatte sich schon zu oft mit Macarthur gestritten und konnte einfach nicht mehr ohne weiteres an einen positiven Ausgang glauben.

»Ich habe das Gefühl, Sir«, sagte John Macarthur mit Nachdruck, »daß diese Affäre die Ehre des Regimentes verletzt.«

»Es ist wirklich eine delikate Angelegenheit«, gab Colonel Paterson zu. »Aber meiner Meinung nach sollte man sie vergessen.«

»Es ist mehr als eine delikate Angelegenheit – und wir können sie beim besten Willen nicht vergessen! Das Gericht war einhellig der Ansicht, daß Marshalls Fall *nicht* noch einmal aufgerollt werden soll.« Macarthur steigerte sich in gespielte Erregung hinein. »Weder dieser gräßliche Trunkenbold namens Atkins noch Grant erhoben nach der Verhandlung Einspruch gegen das Urteil. Und davon abgesehen –«

»Sie betreiben Haarspalterei, John«, warf der Colonel ein.

»Das tue ich nicht. Aber wenn Sie es ganz genau wissen wollen, fünf der sieben Richter waren dagegen, den Fall wieder aufzurollen. Es gibt kein neues Beweismaterial – deshalb besteht kein Grund, den Prozeß wieder aufzurollen. Außerdem ist auch der Gouverneur genötigt, sich an das Gesetz zu halten. Er hat nicht das Recht, das Urteil auszusetzen, aber er hat es dennoch getan. Dieser Rüpel Marshall ist frei!«

»Ach, hören Sie doch auf«, protestierte Paterson. »Als Gouverneur hat er das Recht dazu.«

»Nachdem *er* mir geraten hat, Anklage zu erheben?« gab Macarthur kalt zurück.

»Es fällt mir, ehrlich gesagt, schwer, das zu glauben. Selbstverständlich hatten Sie Ihre Gründe, vor Gericht zu behaupten, daß der Gouverneur Ihnen diesen Rat gegeben haben soll, John. Aber, bitte ersparen Sie mir dieses Schmierentheater, wenn wir unter vier Augen miteinander sprechen.«

»Heißt das, daß Sie mich der Lüge bezichtigen, Colonel?«

»Um Gottes willen, nein, selbstverständlich nicht! Aber können Sie Ihre Behauptung beweisen?«

John Macarthur lächelte. Es war ein merkwürdig hinterhältiges Lächeln. »Ich kann Ihnen leider nur sagen: wenn der Gouverneur abstreitet, mir den Rat gegeben zu haben, Anklage gegen Marshall zu erheben, dann ist er ein Lügner.«

»Was bedeutet die ganze Geschichte überhaupt für Sie?« fragte Paterson. »Marshall fährt bald nach England zurück. Die Angelegenheit ist dann erledigt, und es ist das beste, wenn wir alle sie vergessen.«

»*Sie* können sie vielleicht vergessen, aber ich nicht. Ich bin von dem verdammten Kerl angegriffen worden, und Ted Abbott auch. Und«, fügte der jüngere Mann mit Nachdruck hinzu, »es war *meine* Ehre, die er verletzt hat. Er hat doch öffentlich behauptet, daß ich zu feige gewesen sei, um mich mit ihm zu duellieren, oder?«

Colonel Paterson war klug genug, um auf diesen Punkt nicht näher einzugehen. John Macarthur, das wußte er aus eigener bitterer Erfahrung, war ein sehr ernst zu nehmender Gegner.

Aber … der Colonel richtete sich zu seiner vollen beeindruckenden Größe auf. Er führte hier das Kommando, und er konnte es nicht zulassen, daß seine Autorität von einem einfachen Captain untergraben wurde. Ganz gleich, wie reich die zweifelhaften Handelsgeschäfte diesen Mann auch gemacht hatten, so war John Macarthur doch ein verhältnismäßig junger Offizier und mußte sich der militärischen Disziplin unterordnen.

»Es reicht mir jetzt«, sagte Paterson kurz. »Der Fall ist für mich abgeschlossen. Sie –«

»Nein, er ist *nicht* abgeschlossen.« Dieser Einwurf grenzte an Befehlsverweigerung. Macarthur fuhr fort: »Diese Affäre schädigt die Ehre unseres ganzen Regiments, Colonel ... und viele Offiziere sind der gleichen Ansicht. Nein, –« sagte er, als Paterson ihn unterbrechen wollte, »lassen Sie mich bitte ausreden. Gouverneur King ist zu weit gegangen. Hören Sie gut zu. Wir werden unsere militärischen Pflichten selbstverständlich weiter erfüllen. Aber keiner von uns wird ein privates Wort an den Gouverneur richten, und keiner von uns wird eine Einladung ins Regierungsgebäude annehmen. Habe ich mich klar genug ausgedrückt, Sir?«

Trotz seines angestrengten Versuchs, sich nicht provozieren zu lassen, zitterte Paterson vor Wut. »Wer, glauben Sie, sind Sie denn eigentlich, daß Sie sich zum Richter darüber aufschwingen, was die Ehre des Regiments unter meinem Kommando verletzt oder nicht verletzt? Beantworten Sie mir das, Sir!«

»Diese Rolle ist mir aufgezwungen worden«, gab Macarthur kühl zurück, »da Sie als Kommandant sie ja anscheinend nicht erfüllen können. Ich kann nur zu Ihren Gunsten annehmen, daß Ihre Freundschaft mit Captain King der Grund für Ihr zögerndes Verhalten ist, Sir. Aber würde Seine Exzellenz Sie weiter zum Abendessen einladen, wenn ihm Ihre Korrespondenz mit Mister Marsden bekannt wäre – beantworten Sie mir diese Frage, Sir, wenn Sie das können!«

William Paterson schäumte vor Wut. »Sie sind ein anmaßender Schurke, Macarthur!« schrie er und war sich bewußt, daß einer der Briefe, den er dem Pfarrer Samuel Marsden geschrieben hatte, tatsächlich mißverstanden werden könnte. Er *hatte* sich darin kritisch über den Gouverneur geäußert... »Sie sind ein perfider Intrigant! Sie sind ein Schandfleck für dieses Regiment und haben Ihr Offizierspatent nicht verdient... ich werde dafür sorgen, daß es Ihnen so bald wie möglich entzogen wird, so wahr mir Gott helfe!«

»Werden Sie das wirklich versuchen, Sir!« meinte Macarthur mit aller Seelenruhe. »Und Marsden und der Gouverneur werden Ihnen bestimmt dabei helfen!«

»Sie verweigern mir den Gehorsam. Sie –«

»Es sind aber keine Zeugen da, Colonel. Und ohne Zeugen kann mein Verhalten hier bei Ihnen nicht bewiesen werden. Aber« – John Macarthur nahm kühl lächelnd einen Handschuh aus seiner Jackentasche und schlug damit dem Kommandanten auf den Arm – »ich fordere Sie zum Duell heraus, Sir. Sie können selbstverständlich die Wahl der Waffen treffen.«

Er stand auf, verbeugte sich knapp und sagte im Gehen: »Ich fürchte, Colonel, daß Sie sich einen Sekundanten aus der Marine suchen müssen, da wohl kaum ein Offizier des Neusüdwales-Korps sich bereit erklären würde, Ihnen diesen Dienst zu erweisen.« Er verbeugte sich noch einmal und verließ den Raum.

Die Szene war dermaßen theatralisch gewesen, daß William Paterson, nachdem er sich etwas beruhigt hatte, den Eindruck gewann, daß der ganze Auftritt genau geplant gewesen sei: Macarthurs Forderung, dem Gouverneur seine Freundschaft aufzukündigen, seine Beschimpfungen und Anschuldigungen – selbst der Schlag, den er ihm mit dem Handschuh versetzt hatte.

Aber das Duell, das bereits am nächsten Tag kurz nach Morgengrauen auf einer kleinen Lichtung nahe der Straße nach Parramatta stattfand, verlief anders, als Colonel Paterson es erwartet hatte. Aus Gründen der Diskretion waren außer Dr. Harris, dem Militärarzt, nur die beiden Sekundanten anwesend, und Paterson fühlte sich ganz und gar nicht wohl in seiner Haut, als er bemerkte, wie ängstlich Harris aussah. Sein Herz klopfte rasend, aber es war jetzt zu spät, um sich zurückzuziehen. Seine Ehre verlangte, daß er diese unangenehme Geschichte irgendwie hinter sich brachte.

Der Abstand zwischen ihm und seinem Gegner wurde

festgelegt, und beide drehten sich auf das laut gerufene Kommando mit gezogenen Pistolen um. Paterson zielte auf den linken Arm seines Gegners und verfehlte. Einen Augenblick später wurde er zu Boden geschleudert, hustete Blut und spürte einen stechenden Schmerz in seiner Brust.

Doktor Harris eilte zu ihm, kniete neben ihm nieder und drehte ihn vorsichtig auf den Rücken.

»Großer Gott, Macarthur!« hörte Paterson ihn ausrufen. »Sie haben ihn getötet!«

Das waren die letzten Worte, die er deutlich verstand, aber als dunkler Nebel ihn einhüllte, hörte er als letztes noch ein Gelächter und verstand – oder bildete es sich ein –, wie John Macarthur kalt sagte: »Er hätte uns an seinen Freund King verraten. Seine Frau deutete das in einem Brief an meine Frau an. Verdammt noch mal, ich habe den Brief selbst gesehen ... *und* das, was er Samuel Marsden geschrieben hat! Er ...« Die Stimme verhallte, eine tiefe Stille brach über ihn herein, und im gleichen Augenblick ließen seine Schmerzen nach.

Richard Atkins unterrichtete den Gouverneur von dem Duell. King nahm die unangenehme Nachricht mit großer Zufriedenheit auf. Endlich hatte Macarthur einen Fehler gemacht. Es war nur schade, daß der arme William Paterson darunter zu leiden hatte, aber ...

»Wie geht es Colonel Paterson?« fragte er.

»Er ist sehr schwer verletzt, Sir – es war ein Lungenschuß. Zum Glück war der junge Doktor Harris dabei, und er brachte ihn sofort ins Hospital. Wenn er die nächsten vierundzwanzig Stunden überlebt, dann besteht die Chance, daß er noch einmal davonkommt.« Atkins hatte sich Mut angetrunken und sprach etwas schleppend und undeutlich weiter: »Befehlen Eure Exzel – hick – Exzellenz, Captain Macarthur unter Arrest zu nehmen?«

Gouverneur King überlegte und sagte dann: »Selbstverständlich sollen Sie Captain Macarthur unter Arrest nehmen, Mister Atkins ... und mit ihm auch die beiden Offiziere, die bei dem Duell als Sekundanten fungiert haben. Der Grund für die Verhaftung ist schlicht Beteiligung an einem Duell. Die drei Männer sollen unter Hausarrest gehalten werden. Ich wünsche nicht, daß sie in das öffentliche Gefängnis kommen.«

»Aber was ist, wenn Colonel Paterson stirbt?«

»Das bleibt abzuwarten. Wir hoffen, daß die Ärzte ihn retten können«, antwortete King. »Aber selbst wenn er sterben muß – was Gott behüten möge –, können Sie sich auch nur einen Augenblick lang vorstellen, daß die Offiziere seines Regimentes, die Macarthur zum großen Teil ihren Wohlstand verdanken, ihn bei einer Gerichtsverhandlung schuldig sprechen würden? Nein.«

Er beantwortete seine eigene Frage und wiederholte noch einmal: *»Nein«*, und seufzte tief. »Ich wünsche, daß Captain Macarthur in England vor Gericht gestellt wird.«

Atkins nickte zustimmend. »Soll ich die Männer jetzt unter Arrest nehmen lassen, Sir?« fragte er noch einmal.

»Ja, unverzüglich«, erklärte Gouverneur King entschieden. Er stand auf, brachte Atkins zur Tür und betonte: »Und ich werde mich sofort an die Abfassung der Anklageschrift machen.«

Während der nächsten Woche war er voll mit dieser Aufgabe beschäftigt. Er besuchte Colonel Paterson zweimal im Krankenhaus und schrieb ansonsten bis tief in die Nacht hinein, was sich Macarthur im Lauf der Jahre alles zuschulden hatte kommen lassen.

Als er den ausführlichen Bericht über dessen jahrelange kriminelle Geschäftspraktiken schließlich fertiggestellt hatte, verstaute er das wichtige Dokument im Beisein von Atkins und Chapman in seiner persönlichen Dokumentenmappe, verschloß sie und verstaute sie in einer ebenfalls abschließbaren Schublade in seinem Büro.

Der immer pessimistische Atkins meinte: »Dieses Beweismaterial könnte bewirken, daß Macarthur nie mehr hierher in die Kolonie zurückkehren könnte, Sir, und er weiß das ganz bestimmt. Es geht das Gerücht um – ich weiß natürlich nicht, ob es wahr ist –, daß er eine hohe Summe für den Diebstahl dieses Dokumentes ausgesetzt hat.«

»Wie bitte?« Phillip King starrte ihn ungläubig an, und als der Richter den Satz noch einmal wiederholte, blickte er ihn gequält an und sagte: »Ich hätte nicht einmal einem Macarthur zugetraut, daß er so tief sinken würde!«

»Das Gerücht hält sich hartnäckig, Sir«, bestätigte der junge Sekretär Chapman.

»Gerüchte halten sich in Sydney immer hartnäckig«, antwortete der Gouverneur zynisch. »Und wer weiß, vielleicht hat selbst Captain Macarthur Feinde, die dieses Gerücht in Umlauf gebracht haben? Wie soll meine Mappe eigentlich gestohlen werden – gibt das Gerücht auch einen Hinweis darauf?«

»Ich habe gehört – äh –, daß das auf der Schiffsreise nach England vor sich gehen soll, Sir«, berichtete Chapman. »Ich bitte Sie, das Gerücht ernst zu nehmen.«

King lachte auf. »Gut gut, ich werde es ernst nehmen. Ich werde die Briefmappe persönlich Lieutenant Grant übergeben, und Sie beide bitte ich, den Vorgang zu bezeugen... nein, noch besser, wir rudern selbst zu der *Anna Josepha* hinüber und übergeben das Dokument persönlich dem Kapitän.«

Nachdem Atkins und Chapman ihre Zufriedenheit über diesen Plan geäußert hatten, verabschiedeten sie sich. Vor dem Regierungsgebäude klopfte Atkins dem jungen Sekretär auf die Schulter und wünschte ihm eine gute Nacht.

2

»Wie soll dieses Kind heißen«, fragte Pfarrer Samuel Marsden feierlich.

»William John«, antwortete Johnny Broome, als die Taufpatin Annie Macrae einen Augenblick lang zögerte, weil sie die Reihenfolge der Namen vergessen hatte.

Der Pfarrer nahm das Baby in seine Arme, benetzte zwei Finger mit Weihwasser und verkündete laut: »William John, ich taufe dich im Namen des Vaters, des Sohnes und des Heiligen Geistes. Amen.«

Die Zeremonie wurde aus schierer Notwendigkeit in Eile vorgenommen. Eine Schlange von Eltern hatte mit den Babys und den Taufpaten im Gang der Kirche gewartet. Vorne standen die Familien, die in Neusüdwales zur Oberschicht gehörten. Johnnys Beruf – er kommandierte jetzt als Kapitän ein eigenes Schiff – hätte ihn und seine Familie dazu berechtigt, ziemlich weit vorne in der Schlange zu stehen. Aber Jenny hatte mit seltener Unnachgiebigkeit darauf bestanden, sich hinten zwischen den Sträflingen anzustellen, sowie sie Timothy Dawson mit seiner Frau und seinen beiden kleinen Töchtern weiter vorne entdeckt hatte.

Aber für Johnny war das ohne Bedeutung. William John war ein fröhlicher kleiner Geselle, auf den er eines Tages vielleicht genauso stolz sein würde wie auf seinen Erstgeborenen. Johnny lächelte und legte seine Hand auf Justins Schulter, als sie Jenny und den Taufpaten, dem Ehepaar Macrae, langsam folgten. Er hatte Justin lieben gelernt und dachte manchmal voller Scham, daß es gut möglich gewesen wäre, daß er nie von der Existenz seines Sohnes erfahren hätte... oder daß seine erste große Liebe, die Mutter seines Sohnes, nicht bereit gewesen wäre, seine Frau zu werden.

Er schaute Jenny an und lächelte glücklich, als er sah, wie das Baby zufrieden in ihren Armen lag. Seine Frau war ein ganz besonderer Mensch... großer Gott, wieviel Glück hatte er doch gehabt! Ganz anders als die meisten Frauen hatte sie sich nicht beklagt, als er ihr gesagt hatte, daß er weiter zur See fahren wollte, und hatte nicht einmal Einspruch erhoben, als er den kleinen Justin mitgenommen hatte.

»Paß gut auf ihn auf, Johnny«, war das einzige, was sie gesagt hatte. »Vergiß nicht, daß er noch ein kleiner Junge ist. Und nimm ihn nicht zu oft aus der Schule heraus... ich finde es wichtig, daß er eine gute Erziehung bekommt.«

»Bestellet Euren Acker und säet die gute Saat...« sagte Pfarrer Marsden bewegt.

Nun, das taten die meisten Leute hier – einschließlich Timothy Dawson. In Neusüdwales konnte man anders gar nicht überleben, ob man nun die Hacke unter den Augen eines Aufsehers schwang oder freiwillig das eigene Land bestellte. Johnny erinnerte sich daran, wie er als verzweifelter Gefangener im Laderaum eines der Sträflingsschiffe Gouverneur Phillips angekommen war. Aber für Justin und den kleinen William John würde es schon ein anderes Leben sein, ein sehr viel besseres... Er blickte zu seiner Frau hinüber, die ihren Kopf im stillen Gebet gesenkt hielt, sah das friedlich schlafende Kind und Justin, der andächtig dem Gottesdienst folgte.

Er hatte sich für das Leben mit Jenny entschieden und deshalb auch für das Leben hier in der Kolonie... es gab keinen Grund mehr, wieder davonzulaufen. Johnny Broomes Zukunft war hier bei Jenny und seinen Söhnen und... und ihren noch ungeborenen Kindern...

»Der Friede des Herrn sei mit Euch«, sagte Pfarrer Samuel Marsden. Die Gemeinde verließ langsam die Kirche, und die einfachen Leute machten Platz, um die vornehmen Familien zuerst hinausgehen zu lassen. Der alte Watt Sparrow war während des Taufgottesdienstes auf seiner Bank eingeschlafen, und als er mit einem Ruck aufwachte und noch gar nicht richtig wußte, wo er war, sprang er auf und ging los.

In diesem Zustand versperrte er unwillentlich Henrietta Dawson den Weg, die mit ihrer älteren Tochter herankam.

Als die Mutter das kleine Mädchen heftig zurückzog, stolperte es und fing zu weinen an. Bevor Johnny einschreiten konnte, nahm der alte Watt das kleine Mädchen mitleidig hoch, schwang es auf seine Schultern und trug es zur Kirche hinaus. Er konnte gut mit Kindern umgehen, und das Mädchen hatte seine Tränen gleich vergessen und juchzte laut vor Freude auf, als Henrietta und Francis O'Riordan, die das Dawsonbaby trug, aus der Kirche traten.

Henrietta hatte die Lippen zusammengepreßt und sah ärgerlich aus, aber obwohl er das beobachtete und sich darüber wunderte, verstand Johnny nicht, warum Jenny den kleinen William Annie Macrae reichte und ohne Erklärung oder Entschuldigung aus der Kirche stürmte. Verwirrt, aber nicht alarmiert ließ er sich Zeit, blieb bei Annie und dem Baby und hielt Justin fest, der hinter seiner Mutter herrennen wollte.

»In der Kirche rennt man nicht«, sagte Johnny. »Du…«

Aber der Junge riß sich los, drängelte sich durch die Menschenmenge und rief ihm über die Schulter zu: »Ich muß zu Mama!«

Als er schließlich auf der Straße ankam, sah Johnny zu seinem Entsetzen, daß ein Streit im Gang war. Er wußte nicht, worum es ging, bis er den totenblassen Watt Sparrow bemerkte. Jenny hatte ihm einen Arm um die Schulter gelegt und versuchte, ihn zu beruhigen.

Die Dawsons waren mit einer aus England importierten Kutsche zur Kirche gekommen, und als Timothys Frau, die Kinder und Francis O'Riordan mit dem Kutscher fortfuhren, hob ein Mann einen Stein auf und schleuderte ihn hinter der Kutsche her. Jetzt war der Damm gebrochen, wüste Schmährufe wurden laut, und weitere Steine flogen durch die Luft. Timothy Dawson bestieg eilig sein Pferd und ritt hinter der Kutsche her.

Er rief etwas, das so klang wie: »Entschuldige bitte, Jenny!« Aber seine Worte gingen in dem allgemeinen Stimmengewirr unter. Als Johnny endlich an Jennys Seite war, sah er mit Entsetzen, daß ihr Tränen über das gerötete, unglückliche Gesicht hinunterströmten. Er flehte sie an, ihm zu sagen, was passiert war, aber sie schwieg beharrlich, und schließlich beantwortete ihm der kleine Justin seine Frage.

»Mistress Dawson sagte Opa Watt, er solle das kleine Mädchen loslassen, weil sie nicht erlauben würde, daß ein – ein schmutziger alter Sträfling ihr Kind anfaßt. Mama nahm ihm das Mädchen ab ... sie versuchte zu helfen, aber Mistress Dawson beschimpfte auch sie ganz entsetzlich. Ich hab' nicht alles verstanden, was sie sagte, aber ich sah, wie sehr Mama sich aufgeregt hat, und ich – ich hab' Onkel Tim gebeten, seiner Frau zu sagen, daß sie ruhig sein soll. Und dann ...«, obwohl er versuchte, sich zusammenzunehmen, schluchzte Justin auf. »Mistress Dawson sagte, Onkel Tim wäre gar nicht mein Onkel, ich müsse ihn ›Sir‹ nennen – und überhaupt von der Bildfläche verschwinden, weil ich« – er schluchzte –, »weil ich ein Bastard wäre und der – der Sohn von einer Sträflingshure und weil mein Vater jeder gewesen sein könnte. Aber das ist doch nicht wahr, Papa, oder? Sag mir, daß es nicht wahr ist, Papa!«

»Natürlich ist es nicht wahr, mein Sohn – wie könnte das auch sein?« Johnny nahm den Jungen in den Arm und fühlte seinen Schmerz stärker, als wenn es sein eigener gewesen wäre. Was war er für ein Narr gewesen, daß er nicht geahnt hatte, was sich da vorne zusammengebraut hatte, daß er nicht mit seiner Frau und seinem Sohn zusammen die Kirche verlassen hatte! Er schaute Jenny an. Ihr Gesicht war wie versteinert, und sie sagte kein Wort. Sie nahm den alten Watt am Arm und führte ihn auf die Straße.

Johnny seufzte, ging hinter ihr her und wünschte sich, daß er nicht an diesem Abend auf sein Schiff zurückkehren müsse, aber ... wenigstens würde er Justin mitnehmen, denn der Junge mußte zurück in die Schule gehen. Während der Fahrt auf der Fähre nach Sydney konnte er mit ihm sprechen und mit Gottes Hilfe seinen Stolz und sein Vertrauen wieder aufrichten. Und auch Jenny wäre wenigstens nicht allein – der treue alte Watt war bei ihr, und die Macraes würden über Nacht dableiben. Langsam legte sich Johnnys Ärger. Zu Hause tranken sie Porterbier und Brandy auf das Wohlergehen des kleinen William, und Jenny verabschiedete sich gefaßt von ihm. Obwohl er in der Zwischenzeit zweimal versucht hatte, das Gespräch auf die Vorgänge bei der Taufe zu bringen, hatte sie es abgelehnt, darüber zu sprechen. Das einzige, was sie sagte, war, daß die Taufe schön gewesen sei und daß er gut auf sich aufpassen solle. »Und paß auf, daß Justin dich nicht überredet, ihn mitzunehmen ... er muß zur Schule gehen!«

»Das weiß ich doch«, sagte er und küßte sie mit noch größerer Zärtlichkeit als sonst. »Ich komm' doch auch bald zurück. Ich muß nur Post und ein paar arme Sträflinge auf die Insel Norfolk bringen. Gott beschütze dich, mein Mädchen!«

»Und dich auch, mein Lieber«, fügte sie hinzu, reichte ihm Justins Schulmappe und erinnerte ihn unnötigerweise daran, daß der Junge diese eine Nacht nicht wie üblicherweise bei den Macraes, sondern beim Lehrer schlafen würde.

Während des vier Meilen langen Rittes nach Parramatta redete Justin unaufhörlich, aber ebenso wie seine Mutter erwähnte er die grausame Beschimpfung durch Henrietta Dawson mit keinem Wort. Erst als sie auf der Fähre saßen und die Lichter von Sydney auftauchten, fragte er nach einer plötzlichen Stille: »Du bist doch mein Vater, oder?«

»Ja, das bin ich, Justin«, antwortete Johnny. Er wollte mehr sagen, aber als er fühlte, wie der kleine Junge nach seiner Hand griff und sie drückte, wußte er, daß das nicht notwendig war – sie hatten in der Zwischenzeit schon eine starke Beziehung zueinander aufgebaut, und es war eigentlich schon wieder alles gut.

»Ich bin froh darüber«, sagte Justin leise.

»Ich auch, mein Junge. Froh und stolz.«

Als die Fähre in Sydney angelegt hatte, ging Johnny mit Justin auf dem kürzesten Weg zum Hause des Lehrers in der High Street.

»Das war früher Lieutenant Kents Haus, aber er ist nach England zurückgegangen, und jetzt ist hier die Waisenschule, Papa. Aber wir werden hier auch manchmal unterrichtet.« Er blickte zu seinem Vater auf und sagte mit großer Erleichterung: »Ich bin froh, daß ich kein Waisenkind bin. Aber als Mistress Dawson sagte, daß ich ein – ein Bastard bin, da … nun, das hat mir etwas Angst gemacht … die Niemandskinder, wie sie genannt werden, die haben es nämlich wirklich nicht leicht. Aber ich hab' dem letzten Jungen, der mich so genannt hat, eins auf die Nase gegeben!«

»Das war ganz richtig, mein Junge«, sagte Johnny bewegt. Am Schulhaus verabschiedete sich Johnny noch zärtlicher als sonst von seinem Sohn, und als er ihn auf die Wangen küßte, schmeckte er seine salzigen Tränen. Er drückte ihn an sich und fragte sich, ob er trotz aller guten Vorsätze wirklich genug für seinen kleinen Sohn tat.

Als er über die Steinbrücke am Fluß ging, sann er darüber immer noch nach. Auf dem Weg zum Hafen kam er am Regierungsgebäude vorüber. Das Wachhäuschen lag an der Straßenecke. Normalerweise stand ein Posten dort und zwei weitere an der Toreinfahrt zum Regierungsgebäude, aber Johnny bemerkte voller Erstaunen, daß kein Posten weit und breit zu sehen war.

Im Dunkeln fing eine Stimme an ein Lied zu singen. Andere fielen ein. Dann sagte jemand: »Also, Brüder, jetzt wollen wir unseren Wohltäter mal hochleben lassen, oder? Den besten Offizier im Neusüdwales-Korps – Captain John Macarthur! Hipp, hipp, hipp …«

Johnny blieb stehen und spürte, wie Wut in ihm hochstieg. Das waren also die Brüder, die für die Sicherheit der Kolonie verantwortlich waren, dachte er voller Abscheu. Das waren die Leute, die sich ihre Arbeit mit Alkohol bezahlen ließen und ihn dann für das Zehnfache an die armen Sträflinge weiterverkauften, die sie bewachten. Die meisten waren selbst Sträflinge gewesen, trugen jetzt die Uniform des Königs und tranken, spielten und hurten, ohne auch nur einen Augenblick lang an ihre Pflicht oder an den Schwur zu denken, den sie geleistet hatten. Dann fiel ihm ein, daß Captain Macarthur – der Offizier, den sie hatten hochleben lassen – vom Gouverneur unter Hausarrest genommen worden war. Nach seinem Duell mit Colonel Paterson sollte er in England vor das Kriegsgericht gestellt werden, aber... was hatte dieser betrunkene Wachposten gesagt, als er den besten Offizier des Neusüdwales-Korps hatte hochleben lassen?

Hatte er nicht seine Großzügigkeit gelobt? Und... großer Gott, konnte es sein, daß Macarthur sie mit dem Alkohol versorgt hatte, an dem sie sich so sinnlos betranken? Ohne zu überlegen, rannte Johnny auf das Tor des Regierungsgebäudes los, wo Tag und Nacht zwei Wachposten stehen mußten. Er kam ganz offen daher, aber kein rot uniformierter Wachposten rief ihn an oder stellte sich ihm in den Weg... und er sah mit einem Blick, daß die Wachhäuschen leer waren.

Er wußte, daß der Gouverneur sich mit seiner Familie in Parramatta aufhielt – Jenny hatte es ihm erzählt. Irgend etwas war nicht in Ordnung. Er stutzte, als er Licht aus einem der mit Läden verschlossenen Fenster des Regierungsgebäudes dringen sah. Es war nur ein kurzes Aufflackern gewesen, so als hätte jemand eine Kerze in einem Zimmer entzündet und sie sofort wieder verlöscht.

Natürlich war auch während der Abwesenheit des Gouverneurs Dienstpersonal da, aber die Leute wohnten in einem Rückgebäude und würden bestimmt nicht das Zimmer des Gouverneurs nachts betreten. Denn es war sein Büro, in dem er kurz das Licht gesehen hatte, dachte Johnny – er war ein paarmal dort gewesen, seit er das Kommando auf der *Norfolk* führte, und es fiel ihm nicht schwer, die genaue Lage des Raumes auch von außen zu erkennen. Er zögerte und wußte nicht, ob er weitergehen sollte oder nicht. Es war immerhin möglich, daß in Abwesenheit der Wachposten gerade ein Einbruch stattfand, aber... alles blieb dunkel, und er fragte sich, ob er sich das nicht eingebildet hatte.

Plötzlich wurde die Haustür aufgerissen, und ein uniformierter Sergeant des Neusüdwales-Korps blickte heraus.

Johnny nahm an, daß er der offizielle Wachtposten sei, beruhigte sich und wollte weitergehen, als der Mann ihn sah, heranwinkte und sich ihm als Sergeant Whittle vorstellte.

»Was machen Sie hier?« fragte Whittle mißtrauisch. Er schaute sich nervös um. »Sie haben doch keinen Grund nachts im Garten Seiner Exzellenz herumzuschleichen, oder? Das heißt, wenn Sie nicht...« Er unterbrach sich, als er Johnnys Uniform erkannte. »Sie sind ja 'n verdammter Matrose, oder? Sind Sie von der Brigg?«

»Welcher Brigg, Sergeant Whittle?« fragte Johnny mißtrauisch. Der Sergeant trug eine Flinte, und auch das war ungewöhnlich, denn Offiziere seines Dienstgrades wurden üblicherweise nicht als Wachposten eingesetzt. Aber vielleicht sollte er... aus der dunklen Eingangshalle ertönte eine Stimme: »Er gehört nicht zu uns – zieh ihm eins über!«

Blitzschnell hob Sergeant Whittle seine Flinte, und bevor Johnny ausweichen konnte, schlug er ihm mit dem Gewehrkolben auf den Kopf. Johnny sank in die Knie. Als er hilflos am Boden lag, versetzte ihm Whittle noch einen Schlag, diesmal auf den Hinterkopf, und er wurde ohnmächtig.

In der Tür des Regierungsgebäudes erschienen drei Männer. Der erste hielt den Arm des Sergeanten fest, der Johnny noch einen Schlag versetzen wollte.

»Brauchst ihn nich umbringen – er hat ja nix gesehn.«

»Er hat aber mich gesehn«, knurrte der Sergeant.

»Der is ohnmächtig – der erinnert sich nich mal an seinen eigenen Namen, erst recht nich an dein Gesicht.« Er kniete sich kurz neben Johnny hin, stand dann auf und sagte in befehlendem Ton zu einem der anderen Männer: »Also, du Meisterdieb – du hast dein Geld verdient, mach jetzt nen diskreten Abgang und sieh zu, daß du eine Meile von hier von verschiedenen Leuten gesehen wirst. Und halt dein Maul, sonst hängste am Galgen, bevor dus wieder geschlossen hast!« Der Mann gehorchte, ohne ein Wort zu sagen, und verschwand im dunklen Garten.

»Sind Sie sicher, daß man sich auf ihn verlassen kann?« fragte Sergeant Whittle nervös. Er schwitzte, und aus seinem schmalen, pockennarbigen Gesicht war alle Farbe gewichen. Er schaute den Mann an, den er so schwer verletzt hatte, und zuckte zusammen. »Verdammt, das war n Kunstfehler! Ich hab ihn schwerer erwischt, als ich wollte.«

»Nur keine Angst – wir flößen ihm etwas Rum ein und tragen ihn zum Landungssteg runter. Dann glauben alle, daß er betrunken war und hingestürzt ist. Er –«

Der dritte Mann schaute sich die Uniformknöpfe an Johnnys Jacke genau an. »Das muß n Kapitän sein. Na ja, die sind ja bekannt als gute Trinker. Ich glaub nich, daß jemand es für nötig hält, viele Fragen zu stellen, wenn er gefunden wird.« Er zog eine Flasche aus seiner Jacke und goß Johnny den Alkohol aufs Gesicht und auf die Brust. »Er is soweit – los, packt mit an!«

Als Johnny erwachte, schaute er in das Gesicht von Doktor Balmain. »Nun, Mister Broome ...« Die Stimme des Arztes schien von weit her zu kommen, rief in seinem Kopf ein

Echo hervor, und Johnny stöhnte vor Schmerzen auf. »Sie haben anscheinend zu tief in die Flasche geschaut! Wenn Sie nicht einen so dicken Schädel hätten, hätte die Geschichte bös ausgehen können. Aber so ...« Er schüttelte verwundert den Kopf. »Haben Sie eine Erinnerung daran, was passiert ist?«

Johnny starrte ihn an. »Nein«, stieß er mit rauher Stimme aus. »Nein ... außer, daß ein Sergeant vom Korps da war ...« Sekundenlang sah er ein pockennarbiges Gesicht vor sich. Aber es verschwand so schnell, wie es in seinen Gedanken aufgetaucht war. »Nein, Sir, ich kann mich an überhaupt nichts mehr erinnern.«

»Das ist auch nicht verwunderlich«, sagte Doktor Balmain tröstend. Er richtete sich auf. »Ihre Frau und Ihr Sohn sind hier. Nachdem sie sich eine Woche lang große Sorgen wegen Ihnen gemacht haben, werden sie froh sein, Sie jetzt ansprechbar und wieder im Reich der Lebenden anzutreffen.«

Die beiden kamen herein. Jenny fühlte sich schwach, nahm sich aber sehr zusammen, und Justin konnte seine Erleichterung kaum verbergen. Johnny streckte ihnen die Hand entgegen und brachte ein Begrüßungslächeln zustande. Dann versank er wieder in Ohnmacht. Er hörte Jennys Stimme, konnte ihr aber nicht antworten, und ohne daß er es wollte, ließ der feste Griff seiner Hand los.

Doktor Balmain begleitete die Besucher hinaus. Als sie sich außer Hörweite des Klinikpersonals befanden, sagte er: »Ihr Mann hat einen Schädelbruch, Mistress Broome – es ist wirklich ein Wunder, daß er nicht gestorben ist. Aber« – er zuckte mit den Schultern – »wenn Männer sich bis zur Besinnungslosigkeit betrinken, können sie niemandem einen Vorwurf machen.«

»Mein Mann trinkt aber nicht, Sir«, widersprach Jenny so überzeugt, daß der Arzt sie überrascht anschaute.

»Nun, vielleicht hat er ein paar alte Kameraden getroffen,

als er nach Sydney kam, und ungeplant eben doch einmal etwas zuviel getrunken. Ich versichere Ihnen, daß er stark nach Alkohol roch, als er hier eingeliefert wurde.«

Jenny schüttelte den Kopf. »Ich bin ganz sicher, daß nichts dergleichen passiert ist, Doktor Balmain. Er ist der Kapitän der *Norfolk* und sollte morgen früh nach Norfolk absegeln. Er ist nicht der Typ, der dann am Abend vorher eine Sauftour macht. Und davon abgesehen hatte er unseren Sohn gerade beim Lehrer abgesetzt, und...« Sie wandte sich an Justin. »Er war doch auf dem Weg zum Schiff, oder, Justin?«

Doktor Balmain hörte dem Bericht Justins genau zu.

»Ich gebe zu«, sagte er, »daß mich die Art der Kopfwunden etwas verwirrt hat.«

»Verwirrt hat, Sir?«

»Ja. Die Verletzungen sind an zu verschiedenen Stellen des Kopfes. Es passiert eigentlich nicht, wenn ein Betrunkener auf eine Treppe fällt. Aber« – er zuckte wieder mit den Schultern – »wir werden nur dann erfahren, was wirklich in jener Nacht passiert ist, wenn sich Ihr Mann wieder an die Vorgänge erinnern kann. Vielleicht wurde er in eine Falle gelockt und ausgeraubt, was leider heutzutage in Sydney öfters vorkommt.«

»Glauben Sie, daß er sich daran erinnern wird?« fragte Jenny und biß sich auf die zitternde Unterlippe.

Doktor Balmain wollte sich nicht festlegen. »Vielleicht, Mistress Broome, vielleicht irgendwann einmal. Er hat Sie doch erkannt, Sie und den Jungen? Aber ich muß noch einmal wiederholen, daß er sehr schwer verletzt ist. Es wird eine geraume Zeit dauern, bis er wieder zur See fahren kann.«

»Wie lange ungefähr, Doktor?«

»Das kann ich nicht sagen, Mistress Broome. Sechs Monate, vielleicht auch ein Jahr. Und er braucht sehr gute Pflege, wenn er hier entlassen wird.« Der Doktor informierte sie über die Einzelheiten und fragte dann: »Sie haben doch Land, oder?«

»Ja, Sir, in Parramatta«, antwortete Jenny.

»Und Sie züchten Pferde, soviel ich gehört habe? Nun …« Doktor Balmain lächelte aufmunternd. »Suchen Sie doch sein Interesse dafür zu wecken! Er braucht leichte Kost und leichte Arbeit, um wieder zu Kräften zu kommen. Wenn er gleich wieder zur See fährt, könnte ihn das das Leben kosten. Dieser Schädelbruch braucht seine Zeit, um zu heilen.«

Sechs Wochen später wurde Johnny aus dem Hospital entlassen, und in der Zwischenzeit hatte sich viel verändert.

Jenny brachte ihn in einer geliehenen Kutsche zu der neuerworbenen Farm am Hawkesbury. Das Wohnhaus sah freundlich aus und war solide gebaut, hatte eine schöne Aussicht und stand etwas erhöht an einer Flußbiegung. Hundertfünfzig Morgen gutes Acker- und Weideland gehörten dazu, außerdem geräumige Scheunen und Ställe. Erst als er die Zuchtstuten suchte und nicht fand, verstand Johnny, welches Opfer seine Frau gebracht hatte.

»Ich habe sie verkauft«, gestand sie ein. »Der Erlös für die Tiere und für die Farm in Parramatta reichte gerade aus, um dies hier zu kaufen. Der ehemalige Besitzer war schwer verschuldet – und außerdem machten ihm die Flutkatastrophen und die Überfälle der Eingeborenen schwer zu schaffen. Und seine Frau wollte um jeden Preis hier weg.«

»Und du hast keine Angst?« fragte Johnny.

»Nein«, sagte Jenny voller Zuversicht. »Ich bin immer mit den Eingeborenen ausgekommen, und zwei von ihnen arbeiten hier bei mir auf der Farm. Sie lassen uns in Ruhe, Johnny, wenn sie wissen, daß wir ihnen nichts Böses wollen.«

»Und die Überflutungen, meine liebste Jenny?« fragte er unsicher.

Jenny schaute ihm in die Augen und sagte leise: »Das Land ist ja gerade *wegen* der Überflutungen so fruchtbar, Johnny … und der Fluß tritt nicht jedes Jahr über die Ufer. Wenn es passiert – nun, das ist eben der Preis, den wir für gute Jahre bezahlen müssen. Außerdem liegt unser Land ziemlich hoch.« Sie nahm ihn am Arm und führte ihn zum Wohnhaus hinüber. »Der Mann, von dem ich es gekauft habe, hat eine volleingerichtete Taverne in Sydney übernommen. Deshalb ließ er uns seine gesamte Einrichtung hier. Das war wirklich großzügig von ihm, und das Haus ist in einem sehr guten Zustand.«

Der alte Schaukelstuhl, den sie so liebte, stand vor dem steinernen Kaminplatz, und der kleine William lag schlafend in seiner Wiege. Nancy Jardine und der alte Watt Sparrow kamen lächelnd auf ihn zu und begrüßten ihn.

»Ist Justin hier?« fragte er.

Jenny schüttelte den Kopf. »Nein. Er arbeitet bei Tom Moore in der Schiffswerft. Das hat er sich sehr gewünscht, Johnny... und er geht abends weiter zur Schule. Er hat es mir fest versprochen.«

Johnny schaute seine Frau zärtlich an, die wieder hochschwanger war.

Bald würde ihr drittes Kind zur Welt kommen, und hier war nun die Heimat der ganzen Familie. Er nahm Jennys Hand, küßte sie und flüsterte: »Ich bitte Gott darum, daß ich all die Liebe und das Glück vergelten kann, die du mir schenkst, meine liebe Frau.«

3

Glück, sagte sich Jenny, war etwas, was man nicht festhalten konnte, und als ihr Sohn Justin am Landungssteg am Hawkesbury von Bord des Flußschiffes *Cumberland* ging, wußte sie, daß die fast einjährige glückliche Zeit für sie nun zu Ende ging.

Der Junge war außer sich vor Erregung und wollte die Neuigkeiten, von denen er förmlich überquoll, erst erzählen, wenn sein Vater dabei wäre.

»Er ist auf der Schafweide, Justin. Ich sage Nanbaree, daß er ihn holen soll, und in der Zwischenzeit kannst du etwas essen. Und dein Bruder und deine Schwester würden dich auch bestimmt gern begrüßen.«

Justins Verhältnis zu seinen Geschwistern war mehr das eines Erwachsenen als das eines Kindes... er hatte früh Verantwortung tragen müssen und war mit seinen elf Jahren ein geschickter Handwerker, der schon etwas Geld verdiente. Das enttäuschte Gebrüll, das der kleine William ausstieß, als er nur Augen für seine kleine Schwester hatte, nötigte ihm nur ein gutmütiges Lächeln ab. Er kitzelte die Kleine an den Zehen, und William lief unglücklich quengelnd weg, um sich mit den jungen Welpen zu trösten, die die Colliehündin kürzlich geworfen hatte.

Jenny stellte Essen auf den Tisch, und als Justin sich hinsetzte, sagte sie vorsichtig: »Willie hat sich so auf dich gefreut, mein Lieber. Du hast ihn kaum angeschaut.«

»Er weint ja andauernd, Mama«, antwortete Justin ärgerlich. »Und du verwöhnst ihn.« Er schnitt sich ein Stück Schinken ab und sagte: »Mich hast du nie verwöhnt, oder?«

Damit hat er wahrscheinlich recht, dachte Jenny und hatte ein schlechtes Gewissen. Aber als Justin in Williams Alter gewesen war, war sie praktisch ganz auf sich alleine gestellt gewesen, und nur der alte Watt hatte ihr bei der Bewirtschaftung der kleinen Farm in Parramatta geholfen.

»Es hat dir aber nicht geschadet, oder?« gab sie zurück und Justin legte ihr liebevoll die Arme um den Hals.

»Nein, natürlich nicht. Ich find' halt nur, daß dem kleinen Willie ein bißchen mehr Strenge guttun würde. Papa verwöhnt ihn glaub' ich auch zu sehr. Gibt es Tee, Mama?«

Sie goß ihm eine große Tasse voll ein und fügte Milch und Zucker hinzu. Das hatte es während Justins Kindheit auch nicht oft gegeben.

Dann schenkte sie sich selbst eine Tasse ein, setzte sich zu ihm und ließ ihren Blick stolz auf ihm ruhen. Es war kaum zu glauben, je älter er wurde, desto ähnlicher sah er seinem Vater. Aber etwas hatte sich verändert, sie wußte nur noch nicht was. Eine unklare Angst griff ihr ans Herz, und Jenny beantwortete nüchtern Justins Fragen hinsichtlich der neuen Farm. Der Betrieb lief gut, daran gab es gar keinen Zweifel, und Johnny hatte schon zwei Monate nach seiner Rückkehr aus dem Krankenhaus kräftig mitgearbeitet. Die kleine Schafherde war in der Zwischenzeit auf die doppelte Größe herangewachsen, die Schweine gediehen gut, sie hatten drei Kühe und eine gesunde Hühnerschar, die die Familie mit Eiern und Fleisch versorgten.

Jenny vermißte noch ihre Pferde, aber Johnny hatte ihr vor kurzem eine junge trächtige Stute gekauft, die aus Tim Dawsons Zucht stammte. Außerdem… Justin sprang auf und rannte zur Tür.

»Da kommt Papa!« rief er und lief aus dem Haus.

Sie kamen zusammen zurück ins Zimmer und waren so glücklich, einander zu sehen, daß Jennys Angst sich noch vergrößerte. Sie sagte sich, daß Justin gekommen sei, um seinen Vater von hier wegzuholen, zurück aufs Meer, und sie war nicht überrascht, als Johnny mit vor Sehnsucht leuchtenden Augen sagte: Justin hat mir gerade erzählt, daß Matt Flinders wieder in Sydney ist, liebe Jenny… er kommandiert jetzt ein Schiff, das seiner wert ist. Ein Schiff Seiner Majestät mit dem Namen *Investigator!*«

Dann erzählte Justin sprudelnd die ganze Geschichte. Sir Joseph Banks, der berühmte Botaniker, der mit Cook hier gelandet war, hatte die neue Entdeckungsreise geplant, und Captain Flinders – der erst wenige Wochen vor der Abfahrt geheiratet hatte – hatte seine junge Frau in England zurückgelassen, um wieder auf große Fahrt zu gehen.

»Ich hab ihn gesehen, Mama«, berichtete Justin stolz. »Hab ihn gesehen und auch mit ihm gesprochen, und er hat mir erzählt, wo er schon überall gewesen ist. Er hat mir die Karten gezeigt. Seit vorigem Dezember erforscht er mit der

Investigator die südliche Küste. Er hat neue Flüsse und natürliche Häfen gefunden, hat sie alle benannt und vermessen und auf seinen Karten eingetragen ... das Schiff bleibt nur so lange in Sydney, bis die notwendigsten Ausbesserungsarbeiten gemacht sind«, fuhr Justin fort. »Dann wird es zusammen mit der *Lady Nelson* die westliche Küste entlangsegeln und durch den Golf von Carpentaria zu den holländischen Inseln segeln. Und ...«

Aber Jenny hörte nicht mehr zu. Das war die Route, die Johnny auf seiner Flucht nach Timor mit dem gestohlenen Kutter von Gouverneur Phillip genommen hatte. Sie wagte nicht, ihren Mann anzusehen, weil sie Angst davor hatte, die Sehnsucht in seinen Augen zu entdecken. Sie schluckte. Justin würde natürlich mitfahren – der Junge hatte seit Monaten davon geträumt und bestimmt schon mit Captain Flinders darüber gesprochen. Aber Johnny ... die Tränen, die sie zu unterdrücken versuchte, rannen ihr jetzt die Wangen hinunter.

»Captain Flinders hat keinen Kapitänsmaat«, sagte Justin und schaute seinen Vater an. »Er –«

Sein Vater unterbrach ihn: »Keinen Kapitänsmaat, sagst du? Und die Schiffe im Hafen – ist da kein Mann dabei, der als Kapitänsmaat in Frage käme?«

»Es sind Frachtschiffe, auf denen neue Sträflinge angekommen sind«, antwortete Justin. »Auf der *Atlas* starben sechzig der armen Teufel auf der Überfahrt – sie ist ein verfaulter alter Bottich, Papa, mit einer ständig betrunkenen Mannschaft. Und auf der *Hercules* hat es eine Meuterei gegeben – der Kapitän wurde des Mordes bezichtigt, und er muß fünfhundert Pfund Strafe bezahlen. Sein Maat bot Flinders seine Dienste an, aber Captain Flinders sagte, daß ...« Er warf Jenny einen ängstlichen Blick zu. »Mama, er sagte –«

»Ist Doktor Bass nicht in Sydney?« fragte Johnny.

»Warum, nein, Papa.« Justin klang überrascht. »Ich

dachte, du wüßtest das – er ist schon vor zwei Monaten nach Otaheite abgesegelt.«

Es hatte keinen Sinn, das Thema vermeiden zu wollen, dachte Jenny, als sie die beiden so leidenschaftlich miteinander sprechen hörte. Sie konnte leicht erraten, was Captain Flinders zu Justin gesagt hatte – obwohl sich ein Maat gemeldet hatte, wollte er einfach keinen anderen als Johnny Broome haben! Und wenn Matthew Flinders seine junge Frau schon ein paar Wochen nach der Hochzeit verlassen hatte, welche Chancen hatte sie da wohl, Johnny zu halten?

Sie fragte mit ausdrucksloser Stimme: »Wie lange soll die Reise denn dauern, Justin?«

»Er nimmt für zwölf Monate Proviant an Bord, Mama.« Justins Augen, die so blau waren wie die seines Vaters, schauten sie forschend an, und er fügte hinzu: »Die Fahrt wird alles in allem vier Jahre lang dauern, hat er mir gesagt. Aber er kommt nach einem Jahr hierher zurück, weil er den Auftrag hat, einmal um das Land herumzusegeln, das er *Terra Australis* nennt. Es ist... ach, Mama, es ist eine Chance, die vielleicht nie wieder kommt! Eine Chance, Entdeckungen wie Captain Cook zu machen. Captain Flinders hat Cooks Chronometer an Bord der *Investigator*... er hat ihn mir gezeigt, und er sagte, daß Sir Joseph Banks ihn ihm anvertraut hätte. Mama, das ist doch eine wunderbare Chance, oder?«

»Für dich, Justin?« brachte Jenny heraus. »Oder für dich und deinen Vater? Was möchtest du mir eigentlich sagen?«

Johnny schaltete sich ein und versuchte dem Jungen zu helfen. »Matt Flinders braucht einen Ersten Maat, Jenny. Und er –«

»Und er ist dein Freund?«

»Ja«, antwortete Johnny. »Aber du bist meine Frau. Und ich werde nur mitfahren, wenn du einverstanden bist, Liebste.«

Sie lächelte tapfer, als sie ihren Mann und ihren Sohn anschaute. »Fahrt nur, ihr zwei!« sagte sie. »Ich will euch nicht im Weg stehen!«

Sie hörte, wie William vor dem Haus einen Schmerzensschrei ausstieß, versuchte ihre Tränen zu verbergen und lief hinaus, um ihn zu trösten.

»Captain Bligh, Sir Joseph«, kündigte der Diener den Besucher an und trat dann zur Seite, um William Bligh eintreten zu lassen.

Sir Joseph Banks erhob sich höflich von seinem Schreibtisch, um den Besucher zu begrüßen, und bot ihm einen Stuhl an, bevor er sich selbst wieder niederließ. Der Diener brachte ein Tablett mit geschliffenen Glaskaraffen und langstieligen Weingläsern, stellte es auf dem Schreibtisch ab und zog sich unauffällig wieder zurück.

»Bitte bedienen Sie sich, mein Lieber«, forderte der Gastgeber höflich auf. »Hier ist Madeira oder Brandy – oder darf ich Ihnen diesen kühlen Weißwein empfehlen, falls Sie durstig sind?«

Captain Bligh bedankte sich und goß sich ein Glas von dem goldenen Weißwein ein, hob es und trank ein paar Schluck, während er gleichzeitig unauffällig seinen Gastgeber musterte.

Sir Joseph Banks hielt sich nicht lang bei höflichen Floskeln auf. »Was hat Admiral Nelson Ihnen angeboten, William?« fragte er, und Bligh mußte lächeln, weil ihm die Direktheit des alten Mannes gut gefiel. »Es besteht die Möglichkeit, daß ich Kapitän der *Warrior* werde, Sir«, antwortete er.

»Und wovon hängt das noch ab?«

»Lord Spencer hat sich noch nicht dazu geäußert. Er –« Sir Joseph füllte Blighs Glas nach und sagte: »Wenn Sie das Kommando über das Schiff nicht erhalten, was würden Sie von Neusüdwales halten? Oder genauer gesagt: Auch wenn Ihnen das Kommando über das Schiff angeboten wird?«

Vollkommen überrascht, fiel Bligh nichts ein, als Banks

Worte zu wiederholen. »Neusüdwales, Sir Joseph? Aber ich dachte, daß Captain King – das heißt, falls Sie von dem Gouverneursposten sprechen, war ich der Ansicht, daß er ...«

Er brach ab und wußte nicht weiter.

»Ich habe von King selbst erfahren, daß er des Postens überdrüssig ist«, sagte Sir Joseph Banks. »Und das kann ich auch gut verstehen! Die Zustände dort sind alles andere als einfach. Eine Gruppe von Korps-Offizieren scheint sich dort durch halblegale Handelsgeschäfte zu bereichern. Da King versucht, ihnen das Handwerk zu legen, hat er sich viele Feinde geschaffen und um seinen Abschied gebeten.«

»Ich ... ich verstehe, Sir«, entgegnete Bligh unsicher. »Aber ich kann mir nicht vorstellen, daß ich –«

Er wurde unterbrochen. »Meiner Ansicht nach«, sagte Sir Joseph voller Überzeugung, »besitzen weder King noch Hunter die Eigenschaften, um die Kolonie wirklich zu führen. Ich habe selbst mit dem armen John Hunter gesprochen, und er hat es auch zugegeben. Der Posten verlangt einen Mann von zweifelsfreier Integrität, der es nicht nötig hat, den Rat anderer Leute einzuholen. Er muß Disziplin streng durchsetzen können, kurz gesagt, ein Mann der Tat sein. In Notfällen muß er auch Härte zeigen können. King und Hunter haben sehr viele gute Eigenschaften, aber sie waren dort einfach überfordert. Ich glaube, daß Sie der richtige Mann für diesen schweren Posten sein könnten, William.«

Geschmeichelt und erstaunt, fand Bligh wieder keine Worte. Aber Banks erwartete auch keine Antwort. Er lächelte und fuhr fort: »Das Gehalt eines Gouverneurs beträgt zur Zeit tausend Pfund pro Jahr, aber ich nehme an, daß es heraufgesetzt – vielleicht sogar verdoppelt werden könnte, wenn ich an der richtigen Stelle ein Wort einlege. Und die Pension beläuft sich auf tausend Pfund pro Jahr.«

Vielleicht war das alles kein Traum, dachte Bligh – großer Gott, vielleicht würde er tatsächlich bald Gouverneur sein.

Banks sprach weiter: »Es ist äußerst bedauerlich, daß es durch den Krieg mit Frankreich unmöglich ist, das Neusüdwales-Korps zurückzurufen und durch Marineinfanteristen zu ersetzen, wie wohl Hunter als auch King vorgeschlagen haben, denn das Korps – oder wenigstens die Korps-Offiziere – scheint die Wurzel für die Schwierigkeiten zu sein, mit denen die Kolonie zu kämpfen hat. Der gegenwärtige Kommandant William Paterson ist zwar ein ganz besonderer Mensch und ein guter Botaniker... aber mit seinen Offizieren kommt er genauso wenig zurecht wie der Gouverneur. Er hat mir sehr interessante Zeichnungen geschickt. Haben Sie Lust, ein paar davon zu sehen?« Sir Joseph schlug eine Mappe auf und schob Bligh eine feingezeichnete Zeichnung nach der anderen über den Tisch zu. Dann legte er sie vorsichtig wieder in die Mappe zurück und fuhr mit veränderter Stimme fort: »Was ich Ihnen auch noch sagen wollte... zur Zeit hält sich ein Offizier des Neusüdwales-Korps hier in London auf. Er heißt Macarthur – Captain Macarthur, der es laut John Hunter faustdick hinter den Ohren hat und beim Handel mit Rum ungeheuer viel verdient hat. Und diese Art Handelsgeschäfte scheinen die hauptsächlichen, wenn nicht die einzigen Aktivitäten der Offiziere dort zu sein.«

»Großer Gott!« rief Bligh entsetzt aus.

»Das soll aber ganz und gar nicht Mister Macarthurs einziges Vergehen sein«, fuhr Sir Joseph fort. »Mir ist zu Ohren gekommen, daß er meinen Freund Colonel Paterson – seinen Korps-Kommandanten – zum Duell herausgefordert und ihn dabei so schwer verletzt hat, daß er fast seinen Wunden erlegen wäre. Der Gouverneur Captain King schickte daraufhin Macarthur nach England, damit er hier vor das Kriegsgericht gestellt wird – in der Hoffnung, daß dem Schurken das Handwerk gelegt wird und daß er nicht wieder nach Neusüdwales zurückfahren darf, aber –«

»Sie wollen mir doch nicht sagen, Sir, daß das nicht gelungen ist?«

»Er wurde nicht einmal vor Gericht gestellt, William ... und das hängt mit einer sehr merkwürdigen Geschichte zusammen. Soll ich sie Ihnen erzählen?«

»Ich bitte doch darum, Sir Joseph. Ich – das heißt« – Bligh schaute Sir Joseph Banks kurz an und wurde rot – »es handelt sich doch sicher um eine Geschichte, die ich kennen sollte, Sir, wenn ich als Gouverneur Kings Nachfolger in Frage komme und – äh – möglicherweise in nicht allzu ferner Zukunft nach Neusüdwales fahren werde.«

»Vollkommen richtig, mein Lieber«, meinte Banks liebenswürdig. Aber dann fuhr er mit hartem Ton fort: »Kings Beschwerden und Anschuldigungen gegen diesen Schurken Macarthur sollten in dem Prozeß gegen ihn verwendet werden. Er hat den Schriftsatz in einer sorgfältig verschlossenen Briefmappe an den Duke von Portland geschickt und überreichte die Briefmappe persönlich dem Lieutenant James Grant. Der lieferte die Mappe hier ab. Als sie im Beisein verschiedener Herren geöffnet wurde, kamen nichts als alte Zeitungen zum Vorschein. Die Mappe muß ganz eindeutig noch in Neusüdwales von fachkundiger Hand aufgebrochen worden sein. Grant schwört nämlich, daß während der Überfahrt niemand auch nur in ihre Nähe kam, und er ist als ein vertrauenswürdiger und zuverlässiger Offizier bekannt.«

William Bligh zog die Augenbrauen zusammen. »Ich hoffe doch sehr, Sir, daß Captain King eine Kopie seines Dokumentes angefertigt hat, und –«

»Und selbst wenn er das gemacht hat«, unterbrach ihn der ältere Mann, »wird Macarthur England schon längst wieder verlassen haben, bis die Abschrift hier einträfe ... er hat die Erlaubnis erhalten, sein Offizierspatent zu verkaufen.«

Zwanzig Minuten später erlebte William Bligh auf der Straße eine Art von Glückstaumel. Ein Gouverneurposten, ein mehr als großzügiges Gehalt und eine Pension, ein eigenes Schiff und die Mannschaft, die seine Autorität stärken sollte, und ein neu entdecktes Land mit vielen, noch ungeahnten Möglichkeiten... Heute morgen noch hatte er nur darauf gehofft, das Kommando über ein Schiff zu bekommen. Aber jetzt... großer Gott, in seinen kühnsten Träumen hatte er nicht an so etwas zu denken gewagt, was ihm jetzt versprochen worden war!

Er mußte es seiner geliebten, geduldigen Frau Betsy erzählen. Ihre zarte Gesundheit würde sie vielleicht daran hindern, ihn auf der langen Fahrt nach Port Jackson zu begleiten, aber sie würde sich sehr für ihn freuen und zum ersten Mal während ihres langen Ehelebens keine finanziellen Sorgen mehr haben müssen. Er würde seine Tochter Mary mitnehmen – Mary und ihren Mann Charles Putland, der zur Zeit nur das schmale Gehalt eines Lieutenants nach Hause brachte. Und... er hob seine weiß behandschuhte Hand, um eine Mietkutsche anzuhalten.

Und da war der Sergeant der Marineinfanterie, Andrew Hawley, der ihm während der Seeschlachten gegen die Franzosen so unermüdlich zur Seite gestanden hatte. Er war jetzt unter Admiral Duncan auf der *Venerable*... nun, es wäre nicht allzu schwierig, Hawley eine Nachricht zukommen zu lassen und ihm anzubieten, mit ihm nach Neusüdwales zu kommen. Ein loyaler, zuverlässiger Marineinfanterist könnte einem neuen Gouverneur unschätzbare Dienste leisten, um in der Kolonie wieder für Ordnung und Disziplin zu sorgen... und um Offiziere vom Kaliber Macarthurs loszuwerden.

Als William Bligh in die Mietkutsche einstieg, kam ihm plötzlich eine Idee, und er mußte lächeln. Er könnte Hawley ohne weiteres ein Offizierspatent im Neusüdwales-Korps anbieten – bei Gott, dieser altgediente und hochgeschätzte Marine-Korps-Offizier konnte es weiß Gott mit den dortigen Offizieren aufnehmen! Außerdem würde ihm ein Offizierspatent den Übergang erleichtern aus seinem eigenen, erfolgreichen und berühmten Korps in das – wie hatte Sir Joseph Banks Macarthurs Regiment genannt? Das Rum-Korps…

Eine Woche später wurde ihm von der Admiralität mitgeteilt, daß er das Kommando auf der *Warrior* übernehmen könne.

Johnny fühlte sich glücklich und zugleich sehr erleichtert, als er vom Meer aus sah, wie am Morgen des 9. Juni 1803 die Signalflagge auf dem Südkap von Port Jackson gehißt wurde. Er schickte ein kurzes Dankgebet zum Himmel, als die *Investigator* mit laufenden Pumpen und sehr schräg im Wasser liegend langsam in den Hafen einfuhr. Die Schaluppe war elf Monate lang unterwegs gewesen, und trotz ihres seeuntüchtigen Zustandes und ihrer zum großen Teil erkrankten Mannschaft hatte es Matt Flinders geschafft, die fünftausend Meilen von Timor hierher in achtundvierzig Tagen zurückzulegen… und nur ein einziges Mitglied der Mannschaft war während der Zeit gestorben.

Aber das könnte leider noch passieren. Johnny faßte das Steuerrad mit seinen abgearbeiteten Händen an und dachte daran, daß von den achtzehn skorbutkranken Menschen an Bord mindestens einer sehr wahrscheinlich sterben mußte… nach all den gemeinsamen Monaten war er ein naher und geschätzter Freund – der Botaniker Peter Good.

Alles in allem war es eine sehr erschöpfende Reise gewesen, obwohl das Ziel der Reise durchaus erfüllt worden war. Flinders enge Kajüte war vollgestopft mit neuen, exakt gezeichneten Karten der östlichen Küste und des riesigen Golfes von Carpentaria im Norden des Kontinentes, den er Australien genannt hatte. Sie hatten Inseln erforscht und benannt. Sie hatten Eingeborenenüberfälle zurückgeschlagen. Sie hatten wilden Stürmen getrotzt und die Schaluppe einmal auf einen glühend heißen Sandstrand gezogen, um notwendige Reparaturen durchzuführen. Frischwasser und frische Nahrungsmittel waren während der ganzen Reise eine Seltenheit gewesen.

Sir Joseph Banks Botaniker hatten Pflanzen gezeichnet, hatten sie getrocknet und gepreßt, waren aber manchmal in ihrer Begeisterung zu weit gegangen und von feindseligen Eingeborenen angegriffen worden. Ein junger Maat namens Whitewood war in einem Speerhagel ums Leben gekommen, und der Maler William Westall war nur ein paar Tage später knapp mit dem Leben davongekommen.

Schließlich waren sie in Timor angekommen und hatten dort ihren Proviant wieder aufgefüllt. Johnny war tief bewegt, als er zum zweiten Mal in seinem Leben in Coupang vor Anker ging. Er hatte die weißgetünchte holländische Siedlung wiedergesehen, das palmenumsäumte Krankenhaus, in dem er und die anderen zu Tode erschöpften Flüchtlinge damals wieder aufgepäppelt worden waren... dann hatte er fast unwillentlich auf das Fort geschaut, in dem sie und die unglücklichen Überlebenden der *Bounty*-Meuterei in tiefen Verliesen auf die Abfahrt nach England gewartet hatten.

Justin war erstaunlich unternehmungslustig gewesen und wollte sich trotz der großen Hitze und der vielen Fliegen alles genau anschauen. Er hatte seinen Vater bestürmt, ihm Einzelheiten von früher zu erzählen, aber Johnny hatte es brüsk abgelehnt.

Jetzt kam er gerade gutgelaunt und dünn wie eine Bohnenstange an Deck und hatte die Karten im Arm, die Flinders dem Gouverneur zeigen wollte. Er lachte seinen Vater an und war sehr froh, daß er den Kapitän an Land begleiten durfte – wenn auch nur als der Träger der kostbaren Karten.

Es war Johnny klar, daß sein Sohn Flinders geradezu vergötterte. Er liebte das Meer über alles, und Johnny überlegte sich, was Jenny wohl zu Flinders Angebot sagen würde, den Jungen unter seiner Aufsicht in die Marine eintreten zu lassen. Es war natürlich eine große Chance für ein Kind aus der Strafkolonie Neusüdwales, da Matt Flinders bestimmt eine große Karriere machen würde und sein Protegé ebenfalls. Wenn er keine größeren Fehler machte, würde er eines Tages das Kommando über ein Schiff der Königlichen Marine bekommen. Aber... was würde Jenny dazu sagen. Für sie würde es ein sehr großes Opfer bedeuten.

Er half beim Aussetzen der Barkasse, schaute zu, wie die ersten Kranken vorsichtig hineingebracht wurden, und verabschiedete sich von Peter Good, der bewegungslos in Dekken gehüllt dalag. Der arme Peter würde nie mehr eines seiner geliebten Korallenriffe sehen, und um die Pflanzen, die er so liebevoll gepflegt hatte, müßte sich ein anderer kümmern.

Drei Matrosen waren genauso schlecht dran wie er, und zu Beginn der Fahrt waren es kräftige Männer im Frühling ihres Lebens gewesen. Die See forderte ihren Preis, sagte er sich, und wieder suchten ihn böse Vorahnungen heim, als er Matt Flinders mit dem stolzen Justin neben sich in einem kleinen Boot losfahren sah.

Es war schon dunkel, als das Boot wieder bei der *Investigator* anlegte, und die gesamte Besatzung stand erwartungsvoll herum, als Flinders an Deck kam. Er teilte die Post aus und hatte viel zu erzählen. »Seine Exzellenz der Gouverneur hat mich gebeten, Ihnen allen seinen Dank und seine Glückwünsche auszusprechen. Er hat mir gesagt, Gentlemen, daß wir mit unserer Forschungsreise die wichtigste Seite der Geschichte dieser Kolonie geschrieben haben, und er hat fest versprochen, daß ein ausführlicher Bericht über unsere Reise in der *Sydney Gazette* erscheinen wird.«

Unter den gedämpften Hochrufen der erschöpften Männer humpelte der Kapitän – mindestens genauso erschöpft wie sie – in seine Kajüte und informierte dort seine Offiziere über alle Neuigkeiten, über die ihn der Gouverneur unterrichtet hatte.

In der Zwischenzeit hatte England Frieden mit Frankreich

geschlossen, aber diesem Frieden wollte niemand so richtig trauen.

Flinders neigte den Kopf und gähnte verstohlen. Er sah zu Tode erschöpft und krank aus, aber er gab sich einen Ruck und erzählte seinen Männern alles, was er an Neuigkeiten in Sydney aufgeschnappt hatte. »Der geldgierige Captain Macarthur wurde nach England geschickt und soll dort vor das Kriegsgericht gestellt werden, und der Gouverneur hofft, daß er nie wieder hier auftaucht, denn es scheint so zu sein, daß Sydney ohne ihn besser gedeiht als mit ihm. Aber das Rum-Korps macht dem armen Gouverneur weiterhin zu schaffen, selbst jetzt noch, nach Macarthurs Ausweisung. Er hat drei Korps-Offiziere verhaften lassen, weil sie Schmähschriften gegen ihn verfaßt haben, aber Major Johnstone – der zur Zeit das Korps kommandiert – hat die Angelegenheit sabotiert, indem er den Richter Doktor Harris verhaften ließ. Mister Atkins sprang für ihn ein und... alle drei Offiziere wurden wegen Mangels an Beweisen freigesprochen! Seine Exzellenz ist so verzweifelt über die hiesigen Zustände, daß er seinen Abschied einreichen will!«

»Glauben Sie, daß es wirklich so weit kommen wird, Sir?« fragte Bell.

»Ich weiß es nicht«, gab Flinders zu. »Aber es tat mir weh, als er mir erzählte, wie Johnstone mit ihm umgesprungen ist. Der arme Colonel Paterson ist immer noch krank, und es kann sein, daß auch er bald nach England zurückfährt. Wenn er das tut, dann zweifle ich daran, daß der Gouverneur noch lange hierbleiben wird. Es ist eine sehr traurige Geschichte. Captain King und Captain Hunter – *beide* – sind ehrenhafte, hochanständige Menschen, die alles in ihrer Kraft Stehende getan haben, um die Interessen dieser Kolonie zu vertreten. Und es greift mir ans Herz zu sehen, wie sie regelrecht den Verfolgungen von einer Gruppe von Gangstern ausgesetzt sind, die sich bei uns in der Marine nicht einmal einen Tag lang halten könnten! Mistress King ist – ach, ihr Herz ist gebrochen vor lauter Unglück.« Er klang ärgerlich und verzweifelt. »Ich hoffe aber zu Gott«, fügte er hinzu, »daß dieses Pack in unserem schönen Australien nicht den Sieg davontragen wird!«

Nach dem Essen – frisch geschlachteter Hammel, ein Geschenk des Gouverneurs – rief Flinders Johnny in seine Kajüte.

»Sie haben mir von Ihrer Farm am Hawkesbury erzählt, Johnny. Ich nehme doch an, daß Sie dorthin zurückgehen?« Er sprach in einem ganz normalen Tonfall, schaute Johnny aber sehr aufmerksam dabei an.

»Selbstverständlich gehe ich dorthin zurück!« erklärte Johnny. »Im Augenblick, in dem mich mein Kapitän entbehren kann.«

»Ihr Kapitän wird Sie so früh wie möglich entlassen… und er würde gern mit Ihnen kommen, wenn Ihre Frau bereit ist, einen kranken Mann für eine oder zwei Wochen aufzunehmen.«

Johnny starrte ihn an und faßte ihn dann erfreut an den Schultern. »Darüber freue ich mich sehr, Matt. Und Jenny wird Sie mit offenen Armen empfangen, ganz egal wie krank Sie sind.«

Flinders lächelte und deutete auf die Briefe, die auf dem Tisch lagen. »Von meiner Frau, von meiner geliebten Annette. Als ich sie las, wurde mir klar… ach, das ist mir einfach nicht möglich, in Sydney zu sein und mich mit den Problemen des Rum-Korps herumzuschlagen. Ein Heim mit Kindern, danach sehne ich mich. Ich will mich in aller Ruhe erholen können, Johnny. Und eine Zeitlang alle Pflichten vergessen.«

»Das kann ich Ihnen versprechen«, sagte Johnny.

»Danke. Ich… noch etwas anderes. Justin hat mir heute nachmittag gesagt, daß er mein Angebot nicht annehmen wird. Er meinte, daß er lieber hierbleiben möchte und – ich bin froh darüber.«

Einen Augenblick lang zweifelte Johnny, ob er richtig gehört hatte. Dann lächelte er. »Bei Gott, Matt, was glauben Sie, wie froh ich bin! Der Junge ist ein Narr, aber ich bin sehr froh darüber.«

»Ich würde viel dafür geben«, sagte Matt Flinders, »wenn Annette und ich so einen Narren als Sohn haben könnten.«

»Ich sattle Ihnen den Wallach, Mistress«, sagte Seamus O'Leary wie immer in leicht beleidigtem Ton. Francis dankte ihm kühl, schlug seine Hilfe beim Aufsitzen aus und schwang sich graziös in den Sattel. Sie hatte es eilig, weil sie bei Freunden in Parramatta zum Abendessen eingeladen war.

Sie nahm die Zügel und wollte losreiten, aber O'Leary hielt das Pferd noch fest.

»Kommen Sie spät zurück?« fragte er.

»Es kann schon spät werden«, antwortete Francis kurz. »Aber Sie brauchen nicht auf mich zu warten, Mister O'Leary – ich kann das Pferd selbst in den Stall bringen.«

»Aber das wäre doch keine Mühe für mich, Mistress«, gab O'Leary ironisch zurück. »Ist es nicht meine Aufgabe, Ihnen so gut wie möglich zu Diensten zu sein?«

Francis trieb das Pferd an und setzte sich in dem Ledersattel zurecht, den Jasper Spence für sie importiert hatte.

Es war nicht nur Henrietta allein, die gegen ihre Verheiratung mit Jasper Spence gewesen war. Die gesamte O'Leary-Familie hatte sich auch nicht gerade darüber gefreut. Und sie selbst hatte es am allerwenigsten erwartet oder gar darum gebeten. Jasper Spence war der freundlichste und aufmerksamste Herr gewesen. Er hatte sie immer als völlig gleichwertig behandelt und alles Menschenmögliche unternommen, um ihre Freilassung zu bewirken, um sie dann endlich heiraten zu können.

Außerdem – sie lächelte leicht verächtlich und trieb das Pferd weiter an –, außerdem war sie, was immer auch Henrietta glaubte, niemals Jaspers Geliebte gewesen. Er hatte geduldig und selbstlos um sie geworben und ihre Ehre in keiner Weise verletzt. Erst ein Jahr nach Henriettas Eheschließung mit Timothy Dawson und nach der Geburt ihres ersten Kindes hatte er seine Tochter gefragt, ob sie Francis als ihre Stiefmutter akzeptieren würde. Wie es vorauszusehen gewesen war, hatte Henrietta diesen Gedanken weit von sich gewiesen, und erst Monate später, nachdem er sein Gewissen gründlich geprüft hatte, hatte er Francis um ihre Hand gebeten.

Und – Francis atmete tief ein – sie war glücklich und bewunderte den Mann, den sie geheiratet hatte, sie war ihm sehr dankbar und war jetzt sogar in ihn verliebt. Aber Jaspers verwöhnte, egoistische Tochter versuchte immer noch, sie zu verletzen, obwohl sie sich widerwillig mit ihrer Verheiratung einverstanden erklärt hatte. Timothy hatte dafür gesorgt. Und Henrietta liebte, obwohl sie es niemals zugegeben hätte, Timothy Dawson inzwischen so sehr, daß sie wie Wachs in seinen Händen war. Außerdem hatten sie Kinder. Und Francis hatte immer sehr gut mit Kindern umgehen können. Sie gewann schnell ihr Vertrauen und spielte gern mit ihnen. Die zwei kleinen Dawson-Mädchen waren ihr innig zugetan.

4

Den ganzen Tag lang hatten sich Eingeborenengruppen vom Stamm der Cammeragal und der Gweagal auf einem Stück Land oberhalb von Farm Cove versammelt. An dieser Stelle hielten die Cammeragal seit alters her ihre Initiationszeremonien ab und kämpften mit ihren Rivalen oder – wenn die Ehre es erforderte – auch mit eigenen Stammesbrüdern.

Der Aufseher einer Gruppe von Straßenbauarbeitern meldete die Versammlung der Eingeborenen, und eine Militärpatrouille wurde ausgesandt, um nach dem Rechten zu sehen.

»Sie singen und tanzen, sonst nichts, Sir«, berichtete der Sergeant dem wachhabenden Offizier. »Sie haben sich zwar von Kopf bis Fuß angemalt, aber sie kämpfen nicht. Ich glaube nicht, daß sie einen Überfall auf die weißen Siedler planen.«

»Dann lassen Sie sie am besten in Ruhe«, entschied der Offizier. »Sie können Ihre Männer zurückziehen, Sergeant – aber bitte schauen Sie morgen früh noch einmal nach. Das ist in der Regel die Zeit, in der sie einen Überfall eröffnen.«

Die Eingeborenen sangen und tanzten bis zum Sonnenuntergang. Dann warfen sie sich dort, wo sie gerade standen, völlig erschöpft auf den Boden und schliefen ein. Nur Baneelon, der kurz vor Einbruch der Dämmerung aus dem Haus des Gouverneurs in Sydney zu seinen Stammesbrüdern gestoßen war, saß noch wach und aufrecht da.

Er war arrogant gekleidet dahergekommen und trug die maßgeschneiderten Sachen, die er in London bekommen hatte. Er hatte den Tänzen seiner Leute voller Verachtung zugeschaut – als ob die uralten Geschichten, die sie tänzerisch darstellten, keinerlei Bedeutung mehr für ihn besäßen.

Seine distanzierte Haltung erregte wieder einmal den Ärger der älteren Männer beider Stämme. Sie fragten sich, ob sich Baneelon nun eigentlich für einen der ›Männer von weither‹ hielt, für einen weißen *tulanis*, die in immer größerer Anzahl hier landeten und den Eingeborenen Stück für Stück ihr Land wegnahmen. Mit ihren großen Segelschiffen und ihren Feuerstöcken – den gefürchteten *gooroo-beeras*, die über eine sehr viel weitere Entfernung töten konnten, als es der geschickteste Krieger mit seinem Speer jemals vermochte – hielten die weißen Eindringlinge jetzt alle Stämme in ständiger Aufregung.

Die Weißen hatten die Fischgründe für sich beansprucht, das Wild in den Wäldern abgeschossen und zahllose Bäume gefällt. Noch schlimmer als das, sie hatten große Teile des Landes eingezäunt, auf dem die Cammeragal früher gejagt hatten, und trieben die wilden *patagaran* und die *bagaray* immer weiter ins Landesinnere. An Stelle der einheimischen Tiere hatten sie seltsame, vierbeinige Riesentiere eingeführt ... die sie noch nicht einmal schlachteten, um sie zu essen.

Wenn Baneelon für sich allein entschieden hatte, sich mit diesen Eindringlingen nicht nur gut zu stellen, sondern auch mit ihnen zu leben, dann mußte er sich auch alleine den Gweagal-Kriegern stellen, meinte einer aus dem Altenrat. Baneelon hatte versucht, seine Gweagal-Frau für sich zu gewinnen. Dieser Umstand hatte zu dem Zusammentreffen der beiden Stämme geführt, denn durch sein Verhalten hatte sich die Kluft vertieft. Er hatte das Mädchen so verprügelt, daß es gestorben war, und es war nur recht und billig, daß er – und nur er allein – die Konsequenzen aus diesem Verhalten auf sich nehmen mußte, wenn der neue Tag graute.

Warum hatten die Weißen, mit denen er zusammenlebte, Baneelon nicht mit einer *deein* – einer Frau – versorgt? Waren sie nicht seine Freunde? Mehrere andere schauten den schweigsamen Angeklagten in seinen fremdartigen Kleidern anklagend an und nickten zu den Worten des Alten. Selbst Colbee, Baneelons bester Freund seit vielen Jahren, sprach kein Wort zu seiner Verteidigung.

Nach einer kurzen an die Rede des Alten anschließenden Beratung kamen die Männer seines eigenen Stammes überein, daß Baneelon das Recht auf die Hilfe der Cammeray verwirkt hatte ... Er mußte sich dem Kampf mit den Gweagal-Kriegern alleine stellen.

Nachdem dieses Urteil gefällt worden war, legten sich die alten Männer zur Ruhe nieder. Baneelon wurde erst bei Anbruch des nächsten Tages davon informiert. Er nahm den Richtspruch der Alten stoisch hin. Langsam und würdevoll zog er seine eleganten Kleider aus, die Jacke, die Weste, das

Hemd, die Kniebundhosen, legte sie sorgfältig zusammen und stellte seine maßgefertigten Stiefel daneben.

Als er genauso nackt wie die anderen war, erlaubte er zwei Frauen, seinen Körper mit Lehm und Asche einzureiben, und Yemmerra Wannie, der mit ihm die Zeit in London verbracht hatte, malte ein rotes und weißes Muster auf sein Gesicht und seinen Oberkörper. Das war die Kriegsbemalung der Cammeray.

Die Mutter des Mädchens, das Baneelon erschlagen hatte, keifte ihn mit haßerfüllten Worten an und verfluchte ihn. Baneelon hörte ihr würdevoll mit gesenktem Kopf zu und antwortete nicht. Sein älterer Sohn, Dilboong, reichte ihm den Schild, das einzige, das ihm die Tradition bei solchen Anlässen zugestand. Als die fünf Krieger ihm gegenüber Aufstellung nahmen, war ihm klar, daß ihn nur ein Wunder retten könnte. Er zeigte keinerlei Angst und fühlte auch keine. Wenn das die Stunde war, wo die Traumschlange sich um sein Herz wand, dann mußte es eben so sein. Die Mutter des toten Mädchens hatte die Schlange »wachgesungen« – und das hieß, daß der Tod unausweichlich auf ihn zukam. Es gäbe kein Entkommen, und er würde es auch gar nicht versuchen. Er würde hier auf dem *Yoolong* ehrenhaft wie ein Krieger sterben, seine Stammesbrüder würden seinen Tod bezeugen, und sein Mut würde sie davon überzeugen, daß er immer noch Fleisch von ihrem Fleisch und Blut von ihrem Blut war... ein Cammeragal, kein Fremder.

Wenn alles vorüber wäre, würden seine Söhne mit Colbee und Yemmerra Wannie ihm die letzte Ehre antun. Sie würden seine sterblichen Reste den Flammen übergeben.

Seine Leute würden vergessen, daß er sie verlassen hatte, und vielleicht würde sein Leben irgendwann zu einer Legende werden, die die alten Männer erzählen würden, wenn sie um die *Gooyoung*-Feuer säßen... Baneelon holte tief Luft, und viele Erinnerungen stürmten auf ihn ein.

Er hatte Dinge gesehen, von denen sie keine Ahnung hatten – riesige Städte, hohe Gebäude und Kriegsschiffe, die größer waren als irgendein Schiff, das jemals hier angelegt hatte. Seine Leute hatten Gericht über ihn gehalten, sie hatten ihn verurteilt, aber... sie konnten ihn nicht verstehen, weil sie nicht in England gewesen waren. Er und Yemmerra Wannie waren die einzigen... Er schaute sich noch einmal um und blickte Yemmerra Wannie, Colbee und dem jungen Dilboong in die Augen. Alle drei erwiderten seinen Blick mit großem Ernst. Als ihm mit tiefem Schmerz klar wurde, daß selbst diese drei Menschen an ihm zweifelten, drehte sich Baneelon schnell herum und hielt sich den hölzernen Schild vor den Leib.

Der erste Speer flog auf ihn zu. Er wehrte ihn leicht ab und warf ihn zurück, damit seine Gegner ihn wieder benutzen konnten. Dann mußte er einen regelrechten Speerhagel abwehren. Fast eine Stunde lang ging das so weiter, dann merkte Baneelon, wie seine Kräfte anfingen nachzulassen.

Der jahrelange Alkoholkonsum hatte ihn geschwächt, und seine Reaktionen verlangsamten sich. Aber immer noch schleuderte er die Speere seiner Feinde zurück. Die Gweagal-Kämpfer kamen näher, und die Mutter des toten Mädchens trieb sie an und wiederholte immer wieder mit kreischender Stimme ihren Fluch. Der Militärpatrouille, die hinter Bäumen versteckt zuschaute, kam der ungleiche Kampf völlig unverständlich vor.

»Warum zielt der dumme Kerl nicht auch und schickt wenigstens einen der fünf Angreifer ins Jenseits?« fragte einer den Sergeant. »Er wirft ihnen nur ihre verdammten Speere zurück und zielt gar nicht richtig auf sie!«

»Das sind eben verrückte Wilde«, antwortete der Sergeant. »Ich hab' genau so was schon mal gesehen... ich glaube, so wird bei denen jemand bestraft, der was angestellt hat. Der arme Kerl, der ihrer Meinung nach schuldig ist, darf sich nicht wehren.«

»Aber die bringen ihn um, Sergeant!« meinte ein anderer

Mann. Er deutete auf den sauber gefalteten Stapel europäischer Kleider am Rande der Lichtung. »Ist das nicht überhaupt Baneelon, den Gouverneur Phillip mit nach England genommen hat?«

»Die sehen doch alle gleich aus«, meinte der Sergeant. »Aber –« Er beschattete seine Augen mit seiner Hand und schaute noch einmal hin. »Sie könnten recht haben.«

»Der is in n paar Minuten n toter Mann, Sergeant«, sagte ein junger Soldat erregt. »Was wird der Gouverneur sagen? Sollten wir nich besser einschreiten? Der Gouverneur braucht den Baneelon doch als Dolmetscher!«

Das stimmte gewiß, aber... Der Sergeant schüttelte nach kurzem Zögern den Kopf. »Wir sind zu sechst, und da drüben sind mindestens zweihundert Wilde«, sagte er bedauernd. »Wir können nichts ausrichten. Am besten ist, wenn wir uns jetzt leise zurückziehen. Der Baneelon wird schon wissen, warum er das erleiden muß... Los, Männer, wir können froh sein, wenn wir hier mit heiler Haut wegkommen!«

Sie zogen sich unbemerkt zurück. Das letzte, was sie hörten, war ein dumpfes Gemurmel, das langsam anschwoll, je näher das Ende des ungleichen Kampfes heranrückte.

Schweißüberströmt und am Ende seiner Kraft, hob Baneelon einen Speer, zielte zum ersten Mal und warf ihn Colbee vor die Füße. Er fühlte, wie die Traumschlange sich um sein Herz wand und sein Blut in Wasser verwandelte, aber er wich nicht aus, als Colbees Speer herangeflogen kam und sein Herz durchbohrte...

Der Transportfrachter *Tellicherry* lag in Sydney Cove vor Anker, eine schwerfällige alte Barke, die schon bessere Tage gesehen hatte.

Kleine Boote mit soeben angekommenen Sträflingen fuhren zwischen dem Schiff und dem Landungssteg hin und her, und Gouverneur King sah, daß seine eigene Pinasse gerade am Schiff anlegte, um die Post abzuholen. Er seufzte tief. Die

Post von zu Hause erleichterte ihm nur selten sein schweres Amt als Gouverneur. Er freute sich zwar auf die Briefe von seinem in England gebliebenen Sohn und seiner Tochter, das stimmte schon, aber die offizielle Post deprimierte ihn regelmäßig.

Der Schurke, den er nach England geschickt hatte, damit er dort vor das Kriegsgericht gestellt werden sollte, war mit einem eigenen Schiff zurückgekommen, hatte ihm versiegelte Briefe vom Außenminister auf den Tisch geknallt und ohne mit der Wimper zu zucken fünftausend Morgen Land für sich und zweitausend für seinen Protegé Walter Davidson gefordert. Nicht irgendwelches Land – nicht einmal Land, das an seinen ursprünglichen kleinen Besitz in Parramatta angrenzte... es schien, daß nur das beste gut genug für John Macarthur war. Der neue Besitz sollte in dem Gelände liegen, das *Viehweiden* genannt wurde, wo sich die gleich nach Gouverneur Phillips Ankunft ausgebrochenen Rinder so fruchtbar vermehrten und so gut gediehen... es war das beste Weideland in der ganzen Kolonie.

Er hatte seine Antwort erst einmal verzögert, dann sich mit Macarthur gestritten und schließlich sogar gedroht, aber alles hatte nichts genützt. Macarthur hatte sich einfach geweigert, die abschlägige Antwort des Gouverneurs hinzunehmen. Er hatte mächtige Männer in London hinter sich, und außerdem war er jetzt Zivilist und Freier Siedler, dem eigentlich nichts Rechtswidriges nachgewiesen werden konnte. In Sydney genoß er außerdem die volle Unterstützung von Major Johnstone und den Korps-Offizieren. Angesichts so mächtiger Widersacher hatte der Gouverneur schließlich aufgegeben und Macarthur das Land zugesprochen, das er gefordert hatte... aber er war immer noch nicht zufrieden. Er hatte zwar schon viermal so viele Sträflingsarbeiter als irgend jemand in der Kolonie, und er besaß über tausend Morgen in Parramatta... aber seine Raffgier war offensichtlich nie zu befriedigen...

Es klopfte an der Tür, und der Gouverneur wurde aus seinen Gedanken gerissen. Sein Sekretär kam herein und legte einen großen Stapel Post auf den Schreibtisch.

»Die Post aus England, Sir«, sagte er unnötigerweise. Er trat erwartungsvoll vom Tisch zurück, aber der Gouverneur bedeutete ihm unmißverständlich, sich zurückzuziehen.

»Bringen Sie diese beiden Briefe von Phillip und Anna meiner Frau, sie wird sich über Nachrichten unserer Kinder freuen. – Ich lasse Sie rufen, wenn ich Sie wieder brauche«, sagte er fast unfreundlich. Chapman verbeugte sich und schloß die Tür leise hinter sich. Gouverneur Phillip öffnete den ersten Brief, der Lord Hobarts persönliches Siegel trug. Er hatte dem neuen Außenminister einen ausführlichen Bericht über die Praktiken der Neusüdwales-Korps-Offiziere zukommen lassen.

Dieser Brief hier enthielt ganz sicher die Antwort auf seine Anschuldigungen und auf seine Bitte um eine zeitweise Beurlaubung... Er las das Datum auf dem Briefkopf... ja, das mußte die Antwort sein. Er setzte sich und begann zu lesen.

»Die Regierung Seiner Majestät hält es für ratsam, Sie vom Amt des Gouverneurs der Kolonie Neusüdwales zu entheben... wegen der unglücklichen Meinungsverschiedenheiten, die das Verhältnis zwischen Ihnen und den Offizieren des Neusüdwales-Korps seit langer Zeit überschatten...

Die Worte fingen vor Phillip Kings Augen zu tanzen an.

Aber es gab keinen Zweifel: Ihm wurde keine Beurlaubung gewährt, sondern er wurde ganz einfach entlassen, ohne jede Erklärung, ohne eine Entschuldigung und ohne daß er die geringste Chance hätte, sich zu verteidigen. Dieser verlogene Schurke Macarthur hatte in London anscheinend ganze Arbeit geleistet! Der Gouverneur schluckte und bekam vor Wut keine Luft mehr. Er humpelte zum Fenster, fuhr sich über die Stirn und atmete ein paarmal tief durch.

William Chapman kam herein und sah genauso ängstlich aus, wie sein Klopfen geklungen hatte. »Sir, ich störe Sie nur sehr ungern, aber ... Major Johnstone ist im Vorzimmer. Ich sagte ihm zwar, daß Sie gerade die Post durchsehen, aber er bestand darauf, daß er Sie sofort sehen muß. Es sei sehr eilig, Sir.«

Der neue Kommandant des Neusüdwales-Korps stand schon hinter dem Sekretär, so daß der Gouverneur keine Chance hatte ihn abzuweisen. Johnstone hielt es nicht einmal für nötig zu grüßen und kam sofort auf den Grund seines Besuches zu sprechen.

»Sir, ich muß mich ganz entschieden gegen Ihren Befehl verwahren – von dem ich erst eben unterrichtet wurde –, eine aus Zivilisten bestehende Wachtruppe ins Leben zu rufen. Verdammt noch mal, Sir, das Neusüdwales-Korps ist doch, weiß Gott, in der Lage, die öffentliche Ordnung aufrechtzuerhalten!« Er schimpfte ärgerlich weiter, und Gouverneur King hörte ihm schweigend zu. Schließlich zuckte er mit den Schultern. Er würde auch die Lösung dieses Problems seinem Nachfolger überlassen ... sollte er sich daran die Zähne ausbeißen!

Johnstone hatte sich in Hitze geredet. »Das kommt einer Mißtrauenserklärung gegen das Korps gleich, Captain King«, schrie er den Gouverneur fast an. King richtete sich auf und entgegnete: »Dann werden Sie ganz sicher erfreut sein zu erfahren, Major, daß ich in absehbarer Zeit aus meinem Amt scheiden werde.«

Major Johnstone starrte ihn ungläubig an. »Sie wollen also sagen, daß Sie ... Sie treten von Ihrem Gouverneursposten zurück? Aber sicherlich wollen Sie doch –«

»Das ist genau das, was ich sagen will«, erwiderte Phillip King kurz angebunden. »Mein Nachfolger wird Captain William Bligh sein.«

»Bligh? Großer Himmel!« Jetzt war der Kommandant des Neusüdwales-Korps so erschrocken, daß alle Farbe aus seinem Gesicht wich. »Bligh von der *Bounty* – der *Teufels-Bligh?*«

»Ja, ich glaube, daß böse Zungen ihn so genannt haben, Major.«

Major Johnstone war ganz außer sich. Sein rundliches Gesicht war rot angelaufen, er stotterte und versuchte verzweifelt, die Kontrolle über sich zurückzugewinnen.

Schließlich brachte er hervor: »Sind Sie sich ganz sicher, daß Bligh der nächste Gouverneur wird, Sir?«

»Ich bin vollkommen sicher«, antwortete King. Plötzlich verletzte ihn die Neuigkeit nicht mehr, sondern er fühlte sich geradezu erlöst. Es wäre eine Riesenerleichterung für ihn, sein Gouverneursamt abzugeben, und wenn er die in ihn gesetzten Erwartungen nicht erfüllt hatte, so befand er sich zumindest in sehr guter Gesellschaft: John Hunter und selbst Arthur Phillip war es nicht anders ergangen, weil ...

Johnstone rief verzweifelt aus: »Warum, um alles in der Welt, hat sich die Regierung für Bligh entschieden ... *warum,* um Gottes willen? Wissen Sie eigentlich, daß er wegen tyrannischen Verhaltens vor dem Kriegsgericht stand und schuldig gesprochen wurde? Der Prozeß fand statt, als ich in England war. Ein junger Vetter von mir diente unter Blighs Kommando auf der *Warrior* – er hat mir alles über den Prozeßverlauf erzählt und immer wieder betont, was für ein arrogantes Schwein Bligh doch sei. Und Mister Keltie, Sie erinnern sich doch an den Kapitän der *Sirius,* oder? Nun, dieser durch und durch ehrenwerte Mann hat in dem Prozeß *gegen* Captain Bligh ausgesagt, nicht für ihn.«

»Tatsächlich?« fragte der Gouverneur überrascht, denn an der Rechtschaffenheit von James Keltie war nun tatsächlich nicht zu zweifeln.

Nachdem der Kommandant sich verabschiedet und die Tür hinter sich geschlossen hatte, lehnte sich King bequem in seinem Stuhl zurück. Er fühlte sich so gut wie schon lange nicht mehr. Er würde gleich zu seiner Frau gehen und sie über die große Neuigkeit informieren … er lächelte zärtlich, weil er sich ihre Reaktion schon gut ausmalen konnte.

Vielleicht war ein rücksichtsloser Tyrann auch wirklich das, was diese Kolonie brauchte, und vielleicht würde Bligh selbst einem John Macarthur gewachsen sein … Phillip King erhob sich und ging zu seiner Frau. Er war dann auch ganz und gar nicht überrascht, daß sie vor Freude weinte, als sie hörte, daß seine Zeit als Gouverneur nun bald ihrem Ende zugehen würde.

Jenny war mit Tom Jardine und dem alten Watt auf der Weide am Fluß, als der sechsjährige William aufgeregt angelaufen kam und ihnen schon von weitem zurief, daß die Schaluppe *Phillip* am Landungssteg angelegt hätte.

»Das ist doch Papas Schiff, oder?« fragte der kleine Junge. »Und er hat doch bestimmt Justin dabei, oder?«

»Ja«, antwortete Jenny und spürte, wie ihr Herz vor Freude einen Sprung tat. »Ich hoffe, daß Justin dabei ist.«

Der kleine William erbot sich: »Wenn du zum Schiff gehen willst, Mama, dann treib ich die Schafe zusammen. Ich und Frisky.« Er streichelte seinen Hund – einen ziemlich häßlichen, aber lieben Mischling, den er seit einem halben Jahr zum Schafehüten abzurichten versuchte.

»In Ordnung, mein lieber Willie – vielen Dank. Du kannst Tom dabei helfen.« Sie fragte Watt, ob er mitkommen wolle, und der alte Mann schüttelte den Kopf.

»Ich bleibe besser hier, mein Mädchen. Du weißt ja, meine alten Knochen …«

»Schon gut, Watt, du siehst sie ja auch bald.« Jenny legte ihm liebevoll eine Hand auf die Schulter und ging dann eilig zum Farmhaus zurück.

Johnny hatte kurz nach Matt Flinders Abfahrt vor nun schon fast drei Jahren das Kommando für die *Phillip* übertragen bekommen. Die *Phillip* war das größte und beste Schiff, das Tom Moore je gebaut hatte. Ihre bisher größte Leistung – und die ihres Kapitäns – war die Rettung der unglücklich auf ein Riff aufgelaufenen *Porpoise* gewesen. Meistens fuhr das Schiff zwischen Sydney und Norfolk hin und her.

Nur während der Erntezeit brachte die Schaluppe Korn und Mais von den Siedlungen am Hawkesbury nach Sydney. Jenny war sehr glücklich, daß ihre Familie wenigstens für die kommenden Wochen vereint war. Robert Webb, der den Hawkesbury besser als irgend jemand sonst kannte, vertrat Johnny während der Erntezeit, so daß er sich seiner Familie und den notwendigen Arbeiten auf seiner Farm widmen konnte.

Sie sattelte ihren zwei Jahre alten Hengst, den sie selbst eingeritten hatte, und ritt im Trab zum Landungssteg hinunter. Timothy Dawson und sein Schwiegervater hatten für ihre Frauen Damensättel importiert. Aber weder Henrietta noch Francis konnten so gut mit Pferden umgehen wie sie, und Timothy war vor einem halben Jahr mit der Bitte an sie herangetreten, hin und wieder ein Pferd für ihn einzureiten.

Seit Mister Spence ein Schiff gekauft hatte, hatte Timothy die Anzahl seiner Pferde, Schafe und Rinder fast verdoppeln können. Die beiden Männer waren auf dem besten Wege, reiche Landbesitzer zu werden, während sie... Jenny biß sich auf die Unterlippe. Obwohl Johnny oft zur See fuhr, konnte sie mit ihren Erträgen aus dem Ackerbau und der Viehzucht doch recht zufrieden sein. Aber ganz anders als die Korps-Offiziere und die Freien Siedler hatte sie bei dem Versuch, zusätzliches Land zu erwerben, noch keinen Erfolg gehabt.

Vielleicht wäre es anders gewesen, wenn Johnny den Antrag gestellt hätte, aber Johnny war immer dann nicht zu Hause gewesen, um die Anträge zu unterschreiben, und ihre Unterschrift war wohl nicht viel wert, da sie ein ehemaliger

Sträfling war. Viele Offiziere und, wie sie kürzlich gehört hatte, sogar Timothy vergrößerten ihren Besitz einfach dadurch, daß sie angrenzendes Weideland einzäunten. Niemand schien etwas dagegen zu unternehmen. Und sie hatte von dem Gerücht gehört, daß Captain Macarthur sich inzwischen mehrere tausend Morgen Weideland angeeignet hatte, obwohl Gouverneur King alles getan hatte, um dieses fruchtbare Land der Allgemeinheit zugute kommen zu lassen.

Als Jenny am Landungssteg ankam, winkte Johnny ihr vom Deck seines Schiffes zu. Er war braungebrannt und lächelte, und Justin stand stolz in der Uniformjacke eines Kapitänsmaats neben ihm.

Kurz darauf kam er auf dem Landungssteg auf sie zugerannt und erzählte ihr atemlos, daß eine Gruppe von Offizieren der *Calcutta* ihn in allen möglichen Fragen der Seefahrt geprüft hätte und daß er das Examen sehr gut bestanden habe.

»Jetzt bin ich in der Marine aufgenommen, Mama«, sagte er und versuchte, ihre Meinung dazu an ihrem Gesicht abzulesen. »Jetzt kann ich wirklich hoffen, eines Tages das Kommando über ein eigenes Schiff zu bekommen, genau wie Papa auch. Bist du – freust du dich darüber, Mama?«

Was konnte sie sagen, dachte Jenny, außer daß sie sich darüber freue ... wie sehr ihr das Herz auch weh tat. Er hatte so lange und so hart auf dieses Ziel hingearbeitet, hatte einmal sogar eine glänzende Möglichkeit, die Captain Flinders ihm geboten hatte, ihr zuliebe ausgeschlagen ... sie umarmte ihren hoch aufgeschossenen Sohn in seiner schlechtsitzenden, offensichtlich geborgten Uniformjacke und sagte: »Ach, Justin, natürlich freue ich mich für dich! Ich freue mich, und ich bin auch stolz auf dich, mein Lieber.«

Und dann nahm Johnny sie in die Arme und schaute sie zärtlich mit seinen blauen Augen an. Seine Haut roch wie immer nach dem Meer, als ob er Salz statt Blut in den Adern hätte.

»Der Junge sieht gut aus, oder?« Er hob sie in den Sattel. »Wie heißt nochmal der Hengst? Hast du ihn nicht nach Gouverneur Phillips Eingeborenem ›Baneelon‹ genannt?«

»Ja«, antwortete Jenny. »Baneelon ist tot, ich meine, der richtige Baneelon. Aber ich habe das Pferd nach ihm benannt.« Sie schaute zu Johnny hinunter, sah, wie glücklich er war, und lächelte ihn an. »Bleibst du lange hier? Die Kinder freuen sich sehr darauf, dich zu sehen.«

»Ich komme, sobald ich kann, mein Mädchen. Rob Webb ist noch nicht hier, ich muß ihm persönlich das Kommando übergeben, das verstehst du doch bestimmt.« Er deutete auf die beim Landungssteg aufgestapelten Säcke voll Weizen und Mais. »Sieht aus, als ob ihr eine gute Ernte gehabt habt.«

»Das stimmt. Bis jetzt die beste überhaupt, glaube ich.«

Jenny begann, ihm Einzelheiten zu erzählen, brach aber ab, als sie merkte, daß es ihn gar nicht interessierte. Johnny war kein Farmer, und trotz all seiner Bemühungen würde er nie einer werden... selbst der alte Watt ging ihr besser zur Hand als ihr seefahrender Mann. Aber sie hatte sich schon lange damit abgefunden. Sie beantwortete seine Fragen, wie es William und Rachel ginge, und fragte ihn, wie die Fahrt verlaufen sei.

Sie nahm die Zügel und sagte: »Aber jetzt geh am besten auf das Schiff zurück, Johnny, damit du bald nach Hause kommen kannst.«

»In Ordnung, Liebste.« Er zögerte und sagte dann langsam: »Ich habe schlechte Neuigkeiten in Sydney gehört.«

»Schlechte Neuigkeiten, Johnny? Was denn?«

»Gouverneur King ist zurückgetreten... Captain Bligh wird der neue Gouverneur.«

»Wirklich?« Jenny überlegte, woher ihr der Name bekannt vorkam.

»Es ist der Bligh von der *Bounty,* mein Mädchen«, brummte Johnny mit zusammengepreßten Lippen. »Und dann ist noch nichts vom Schicksal Matt Flinders und der alten *Cumberland* bekannt geworden. Ich hoffte auf Neuigkeiten, aber in Sydney wird über nichts anderes als über den neuen Gouverneur gesprochen. Das Rum-Korps fürchtet sich offensichtlich vor dem Mann, das ist vielleicht ein gutes Zeichen – obwohl ich persönlich ihn nicht leiden kann. Ich... ach, da ist ja Rob. Jetzt muß ich gehen, liebe Jenny, aber ich komme so bald wie möglich nach Hause.«

Nach dem festlichen Essen setzten sich alle ums Feuer herum, und Johnny meinte nachdenklich: »Auf unserem Weg hierher habe ich gesehen, daß Dawson zwei neue Pferdeweiden eingezäunt hat. Es sah ganz so aus, als ob er seinen Besitz um ein paar hundert Morgen vergrößert hat.«

»Das hat er auch, Mister Broome«, bestätigte Tom Jardine. »Und nicht nur hier, sondern auch an der Südgrenze seines Besitzes, wo die Schafweiden sind.«

»Hat er das Land gekauft?« fragte Johnny. »Oder hat er es zugesprochen bekommen?«

Watt und Tom antworteten gleichzeitig: »Nein«, und Watt fügte hinzu: »Er hat es sich einfach genommen, Johnny.«

»*Genommen?*«

»Ja – hat einfach n paar Zäune aufgestellt. Beansprucht das Land nach ner Art Weiderecht, das es eigentlich gar nicht gibt.«

»Und niemand hat etwas dagegen unternommen?«

Jenny, die gerade ihre zwei kleinen Kinder zu Bett gebracht hatte, hörte Johnnys letzte Frage und schüttelte den Kopf. »Alle hier in der Gegend machen das gleiche, und niemand scheint was dagegen zu haben – vorausgesetzt, daß es sich um Offiziere oder Freie Siedler handelt. Ehemalige Sträflinge wie ich dürfen sich so was nicht erlauben.«

»Und warum, meine Liebe?« wollte Johnny wissen.

»Soviel ich davon verstehe«, antwortete Jenny, »weil die Sträflinge auf Kosten der englischen Regierung hierher gebracht worden sind und im ersten Jahr mit Saatgut, Tieren und Geräten versorgt worden sind.«

Sie berichtete Einzelheiten und war froh, als sie bemerkte, daß er ihr jetzt aufmerksam zuhörte.

Er war den ganzen Abend lang nachdenklicher Stimmung, und als sie zu Bett gingen, liebte er sie mit einer seltsamen Mischung aus Leidenschaft und Zärtlichkeit. Als sie später in seinen Armen lag, flüsterte er mit sanfter Stimme: »Ich bin ein selbstsüchtiger Esel, liebste Jenny ... verdammt noch mal, ich verdiene eine solche Frau wie dich überhaupt nicht! Ich bin monatelang unterwegs und überlasse dir alle Arbeit mit der Farm und mit unseren kleinen Kindern, von der Verantwortung ganz zu schweigen. Und ich habe dir Justin weggenommen, und das in einem Alter, als er anfing, eine Hilfe für dich zu sein.«

»Das macht mir nichts aus«, murmelte Jenny und legte ihren Kopf auf seine Schulter. Sie fühlte sich müde und zufrieden und hatte keine Lust, mit ihm zu streiten. »Wenn du nur glücklich bist – du und Justin –, dann ist doch alles in Ordnung. Und wenn du immer zu mir zurückkommen willst, Johnny ... sooft du nur kannst.«

»Du weißt, daß ich immer zu dir zurückkommen werde, Liebste.« Johnnys Hände liebkosten ihren schlanken nackten Körper, und er zog sie näher an sich heran. »Du bist meine Frau ... und meine Geliebte! Es wird niemals für mich eine andere Frau geben.«

»Ja, das weiß ich ... und ich danke Gott dafür.« Sie lächelte in der Dunkelheit. »Und wegen Justin brauchst du dir keine Gedanken zu machen. Es wäre nie ein Farmer aus ihm geworden, genausowenig wie aus dir. Er ist glücklich, daß er mit dir sein kann.«

»Er hat es wirklich gut gemacht. Es hat mir leid für ihn getan, daß er nicht mit Matt Flinders gefahren ist. Aber jetzt bin ich natürlich heilfroh, daß er hiergeblieben ist.«

Jenny horchte auf und stützte sich auf einen Ellbogen.

»Weil du fürchtest, daß der arme Matt und seine Mannschaft auf der *Cumberland* in einem Sturm untergegangen sind? Das glauben doch die Leute, oder?«

»Ja«, gab Johnny zu. »Aber ich hoffe, daß die *Cumberland* nicht untergegangen ist. Du weißt doch, daß ich lange Zeit auf dem Schiff war und mit Matt zusammengearbeitet habe... Er ist ein sehr guter Seemann, der beste, den ich jemals kennengelernt habe. Sie könnte auf ein Riff aufgelaufen sein wie die *Porpoise,* aber selbst wenn das passiert ist, hätte Matt es bestimmt geschafft, seine Mannschaft zu retten.« Er seufzte. »Mit George Bass ist es, fürchte ich, eine andere Sache. Das Wrack seines Schiffes, der *Venus,* wurde südwestlich von Neuseeland entdeckt. Aber ich habe gehört, daß Matt Timor erreicht hat, und wenn die kleine *Cumberland* es bis dort geschafft hat, dann nehme ich doch an, daß Matt mit ihr weitergesegelt ist, trotz all seiner Klagen über die vielen Ratten an Bord.«

»Was glaubst du, was passiert sein kann?« fragte Jenny. Johnny zuckte mit den Schultern.

»Ich hab keine Ahnung... niemand hat irgend etwas gehört, seit das Schiff Coupang verlassen hat. Aber es könnte ja sein, daß die Franzosen das Schiff angegriffen haben... vielleicht haben sie es versenkt. Es gibt überall im Indischen Ozean französische Freibeuter, die unseren Schiffen auflauern. Wenn das der Fall ist, dann bin ich wirklich dankbar, daß Justin nicht an Bord war.«

Jenny zitterte bei dem Gedanken an das kleine Schiff, das vielleicht von französischen Freibeutern unter Beschuß genommen worden war, ohne sich wehren zu können...

Als ob er ihre Gedanken gelesen hätte, sagte Johnny: »Freibeuter haben keinerlei Moral – man müßte diese Verbrecher eigentlich Piraten nennen.«

»Der arme Matt«, flüsterte Jenny. »Ich habe ihn in der Zeit, in der er hier bei uns war, sehr schätzen gelernt.«

»Ja... und Doktor Bass.« Johnny nahm seine Frau wieder in seine Arme. »Ich habe sehr viel von beiden gehalten … genauso wie von dir. Du bist eine wunderbare Frau, Jenny. Liebste, wenn diese Kolonie jemals zu einem glücklichen Land wird, dann hat sie es Männern wie Bass und Flinders … und Frauen wie dir zu verdanken.«

»Ich hab doch gar nichts getan«, erwiderte Jenny leise. »Außer daß ich mich mit meinen Freunden zusammen darum bemüht habe, nicht zu verhungern. Und das jetzt fast achtzehn Jahre lang, Johnny! Ich werde bald vierunddreißig Jahre alt, und was hab ich eigentlich im Leben erreicht?«

»Du hast uns ein Heim geschaffen«, sagte Johnny. Er küßte sie stürmisch und fügte leidenschaftlich hinzu: »Als erstes werde ich morgen früh mit Tom und Justin die Weide einzäunen, die du trotz all deiner Versuche nicht bekommen hast. Und ich fahre nicht wieder weg, bis diese Arbeit beendet ist, das verspreche ich dir. Wenn Dawson und Spence und die Rum-Korps-Offiziere sich Land einfach so aneignen können, dann können wir das auch!«

6

Es fing zu regnen an, als Johnny mit Hilfe von Tom Jardine, Justin und William damit begann, das Weideland am Fuß von Richman Hill einzuzäunen. Sie arbeiteten zwei Tage durch, obwohl es nicht zu regnen aufhörte, und als Johnny einmal zum Landesteg hinunterging, um zu sehen, wie Rob Webb mit seinem Schiff zurechtkam, machte sich der alte Mann große Sorgen wegen der steigenden Flut.

»Es ist immer dasselbe mit dem Hawkesbury«, sagte er unglücklich. »Monatelange Trockenheit dörrt das Land aus, und wenn der verdammte Regen dann endlich kommt, ist es gleich ein Wolkenbruch – genau wie jetzt –, und das Wasser kann nicht in den Boden einsickern. Ich bin zehn

Meilen flußaufwärts gefahren, Johnny, und es ist überall das gleiche … der Fluß ist schon über zehn Meter gestiegen und steigt noch immer. Ich fürchte, diesmal wird es wieder zu einer schlimmen Überschwemmung kommen, und es sieht so aus, als ob wir einen Großteil der Getreideernte von den weit entfernten Farmen verlieren werden, außer das Getreide wird in hoch gelegenen Scheunen aufgehoben.«

»Wieviel Getreide haben Sie von Ihrer Fahrt mitgebracht?« fragte Johnny und zog die nasse Jacke aus.

»Wie ich schon sagte, war ich nicht weiter als zehn Meilen flußaufwärts«, wiederholte Rob. »Es hatte aber keinen Sinn weiterzufahren, weil das Schiff schon ganz voll war.«

Robs Vorschlag, die Schiffsladung Getreide in der Scheune am Landungssteg zwischenzulagern, verwarf er gleich selbst wieder, denn es sah ganz so aus, als ob die Flut diesmal so hoch steigen würde, daß sowohl der Landungssteg als auch die Scheune überflutet werden würden. Und es blieb nicht mehr genug Zeit, Ochsenfuhrwerke aus Toongabbe anzufordern … Johnny fluchte leise vor sich hin und schaute hilflos auf das braune, rasend fließende Wasser.

Dann traf er eine Entscheidung: »Rob, Sie fahren mit der *Phillip* nach Sydney, dann ist wenigstens eine Ladung gerettet. Und ich treibe so viele Ruderboote wie möglich auf, und fahre mit ein paar Männern flußaufwärts, um da zu helfen, wo meine Hilfe benötigt wird. Es handelt sich nicht nur um Getreide … es müssen auch Menschenleben gerettet werden.«

Rob nickte zustimmend. Er deutete zum Ende des Landungsstegs hinüber. »Sie können schon mal mein Boot nehmen.«

Eine Stunde später hatte Johnny alle zur Verfügung stehenden Boote bemannt; die Ruderboote fuhren zu den nahe gelegenen Farmen, und die kleinen Segelboote machten sich auf den Weg, um flußaufwärts den weiter entfernten Farmen zu Hilfe zu eilen.

Schon am Nachmittag war klar, daß diese Flut für viele Menschen lebensgefährlich werden konnte. Meilenweit waren die flachen Uferweiden überschwemmt, brüllende Kühe und tote Schafe trieben flußabwärts und ein paarmal auch Menschen, für die jede Hilfe zu spät kam. Andere saßen auf den Dächern ihrer überfluteten Häuser oder in Bäumen und warteten auf Hilfe.

Kurz vor Einbruch der Dunkelheit kam starker Wind auf, und Johnny mußte in dem überfüllten Boot die Segel reffen. Er und ein ehemaliger Sträfling namens Reuben Hale ruderten weiter, und Justin bediente das Steuer. Als beim besten Willen kein Mensch mehr Platz in dem überfüllten Boot finden konnte, gab Johnny den Befehl zur Umkehr. Sie trieben flußabwärts, und im Morgengrauen sagte Johnny zu seinem Sohn, der das Ruder keinen Augenblick lang aus der Hand gegeben hatte: »Ruh dich etwas aus, mein Junge!«

»Das kann ich nicht«, protestierte Justin. Er schaute seinen Vater mit kaum verhohlener Wut an. »Was ist eigentlich mit Mama? Es ist gut, daß wir diese Leute hier gerettet haben, aber hast du auch an sie gedacht?«

»Long Wrekin liegt hoch, das weißt du doch«, antwortete Johnny müde. »Das Haus kann zwar abgeschnitten werden, aber überschwemmt wird es bestimmt nicht. Und deine Mutter hat ein Boot, und Tom Jardine und die anderen sind bei ihr, wenn sie Hilfe braucht.«

Trotz seiner optimistischen Worte hatte ihn die Angst um seine eigene Familie die ganze endlos scheinende Nacht hindurch geplagt. Aber die Farm – die Jenny nach ihrem Heimatort Long Wrekin genannt hatte – lag so hoch, daß keine Gefahr bestand, daß jemand während der Überschwemmung ums Leben kommen würde. Aber Justin war anscheinend noch nicht zufrieden. Er sagte etwas in leisem, aggressivem Ton, was Johnny nicht verstehen konnte, und er verbot ihm das Wort.

»Wir gehen ja nach Hause«, versprach er schließlich, »sobald wir diese armen Leute hier sicher am Ufer abgesetzt haben.«

Aber es vergingen noch einmal vier Stunden, bevor das möglich war. In dieser Nacht waren der Landungssteg und die Scheune unter den rauschenden Fluten versunken. Unerklärlicherweise war eine Bachmündung etwa einen Kilometer flußabwärts kaum überschwemmt, und dort hatten alle Ruderboote und auch die *Phillip* und die alte *Francis* angelegt.

Rob Webb hatte wegen des reißenden Wassers die Fahrt nach Sydney nicht gewagt. Er rief ihm schon von weitem entgegen: »Johnny, Hilfe ist unterwegs! Der Gouverneur hat Boote ausgesandt! Alle Überlebenden sollen erst mal nach Port Jackson gebracht werden!« Und als Johnny sein Boot festzurrte, sagte er: »Zur Hölle mit meinem Sold, wenn Sie Ihre *Phillip* selbst nach Sydney bringen wollen.«

»Nein, danke«, sagte Johnny und schüttelte entschieden den Kopf. »Justin hat ganz recht, daß ich mich erst einmal um meine eigene Familie kümmern muß. Aber ich wäre über ein Glas Wasser froh! Und über jemanden, der mir beim Rudern zur Hand geht...«

Mit der Strömung und dem Wind gegen sich dauerte die Fahrt flußaufwärts noch länger, als sie angenommen hatten. Endlich ließ der Regen nach, und es tröpfelte nur noch leise. Mit Einbruch der Dunkelheit riß der Himmel auf, und der Wind legte sich. Johnny stieß einen erleichterten Seufzer aus, als er sah, daß Long Wrekin tatsächlich nicht überschwemmt war – es war nur von reißenden Wassermassen umgeben und abgeschnitten.

Jenny begrüßte ihren Mann und ihren ältesten Sohn mit Freudentränen, aber ihre Augen waren so rot, daß Johnny gleich sah, daß irgend etwas nicht stimmen konnte. Auf seine Frage hin antwortete sie: »William... er ist weg, Johnny – einfach verschwunden, und sein Hund auch. Er –«

»Verschwunden?« fragte Johnny mit abgeschnürter Kehle. »Um Gottes willen, wann hast du ihn zum letztenmal gesehen?«

»Vorletzte Nacht. Ich wollte ihn am Morgen aufwecken und« – Jenny schluchzte auf – »er war nicht mehr in seinem Bett. Rachel sagte mir, daß er mitten in der Nacht aufgestanden sei, aber sie weiß natürlich nicht mehr genau, wann. Tom und die anderen Männer haben so viele Pferde und Schafe wie möglich nach Toongabbe in Sicherheit gebracht, sobald wir begriffen, wie ernst die Lage war. Ich sagte ihnen gleich, daß sie gar nicht versuchen sollten zurückzukommen, daß wir hier außer Gefahr seien. Aber heute morgen wollte ich...« Sie schluchzte wieder, und Johnny nahm sie in seine Arme.

»Liebste, beruhige dich doch... nimm's nicht so schwer. Wir finden William schon, Justin und ich. Wir –«

»Es ist nicht nur William«, flüsterte Jenny und versuchte ihre Tränen zu unterdrücken. »Es ist auch Watt. Er fuhr mit dem Ruderboot los, um William zu suchen, und er – er ist nicht zurückgekommen. Er war allein – ich glaube, er hatte Angst, daß ich ihn nicht gehen lassen würde, der arme alte Mann, wenn er mir sagte, was er vorhätte. Aber da er unser einziges Ruderboot mitgenommen hat, konnte ich weder den einen noch den anderen suchen, und ich... ich mußte einfach hierbleiben und warten, warten und beten. Ich...«

»*Wir* hätten hier sein müssen«, sagte Justin bitter, »statt andere Leute zu retten. Aber Papa –«

Johnny unterbrach ihn. »Wir sind jetzt hier«, sagte er kurz. »Und wir haben auch ein Boot. Wir gehen sofort los, um die beiden zu suchen. Hol in der Küche Brot und Käse und so viel Alkohol, wie du findest. Auch ein Fäßchen Rum, wenn eins da ist.« Der Junge verließ das Zimmer, und er fragte Jenny: »Hast du irgendeine Idee, was William vorhatte – wo er hinwollte? Wenn ich überhaupt keinen Anhaltspunkt habe, ist es so, als sollte ich eine Nadel in einem Heuhaufen suchen. Es wäre sehr viel einfacher, wenn wir wenigstens wüßten, in welche Richtung der Kleine gegangen ist.«

Jenny schüttelte den Kopf und sagte gequält: »Ich habe überhaupt keine Ahnung, Johnny. Vielleicht wußte Watt etwas – William war gestern mit ihm zusammen. Aber wir... ich hatte soviel zu tun, weißt du. Ach, es war ja gar nicht gestern, es war vorgestern. Er ist seit zwei Tagen verschwunden.« Sie zitterte und versuchte sich zu beherrschen. »Er... er hat den Hund mitgenommen, Johnny.«

»Seinen Hund?« Johnny wollte sich auf die Suche machen, zögerte aber und fragte noch einmal: »Er hat den Hund doch immer mitgenommen, oder?«

Jenny schaute ihm in sein unglückliches Gesicht, und plötzlich fiel ihr etwas ein. »Die Schafe!« rief sie aus. »Er hat sich sehr aufgeregt darüber, als ich sagte, daß wir die Schafe auf der Weide am Fluß wohl verlieren müßten. Und er hat seit langem versucht, seinen Hund als Schäferhund abzurichten... Johnny, vielleicht ist er dort hingegangen, um die Schafe zu retten! Vielleicht hat er versucht, sie auf die von euch eingezäunte höhergelegene Weide zu treiben, um sie zu retten.«

»Ich versuche alles, Jenny.« Johnny zog sie noch einmal kurz an sich und sagte: »Mit Gottes Hilfe sind wir bald mit dem Kleinen und Watt zurück. Bitte koche etwas Gutes für uns, ja? Die beiden werden eine Stärkung brauchen und wir auch.«

Der Vollmond stand am wolkenlosen Himmel und half ihnen bei ihrer Suche. Weniger als eine Meile vom Farmhaus entfernt fanden sie das kleine Ruderboot. Es war mit anderem Treibholz zwischen ein paar Bäumen hängengeblieben. Die Strömung hatte die Ruder mitgerissen, und der alte Watt Sparrow saß zusammengesackt halbbegraben zwischen Ästen, die er offenbar bei dem Versuch, das Boot wieder flottzukriegen, heruntergerissen hatte.

Dabei war er umgekommen. Als Johnny seine eiskalte

Wange berührte, dachte er, daß wohl niemand die Hilferufe des alten Mannes gehört haben konnte. Er war sicher schon seit gestern tot...

»Willst du ihn etwa dort lassen?« fragte Justin, als Johnny ihr eigenes Boot mühsam wieder aus den Bäumen herausruderte. »Das ist doch Opa Watt, und er –«

»Ja«, sagte Johnny kurz und merkte, wie wütend er auf seinen Erstgeborenen wurde. »Wir nehmen ihn auf dem Rückweg mit. Jetzt ist es aber wichtiger, deinen Bruder zu finden. Er ist sicher naß und kalt und hungrig, der arme Kleine.«

»Wenn er noch lebt«, murmelte Justin.

Johnny schwieg. Krank vor Verzweiflung, stellte er sich seinen kleinen sechsjährigen Sohn vor, der mit seinem Hund losgezogen war, um die Schafe zu retten. Dann fiel ihm der alte Watt wieder ein – der alte Opa Watt –, der für William sein Leben hingegeben hatte. Er hatte es aufs Spiel gesetzt und verloren, weil er selbst, der Vater, nicht zur Stelle gewesen war.

»Wir hätten nicht weggehen sollen«, sagte Justin leise.

»Das brauchst du mir nicht vorzuhalten«, erwiderte Johnny kalt. Er ruderte mit solcher Kraft, daß der Mann auf der anderen Seite fluchend meinte: »Zum Teufel, Mister Broome – wir haben schon den ganzen Tag lang gerudert. Haben Sie denn gar kein Herz?«

Justin glaubte wohl auch, daß er keins hatte. Er antwortete nichts, aber ruderte langsamer. Justin schenkte den erschöpften Männern ein Glas Rum ein.

Die Suche endete, wie Jenny vorausgesagt hatte, als sie eine Stunde später zu der neu eingezäunten Weide kamen. William hütete dort mit seinem Hund die Schafe, und als das Boot näherkam, sah Johnny, wie der Kleine einen schrillen Pfiff ausstieß und der Hund daraufhin ein paar Schafe, die sich weiter entfernt hatten, zurückholte. William war ein geborener Schafhirte, dachte Johnny zärtlich und rief dem Jungen zu, daß sie gekommen wären, um ihn zu holen.

Das Wasser wurde flacher, und das Boot blieb etwa sechzig Meter von Williams Zufluchtsort im Schlamm stecken. Der Hund rannte auf sie zu, und als William seinem Beispiel folgen wollte, rief Johnny: »Bleib dort, mein Junge! Ich komm und hole dich!«

»Ich hole ihn«, bot Justin an. Als er schon mit einem Bein im Wasser stand, packte ihn Johnny wortlos und schleuderte ihn so heftig ins Boot zurück, daß er zwischen die Beine der Ruderleute hinknallte. Er war wütend über diese Erniedrigung und rappelte sich hoch. Einer der Männer lachte auch noch und sagte: »Du bist noch nicht der Kapitän, du junger Spund – wenn du's auch zu glauben scheinst. Und ich sag dir noch was... es dauert noch ne Weile, bevor du auch nur halb so stark wirst wie dein Vater!«

Aber die wütenden Worte, mit denen er seinen Vater beschimpfen wollte, blieben ihm im Halse stecken, als plötzlich ein donnerähnliches Getöse losbrach. Steine polterten vom Hügel herunter, zuerst kleinere, dann immer mehr und immer größere, und schließlich bewegte sich der ganze Berg, und man sah im Mondlicht, wie Tonnen von Erdreich, Steinen und ausgerissenen Bäumen gespenstisch langsam vom Wasser verschluckt wurden.

»Es ist ein – ein verdammter Bergrutsch!« stieß der Mann aus, der eben noch über Justin gelacht hatte, und Justin rief seinem Vater zu, doch nur ja vorsichtig zu sein, aber seine Worte gingen in dem tosenden Lärm unter.

Johnny schaute zum Hügel hoch. Er wußte genau, was passierte, sah, wie die Schafe unter der herabrutschenden Erde verschwanden... und er sah, wie William voller Entsetzen auf ihn zurannte. Bis zur Taille im Wasser, ging Johnny so schnell wie möglich seinem Sohn entgegen. Ein paar Sekunden, bevor der Erdrutsch das Wasser erreichte, konnte er ihn fassen. Mit letzter Kraft schleuderte er ihn in Richtung des Bootes.

Der Kleine konnte nicht schwimmen, blieb aber wie

durch ein Wunder zwischen Ästen hängen, und Justin konnte ihn packen und ins Boot in Sicherheit ziehen. Aber da, wo eben noch ihr Vater gewesen war, erhob sich jetzt der Berg abgerutschten Erdreiches aus dem Wasser und versank langsam immer tiefer. Es war wieder still, nur noch ein paar Steine rollten herunter, und ein paar Minuten später war alles vorüber, so schnell, wie es angefangen hatte. Der kleine Hund kam angeschwommen. Er wurde an Bord gezogen, lief sofort zu William hin und leckte ihm das Gesicht. Der kleine Junge umarmte ihn und fing zu weinen an.

Justin war am Ende seiner Kraft und fuhr den Kleinen an, doch um Gottes willen ruhig zu sein. Nachdem sie das Boot an einem Baum festgebunden hatten, wateten er und die beiden Helfer hinüber zu der Stelle, wo sie Johnny zuletzt gesehen hatten, um mit einer hoffnungslosen Suche zu beginnen. Sie stemmten unter Wasser liegende Steinbrocken und Baumstämme hoch, unter denen er begraben sein konnte. Justin war fast ohnmächtig vor Anstrengung, als er im Mondschein plötzlich das weiße, kaum erkennbare Gesicht seines Vaters ein paar Zentimeter unter der Wasseroberfläche sah.

Weinend zog er den schweren Körper seines Vaters unter dem Baumstamm hervor, der ihn dort erschlagen hatte.

Mit erstickter Stimme bat er einen der Männer: »Hilf mir, hilf mir doch, ihn ins Boot zu bringen, ja?« Als er seinen Vater an den Handgelenken nahm, um ihn durchs Wasser zu ziehen, spürte er die Narben, die die Ketten dort eingeschnitten hatten, die Johnny als Sträfling getragen hatte, und er fing hemmungslos an zu weinen.

»Laß uns das machen, mein Junge«, sagte der ältere der beiden Männer voller Mitleid. »Wir kümmern uns um ihn und auch um deinen Opa. Geh du derweil schon zu deinem kleinen Bruder zurück – er schreit sich ja das Herz aus dem schmalen Leib! Du bist alles, was er jetzt noch hat ... du und deine Mama.«

Justin gehorchte, und die Worte des Mannes kamen ihm während der traurigen Rückfahrt nach Hause immer wieder in den Sinn. Als sie endlich auf der Farm angekommen waren, nahm er all seine Kraft zusammen und unterrichtete seine weinende Mutter von dem, was passiert war.

»Aber ich bleib bei dir, Mama«, versprach er ihr. »Von jetzt an werde ich immer hier sein, wenn du mich brauchst. Ich fahre nicht mehr zur See, das ... das ist jetzt vorbei.«

Jenny legte ihre Hand auf seine Schulter und wendete sich dann ab. Sie konnte kein Wort herausbringen. Nach einiger Zeit aber sagte sie: »Gib den Männern das Essen, das ich für euch vorbereitet habe, Justin. Dein Papa hat mich darum gebeten – und du mußt auch etwas essen. Du und William. Ich ... ich möchte gern etwas allein sein. Ich kann es noch nicht fassen, ich ... wenn ich ein paar Stunden Zeit habe, dann kann ich vielleicht verstehen, warum Gott das zugelassen hat. Kannst du – kannst du es ohne mich schaffen?«

Justin nickte und ging in die Küche, als die Männer den Leichnam seines Vaters hereintrugen.

7

Der Konvoi, der Captain William Bligh nach Neusüdwales brachte, kam an einem kühlen, sonnigen Augustnachmittag des Jahres 1806 in Port Jackson an. An der Spitze fuhr das Frachtschiff *Lady Madeleine Sinclaire*, dahinter drei Schiffe mit Sträflingen, und den Abschluß bildete die Schaluppe *Porpoise*.

Die Signalflagge war schon am Morgen davor auf dem Südkap gehißt worden, so daß genug Zeit geblieben war, einen würdigen Empfang für den neuen Gouverneur vorzubereiten.

Gouverneur King war anwesend, leicht zu erkennen an seiner Marineuniform mit den goldenen Litzen. Seine Frau stand mit zwei Kindern etwas entfernt im Garten des Regierungsgebäudes mit Offizieren und Siedlern zusammen. Im Garten war ein Zelt errichtet worden, in dem das festliche Empfangsdiner stattfinden sollte. Blauuniformierte Gendarmen hielten die neugierigen Sträflinge fern, und manchmal benutzten sie sogar die langen Stöcke, die sie trugen.

Bligh setzte das Fernglas ab, wandte sich an seine Tochter und meinte: »Das wird ja ein großer Empfang, meine liebe Mary. Ich gebe zu, daß ich nichts dergleichen erwartet habe.«

Mary Putland lächelte. »Es ist gut organisiert, Vater, aber doch sehr ... sehr militärisch.«

»Vergiß nicht, das hier ist eine Sträflingskolonie. Da ist die Gegenwart von Militär unvermeidlich.« Der Gouverneur schaute wieder durch sein Fernglas. »Und auch die Stadt ist größer, als ich vermutet habe. Die Häuser sind reichlich phantasielos gebaut, eins sieht wie das andere aus, aber die Windmühlen oben auf den Hügeln finde ich sehr schön. Und der Hafen ist doch ganz einfach wunderbar ... wie Admiral Phillip gesagt hat, könnte hier die gesamte britische Flotte vollkommen sicher ankern. Es ist geradezu ein Wunder, daß die Franzosen nicht einmal versucht haben, uns diesen Hafen abzujagen.«

»Seit Trafalgar ist die französische Marine doch erledigt«, sagte sein Schwiegersohn Charles Putland. »Wir sind mindestens für die nächsten zwanzig Jahre vollkommen sicher hier.«

»Es ist zu hoffen, daß wir noch länger sicher sind«, knurrte Bligh. »Aber dieser Emporkömmling Bonaparte muß erst geschlagen werden.« Dann schwieg er und schaute sich weiter interessiert um.

Charles Putland bemerkte, daß ein Boot vom Landungssteg am Regierungsgebäude losfuhr und auf sie zukam. Er fragte seinen Schwiegervater höflich: »Wünschen Sie, daß wir mit Ihnen an Land gehen, Sir?«

»Ja, natürlich, Charles. Gouverneur King ist verheiratet – Mary muß sich mit seiner Frau bekannt machen. Sie scheinen ein Zelt im Garten des Regierungsgebäudes aufgestellt zu haben – ich glaube, daß wir dort zu Abend essen werden, nachdem ich die Truppen inspiziert habe. Ach, da ist noch was …«, sagte er mit leiser Stimme. »Ich möchte nicht, daß Captain Short an Land kommt und mit uns ißt. Er hat sich auf See so verhalten, daß ich ihn verhaften und bei nächster Gelegenheit nach England zurückschicken werde, wo er sich vor dem Kriegsgericht zu verantworten hat.«

»Aye, aye, Sir.« Putland kannte seinen Schwiegervater gut genug, um zu wissen, daß jeder Widerspruch bei ihm zwecklos war. Er hakte seine Frau unter und fragte hölzern: »Ist das alles, Sir?«

»Ja … *nein!* Veranlassen Sie, daß Hawley Captain Short unter Arrest nimmt.« Captain Bligh wandte sich ab, sah zu, wie das Boot langsam näher kam, und fragte sich, wie sich Phillip King wohl fühlen mochte. Es mußte verdammt unangenehm sein, das Gouverneursamt auf diese Weise zu verlieren, unangenehm und … ja, durchaus erniedrigend. Lord Hobart und natürlich auch Sir Joseph Banks hatten ihn über alles informiert, und er wußte über die Hintergründe des plötzlichen Amtswechsels sehr genau Bescheid. Es war ihm vollkommen klar, daß er die Macht des Rum-Korps brechen mußte, wenn er selbst nicht einen ebensolchen ruhmlosen Abgang wie King haben wollte. Und er mußte auch die Macht Captain Macarthurs brechen – den King in einem seiner Briefe als *»bewußten und undurchsichtigen Mörder meines guten Rufes«* bezeichnet hatte.

Am Landungssteg wartete Gouverneur King mit kaum verhohlener Ungeduld auf die Ankunft seines Nachfolgers. Er hatte den großartigen Empfang angeordnet und ganz bewußt weder Macarthur noch seine Frau dazu eingeladen. Aber er sah, daß Macarthur trotzdem auf einem Pferd neben

Major Johnstone vor dem Neusüdwales-Korps stand. Seine Frau Elizabeth – mit der er und seine Frau Anna zugegebenermaßen während Macarthurs Zeit in England auf freundschaftlichem Fuß gestanden hatten – war mit ihren Kindern im Zelt.

Keines der Kinder – seine eigenen mit eingerechnet – sollten beim Abendessen dabei sein, zu dem ausschließlich männliche Gäste geladen waren. Aber seine gastfreundliche Elizabeth hatte alle Frauen und deren Kinder zum Abendessen ins Regierungsgebäude gebeten. Jetzt stand sie, von vielen Kindern umgeben, im Garten, und man wußte nicht, was lauter war, das fröhliche Gelächter oder das schrille Kindergeschrei. Es würde noch stundenlang so weitergehen, und hinterher wären die Zimmer in seinem Haus vollkommen durcheinander, wenn er sich endlich mit dem neuen Gouverneur zurückziehen könnte, dem er so viele gute Ratschläge und so viele Warnungen mit auf seinen schweren Weg geben wollte.

»Ach, Gouverneur, ich bin entzückt Sie zu sehen ... ich wünsche Ihnen einen guten Tag!«

Phillip King erkannte die Stimme und wandte sich nicht gerade erfreut Misses Dawson zu, um sie ebenfalls zu begrüßen. Er konnte Timothy Dawson gut leiden, der hart arbeitete und die schwierigen Bedingungen, die nun einmal in dieser Kolonie herrschten, geschickt zu seinem eigenen Vorteil ausnutzte. Aber seine Frau ... er seufzte, als Henrietta Dawson wie eine Königin über den Rasen schritt. Ihre zwei kleinen Töchter gingen makellos gekleidet mit hübschen Spitzenhüten hinter ihr her, und ihr kleiner Sohn trippelte an ihrer Hand mit.

Sie erinnerte ihn an ein Geschehnis, das er gern vergessen wollte. Die schlimme Flutkatastrophe am Hawkesbury hatte vor fünf Monaten viele Menschen das Leben und viele Familien ihre Existenz gekostet. Die Dawsons hatten sich, als der Fluß stieg, nach Sydney gerettet, samt allen ihren Arbeitern und Tieren, und Timothy Dawson war alleine zurückgekommen, um zu helfen, als es eigentlich für jede Hilfe schon zu spät war. Er war der einzige Farmer, der praktisch nichts verloren hatte – sein gesamtes Getreide war an Bord der *Phillip* geborgen worden, und er hatte kein einziges seiner kostbaren Pferde eingebüßt.

Die meisten kleinen Farmer aber hatten alles verloren, was sie besaßen. Ihre Tiere waren ertrunken, ihre Farmen mit der gesamten, in diesem Jahr besonders reichen Getreideernte weggeschwemmt worden. Und manche hatten sogar – wie die arme Jenny Broome – ihren Mann oder ihre Kinder in der Katastrophe verloren. Er hatte alles für sie getan, was in seiner Macht stand, aber es war wenig genug gewesen. Die schlimmste Auswirkung der Überschwemmung war jedoch die völlige Hoffnungslosigkeit, die jetzt unter den Farmern am Hawkesbury herrschte. Die Aufbauarbeiten gingen nur zögernd voran, da allen bewußt war, daß sich so eine Flut alle paar Jahre wiederholen würde.

Zwischen der am Landungssteg versammelten Menschenmenge entstand eine Bewegung, und Gouverneur King sah, wie Richter Atkins sich zu ihm durcharbeitete. Er kam schweratmend, als ob er gerannt wäre, bei ihm an und sagte ärgerlich: »Sind sich Ihre Exzellenz eigentlich im klaren darüber, wer die Willkommensadresse der Freien Siedler unterzeichnet hat?«

Die Willkommensadresse... natürlich, die würde dem neuen Gouverneur überreicht werden. Er erinnerte sich daran, daß darüber gesprochen worden war, aber... er schüttelte den Kopf und konnte sich keinen Reim aus Atkins offensichtlicher Aufgebrachtheit machen. »Nein, ich weiß nur, daß eine geplant war. Wer hat sie denn unterschrieben?«

»John Macarthur!« stieß der Richter hervor. »Er hat auch Ihre Abschiedsadresse unterzeichnet – wieder als Vertreter der Freien Siedler – und er hat vor, sie Ihnen persönlich zu überreichen!«

Das war eine zu große Unverschämtheit, selbst von Macarthur, dachte Phillip King verärgert, aber ihm fiel nichts ein, wie er es verhindern könnte.

»Wer hat sonst noch unterzeichnet?« fragte er.

»Sonst niemand, Sir. Der Text der Abschiedsadresse ist... großer Gott, ich habe keine Ahnung, wie ich es Ihnen sagen soll, weil – ach, verdammt noch mal, weil Macarthur sie ganz offensichtlich aufgesetzt hat! Natürlich habe ich mich geweigert, meinen Namen darunterzusetzen – wir möchten selbst eine entwerfen, aber ich zweifle, ob noch genug Zeit dafür bleiben wird.«

»Ersparen Sie sich die Mühe, Mister Atkins«, bat ihn der Gouverneur verstimmt. »Aber sagen Sie mir, was inhaltlich auf mich zukommt, damit ich vorbereitet bin.

Atkins zog ein verknittertes Stück Papier aus seiner Jackentasche. »Sir, Ihnen wird für Ihre Dienste gedankt – ich zitiere wortwörtlich – und daß Sie sich von einem Amt befreien, das jeder intelligente Mensch ausführen kann, selbst wenn er nicht mit den speziellen Problemen dieser Kolonie vertraut ist. – So geht das dann weiter, aber ich hatte nicht mehr die Zeit, es genau aufzuschreiben.«

»Das genügt auch«, sagte King, und es gelang ihm nur mühsam, seine Erregung zu verbergen. »Vielen Dank, mein Freund. Ich bin Ihnen dankbar, daß Sie mich gewarnt haben.«

Er fühlte sich krank vor Wut. Macarthur hatte es offensichtlich darauf angelegt, seinem Selbstbewußtsein den Todesstoß zu geben, und die sogenannte Abschiedsadresse war nichts anderes als blanker Hohn. Die Galle kam ihm hoch, und ihm war zum erstenmal ganz klar, daß er eine große Niederlage erlitten hatte. John Macarthur hatte ihn herausgefordert und besiegt, so wie er auch Hunter besiegt hatte. Aber... Das Boot legte am Landungssteg an. Als Phillip King dem neuen Gouverneur höflich entgegenging, erinnerte er sich an das Gespräch, das er mit Major Johnstone geführt hatte.

Bligh hatte kürzlich vor dem Kriegsgericht gestanden, weil er etliche der Offiziere, die unter seinem Kommando standen, unerträglich tyrannisch behandelt hatte. Nun, wenn es überhaupt irgendeine Gerechtigkeit auf dieser Welt gab, würde Bligh diese tyrannische Art auch gegen Johnstone und sein Rum-Korps anwenden. Diese Männer hätten es, bei Gott, verdient. Er zog seinen Hut und verbeugte sich vor seinem Nachfolger, der seinen Gruß mit großer Höflichkeit erwiderte und sich dann lächelnd umdrehte, um seiner Tochter aus dem Boot zu helfen und sie den Anwesenden vorzustellen.

»Mistress Putland«, sagte King sehr freundlich und streckte seine Hand aus, »meine Frau befindet sich im Zelt und freut sich darauf, Ihre Bekanntschaft zu machen. Vielleicht erlauben Sie meinem Sekretär, Sie dorthin zu begleiten. Willie, reichen Sie Mistress Putland Ihren Arm.« Dann deutete er auf Chapman und sagte: »Das ist mein Sekretär William Chapman.«

»Und das ist meiner, Sir«, sagte Captain Bligh. »Edmund Griffin... und das ist mein Schwiegersohn, Charles Putland.«

Nachdem alle einander vorgestellt worden waren und Mrs. Putland zum Zelt hinübergegangen war, musterten sich die beiden Gouverneure unauffällig. Sie waren sich noch nie begegnet, waren aber genau über ihre Meriten informiert. William Bligh war der berüchtigtere und zugleich der bekanntere Mann. In der Schlacht von Kopenhagen war er einer von Nelsons Kapitänen gewesen, und als wolle er das beweisen, trug er die goldene Medaille, die ihm nach diesem Sieg verliehen worden war, stolz um den Hals. Die Nachricht von Nelsons tragischem Tod während des noch größeren Sieges von Trafalgar war erst kürzlich in der

Kolonie bekannt geworden und trug auch noch zu Blighs Berühmtheit bei.

Sie tauschten ein paar höfliche und belanglose Worte aus, und Phillip King war angenehm überrascht über das Verständnis, das er in den Augen seines Nachfolgers entdeckte, als Major Johnstone arrogant zu ihnen trat, um die Willkommensadresse zu überreichen und sich dabei als stellvertretender Gouverneur und Kommandant des Neusüdwales-Korps vorstellte. Die Willkommensadresse wurde zuerst von Richard Atkins vorgelesen, dann wurde das zusammengerollte Pergament feierlich überreicht. Ohne um Erlaubnis zu fragen, brachte Johnstone gleich darauf John Macarthur zum neuen Gouverneur und stellte ihn ihm als den Mann vor, der als dritter seine Unterschrift unter die Adresse gesetzt habe.

»Und nun, Sir, wenn es Ihnen recht ist...«, sagte der Kommandant mit herrischer Stimme, »möchten Ihre Exzellenz meine Truppen inspizieren?«

William Bligh ignorierte ganz bewußt diese Frage und wandte sich an den Mann, dessen Nachfolger er werden sollte. »Ist es nicht üblich, Sir«, fragte er mit freundlicher Stimme, »daß der Angesprochene eine Antwort auf die Willkommensadresse gibt?«

»Selbstverständlich ist das üblich, Captain Bligh«, versicherte ihm King ebenso freundlich. »Ich bin sicher, daß sich jedermann über eine Antwort von Ihnen freuen würde. Ich schlage vor, daß wir da hinübergehen, dort können Sie am besten gehört werden.«

Als der neue Gouverneur dem alten folgte, sah er, wie Macarthur irritiert von seiner Abschiedsadresse aufschaute, die er hatte vorlesen wollen und lächelte über diese unangenehme Situation, in die er seinen Feind durch sein unvorhersehbares Manöver gebracht hatte. Der Schurke würde zwar bestimmt später darauf bestehen, sie vorlesen zu dürfen, aber es wäre am besten, wenn das während des Diners und nicht in aller Öffentlichkeit geschähe. Er sagte das leise zu Atkins und sah, wie der Richter, sehr zufrieden mit seiner Entscheidung, lächelte und sich dann der kleinen Prozession anschloß, die hinter ihm herging.

Als sie auf dem Hügel am Zaun des Regierungsgartens ankamen, nahm Bligh ein gefaltetes Papier aus seiner Jackentasche, studierte es kurz und konzentriert und fing dann laut an, es vorzulesen. Der neue Gouverneur war kein guter Redner, aber er sprach mit lauter, kräftiger Stimme, die weit trug und bestimmt von der großen versammelten Menschenmenge gehört werden konnte.

Zu Beginn erzählte er, welche Schlachten im englisch-französischen Krieg er siegreich geschlagen hatte. Seine Rede wurde von begeisterten Hochrufen unterbrochen, aber an den verdrießlichen Mienen des gesamten Neusüdwales-Korps war abzulesen, daß die Soldaten durchaus verstanden hatten, daß sie sich hier am Ende der Welt vor dem Kriegsdienst drückten.

Dann zählte er die Ziele auf, die er sich für seine Regierungszeit gesteckt hatte. Er wollte die Ausbreitung des christlichen Glaubens tatkräftig unterstützen, wollte allen Bewohnern der neuen Kolonie, Freien Siedlern ebenso wie Gefangenen, beim Aufbau eines erfüllten, für die Allgemeinheit nützlichen Lebens helfen und wollte – und jetzt wurde sein Ton streng, wenn nicht sogar gnadenlos – mit voller Unterstützung der heimatlichen Regierung den illegalen Alkoholhandel unterbinden.

Er hatte den Mut gehabt, schon in seiner Antrittsrede den Fehdehandschuh zu werfen, dachte Phillip King wehmütig. Da seine eigenen Versuche, das Monopol des Rum-Korps zu brechen, von der Regierung in England nicht tatkräftig unterstützt worden waren, war seine Regierungszeit nicht von Erfolg gekrönt gewesen... Aber dies war nicht der Augenblick für trübselige Gedanken. King freute sich, daß die Regierung inzwischen wohl die Notwendigkeit strengen

Durchgreifens begriffen und seinen Nachfolger mit allen nötigen Befugnissen ausgestattet hatte... Bligh endete seine Rede mit dem Versprechen, so bald wie möglich eine stabile Währung einzuführen, faltete sein Blatt zusammen, wandte sich an King und fragte ihn: »Wünschen Eure Exzellenz, daß ich noch irgend etwas hinzufüge?«

Gouverneur King zögerte und schüttelte dann den Kopf. »Wir hatten eine katastrophale Flutkatastrophe am Hawkesbury, und viele Siedler stehen jetzt am Rande des Ruins. Vielleicht finden es Eure Exzellenz ratsam, die Regierung um aktive Hilfe anzugehen, damit die Siedler so bald wie möglich die Hilfe bekommen, die nötig ist, um eine neue Existenz aufzubauen?«

Bligh dankte ihm und versprach es der versammelten Menschenmenge mit lauter Stimme. Unter dem Jubel der Bevölkerung ging er zu dem Neusüdwales-Korps hinüber, um es zu inspizieren.

Danach sagte Phillip: »Das war ein guter Beginn, und ich möchte Ihnen gerne meine Glückwünsche aussprechen.«

»Ich habe mir Feinde gemacht, oder, Sir?« fragte der neue Gouverneur. »Aber früher oder später wäre das ohnehin so gekommen.«

»Diese Leute sind Ihre Feinde, ganz gleich, was Sie gesagt hätten, Sir«, antwortete King mit großer Bitterkeit. »Genauso wie sie meine Feinde und auch John Hunters Feinde waren. Aber Sie haben sich auch Freunde gemacht, Mister Bligh, und ich vertraue darauf, Sir, daß Sie noch viel mehr Freunde finden werden, wenn ich Sie jetzt gleich meiner Frau und den anderen Gästen vorstelle.«

Auf halbem Weg zum Zelt blieb Captain Bligh stehen. »Da ist noch eines, was ich Ihnen vor dem festlichen Teil des Abends sagen möchte, Mister King. Es handelt sich um den Kommandanten eines der Schiffe, Lieutenant Short. Ich habe ihn unter Arrest nehmen lassen und möchte ihn so schnell wie möglich nach England schicken, damit er dort vor das Kriegsgericht gestellt wird.«

Phillip King starrte ihn überrascht an. Er dachte, daß er jetzt plötzlich eine andere Seite von William Bligh sah – ganz anders als eben, wo er sich tapfer der Feindseligkeit des Rum-Korps gestellt hatte. Dies war der *Bounty*-Bligh, der Kapitän, der seine Mannschaft so tyrannisch behandelt hatte, daß sie den einzigen Ausweg in Meuterei gesehen hatte... Er hörte schweigend zu, als sein Nachfolger die Anschuldigungen aufzählte, die er gegen den unglückseligen Short vorzubringen hatte.

»Ich verstehe, Sir«, meinte er lakonisch. »Ich fahre mit der *Buffalo* nach England, sobald sie aus Kapstadt zurückkommt. Mister Short und seine Familie können mich begleiten, wenn sie das wünschen.«

»Darüber bin ich sehr froh«, antwortete Bligh. »Ich dulde einfach keinen Ungehorsam, wenn ich das Kommando führe – das bezieht sich, ganz unter uns gesagt, Captain King, genauso auf Mister Macarthur und die – äh – Offiziere des Neusüdwales-Korps wie auf Lieutenant Short.«

Als die beiden Männer im Gleichschritt weitergingen, hoffte Gouverneur King sehr, daß der neue Gouverneur während seiner Regierungszeit an diesen strengen Vorsätzen festhalten würde.

Er selbst würde mit mehreren anderen Gesinnungsgenossen in sein Heimatland zurückfahren, gestandene Männer, die ebenso wie er versucht hatten, sich John Macarthurs zu erwehren. Colonel Paterson hatte sich schon nach Tasmanien zurückgezogen – und zwar in geradezu unwürdiger Eile. Pfarrer Samuel Marsden, Doktor Harris und vielleicht sogar Richter Atkins würden ihn nach England begleiten – offiziell verließen sie die Kolonie nur für einen Heimaturlaub. Aber wie viele würden zurückkommen, falls Gouverneur Bligh die Versprechungen nicht halten könnte, die er heute gemacht hatte?

Phillip King seufzte tief auf und führte seinen Gast ins Festzelt.

Andrew Hawley leistete dem Befehl Captain Blighs Folge und ließ sich zur *Porpoise* hinüberrudern. Er hatte zwar nicht die geringste Lust, diesen Auftrag auszuführen, aber er hatte es schon vor vielen Jahren aufgegeben, die Befehle eines ranghöheren Offiziers in Frage zu stellen – der letzte Zusammenstoß hatte tatsächlich mit Lieutenant Leach an Bord der *Charlotte* während der Fahrt der ersten Flotte nach Neusüdwales unter Gouverneur Phillip stattgefunden.

Und die Vernachlässigung seiner Pflicht, die dazu geführt hatte, hatte ihn wieder zum gemeinen Soldaten gemacht, hatte ihm eine Auspeitschung eingebracht und... er hatte Jenny Taggart dadurch verloren. Er starrte auf Sydney, das er noch nicht kannte, und überlegte, was wohl aus ihm geworden wäre, wenn Gouverneur Phillip ihn damals vor neunzehn Jahren nicht nach England zurückgeschickt hätte.

Er hätte Jenny geheiratet – soviel stand wenigstens fest –, was weder Leach noch Sergeant Jenkins noch Gouverneur Phillip selbst hätten verhindern können. Sie hätten sich auf einem Stück Land niedergelassen, hätten als Farmer gelebt, eine Familie gegründet und Kinder aufgezogen. Wenn die Berichte auch nur annähernd stimmten, die ihm zu Ohren gekommen waren, dann wäre er jetzt ein wohlhabender Mann!

Wie die Dinge aber standen, konnte er Gouverneur Phillips Entscheidung nicht bedauern. Es stimmte zwar, er hatte weder eine Frau noch eine Familie. Frauen hatte er in seinem Leben bis jetzt stets nur flüchtig kennengelernt und keine wirklich geliebt. Er erinnerte sich nur an wenige von ihnen. Er hatte kein Geld außer seinem Sold, aber er hatte tapfer für sein Land gekämpft.

Er berührte die Narbe auf seiner Wange. Nach der Schlacht von Camperdown hatte der Arzt, der ihm die klaffende Wunde genäht hatte, gesagt, daß es sehr bald heilen würde, und hatte hinzugefügt: »Und falls es nicht heilt, dann ist es wenigstens eine Narbe, deren Sie sich nicht zu schämen brauchen.«

Das stimmte ganz sicher. Aber diese Wunde hatte ihm, obwohl sie nicht gut geheilt war und die Narbe seinem Gesicht einen fast höhnischen Ausdruck verlieh, viel weniger Schmerzen bereitet als die Wunde, die er während seiner Dienstzeit auf der *Vanguard*, Admiral Nelsons Flaggschiff, in der Schlacht von Aboukir davongetragen hatte. Beinahe hätte er damals sein linkes Bein verloren. Es hatte knapp ein Jahr gedauert, bis die Wunde ganz verheilt war.

Während der siegreichen Schlacht von Trafalgar hatte er nicht einmal einen Kratzer davongetragen, obwohl sein Schiff den Mast eingebüßt hatte und mehr als hundertdreißig seiner Kameraden den Tod gefunden hatten.

Jetzt war er neununddreißig Jahre alt und immer noch so stark, wie ein Mann überhaupt sein konnte. Der neue Gouverneur von Neusüdwales hatte ihn aufgefordert, für ihn zu arbeiten, und er konnte, ohne degradiert zu werden, von der Königlichen Marine ins Neusüdwales-Korps überwechseln. Er konnte sich hier niederlassen, ein Stück Land beantragen und heiraten ... Er seufzte und dachte wieder an Jenny Taggart. Es war lange her, daß er einen Brief von ihr erhalten hatte – es war tatsächlich schon Jahre her –, und es war ihm klar, daß sie sich in der Zwischenzeit verändert haben würde, vielleicht würde er sie nicht einmal wiedererkennen, diese Frau, die er als hübsches kleines Mädchen auf seinen Schultern nach London getragen und Jahre später an Bord des Sträflingstransporters *Charlotte* wiedergetroffen hatte.

Aber er hatte immer ihr Bild in seinem Herzen bewahrt, das würde auch so bleiben, selbst wenn sie jetzt eine reife Frau mit einem Mann und Kindern wäre. Vielleicht hatte sie den alten Tom Jenkins geheiratet ... er würde es bald erfahren.

Das Boot legte an der *Porpoise* an. Der Kapitän Joseph

Short kam ihm auf dem Achterdeck entgegen. Sein etwas dickliches, gutartiges Gesicht zeigte einen angespannten Ausdruck. Er hatte zum ersten Mal das Kommando über ein Schiff erhalten, und es war ihm bewußt, daß er es jetzt vielleicht verlieren würde. Er fragte voller Bitterkeit: »Bedeutet Ihre Ankunft das, was ich befürchte, Captain Hawley?«

»Der Flottenkommandant Bligh hat mir den Auftrag gegeben, Sie unter Arrest zu nehmen, Sir«, antwortete Andrew. Er fügte mit Sympathie in der Stimme hinzu: »Ich bedauere diese Notwendigkeit, Captain Short.«

»Aber nicht so sehr wie ich!« rief Short bitter aus. »Ich wurde bereits angewiesen, an Bord zu verbleiben, deshalb trifft mich Ihr Erscheinen nicht ganz unerwartet. Aber ich fürchte, daß Sie wegen mir die Willkommensfeierlichkeiten versäumen. Dafür möchte ich mich entschuldigen.«

Andrew schaute kurz zur Küste hin, an der sich eine große Menschenmenge versammelt hatte, und meinte: »Das macht nichts aus, Sir. Ich komme bald genug dorthin.«

»Ich höre, daß Sydney inzwischen zu einem Sündenpfuhl geworden ist«, sagte Short. »Es soll geradezu im Rum ertrinken... Wenn das stimmt, vermissen wir ja nicht viel. Aber es tut mir leid wegen meiner Frau. Sie hat sich so darauf gefreut, an Land zu gehen und die anderen Offiziersfrauen kennenzulernen. Der Armen geht es alles andere als gut – diese Reise hat sie sehr mitgenommen. Und jetzt...« Er unterbrach sich und sah sorgenvoll aus. Andrew erwiderte schnell: »Ihre Frau und Ihre Kinder können ohne weiteres an Land gehen. Ich kann sie gern auf meinem Boot mitnehmen.«

»Nein, ohne mich würde sie das niemals wollen«, widersprach der Kommandant der *Porpoise* entschieden. Er deutete auf die Ladeluke. »Kommen Sie doch mit in meine Kabine, Hawley. Dann können wir wenigstens auf unsere glückliche Ankunft anstoßen. Ich habe einen ausgezeichneten Madeira aus Kapstadt da oder Weißwein, wenn Sie den lieber trinken. Möchten Sie vorangehen oder… sollte ich Ihnen vielleicht zuerst mein Schwert geben?«

»Das scheint mir nicht notwendig zu sein, Sir«, meinte Andrew. »Ich halte es für unwahrscheinlich, daß Sie fliehen wollen, oder?«

Short lachte bitter auf. Auf dem Weg zu seiner Kabine beauftragte er den Steward, ihnen den versprochenen Madeira und den Wein zu bringen, und als der Mann den Alkohol auf dem Tisch abgestellt und sich zurückgezogen hatte, erhob Short sein Glas: »Nun, auf unsere sichere Ankunft! Oder auf den neuen Gouverneur von Neusüdwales? Hoffentlich erleben seine Schützlinge unter ihm eine gute Zeit!« Andrew wußte nichts zu antworten und trank, und sein Gastgeber füllte die Gläser nach. »Es tut mir leid, Hawley – ich hätte das nicht sagen sollen, oder? Ich sollte meine Zunge besser im Zaum halten!«

»Das ist in jedem Fall gut, Sir«, antwortete Andrew freundlich. »Jedenfalls hab ich diese Erfahrung gemacht.«

»Natürlich, Sie sind ein Marineinfanterist, und Marineinfanteristen haben ihren Stolz. Es sind ja bekannt disziplinierte Burschen, sehr zuverlässig… die Offiziere können sich allemal auf Sie verlassen, wenn die Matrosen meutern.« Short hatte ein rotes Gesicht und seltsam leuchtende Augen, und Andrew dachte, daß er sicher schon vor seiner Ankunft etwas getrunken haben mußte. Nun, das war verständlich – der arme Teufel mußte sich irgendwie mit dem Ende seiner Karriere abfinden.

»Wir haben den Treueid geschworen, Captain Short«, antwortete Andrew trocken.

»Den Treueid?« Der Kapitän leerte sein Glas auf einen Zug und füllte es mit zitternder Hand nach. »Ach ja, natürlich – ich habe gehört, daß Sie Mister Bligh in The Nore das Leben gerettet haben, als die Besatzung der *Director* ihn während der Meuterei aufhängen wollte. Ist das nicht so, Captain Hawley?«

Andrew stand auf. »Ich glaube, es ist besser, Sir, zurück an Deck zu gehen.«

»Nein, nein, um Gottes willen!« Joseph Short nahm sich sehr zusammen. »Ich wollte Sie in keiner Weise verärgern. Es ist nur so, daß… ach, zum Teufel! Captain Bligh ist einfach ein rotes Tuch für mich. Er *ist* ein Tyrann, und das wird die Bevölkerung dieser Kolonie sehr bald herausfinden. Und… ich nehme doch an, daß Sie gehört haben, was er mit mir vorhat?«

»Mir ist ein Gerücht zu Ohren gekommen«, gab Andrew vorsichtig zu. Aus Mitleid mit dem Kapitän der *Porpoise* setzte er sich wieder hin und erlaubte, daß sein Gastgeber ihm das Glas nachfüllte.

»Ich werde nach Hause zurückgeschickt«, sagte Short, »und werde dort vor das Kriegsgericht gestellt, wegen Gehorsamsverweigerung. Aber, verdammt noch mal, Hawley, der Mann weiß, daß ich das Oberkommando über den gesamten Konvoi hatte. Als Captain Bligh dann, ohne mich zu verständigen, den Kurs änderte und mit der *Sinclair* voraussegelte, was hätte ich eigentlich tun sollen?«

Andrew erinnerte sich genau an das Geschehen und zuckte mit den Schultern. »War es denn wirklich notwendig – oder klug –, einen Schuß abzufeuern?«

»Schon wieder dieses Wort – klug!« knurrte Joseph Short. »Zum Teufel, ich feuerte doch nur einen Schuß ab, um seine Aufmerksamkeit zu erregen… und Charly Putland gab den Befehl, ich habe ihm niemals gesagt, auf die verdammte *Sinclair* zu zielen! Aber ich schwöre, daß er nicht Manns genug war, das seinem schwierigen Schwiegervater zu erzählen!«

Das stimmte wahrscheinlich, dachte Andrew, aber er sagte nichts mehr. Short goß noch ein Glas Madeira hinunter und griff dann gleich wieder nach der Flasche. »Ich bin kein Trinker, Hawley«, sagte er entschuldigend, »unter normalen Umständen. Aber jetzt herrschen keine normalen Umstände, oder? Ich werde mein Schiff los, werde nach England zurückgeschickt und kann mich nicht als Siedler hier niederlassen, was ich eigentlich beabsichtigte. Wundern Sie sich da noch, daß ich versuche, mein Unglück im Alkohol zu ersäufen? Und«, fügte er grimmig hinzu, »ich habe noch nicht mal etwas Falsches getan, verdammt noch mal! Der Kommandant eines Konvois trägt die Verantwortung – er muß dafür sorgen, daß die Schiffe in der von ihm bestimmten Anordnung segeln. Er...« Von Deck erscholl der Ruf des wachhabenden Offiziers: »Captain, Sir – ein Boot nähert sich von der Küste her!«

Captain Short rappelte sich leise fluchend auf und schwankte hinüber zum Bullauge. Er sagte: »Da sitzen zwei verdammte Marineinfanteristen drin – und ein Offizier! Ich nehme an, sie kommen, um mich zu verhaften... Nun, dann sind Sie nicht weiter für mich verantwortlich, mein Freund Hawley, und das wird Ihnen doch sicher recht sein.«

Andrew erwiderte darauf nichts, aber er war sehr unruhig. Es war seine Sache, dafür zu sorgen, daß der Kapitän der *Porpoise* sein eigenes Schiff nicht verließ, aber... Er atmete tief. Wenn Captain Bligh das Boot herübergeschickt hatte, um Joseph Short an Land zu bringen, könnte es sein, daß der Kapitän in seinem jetzigen angetrunkenen Zustand Widerstand leisten würde und dann die bitteren Folgen tragen mußte.

Er griff den jüngeren Mann am Arm und sagte: »Ich flehe Sie inständig an, Sir, allen Befehlen Folge zu leisten... in Ihrem eigenen Interesse, Sir.«

Short schaute ihn mit vor Wut blitzenden Augen an, erkannte aber dann seine hoffnungslose Situation und nahm sich zusammen. »Ich danke Ihnen für diesen guten Rat, Captain Hawley. Falls dafür gesorgt wird, daß meine Frau und meine Kinder angemessen untergebracht werden, werde ich mitkommen... Ihnen zuliebe. Und... vielen Dank auch.«

»Das Boot legt an, Sir!« rief der Offizier warnend aus.

»Begleiten Sie den Offizier in meine Kabine«, ordnete Short an. Er schaute Andrew an und zuckte mit den Schultern. Dann setzte er sich, sich mühevoll zur Ruhe zwingend, zurück auf seinen Stuhl.

Der Korps-Offizier, der ein paar Minuten später die Kabine betrat, war ein junger, schmalgesichtiger Mann mit dunklen Augen und einer unangenehm schrillen Stimme, und zu Andrews Entsetzen schien er die Aufgabe zu genießen, den Kapitän zu verhaften. Ein Fähnrich des Neusüdwales-Korps hatte natürlich nicht jeden Tag eine solche Gelegenheit. Er sprach den Kapitän der *Porpoise* als »Mister« an und fuhr dann fort: »Ich bin beauftragt, Ihnen mitzuteilen, Sir, daß Sie das Kommando dieses Schiffes an Ihren Ersten Offizier übergeben sollen und mich unverzüglich an Land zu begleiten haben. Bitte übergeben Sie mir die Waffen, die Sie bei sich führen. Meine Männer werden Sie zum Boot begleiten.«

Short nahm sich sehr zusammen, aber sein Gesicht wurde vor Wut dunkelrot. »Wer hat Ihnen den Auftrag erteilt, mich an Land zu bringen?« fragte er mit rauher Stimme.

»Major Johnstone, der Kommandant meines Regiments«, erwiderte der Fähnrich. »Und wenn Sie jetzt bitte –«

Short unterbrach ihn. »Und wer hat dem Major den Auftrag erteilt?«

Der junge Offizier mußte zugeben, daß er das nicht wußte. »Ich nehme an, der neue Gouverneur, Sir, aber ich weiß es nicht.«

Er schaute Andrew hilfesuchend an. »Ich – äh – bitte geben Sie mir Ihre Waffen, Sir.«

»Damit ich keinen Widerstand leisten kann?« meinte Joseph Short. Er zog sein kurzes Schwert aus der Scheide und legte es auf den Tisch. »Wurde Sorge dafür getragen, daß meine Frau und meine Kinder angemessen untergebracht werden?«

»Ich habe gehört, daß die Frau unseres Kommandanten – Misses Paterson, Sir, Ihre Familie aufnehmen wird«, erklärte der Fähnrich und fuhr freundlich fort: »Nachdem ich Sie an Land gebracht habe, habe ich den Auftrag, zum Schiff zurückzukehren und Ihre Familie ins Haus des Kommandanten zu begleiten.«

Short wandte sich an Andrew. »Ich glaube, es bleibt mir nichts anderes übrig, als mich zu fügen, Captain Hawley. Aber darf ich Sie darum bitten, an Bord zu bleiben, bis meine Frau und meine Kinder abgeholt werden? Und auch darum, daß Sie sie an Land begleiten. Ich wage nur, Sie um diesen Gefallen zu bitten, weil ich weiß, daß es sehr schwer für meine Frau sein wird, und – ich wäre Ihnen sehr dankbar dafür.«

»Aber selbstverständlich, Captain Short«, antwortete Andrew bereitwillig. Er empfand großes Mitleid mit dem unglücklichen, jungen Kapitän, und mehr konnte er nicht für ihn tun. Als der Kapitän zur Küste hinübergerudert wurde, ließ er Mrs. Short eine Mitteilung zukommen, aber bevor sie noch ausgerichtet worden war, erschien sie selbst verzweifelt weinend in der Kajüte und stellte ihm und dem Ersten Offizier angstvoll viele Fragen.

Beide Männer taten ihr Bestes, um die Sorgen der armen jungen Frau zu mindern, aber sie war kaum fähig zuzuhören. Ihre Gesundheit war ganz offensichtlich angegriffen, sie war sehr blaß, und ihre Augen waren vom vielen Weinen gerötet und geschwollen. Joseph Shorts Erster Offizier vertraute Andrew wispernd an, daß die lange Reise sie sehr mitgenommen habe.

»An Land wird es ihr und den Kindern gleich bessergehen, Sir«, fügte er hinzu. »Sie haben sie doch in Rio und in Kapstadt gesehen, oder? Sie war die Gesundheit in Person, anders kann man es nicht ausdrücken. Erst die Kälte und die eisigen Winde auf der Überfahrt von Kapstadt hierher haben der jungen Frau so zugesetzt. Einundfünfzig Tage lang hat es gedauert, und nun sehen Sie sich an, was aus der sanften Person geworden ist! Captain Bligh wird – er wird den Tod dieser Frau zu verantworten haben, wenn er darauf besteht, sie so schnell wie möglich mit ihrem Mann nach England zurückzuschicken! Und ich fürchte, er wird darauf bestehen.«

Andrew antwortete nicht. Er lernte immer neue Seiten des Mannes kennen, in dessen Diensten er stand, und wenn er ehrlich war, mußte er sich eingestehen, daß er das meiste an ihm nicht leiden konnte.

Endlich kam das Boot zurück. Der arrogante junge Fähnrich brachte eine mütterliche Bedienstete aus Misses Patersons Haushalt mit, die sich um die zwei kleinen Kinder kümmern sollte, und als er die kränkliche, verzweifelte Frau des Mannes sah, den er verhaftet hatte, änderte sich plötzlich seine abweisende Haltung. Er half ihr in jeglicher Hinsicht, stützte sie fast liebevoll, als sie in das Ruderboot stieg, legte ihr seinen Uniformmantel um die Schultern und nahm eines der Kinder auf den Schoß, als er ihre Fragen nach dem Schicksal ihres Mannes zu beantworten versuchte.

Als das Boot sich dem Landungssteg näherte, hörte Andrew, daß die Musikkapelle immer noch spielte, und sah, daß sich die Menge noch nicht aufgelöst hatte. Es waren Hunderte von Menschen, deren einfallslose, uniformähnliche Kleidung merkwürdig von ihrem Mangel an guten Manieren und von ihrem grölenden Gelächter abstach.

Viele der Sträflinge trugen Ketten um ihre Fesseln oder ihre Handgelenke, aber da heute ein Feiertag war, brauchte niemand zu arbeiten, und viele waren betrunken. Andrew fühlte sich sehr angespannt bei dem Gedanken daran, wie die unglückliche Mrs. Short und ihre Kinder es wohl schaffen würden, zwischen den laut kreischenden Sträflingsfrauen vorbeizukommen, die schamlos mit den Matrosen der neu angekommenen Schiffe anbändelten. Aber als das Boot am Landungssteg anlegte, sah er zu seiner großen Erleichterung, daß Mrs. Paterson nicht nur eine Kutsche für ihre unerwarteten Gäste hergeschickt hatte, sondern selbst mitgekommen war, um sie in Empfang zu nehmen. Sie war eine dickliche, unelegant gekleidete Frau unbestimmten Alters, aber sie lächelte warmherzig und half Mrs. Short sehr freundlich in die Kutsche, die sofort losfuhr.

Der Fähnrich wischte sich den Schweiß von der Stirn und sagte: »Gott sei Dank, das hätten wir geschafft! Bei Mistress Paterson werden sie in besten Händen sein. Das Haus des Kommandanten ist das da drüben« – er deutete mit dem Finger hin – »auf der anderen Seite des Flusses direkt an der High Street, wenn Sie vorhaben, sich nach dem Befinden der armen Dame zu erkundigen.«

»Vielen Dank«, entgegnete Andrew leise.

Der junge Fähnrich trat einen Schritt zurück und sagte: »Entschuldigen Sie die Frage, aber Sie gehören doch zum Mitarbeiterstab des neuen Gouverneurs, oder, Sir?«

»Ja«, bestätigte Andrew. »Ich heiße Hawley.«

»Sir... ich heiße Bell, Archibald Bell.« Und als ob ihn die verspätete Vorstellung an seine gesellschaftlichen Pflichten erinnert hätte, fügte Fähnrich Bell höflich hinzu: »Im Regierungsgarten ist ein großes Zelt aufgestellt worden, da findet gerade ein Empfang für den neuen Gouverneur statt. Danach ist ein großes Essen zu Ehren von Captain Bligh vorgesehen. Wenn ich Sie dorthin begleiten dürfte, Captain Hawley, dann wäre ich überglücklich, Ihnen – äh – ein paar unserer Offiziere vorzustellen.«

Andrew blickte zum Regierungsgebäude hinüber und schüttelte den Kopf. Es war wohl unmöglich, Jenny Taggart dort unter den privilegierten Familien Sydneys zu finden, aber vielleicht stand sie irgendwo in der am Landungssteg versammelten Menschenmenge, und... Er stieß einen Seufzer aus. Es war so viele Jahre her, daß er davon geträumt hatte, Arm in Arm mit Jenny hier an Land zu gehen... so viele Jahre war es her, und dennoch war dieser Traum in ihm noch lebendig. Die Chance, hier auf Jenny zu stoßen, war so groß, wie eine Nadel in einem Heuhaufen zu finden, das war ihm klar. Es war durchaus möglich, daß er sie nicht einmal mehr erkennen würde, es konnte auch sein, daß sie gar nicht hier war – er wußte, daß es außerhalb von Sydney noch verschiedene Siedlungen gab, zum Beispiel Parramatta. Auch am noch weiter entfernten Hawkesbury sollten sich viele Siedler niedergelassen haben...

Sein Bemühen, sie hier zu finden, würde sehr wahrscheinlich nicht von großem Erfolg gekrönt werden, aber er mußte es dennoch versuchen, er hatte gar keine andere Wahl... Er lächelte und fühlte, daß er nicht die leiseste Lust verspürte, auf den Empfang zu gehen. Er hätte ja mehr als genug Zeit, Major Johnstone und Captain Macarthur später kennenzulernen.

»Ich werde mit großem Vergnügen am Diner teilnehmen«, sagte er zu Fähnrich Bell, »aber jetzt möchte ich mich erst einmal in der Stadt umschauen. Wir sehen uns dann später!«

»Da gibt es leider nicht viel zu sehen«, warnte ihn Bell. »Außer Schmutz und Elend und Sträflingsfrauen, die sich schamlos anpreisen. Aber wenn Ihnen der Sinn danach steht...« Er zuckte mit den Schultern. »Nun ja, bis später, Sir.«

Nachdem Andrew eine Stunde lang in den schmalen Gassen umhergeschlendert war, dachte er, wie recht der junge Mann doch gehabt hatte. Es gab zwar auch Huren zu Hause in Plymouth und Sheerness, in Portsmouth und Yarmouth, aber er hatte noch nie erlebt, daß sie sich so schamlos und geradezu brutal feilboten wie diese hier. Und – vielleicht, weil heute ein Feiertag war – die Tavernen und Kneipen waren überfüllt mit Betrunkenen, die sich anpöbelten und verprügelten.

Ihm wurde es fast übel beim Gedanken daran, daß Jenny so viele Jahre hier verbracht hatte. Hatte sie ihre Jugend und ihre Schönheit an so eine Umgebung verschwendet? Aber in ihren Briefen hatte sie ihm davon berichtet, daß sie Land bearbeitete und Weizen und Mais anbaute. Ihre Briefe hatten bei ihm den Eindruck erweckt, daß sie mit ihrem Los zufrieden sei, und er hatte nie das Gefühl gehabt, daß sie sich gegen ihr Schicksal auflehnte. Sie hatte ihm zwar geschrieben, daß es nicht immer leicht für sie sei, aber sie führte anscheinend doch ein ganz erfülltes Leben. Und dann hatte sie ihm ausführlich über ihre Pferde berichtet... und auch von hilfsbereiten Nachbarn, mit denen sie freundschaftlichen Umgang pflegte. Jetzt erst war sich Andrew ganz sicher, daß Jenny nicht in Sydney lebte! Jenny stammte vom Land und hatte es ganz sicher geschafft, sich aus dieser Umgebung hier früh genug abzusetzen.

Die Sonne ging unter, und es wurde langsam dunkel. Andrew wanderte weiter und kam schließlich an eine Schiffswerft. Als er näher trat, um sich ein halb fertiggestelltes Schiff anzuschauen, war er überrascht, heute am Feiertag dumpfe Hammerschläge zu hören und die dunkle Silhouette eines Mannes zu sehen, der offensichtlich noch bei der Arbeit war. Er stieg von seinem hochgelegenen Arbeitsplatz herab, pfiff ein fröhliches Lied und zündete eine Laterne an. Im flackernden Licht erkannte Andrew, daß er höchstens sechzehn Jahre alt war und unter seinem verstrubbelten blonden Schopf ein braungebranntes, aufgewecktes Gesicht hatte. Der Junge erinnerte ihn an irgend jemanden, den er kannte, aber es fiel ihm nicht ein, wer es war. Er blieb stehen und grüßte den jungen Mann.

»Wer... ach, guten Abend, Sir. Entschuldigen Sie – ich habe Sie nicht kommen hören.«

»Weil Sie so fleißig gehämmert haben!« erwiderte Andrew. »Aber darf ich fragen, warum Sie heute arbeiten? Soviel ich mitbekommen habe, begrüßt doch ganz Sydney den neuen Gouverneur!«

Der Junge hörte zu lächeln auf, warf einen Blick auf Andrews Uniform und sagte: »Ich kann ihn doch genausogut von hier wie von der anderen Seite der Bucht aus willkommen heißen!«

»Ja, natürlich! Das sieht aber gut aus, das Schiff, an dem Sie arbeiten!« Als Andrew noch ein paar fachkundige Kommentare abgab, lächelte ihn der junge Schiffbauer wieder offen an. Er erklärte ihm schwierige Details und verfügte überhaupt über ein weit über seine Jahre hinaus übliches Wissen, so daß Andrew aus dem Staunen nicht mehr herauskam.

»Bei diesem Licht können Sie leider nicht viel sehen«, meinte er bedauernd. »Aber das ist genau so ein Schiff, das den Bedürfnissen dieser Kolonie hier am ehesten gerecht wird. Es ist einerseits so leicht und beweglich, daß wir es für Flußfahrten einsetzen können, und andererseits ist es so stabil, daß es auch übers Meer nach Norfolk fahren kann. Es kann von einer kleinen Mannschaft bedient werden und hat einen viel größeren Laderaum, als man annehmen würde. Die beiden Masten stammen von der *Investigator* –«

»Der *Investigator?* Was für ein Zufall! Ich kenne das Schiff!«

»Ach ja? Das Schiff war, wie Sie dann wissen werden, schon sehr alt und ist inzwischen nicht mehr seetüchtig ...«

Die unüberhörbare Traurigkeit in der Stimme des Jungen rührte Andrew tief. Er fragte leise: »Sind Sie auf der *Investigator* zur See gefahren?«

»Ja, Sir. Mit Captain Flinders und mit meinem Vater zusammen ...«

Wieder kam Andrew das Gesicht des Jungen merkwürdig bekannt vor... Großer Gott, war das denn möglich? Er fragte angespannt: »Wie heißt Ihr Vater? Heißt er vielleicht Broome, *John Broome?*«

»Ja«, antwortete der junge Mann vollkommen überrascht. »So hieß er... Denn – er ist tot, Sir. Er ist vor fünf Monaten bei der Flutkatastrophe am Hawkesbury umgekommen. Er« – der Junge seufzte tief – »deshalb bin ich auch hier. Ich bekomme für meine Arbeit gutes Geld, und zu Hause auf unserer Farm kann ich nicht helfen, bis wir wieder neues Saatgut bekommen. Mit meinem selbstverdienten Geld möchte ich meiner Mutter ein paar Tiere kaufen – vielleicht ein paar Schweine und Ziegen. Aber...« Da der Fremde seinen Vater gekannt hatte, wurde er jetzt sehr zutraulich. Er fragte: »Kannten Sie meinen Vater gut, Sir? Haben Sie mit ihm zusammen auf einem Schiff gedient?«

»Ja, das stimmt, mein Junge. Aber es ist schon lange her, und wir haben uns aus den Augen verloren. Heißen Sie auch John, so wie er?«

»Nein, Sir, ich heiße Justin. Justin Angus, nach meinem Großvater... dem Vater meiner Mutter, Angus Taggart, Sir. Er hatte eine Farm in Yorkshire...« Justin hatte jetzt den letzten Rest seiner Scheu verloren, da der unbekannte Marineinfanterist offenbar ein alter Freund seines Vaters war. »Unsere Farm am Hawkesbury heißt nach der Farm, von der meine Mutter stammt, Long Wrekin. Meine Mutter...«

Er sprach weiter, aber Andrew hörte nicht mehr zu. Justins Mutter war Jenny Taggart. Seine Suche war beendet, aber... Das Herz brach ihm vor Schmerz. Jenny war Johnny Broomes Frau... erst kürzlich verwitwet, und dieser Junge hier war ihr gemeinsamer Sohn. Er fuhr sich mit der Hand über die Stirn.

Justin fühlte, daß irgend etwas nicht stimmte und fragte: »Darf ich Sie nach Ihrem Namen fragen, Sir? Meine Mutter würde Sie bestimmt gern bei uns willkommen heißen, wenn Sie ein alter Freund meines Vaters sind.«

Andrew antwortete nicht gleich. Er fühlte sich genauso verwirrt wie vor neunzehn Jahren, als er an Bord der *Charlotte* Jenny zum erstenmal in seinen Armen gehalten und Lieutenant Leach ihn mißgünstig dabei erwischt hatte. Dabei war sie damals sein gewesen, das Mädchen, dem er einen

Heiratsantrag gemacht hatte, aber jetzt ... Er atmete schwer und sagte ohne beabsichtigte Bitterkeit: »Ich möchte sie nicht in ihrer Trauer stören. Aber richten Sie ihr viele Grüße von Andrew Hawley aus.«

Justin sah ganz enttäuscht aus. »Ist das alles, Captain Hawley?«

»Ja ... ach, um Himmels willen, nein! Natürlich nicht. Ich kannte Ihre Mutter doch schon, als sie so alt war, wie Sie jetzt sind, Justin. Sagen Sie ihr ...« Wieder zögerte er, weil er nicht wußte, wie er seine Gefühle ausdrücken sollte. »Sagen Sie ihr, daß ich ihr immer in jeder Hinsicht behilflich sein werde. Ich ...«

Er verabschiedete sich aufgewühlt von Jenny Taggarts Sohn und ging an der Küste entlang auf die andere Seite der Bucht, wo das große Empfangsessen für den neuen Gouverneur bald beginnen würde.

8

Jenny fand sich mit ihrem Kummer ab und stürzte sich in die schwere Arbeit, ihre von der Flutkatastrophe verwüsteten Felder wieder zu bestellen.

Es hatten sich auch schon vorher Überflutungen und Brände ereignet, Jahre, in denen Mehltau und Rostpilz die Ernte vernichtet hatten, aber noch niemals war die Vernichtung so groß gewesen wie im vergangenen März. Scheunen, Viehunterstände, Feldschuppen und Zäune auf Jennys Besitz waren von den Fluten mitgerissen worden, und außer den Pferden und einer kleinen Rinderherde, die auf einer nahe am Farmhaus gelegenen Weide gegrast hatten – und die Tom Jardine rechtzeitig in Sicherheit gebracht hatte –, waren sämtliche anderen Tiere fortgeschwemmt worden und ertrunken. Ihre aufgeblähten Kadaver waren teilweise in Büschen hängengeblieben, und die Schafe, Ziegen,

Schweine und sogar Hühner waren, als das Wasser endlich zurückging, mit einer so dicken Schlammschicht bedeckt gewesen, daß man sie kaum mehr erkennen konnte.

Der kleine William hatte bei seinem Versuch, die Schafe zu retten, was seinem Vater das Leben gekostet hatte, sechs Tiere vor dem sicheren Tod bewahrt. Jenny hatte keine Zeit, sich ihrer großen Trauer um ihren Mann hinzugeben, keine Zeit, sich hängenzulassen oder über ihr hartes Schicksal zu grübeln ... sie arbeitete rastlos vom ersten Morgengrauen bis in die Nacht hinein und machte niemandem einen Vorwurf.

Der neue Gouverneur setzte sich mit all seiner Kraft ein. Nur wenige Tage nach seiner Ankunft hatte er den Farmern am Hawkesbury einen Besuch abgestattet und war über das Ausmaß der Naturkatastrophe schockiert gewesen. Er hatte sofort alles in seiner Macht Stehende getan, um das schwere Los der Farmer zu lindern.

Jetzt kamen täglich Boote an, die Holz, Saatgut und Lebensmittel in das Notgebiet brachten. Der Gouverneur schickte Zimmerleute und viele Sträflingsarbeiter, die bei den Aufbauarbeiten behilflich waren. Er erließ den Befehl, daß die Korps-Offiziere und die Freien Siedler in den von der Flut verschonten Gebieten die Hälfte ihrer Arbeitskräfte zur Verfügung stellten, um sinnvolle Hilfe leisten zu können. Als die *Buffalo* aus Kapstadt zurückkam, wurden alle Tiere an Bord den verarmten Siedlern am Hawkesbury überlassen, was sehr viel böses Blut bei den Korps-Offizieren erregte, die die Tiere für ihre eigenen Farmen bestellt hatten. Auch Zuchtvieh aus den Regierungsfarmen in Parramatta und Toongabbe wurde großzügig verteilt ...

Jenny war über die Hilfe, die ihr von allen Seiten entgegengebracht wurde, tief gerührt. Francis Spence kam persönlich zu Besuch und brachte Lebensmittel und liebevoll von ihr selbst genähte Kleidungsstücke für die Kinder mit. Sie bot ihrer alten Freundin an, Rachel eine Zeitlang in ihrem Haus aufzunehmen, um Jenny zu entlasten.

»Ich passe zur Zeit sowieso auch auf Henriettas Kinder auf«, sagte sie. »Und die Kleinen könnten gut miteinander spielen, Jenny. Außerdem hättest du etwas weniger Arbeit, oder? Und« – fügte sie hinzu, als könne sie Jennys Gedanken lesen – »Henrietta ist nicht bei uns. Sie hat darauf bestanden, mit hierher auf die Farm am Hawkesbury zu kommen, um Tim zu helfen.«

Schließlich nahm Francis sowohl Rachel als auch William und den kleinen Hund mit, von dem er sich nicht trennen wollte. Justin war auf seinen eigenen Wunsch hin auf der *Phillip* nach Sydney zurückgekehrt, um weiter in der Bootswerft zu arbeiten, nachdem die notwendigsten Arbeiten auf der Farm erledigt gewesen waren.

Trotz ihrer großen Liebe zu ihren Kindern empfand Jenny das Leben ohne sie dennoch leichter. Es war zwar jetzt ungewohnt still im Haus, aber sie brauchte ihre Trauer nicht länger vor ihnen zu verbergen. Die beiden jungen Eingeborenen, die als Schafhirten bei ihr gearbeitet hatten und sofort beim ersten Anzeichen der Flutkatastrophe geflohen waren, kamen zurück und nahmen ohne jede Erklärung oder Entschuldigung ihre Arbeit wieder auf, als wären sie nie fortgewesen … und daran erkannte Jenny, daß das Leben irgendwie weitergehen würde.

Das Gerücht ging um, daß Gouverneur Bligh den Korps-Offizieren unverblümt seine Meinung über ihre ausbeuterischen Handelsgeschäfte und die Sträflingsarbeiter gesagt habe, die ihnen bislang unentgeltlich zur Verfügung gestanden hatten. Die Offiziere hatten diese Privilegien als ihr Recht angesehen, aber der Gouverneur machte ihnen unzweideutig klar, daß ihm die Interessen der hart arbeitenden Freien Siedler und der begnadigten Sträflinge naher am Herzen lagen.

Zehn Tage vor Weihnachten kam Timothy Dawson mit einem Brief vorbei, den er im Namen der Freien Siedler an Gouverneur Bligh aufgesetzt hatte und für den er jetzt

Unterschriften sammelte. Er hatte Jenny in den vergangenen Monaten öfter besucht, aber war nie von seiner Frau begleitet worden. Jenny war ihm sehr dankbar, da er ihr jedesmal mit praktischer Hilfe zur Seite gestanden hatte.

Beim Essen in der Küche versprach er, Jennys Kinder rechtzeitig zum Weihnachtsfest zurückzubringen, und lenkte ihre Aufmerksamkeit dann auf den Brief an den Gouverneur.

»Wir wollen ihm unsere große Dankbarkeit für seine schnelle und unbürokratische Hilfe nach der Flutkatastrophe ausdrücken, Jenny, und ihn unserer uneingeschränkten Unterstützung versichern. Die Siedler aus der Umgebung von Sydney und aus Parramatta setzen einen ähnlichen Brief auf, aber« – er lächelte – »ihrem Brief geht die Erklärung voran, daß sie John Macarthur nicht beauftragt haben, die Willkommensadresse in ihrem Namen zu unterzeichnen.«

Nachdem Jenny ihre Zustimmung zu dieser ersten solidarischen Handlung der Freien Siedler geäußert hatte, fuhr er fort: »Ja, Jenny, es sieht wirklich gut für uns aus. Dieser Gouverneur redet nicht nur, sondern unternimmt auch weitreichende Schritte, um das Handelsmonopol des Rum-Korps zu brechen.«

Jenny seufzte erleichtert auf. Es war vollkommen richtig, einer gerechten und guten Regierung alle nur mögliche Unterstützung zuzusichern... »Ich unterschreibe, Tim«, sagte sie entschlossen und holte das Tintenfaß und den Federhalter.

»Captain Macarthur, Sir«, sagte Sekretär Griffin. »Er wünscht eine Unterredung mit Eurer Exzellenz. Es scheint sehr dringend zu sein –« Er wurde unhöflich zur Seite geschoben, und Gouverneur Bligh sah sich dem wütenden John Macarthur gegenüber.

»Ihre Manieren lassen sehr zu wünschen übrig«, tadelte er kühl, bevor der Besucher ein Wort sagen konnte. »Aber wenn es so dringend ist – setzen Sie sich!«

Macarthur war hochrot im Gesicht und tat so, als hätte er die Aufforderung, Platz zu nehmen, nicht verstanden.

»Ich bin hergekommen, um meine Rechte zu fordern, Sir!« stieß er wütend aus. »Um das Land zu fordern, daß mir die britische Kolonialbehörde fest versprochen hat – Weideland für meine Schafe. Ihnen ist vielleicht nicht bekannt, Sir, daß ich die schönste – tatsächlich die einzige – reinrassige Merinoschafherde in der ganzen Kolonie besitze. Ich sollte tausend Morgen Weideland zugesprochen bekommen, um diese wertvolle Herde weiterzüchten zu können. Der Außenminister hat mir persönlich versichert, daß ich –«

William Bligh spürte, wie die Wut in ihm hochstieg, und er unterbrach den Antragsteller: »Verdammt noch mal, der Außenminister kann mir gestohlen bleiben! Er kann zu Hause Befehle erteilen, *ich* aber befehle *hier*, merken Sie sich das ein für allemal!«

»Aber meine Schafe«, protestierte Macarthur. »Meine Rinder ... zum Teufel, Sir, Sie enthalten mir die Früchte meiner Arbeit vor, ganz zu schweigen von dem Land, das ich dringend benötige!«

»Was interessiert mich Ihre Schafherde, Sir?« stieß der Gouverneur aus. »Was interessiert mich Ihre Rinderherde? Wer sagt eigentlich, daß Sie größere Herden und mehr Arbeitskräfte haben müssen als irgend jemand sonst in dieser Kolonie? Ich bin über Ihre wirtschaftliche Situation bestens informiert, Sir. Sie besitzen fünftausend Morgen bestes Land hier, und ich verspreche Ihnen, daß Sie Ihren Besitz, bei Gott, nicht mehr vergrößern werden!«

John Macarthur wurde bleich. »Ist das eine Drohung, Sir?« fragte er mit gefährlich leiser Stimme.

»Wenn Sie es so nennen wollen, dann ja.«

»Ich bin sicher, daß Sie diese Drohung eines Tages bedauern werden«, warnte Macarthur.

Bligh zuckte mit den Schultern. Er wies zur Tür und

sagte: »Wenn das alles war, was Sie mit mir besprechen wollten, Mr. Macarthur, dann wünsche ich Ihnen einen guten Tag!«

Macarthur ließ sich nicht so schnell abwimmeln. »Sie weigern sich also, mir das Land zu geben, das mir versprochen worden ist?«

»Solange ich hier der Gouverneur bin, bekommen Sie keinen einzigen Morgen mehr!« antwortete Bligh kompromißlos, »und zwar einfach deshalb, weil es den anderen Siedlern gegenüber ungerecht wäre, für die ich auch verantwortlich bin.«

»Und meine Arbeiter – die Männer, die Sie mir vor sechs Monaten für Aufbauarbeiten im Notstandsgebiet weggenommen haben?«

»Die werden immer noch für wichtige öffentliche Projekte gebraucht, Sir. Und nun –«

John Macarthur verbeugte sich steif. »Ist das Ihr letztes Wort?«

»Sie haben mich ganz richtig verstanden.«

Macarthur ging auf die Tür zu. Dann wandte er sich noch einmal um und schaute den Gouverneur haßerfüllt an. »Es bleibt abzuwarten, Mr. Bligh, wie lange Sie sich auf dem Gouverneursposten halten können, oder? Ich werde mich um Hilfe an die britische Regierung wenden, da ich von Ihnen keine Gerechtigkeit zu erwarten habe. Wie die jüngste Geschichte uns gezeigt hat, ist es ja nicht ungewöhnlich, daß Gouverneure ihren Posten verlieren, oder? Und jetzt wünsche ich Ihnen einen guten Tag, Sir!«

William Bligh wartete, bis Macarthur die Tür hinter sich geschlossen hatte und griff dann nach Federhalter und Papier. Er strich sich über die Stirn, dachte längere Zeit nach und schrieb dann schwungvoll: »Ihre Lordschaft.«

Dann schrieb er schnell und entschlossen fast eine Stunde lang weiter. Als der Brief schließlich fertig war, rief er nach seinem Sekretär. »Dieser Brief soll auf das nächste Schiff gebracht werden, das nach England fährt. Sorgen Sie bitte dafür, ja?«

Epilog

Die Kinder kehrten zurück, und im Haus wurde es wieder lebendig. Jennys trauriges Herz schmolz, als die kleine Rachel mit weit ausgebreiteten Armen auf sie zugerannt kam und glücklich »Mama!« schrie. William kam strahlend, aber gemessenen Schrittes hinter seiner Schwester her und hatte wie immer seinen Hund bei sich.

Die Kinder hatten viel zu erzählen über die schöne Zeit, die sie im gastfreundlichen Haus von Jasper Spence verlebt hatten. Nancy Jardine, die sie als Kindermädchen begleitet hatte, konnte alles nur bestätigen. Sie waren mehrmals in Sydney gewesen und hatten auch die Ankunftsfeierlichkeiten für den neuen Gouverneur miterlebt. Obwohl sie den Regierungsgarten nicht hatten betreten dürfen, wo Henrietta mit ihren Kindern gewesen war, hatte ihnen alles doch sehr gut gefallen, und Francis hatte sich unentwegt rührend um ihr Wohlergehen gekümmert.

»Wir haben Justin gesehn!« erzählte William. »Aber er wollte nicht mit uns kommen. Er arbeitete in der Bootswerft, obwohl es ein Feiertag war, und sagte, daß er keine Lust hätte, sich die Parade anzuschauen. Dabei war es herrlich, Mama, ganz herrlich!«

Er hatte viel zu erzählen von den Abenteuern, die er in der Zwischenzeit erlebt hatte. Er hatte geholfen, ein junges Pferd einzureiten und war der erste gewesen, der es geritten hatte. Er war mit den Arbeitern von Jasper Spence auf die Weide gegangen, hatte geholfen, die Schafe zusammenzutreiben, und hatte die jungen Lämmer festgehalten, als ihnen das Zeichen ihres Besitzers eingebrannt wurde. Und er versicherte seiner Mutter mit großem Ernst, daß sein geliebter Hund nun ein perfekt abgerichteter Schäferhund sei.

»Ich kann jetzt eine echte Hilfe für dich sein, Mama«, fügte der kleine Junge glücklich hinzu. »Eine echte Hilfe, wenn Justin wieder zur See fährt.«

Jenny entfuhr ein leiser Schrei. Justin hatte ihr fest versprochen, nie mehr zur See zu fahren. Aber wahrscheinlich hatte der kleine William die Wünsche seines Bruders instinktiv erraten. Sie begann ihn vorsichtig auszufragen, unterließ es dann aber gleich wieder. Justin käme ja bald selbst nach Hause. Er hatte ihr ausrichten lassen, daß er mit der *Phillip* kommen würde, und das Schiff wurde am nächsten oder übernächsten Tag erwartet.

»Er arbeitet jetzt für einen Mr. Lord«, erzählte William arglos, ganz so, als wäre das nicht weiter wichtig. »Der zahlt ihn nämlich besser als Mr. Moore, hat er gesagt. – Mama, darf ich jetzt mit Tom auf die Weide gehn und ihm zeigen, was Frisky in der Zwischenzeit alles gelernt hat?«

Jenny erlaubte es ihm. Später, als beide Kinder schon schliefen, unterhielt sie sich noch bis tief in die Nacht hinein mit Nancy, aber abgesehen vom neuesten Klatsch – den Nancy ihr brühwarm erzählte – erfuhr sie nur wenig, außer daß der neue Gouverneur unter den Freien Siedlern immer beliebter wurde und daß er die Korps-Offiziere das Fürchten lehrte.

»Es ist fast so, als ob es zwei ganz verschiedene Menschenschläge hier in der Kolonie gibt«, sagte Nancy. »Wir, die begnadigten Sträflinge, und die Freien Siedler gehören zu der einen Gruppe, und die Korps-Offiziere gehören zu der anderen. Ich wünsche Gouverneur Bligh viel Glück und Erfolg! Mr. Spence meint allerdings, daß er Schwierigkeiten bekommen könnte …«

Jenny dachte, daß die Marineinfanteristen nur halb so schlimm wie das Neusüdwales-Korps gewesen waren. Vielleicht würde die heimatliche Regierung eines Tages das Korps zurückrufen und ein zuverlässigeres Regiment hersenden.

Sie fragte Nancy ängstlich nach Mr. Lord aus, Justins neuem Arbeitgeber. Aber Nancy wußte nichts zu berichten, als daß Simeon Lord scheinbar tief im Rumhandel steckte und sogar eigene Handelsschiffe bauen ließ.

»Er ist ein begnadigter Sträfling«, sagte sie, »jedenfalls wird das behauptet. Er macht Geschäfte mit einem Brüderpaar namens Blaxland, und diese Brüder haben nicht gerade einen guten Ruf. Laut Mr. Spence stecken sie mit den Korps-Offizieren unter einer Decke und planen, hier in der Kolonie illegale Schnapsbrennereien aufzuziehen, um die neuen Einfuhrgesetze Gouverneur Blighs umgehen zu können.«

Das waren beunruhigende Neuigkeiten, und Jenny machte sich Sorgen, was ihrem arglosen Sohn Justin wohl alles in der Umgebung solcher Leute geschehen könnte. Sein Wunsch nach besserer Bezahlung war verständlich, sogar lobenswert, da er mit dem Geld Tiere für die Farm kaufen wollte. Aber wenn er es jetzt mit kriminellen Schwarzhändlern zu tun hatte, dann hatte sie allen Grund, sich Sorgen zu machen.

Im Laufe des nächsten Tages wurde sie immer unruhiger, trotz der Freude über die Rückkehr ihrer beiden kleinen Kinder. Am darauffolgenden Morgen legte die *Phillip* am Landungssteg an, aber als Jenny voller Hoffnung hingeritten war, um ihren Sohn abzuholen, erfuhr sie, daß er sich nicht an Bord befunden habe. Der Kapitän Rob Webb schüttelte bedauernd den Kopf.

»Vor etwa einer Woche sagte er mir, daß er wahrscheinlich mitfahren würde, aber er kam nicht, und ich konnte auch nicht länger auf ihn warten. Es tut mir sehr leid, liebe Jenny – du hast sicher an Weihnachten mit seinem Besuch gerechnet, oder? Aber ich habe keine Ahnung, was er noch alles vorhatte, der Junge!«

Er ging zurück an Deck, um das Löschen der Schiffsladung zu überwachen. Als er sah, daß sie ihr Pferd bestieg, um nach Hause zu reiten, rief er ihr zu, noch einen Augenblick zu warten, er habe etwas für sie. Er warf einen Sack vor den Sattel quer über das Pferd, befestigte ihn und sagte: »Mit den besten Weihnachtswünschen von Seiner Exzellenz, dem Gouverneur, Jenny! Es ist bester indischer Tee, außerdem frisch gemahlenes Mehl und ein großer Topf voll Sirup – und ein Schinken, von mir und Charlotte selbstgeräuchert, mit unseren besten Wünschen!«

Jenny dankte ihm tiefbewegt für alles, und sie weinte, ohne sich ihrer Tränen zu schämen. Rob lächelte sie verlegen an, sagte, daß das doch nicht der Rede wert sei und daß Charlotte sie nie vergessen habe, und ging dann zurück auf sein Schiff, dessen Kommando Johnny vor ihm geführt hatte. In Gedanken sah sie ihn und Justin an Deck stehen, an dem Tag, an dem ihr Sohn zum erstenmal eine schlechtsitzende Marineuniform getragen hatte ... Sie schluchzte auf.

Johnny würde nie mehr über das Deck der *Phillip* gehen, und Justin war Weihnachten nicht nach Hause gekommen, weil er plante, wieder zur See zu fahren ...

Sie ritt nach Long Wrekin zurück und hatte das Gefühl, daß ihr das Herz brechen würde ...

Zwei Stunden später kam Justin zu Hause an. Er trug ein einfaches Hemd, nicht seine Uniformjacke, und er hatte allen Geschenke mitgebracht, die er stolz herumzeigte: einen Käfig mit Hühnern und zwei Schafe, einen wunderschönen geschnitzten Schäferstock für William, eine selbstgefertigte hölzerne Puppe für Rachel. Dann auch noch einen Schal für Nancy Jardine und Tabak für ihren Mann Tom.

»Du hast mich doch gesehen, wie ich auf der *Matthew Flinders* den Fluß hinaufgesegelt kam, Mama«, sagte er mit leicht vorwurfsvollem Ton. »Rob hat mir gesagt, daß du das Schiff gesehen hast – aber du hast nicht gewartet!«

»Nein«, antwortete Jenny und schaute ihren Sohn genau an, »ich wußte nicht, daß du auf dem Schiff warst, aber – Justin, hast du es für Mr. Lord gebaut?«

Er schüttelte den Kopf. »Nein, sondern für mich selbst. Ich habe es nur in seiner Werft gebaut, weil bei Tom Moore kein Platz mehr war. Die Schaluppe, die wir dort bauen, ist sehr groß. Hat William dir dieses Märchen erzählt? Nun, er hat mal wieder unrecht. Ich bin jetzt mein eigener Herr. Ich habe meine Ausbildung als Schiffsbauer beendet und arbeite für jeden, der mich für meine Dienste bezahlt. Aber die *Flinders* gehört mir!«

»Ist sie« – Jenny zog die Stirn kraus, als sie nach dem richtigen Wort suchte – »ist sie seetüchtig?«

»Ja.« Er erzählte ihr keine Einzelheiten, bot ihr keine Erklärung an, und ihre Zweifel und Befürchtungen wurden immer größer. Er hatte ihr kein Geschenk mitgebracht, kein persönliches Geschenk. Die Hühner natürlich und die beiden Schafe, aber nichts, was er für sie gemacht hatte, und... sie hatte ganz deutlich einen Rotrock in seinem Kutter gesehen. Daraufhin hatte sie das Interesse für das Segelboot verloren, weil sie es nicht für möglich gehalten hatte, daß er darauf sein könnte.

Wieder schaute sie ihn an und stellte überrascht fest, wie groß er jetzt war – einen Kopf größer als sie und fast so groß, wie sein Vater gewesen war. Und er sah ihm nach wie vor sehr ähnlich. Er hatte die gleichen ruhelosen blauen Augen in dem gutgeschnittenen braungebrannten Gesicht. Es waren die Augen eines echten Seemanns, der immer in die Ferne schaute...

Matt Flinders hatte ganz ähnliche Augen gehabt. Sie hörte ihn noch sagen: »Die See... das ist die wahre Freiheit!« Jenny zwang sich zu einem Lächeln. Sie überlegte kurz und sagte dann liebevoll: »Ach, Justin, ich glaube, ich kann dich verstehen. Ich werde nicht versuchen, dich hierzubehalten, wenn du fort willst. Und ich will dich nicht an das Versprechen binden, das du mir gegeben hast... das brauchst du nicht zu befürchten!«

Justin seufzte erleichtert auf und umarmte seine Mutter

so stürmisch, wie schon lange nicht mehr. Er brachte kein Wort heraus, sondern drückte sie nur fest an sich, und Jenny spürte, daß ihr Sohn jetzt kein Kind mehr war.

William brach das Schweigen. Er kam hereingerannt und rief aufgeregt: »Mama, ein Soldat steht vor dem Haus – ein Offizier! Ich fragte ihn, was er hier wolle, und er meinte, daß Justin es uns sagen könne. Er –«

Sein älterer Bruder unterbrach ihn. »Und das werde ich auch tun, sobald du still bist, du kleines Plappermaul!« Er wandte sich an seine Mutter. »Mama, ich habe einen alten Freund mitgebracht, der mit uns Weihnachten feiern möchte.«

»Einen Offizier – einen *Korps-Offizier?*« rief Jenny aus und konnte die Bitterkeit in ihrer Stimme nicht unterdrükken. »Einen alten Freund von *dir,* Justin?«

»Aber nein doch, Mama, einen Freund von dir. Von dir und von Papa. Er ist ein Captain bei den Marineinfanteristen und hat unter Nelson in Trafalgar gegen die Franzosen gekämpft«, sagte Justin. »Er kennt dich schon, seit du ein Kind warst. Er hat erzählt, daß er dich auf seinen Schultern nach London hineingetragen hat, und…«

Jenny starrte ihn ungläubig an. »Willst du sagen, daß Andrew… daß *Andrew Hawley* draußen steht? Wo er doch wissen muß, wie froh ich bin, ihn endlich wiederzusehen…!«

Jenny fühlte sich, als ob sie träume, ging zur Tür hin und öffnete sie. Ein hochgewachsener Mann drehte sich um und kam mit Rachel an der Hand auf sie zu.

Eine Narbe lief schräg über seine Wange, seine ordentlich zurückgebundenen Haare waren schon leicht ergraut, und er schaute sie unsicher an. Aber bevor er etwas sagen konnte, fing die kleine Rachel ohne Grund zu weinen an. Da beugte sich Andrew lächelnd zu ihr hinunter, hob sie auf seine Schultern und trug das gleich wieder vor Freude jauchzende Kind ins Haus hinein.

Jenny folgte ihm, und ihr Herz klopfte vor Freude wie rasend. Das Rad des Schicksals hatte sich gewendet, dachte sie, und als er Rachel absetzte und ihr mit ausgestreckten Armen entgegenkam, ging sie auf ihn zu und ergriff seine Hände mit großer Freude.

»Ach, Andrew!«, rief sie mit halberstickter Stimme aus. »Es ist so schön, dich endlich wiederzusehn – so wunderschön!«

»Vielleicht«, sagte Andrew mit leicht scherzhaftem Tonfall, »vielleicht kann ich es jetzt endlich gutmachen, daß ich dich und deine Mutter damals auf der London Bridge verloren habe – oder war es in Billingsgate?«

»Es war auf der London Bridge«, meinte Jenny und konnte ihr Glück noch immer nicht fassen. »Aber du bist nach Long Wrekin zurückgekommen.«

»Aye, aye«, sagte er zustimmend. »Und zu dir …«